평화를 사랑하는 세계인으로

평화를 사랑하는 세계인으로

저자_ 문선명

1판   1쇄 발행_ 2009. 3. 9.
1판 412쇄 발행_ 2022. 7. 10.

발행처_ 김영사
발행인_ 고세규

등록번호_ 제406-2003-036호
등록일자_ 1979. 5. 17.

경기도 파주시 문발로 197(문발동) 우편번호 10881

값은 뒤표지에 있습니다.
ISBN 978-89-349-3375-5 03810

독자의견 전화 031)955-3200
팩시밀리 031)955-3111

홈페이지 www.gimmyoung.com   블로그 blog.naver.com/gybook
인스타그램 instagram.com/gimmyoung 이메일 bestbook@gimmyoung.com

좋은 독자가 좋은 책을 만듭니다.
김영사는 독자 여러분의 의견에 항상 귀 기울이고 있습니다.

평화를 사랑하는
세계인으로

Reverend Sun Myung Moon

문선명

김영사

서문

겨울가뭄 끝에 밤새 봄비가 내렸습니다. 어찌나 반가운지 아침 내내 마당을 이리저리 걸어다녔습니다. 비에 젖은 땅에서는 겨우내 맡을 수 없었던 구수한 흙내가 올라왔고, 수양버들이며 벚나무에는 푸르른 봄물이 오르고 있었습니다. 여기저기서 톡톡톡 하며 새 생명이 움트는 소리가 들리는 듯합니다. 뒤따라 나온 아내는 어느새 마른 잔디 위로 삐죽 솟아난 어린 쑥을 뜯습니다. 하루밤새 내린 비로 온 세상이 향기로운 봄의 정원이 되었습니다.

세상이야 시끄럽든 말든 3월이 되니 어김없이 봄이 오고 있습니다. 나이 들어갈수록 이렇게 겨울이 지나면 봄이 되고, 봄이 되면 꽃이 만발하는 자연이 더욱 소중해집니다. 내가 무엇이라고 하나님은 철마다 꽃을 피우고 눈을 내리게 하여 살아있는 기쁨을 주시는지, 가슴속 저 깊숙한 데부터 사랑이 넘쳐 올라 목울대가 먹먹해집니다. 정말 귀한 것들은 모두 값없이 받았다는 생각에 눈시울이 뜨거워집니다. 평생을 평화로운 세상을 위해 동분서주하며 지구를 몇 바퀴나 돌았는데, 여기 봄이 오는 마당에서 진정한 평화를 맛봅니다. 평화 역시 하나님이 거저 주신 것인데 우리는 그걸 어디에 잃어버리고 애먼 곳에서 찾느라 애를 쓰고 있는지 모를 일입니다.

평화세계를 이루기 위하여 나는 평생 세상의 낮고 구석진 곳을 찾아다녔습니다. 굶주린 자식을 속수무책 지켜볼 뿐인 아프리카의 어머니들과 낚시를 할 줄 몰라 강물 속에 물고기가 지천인데도 자식들을 먹이지 못하는 남미의 아버지들도 만났습니다. 나는 그들에게 먹을 것을 조금 나눠주었을 뿐인데도 그들은 내게 사랑을 베풀어주었습니다. 나는 사랑의 힘에 취해 원시림을 일구어 씨를 뿌리고, 나무를 베어 학교를 짓고, 고기를 잡아 배고픈 아이들을 먹였습니다. 모기에 온몸을 뜯기며 밤새 고기를 잡아도 행복했고, 황토 속에 정강이가 푹푹 빠져도 외로운 이웃들의 얼굴에서 그늘이 사라지는 걸 보는 게 즐거웠습니다.

평화세계로 가는 지름길을 찾아 정치를 변화시키고 사상을 바꾸는 일에 열중하기도 했습니다. 소련의 고르바초프 대통령을 만나 공산주의와 민주주의의 화해를 시도했고 북한의 김일성 주석과 만나 한반도의 평화를 담판했습니다. 또 도덕적으로 무너져가는 미국에 가서 청교도 정신을 일깨우는 소방수 노릇을 하며 세계의 분쟁을 막는 일에 골몰했습니다. 이슬람교도와 유대인의 화합을 위해 테러가 난무하는 팔레스타인에 들어가는 걸 두려워하지 않았으며 유대교와 이슬람교, 기독교인들 수천 명을 한 자리에 모아 화해의 광장을 마련하고 평화행진을 벌이기도 했습니다만, 갈등은 아직도 계속되고 있습니다.

그러나 지금 나는 우리나라에서 평화세계가 활짝 열리는 희망을 봅니다. 숱한 고난과 분단의 슬픔으로 단련된 한반도에서 세계의 문화와 경제를 이끌어갈 거센 기운이 용틀임하며 솟구치는 것을 온몸으로 느낍니다. 새봄이 오는 것을 막을 수 없듯이 한반도에 천운이 찾아드는 것도 우리 인간의 힘으로는 어쩌지 못합니다. 몰려드는 천운을 따라 우리 민족이 함께 솟구치기 위해 몸과 마음의 준비를 단단히 해야 할 때입니다.

나는 이름 석 자만 말해도 세상이 와글와글 시끄러워지는 세상의 문제인물입니다. 돈도 명예도 탐하지 않고 오직 평화만을 이야기하며 살아왔을 뿐인데 세상은 내 이름자 앞에 수많은 별명을 덧붙이고 거부하고 돌을 던졌습니다. 내가 무엇을 말하는지, 무엇을 하는 사람인지는 알아보려고도 하지 않고 그저 반대부터 했습니다.

일제 식민통치 시대와 북한 공산정권, 대한민국 이승만 정권 그리고 미국에서 생애 여섯 차례나 주권과 국경을 넘나들며 무고한 옥고를 치르면서 살이 패이고 피가 흐르는 아픔을 겪었습니다만 지금 내 마음속에는 작은 상처 하나 남아있지 않습니다. 참사랑 앞에서 상처는 아무것도 아닙니다. 원수조차도 참사랑 앞에서는 흔적도 없이 녹아 없어집니다. 참된 사랑은 주고 또 주어도 여전히 주고 싶은 마음입니다. 참사랑은 사랑을 주었다는 것조차 잊어버리고 또다시 주는 사랑입니다. 내가 평생 그런 사랑에 취해 살았습니다. 사랑 외에는 다른 어떤 것도 바란 적이 없어 가난한 이웃들과 사랑을 나누는 일에 나를 모두 바쳤습니다. 사랑의 길이 힘들어 눈물이 쏟아지고 무릎이 꺾였어도 인류를 향한 사랑에 바친 마음은 행복했습니다.

　지금도 내 안에는 미처 못 다 준 사랑이 하나 가득합니다. 그 사랑이 메마른 땅을 적시는 평화의 강물이 되어 세상 끝까지 흐르길 기도하면서 이 책을 세상에 내놓습니다. 요즘 들어 부쩍 내가 누군지 묻는 이들이 많아졌습니다. 특히 지난해 여름 우리 부부가 탑승했던 헬기가 위기일발의 사고를 당한 후부터 전 세계에서 나에 대한 관심이 고조되고 있는 것 같습니다. 나에 대하여 궁금해하는 분들을 위해 지나온 삶을 돌아보며 솔직한 이야기를 이 책에 담았습니다. 여기서 미처 다 드리지 못한 말씀은 다음 기회에 전해드릴 수 있기를 희망합니다.

　그동안 나를 믿고 내 곁을 지키며 평생을 함께한 모든 이들에게, 그리고 온갖 어려운 고비를 함께 헤쳐온 고마운 한학자 아내에게 무한한 사랑을 보냅니다. 끝으로 이 책이 나오기까지 많은 정성을 쏟아준 김영사의 박은주 사장과 내가 자유롭게 구술하여 복잡했던 내용을 일반 독자들이 이해하기 쉽도록 다듬어내느라 구슬땀을 흘린 출판사 관계자 모두에게 마음으로부터 우러나오는 감사의 뜻을 표하고 싶습니다.

2009년 3월 1일
경기도 청평에서
문선명

차례

밥이 사랑이다

1

아버지 등에 업혀 배운 평화

～

　나는 평생을 한 가지만 생각하며 살았습니다. 평화로운 세상, 전쟁과 다툼 없이 온 세계가 사랑을 나누며 사는 그런 세상을 만들고 싶었습니다. 이런 말을 하면 누군가는 "아니, 어떻게 어려서부터 평화를 생각하며 살았단 말이오?" 하고 되묻습니다. 평화로운 세계를 꿈꾸는 것이 과연 거창한 일인가요?

　내가 태어난 1920년은 일본이 우리나라를 강제로 점령하고 있던 때였습니다. 광복 이후에도 6·25동란과 외환위기 등 힘겨운 혼란을 여러 차례 겪으며 이 땅은 평화와는 거리가 먼 세월을 보내야 했습니다. 이런 아픔과 혼란은 비단 우리나라만의 일은 아니었습니다. 두 차례의 세계대전과 베트남전쟁, 중동전쟁 등 세상 사람들은 끊임없이 서로를 미워하며 총을 겨누고 폭탄을 터뜨렸습니다. 살이 찢기고 뼈가 부러지는 환란을 겪은 이들에게 평화란 꿈에서나 그려보는 허황된 것이었는지도 모릅니다. 하지만 평화를 실현하는 것은 결코 어려운 일이 아닙니다. 나를 둘러싼 공기, 자연환경, 그리고 사람에게서 우리는 쉽게 평화를 구할 수 있습니다.

들판을 내 집처럼 생각하고 살았던 어린 시절, 나는 아침밥 한 그릇을 뚝딱 비우고 뛰쳐나가 온종일 산으로 강으로 쏘다녔습니다. 온갖 새와 동물들이 살고 있는 숲 속을 누비며 풀과 열매를 따먹다보면 온종일 배가 고픈 줄도 몰랐습니다. 어린 마음에도 숲 속에만 들어가면 몸과 마음이 편안해지는 것을 느꼈습니다.

산에서 뛰놀다 잠이 든 적도 많았습니다. 그럴 때면 아버지께서 숲으로 나를 찾으러 오셨습니다. "용명아! 용명아!" 하는 아버지의 목소리가 멀리서 들리면 자면서도 웃음이 절로 나게 반가웠습니다. 나의 어릴 적 이름은 용명龍明입니다. 나를 부르는 소리에 얼핏 잠이 깼지만 잠든 척하고 아버지 등에 덥석 업혀가던 그 기분, 아무 걱정도 없이 마음이 척 놓이는 기분, 그것이 바로 평화였습니다. 그렇게 아버지 등에 업혀 평화를 배웠습니다.

내가 숲을 사랑한 것도 그 안에 세상의 모든 평화가 깃들어 있기 때문입니다. 숲 속의 생명들은 싸우지 않습니다. 물론 서로 잡아먹고 잡아먹히지만, 그것은 배가 고파 어쩔 수 없이 그러는 것이지 미워서 그러는 것이 아닙니다. 새는 새끼리, 짐승은 짐승끼리, 나무는 나무끼리 서로 미워하는 법이 없습니다. 미움이 없어야 평화가 옵니다. 같은 종끼리 서로 미워하는 것은 사람뿐입니다. 나라가 다르다고 미워하고, 종교가 다르다고 미워하고, 생각이 다르다고 또 미워합니다.

지금까지 나는 200개국에 가까운 나라를 돌아다녔습니다. 그러나 공항에 내렸을 때 '이곳 참 평화롭고 푸근하구나' 하고 느낀 나라는 많지 않았습니다. 내전으로 인해 총검을 높이 든 군인들이 공항을 감시하며 도로를 폐쇄하고 밤낮없이 총소리가 들리는 곳도 많았습니다. 평화를 이야기하러 간 곳에서 총에 목숨을 잃을 뻔한 적도 한두 번이 아닙니다. 오늘날 우리가 사는 세계는 여전히 크고 작은 분쟁과 갈등이 끊이지 않고 있습니다. 먹을 게 없어 굶주리는 사람이 수천만 명인데, 군사비로 쓰이는 돈은 수천조에 이릅니다. 총과 폭탄을 만드는 데 쓰는 돈만 아껴도 그 많은 사람이 배고픈 고통에서 벗어날 수 있을 것입니다.

나는 이념과 종교 때문에 서로를 미워하고 원수로 여기는 나라 사이에 평화의 다리를 놓는 일에 평생을 바쳤습니다. 이슬람교와 기독교가 화합하도록 만남의 자리를 만들어주고, 이라크를 사이에 두고 대결하는 미국과 소련의 의견을 조율하고, 북한과 남한이 화해하도록 돕기도 했습니다. 돈이나 명예를 바라고 한 일이 아닙니다. 철이 들고부터 지금까지 내 삶의 화두는 단 하나, 세계가 하나 되어 평화롭게 사는 것입니다. 다른 것은 바란 적도 없습니다. 밤낮없이 평화를 위해 사는 일이 쉽지는 않았지만, 오로지 그 일을 할 때 행복했습니다.

냉전시대에 우리는 이념에 의해 세계가 둘로 나뉘는 아픔을 경험했습니다. 그때는 공산주의만 사라지면 곧 평화가 이루어질 것 같았지만, 냉전이 끝난 지금 더 많은 다툼이 생겼습니다. 인종과 종교로 인해 산산조각이 나버렸습니다. 국경을 맞댄 국가끼리 반목하는 것도 모자라 같은 나라 안에서도 인종끼리 나뉘고 종교로 갈라지고 태어난 지역으로 다시 쪼개집니다. 이렇게 분열된 사람들은 서로가 서로의 원수가 되어 도무지 마음을 열려고 하지 않습니다.

인간의 역사를 돌아볼 때 가장 잔인하고 끔찍한 전쟁은 국가 간의 전쟁이 아니라 인종 간의 전쟁이었습니다. 그것도 종교를 앞세운 인종 간의 전쟁이 가장 참혹합니다. 20세기 최악의 민족분규라고 불리는 보스니아 내전에서는 이슬람교도의 씨를 말리기 위한 인종청소가 자행되어 어린이를 포함한 7천여 명의 이슬람교도들이 학살되었습니다. 뉴욕의 110층짜리 무역센터 건물을 비행기로 들이받아 두 동강냈던 9·11테러도 기억할 것입니다. 이 모두가 민족과 종교 간의 분쟁이 초래한 참담한 결과입니다. 지금도 팔레스타인의 가자지구에서는 이스라엘이 감행한 미사일 공격으로 수백 명의 사람들이 목숨을 잃고 추위와 배고픔, 죽음의 공포 속에 떨고 있습니다.

도대체 무엇을 위해 그렇게 서로를 미워하고 죽이는 것인지 표면적인 이유야 여러 가지이지만, 그 내막을 자세히 들여다보면 영락없이 종교가 버티고 있습니다. 석유를 둘러싸고 벌인 걸프전이 그렇고, 예루살렘을 차지하려는 이슬람과 이스라엘의 분쟁이 그렇습니다. 이처럼 인종주의가 종교라는 명분을 등에 업을 때, 문제는 정말 복잡해집니다. 중세시대에 끝났다고 생각했던 종교전쟁의 악령이 21세기에도 여전히 우리를 괴롭히고 있습니다.

종교전쟁이 끊임없이 일어나는 이유는 많은 정치인들이 자신의 이기적인 욕심을 채우려 종교 간의 적대감을 이용하기 때문입니다. 정치적인 목적 앞에서 종교는 방향을 잃고 휘청거립니다. 종교가 가진 본래의 목적을 상실하는 것입니다. 종교는 본래 평화를 위해 존재합니다. 모든 종교는 세계평화에 대한 책임이 있습니다. 그런데 거꾸로 종교가 분쟁의 원인이 되었으니 개탄할 노릇입니다. 그 추악한 뒷면에는 권력과 자본을 쥔 검은 정치가 숨어있습니다. 지도자의 본분은 모름지기 평화를 지키는 것인데 오히려 그 반대가 되어 세계를 대립과 폭력으로 내몰고 있는 것입니다.

지도자의 마음이 올바로 서지 않으면, 나라와 민족은 갈 곳을 잃고 헤매게 됩니다. 그들은 자신의 검은 야욕을 채우기 위해 종교와 민족주의를 이용합니다. 종교와 민족주의의 본질은 나쁘지 않지만, 세계 공동체에 이바지할 때에만 가치가 있습니다. 내 민족과 내 종교만 옳다고 주장하면서 다른 민족과 다른 종교를 무시하고 헐뜯는다면 그 가치를 잃고 맙니다. 내 종교를 주장하느라 남을 짓밟고 남의 종교를 하찮게 여겨서 미움을 쌓고 분쟁을 일으킨다면 그것은 이미 선善이 아니기 때문입니다. 내 민족, 내 나라만 옳다는 것도 마찬가지입니다.

서로를 인정하고 도우며 사는 것이 우주의 진리입니다. 하찮은 동물들도 그것을 압니다. 고양이와 개는 서로 앙숙이지만 한 집 안에서 같이 키우다보면 서로의 새끼를 품고 보듬으며 친하게 지냅니다. 이는 식물을 봐도 알 수 있습니다. 나무기둥을 타고 올라가는 칡넝쿨은 나무의 줄기에 기대어 자랍니다. 그래도 나무는 "너는 왜 나를 감고 올라가느냐"고 칡넝쿨을 탓하지 않습니다. 서로 위해주면서 같이 사는 것이 바로 우주의 원리입니다. 이 원리를 벗어나면 반드시 멸망하게 됩니다. 지금처럼 민족끼리, 종교끼리 서로 헐뜯고 싸우는 일이 계속된다면 인류에게 미래는 없습니다. 끊임없는 테러와 전쟁으로 어느 날 먼지처럼 소멸되고 말 것입니다. 그렇지만 희망이 아주 없는 건 아닙니다. 희망은 분명히 있습니다.

나는 그 희망의 끈을 놓지 않고 평생을 평화를 꿈꾸며 살아왔습니다. 나의 바람은 세상을 겹겹이 에워싼 담장과 울타리를 깨끗이 헐어버리고 하나 되는 세상을 만드는 것입니다. 종교의 담장을 허물고, 인종의 울타리를 넘어서 부자와 빈자의 틈을 메운 뒤 태초에 하나님이 지으셨던 평화로운 세상을 복원하는 것입니다. 배고픈 사람도 없고 눈물 흘리는 사람도 없는 세상 말입니다. 희망이 없는 세계, 사랑이 부족한 세상을 치유하려면 우리는 다시 어린 시절의 순수한 마음으로 돌아가야 합니다. 더 많이 가지려는 욕심에서 벗어나 인류의 아름다운 본성을 회복하는 길은 어린 시절 아버지 등에 업혀서 배운 평화의 원리와 사랑의 숨결을 되살리는 데 있습니다.

사람들에게 밥을 먹이는 기쁨

나는 눈이 아주 작습니다. 어찌나 작은지 어머니는 나를 낳으시고는 "우리 아기 눈이 있나 없나?" 하며 일부러 눈을 벌려보셨다고 합니다. 그러자 갓 태어난 내가 눈을 깜빡깜빡해서 "어머나, 우리 아가 눈이 있기는 있구나!" 하며 기뻐하셨답니다. 그렇게 눈이 작았던 탓에 어려서는 '오산집 쪼끔눈이'라고 불렸습니다.

그래도 눈이 작아 볼품없다는 얘기는 별로 들어보지 못했습니다. 오히려 관상을 좀 볼 줄 아는 이들은 내 작은 눈에 종교 지도자의 기질이 들어있다고 합니다. 카메라의 조리개도 구멍을 좁힐수록 더 멀리 볼 수 있는 것처럼 종교 지도자는 남보다 멀리 내다보는 선견이 있어야 하는 점에서 그런가 봅니다. 내 코도 별나기는 마찬가지여서 한눈에 봐도 누구 말도 듣지 않을 것 같게 생긴 고집불통 코입니다. 관상이 영 허튼소리만은 아닌 것이, 내가 살아온 날들을 돌아보면 '이렇게 살려고 그렇게 생겼나' 싶습니다.

나는 평안도 정주군 덕언면 상사리 2221번지에서 아버지 남평 문씨 문경유文慶裕와 어머니 연안 김씨 김경계金慶繼의 둘째 아들로 태어났습니다. 기미독립운동이 일어난 이듬해인 1920년 음력 1월 6일이 내가 태어난 날입니다. 상사리에는 증조할아버지 때 이사를 했다고 합니다. 수천 석의 농사를 손수 지으시며 자수성가로 가문을 일으키신 증조할아버지는 술과 담배는 입에도 대지 않으시고 그 돈으로 다른 사람에게 밥 한 끼라도 더 먹이는 것을 보람으로 아는 분이셨습니다. 돌아가실 때는 '팔도강산 사람에게 밥을 먹이면 팔도강산에서 축복이 몰려든다'는 유언을 남기셨습니다. 그래서 우리 집 사랑방은 사람들로 늘 북적거렸습니다. 우리 동네 너머 사람들까지도 '아무 동네 문씨 댁에 가면 밥을 거저 준다'는 것을 모두 알 정도였습니다. 어머니는 그 고단한 수발을 척척 해내면서 불평 한번 하지 않으셨습니다.

잠시도 쉬는 법이 없을 만큼 부지런하셨던 증조할아버지는 틈틈이 짚신을 삼아 장에 내다 파셨고, 늙어서는 "후대에 우리 자손이 잘 되게 해주십시오" 하고 빌면서 오리를 여러 마리 사서는 놓아주시곤 했습니다. 또 사랑방에 한문 선생을 들여 동네 청년들에게 글을 무료로 가르치셨습니다. 그래서 마을 사람들은 증조할아버지에게 '선옥善玉'이라는 호를 지어주고 우리 집을 일컬어 '복 받을 집'이라고 불렀습니다.

하지만 증조할아버지가 돌아가시고 내가 자랄 적에는 그 많던 재산이 모두 날아가고 그저 밥술이나 먹고살 정도였습니다. 그래도 밥 먹이는 가풍만은 여전해서 식구들이 먹을 밥이 없어도 남을 먼저 먹였습니다. 그 덕분에 내가 걸음마를 떼자마자 배운 것이 바로 남에게 밥을 먹이는 일이었습니다.

일제강점기 시절 만주로 피난을 떠나던 이들이 지나던 길목이 평안북도 선천宣川이었는데, 우리 집이 바로 선천으로 가는 큰길가에 있었습니다. 집도 땅도 모두 일본인들에게 빼앗기고 살 길을 찾아 만주로 향하던 사람들이 우리 집 앞을 지나갔습니다. 어머니는 집 앞을 지나가는 팔도 사람들에게 언제든 밥을 해서 먹이셨습니다. 거지가 밥을 달라고 하는데 어머니가 냉큼 밥을 내가지 않으면 할아버지가 먼저 당신 밥상을 번쩍 들고 나가셨습니다. 그런 집안에 태어나서인지 나도 평생 밥 먹이는 일에 매달려 살았습니다. 내게는 사람들에게 밥을 먹이는 일이 다른 무엇보다 귀하고 소중합니다. 내가 밥 먹을 때 밥을 못 먹는 사람이 있으면 마음이 아프고 목이 메어 숟가락질하던 손이 그냥 멈춰버립니다.

열한 살 때였습니다. 섣달그믐날이 다가와 마을 전체가 떡을 하느라 분주한데, 형편이 어려워 밥을 굶는 이웃이 있었습니다. 나는 그 사람들의 얼굴이 눈에 선하여 온종일 집 안을 뱅뱅 돌며 어찌할까 고민을 하다가 결국 쌀 한 말을 지고 뛰쳐나갔습니다. 식구들 몰래 쌀자루를 내가느라 자루에 새끼줄 하나 엮어 맬 겨를도 없었습니다. 그래도 어깨에 쌀자루를 짊어진 채 힘든 줄도 모르고 가파른 산비탈 길을 이십 리나 겅중겅중 뛰었습니다. 배고픈 사람들을 배불리 먹일 생각을 하니 기분이 좋아 가슴이 벌렁

벌렁 풀무질을 해댔습니다.

우리 집 옆에는 연자방앗간이 있었습니다. 방앗간 안에 있는 불 싸라기가 밖으로 새나가지 않게끔 사방을 잘 둘러막아 겨울에도 웃풍이 없이 꽤 훈훈했습니다. 어쩌다 집 안의 아궁이에서 숯불이라도 얻어다 피우면 온돌방보다 더 뜨뜻했습니다. 팔도를 떠돌아다니며 구걸을 하는 거지들 중에는 우리 집 연자방앗간에 터를 잡고 겨울을 나는 이들이 여럿 있었습니다. 나는 그 거지들이 들려주는 바깥세상 이야기가 재미나서 걸핏하면 연자방앗간으로 찾아들었습니다. 어머니는 아들이 친구 삼은 거지의 밥까지 같이 차려서 방앗간으로 밥상을 가져오셨습니다. 내 숟가락 네 숟가락도 없이 밥 한 그릇을 같이 떠먹고, 담요 한 장을 나눠 덮으며 함께 겨울을 보냈습니다. 한겨울이 지나고 봄이 되어 그들이 멀리 떠나고 나면 그들이 돌아올 다음 겨울이 기다려지곤 했습니다. 몸이 헐벗었다고 해서 마음까지 헐벗은 건 아닙니다. 그들에게는 분명 따뜻한 사랑이 있었습니다. 나는 그들에게 밥을 주었고 그들은 내게 사랑을 나눠주었습니다. 그들이 가르쳐준 깊은 우정과 따뜻한 사랑은 오늘까지도 내게 큰 힘이 되고 있습니다.

세계를 돌며 가난과 배고픔에 고통받는 어린이들을 볼 때마다 남들에게 밥을 먹이는 데 조금도 아낌이 없으셨던 할아버지의 모습을 떠올립니다.

모든 이의 친구가 되어

나는 마음에 정한 것이 있으면 당장 실행에 옮겨야지, 그러지 못하면 잠을 못 잤습니다. 어쩔 수 없이 날이 밝기를 기다려야 되면 밤새도록 잠도 못 자고 담벼락을 긁어댔습니다. 하도 긁어대 바람벽이 디 헐고 밤새 흙부스러기가 수북하게 쌓일 정도였습니다. 억울한 일이 있으면 밤에 잠을 자다 말고 뛰쳐나가 그 애를 불러내 한바탕 싸움을 벌이기도 했으니, 이런 아들을 키우느라 우리 부모님도 마음고생깨나 하셨습니다.

특히 잘못된 행동을 보아넘기지 못해 마치 동네 해결사라도 되는 것처럼 아이들 싸우는 데는 모두 끼어들어 시시비비를 가려주고, 잘못한 아이에게 호통을 치곤 했습니다. 한번은 동네에서 제멋대로 횡포를 부리는 아이의 할아버지를 찾아가 "할아버지, 댁의 손자가 이러이러한 잘못을 했으니 단속 좀 해주세요"라고 당차게 충고를 한 적도 있었습니다.

행동은 거칠어 보였지만, 실상 나는 정이 많은 아이였습니다. 늦게까지 할머니의 빈 젖을 만지며 잠들기를 좋아했는데 할머니도 나의 이런 어리광을 내치지 않으셨습니다. 시집간 누나네 집에 놀러가서 사돈어른을 붙들고 떡 해달라 닭 잡아달라고 졸랐는데도 미움을 받지 않은 것은 내 마음속에 따뜻한 정이 있다는 것을 어른들이 아셨기 때문입니다. 특히 나는 동물을 돌보는 일에 유별났습니다. 집 앞 나무에 둥지를 튼 새들이 물을 먹을 수 있도록 웅덩이도 만들어주고, 곳간에서 좁쌀을 가져와 마당에 훌훌 뿌려주기도 했습니다. 처음에는 사람이 접근하면 도망가던 새들도 밥 주는 사람이 사랑을 주는 사람이란 걸 알아봤는지 언젠가부터는 나를 보고도 도망가지 않았습니다. 한번은 물고기를 길러볼 요량으로 고기를 잡아다 웅덩이에 넣어두었습니다. 먹이도 한 줌 넣어주었는데 이튿날 일어나보니 다 죽어있었습니다. 잘 키우고 싶었는데 힘없이 물에 떠오른 모습을 보니 얼마나 기가 막힌지 온종일 운 적도 있습니다.

아버지는 양봉을 수백 통이나 하셨습니다. 커다란 벌통에 벌집의 기초가 되는 원판 소초를 촘촘히 박아놓으면 거기에 벌들이 밀을 물어다가 둥지를 틀고 꿀을 저장합니다. 호기심 많던 나는 벌들이 집 짓는 것을 구경하려고 벌통 한가운데에 얼굴을 들이밀었다가 벌들에 쏘여 얼굴이 맷방석만 하게 부풀어오른 적도 있습니다.

벌통의 원판을 내 멋대로 빼돌려 크게 야단을 맞은 일도 있었습니다. 벌이 집을 다 지으면 아버지는 원판을 모아 켜켜이 쌓아두는데, 그 원판에는 벌들이 만들어놓은 밀랍이 묻어있어 기름 대신 불을 켤 수도 있었습니다. 그런데 내가 그 비싼 원판을 웽가당 뎅가당 짓이겨서는 석유가 없어 불을 못 켜는 집에 촛불이라도 켜라며 나눠준 것입니다. 그렇게 제멋대로 인심을 쓰다가 아버지한테 정말로 혼쭐이 났습니다.

열두 살 때 일이었습니다. 그때는 마땅히 놀이라 할 만한 게 없어 기껏해야 윷이나 장기 아니면 투전이 전부였습니다.

나는 여럿이 어울려 노는 것을 좋아하여 낮에는 윷놀이나 연날리기 등을 하고 저녁에는 동네 투전판을 들락거렸습니다. 한 판에 120원을 따는 것이었는데 웬만하면 세 판이면 땄습니다. 섣달 그믐날이나 정월보름날은 투전판의 전성기였습니다. 그런 날이면 순사가 와서 보고도 잡아가지 않았습니다. 나는 어른들의 투전판이 벌어지는 곳에 가서 한숨 자고 새벽녘에 딱 세 판만 끼어들었습니다. 그렇게 딴 돈으로 조청을 독째 사다가 너도 먹고 물러가라, 너도 먹고 물러가라 하면서 동네 아이들에게 나눠주었습니다. 절대 그 돈을 나를 위해 쓰거나 나쁜 짓을 하는 데 쓰지 않았습니다. 매부들이 집에 오면 지갑에 든 돈을 마음대로 꺼내 썼습니다. 그래도 좋다고 미리 허락을 받았기 때문입니다. 매부 돈을 꺼내 불쌍한 애들한테 말눈깔 사탕도 사주고 조청도 사주었습니다.

어느 동네든 잘사는 사람이 있는가 하면 못사는 사람도 있기 마련입니다. 못사는 친구들이 도시락으로 조밥을 싸오는 것을 보면 차마 내 밥을 먹지 못하고 친구의 조밥과 바꿔 먹었습니다. 나는 잘살고 드센 집 아이들보다는 어렵게 살고 밥을 못 먹는 아이와 더 친했고, 무슨 짓을 해서라도 그 아이의 배고픔을 해결해주고 싶었습니다. 그게 바로 내가 제일 좋아하는 놀이였기 때문입니다. 어린 나이였지만 모든 사람의 친구, 아니 친구 그 이상으로 깊은 마음을 나누는 사람이 되어야겠다고 생각했습니다.

삼촌 중에 욕심 많은 이가 한 분 있었습니다. 동네 한복판에 삼촌네 참외밭이 있었는데 여름이면 달콤한 냄새 때문에 밭을 지나던 동네 아이들이 안달을 했습니다. 그런데도 삼촌은 길가의 원두막을 지키고 앉아 참외를 한 개도 나눠주지 않았습니다. 하루는 내가 "삼촌, 내가 언제 한번 참외를 원 없이 가져다 먹어도 되지요?" 하고 물었습니다. 그러자 삼촌은 "그럼, 그렇고말고" 하고 선선히 대답했습니다. 나는 "참외 먹고 싶은 애들은 포댓자루 하나씩 들고 밤 열두 시에 우리 집 앞으로 모두 모여라!" 하고는 아이들을 불러모았습니다. 그러고는 삼촌네 참외밭으로 몰려가서 "너희들 마음대로 아무 걱정 말고 한 고랑씩 다 따라"고 했습니다. 아이들은 환호성을 지르며 참외밭으로 뛰어들어가 순식간에 참외 몇 고랑을 모조리 따버렸습니다. 그날 밤 배고픈 동네 아이들은 싸리밭에 앉아 참외를 배가 터지도록 먹었습니다.

이튿날 삼촌네는 난리가 났습니다. 벌집을 쑤셔놓은 듯한 삼촌댁을 찾아갔더니, 삼촌은 나를 보자마자 "이놈, 네가 한 짓이냐?

참외농사를 헛수고로 만든 게 바로 네놈이란 말이냐?" 하며 펄펄 뛰셨습니다. 나는 삼촌이 뭐라고 야단을 쳐도 기죽지 않고, "삼촌, 원 없이 먹어도 된다고 하셨잖아요. 동네 아이들이 참외를 먹고 싶어하는 그 마음이 바로 내 마음이에요. 먹고 싶어하는 아이들 한테 참외 한 개씩 나눠줘야겠어요, 절대로 안 줘야겠어요?" 하고 따져 물었습니다. 그러자 화가 나서 펄펄 뛰던 삼촌도 "그래, 네가 옳다" 하며 물러서고 말았습니다.

평화를 사랑하는 세계인으로

내 인생의 분명한 나침반

우리 본관은 전라도 나주 옆에 있는 남평입니다. 문정흘文禎紇 증조할아버지는 문성학文成學 고조할아버지가 낳으신 3형제 중 셋째 아드님이셨습니다. 그 증조할아버지가 또 치국致國, 신국信國, 윤국潤國의 3형제를 낳으셨는데 우리 할아버지가 맏이셨습니다.

할아버지는 학교도 안 다니고 서당에도 가신 적이 없는 일자무식이었지만, 듣기만 하고도 삼국지를 모두 외울 정도로 집중력이 대단한 분이셨습니다. 삼국지만이 아닙니다. 누가 흥미로운 이야기를 해주면 그것을 모두 외워서 줄줄 읊으셨습니다. 무엇이든 한번만 들으면 다 기억하셨습니다. 할아버지를 닮아 아버지도 4백 쪽이 넘는 찬송가를 모두 외워서 부르셨습니다.

할아버지는 무조건 베풀며 살라는 증조할아버지의 유언을 잘 따르셨습니다만, 재산을 지키지는 못하셨습니다. 셋째인 윤국 작은할아버지가 집안 재산을 저당 잡혀 몽땅 날리셨기 때문입니다. 그

후 집안 식구들의 고생은 이만저만이 아니었지만, 우리 할아버지나 아버지는 한번도 윤국 할아버지를 원망하지 않으셨습니다. 윤국 할아버지가 노름하느라 재산을 없앤 것이 아니기 때문입니다. 윤국 할아버지가 저당을 잡혀가며 빌린 돈은 모두 상하이 임시정부로 전해졌습니다. 당시 7만 원이면 상당히 큰돈이었는데 윤국 할아버지는 그 돈을 독립운동 자금으로 털어넣으셨습니다.

윤국 할아버지는 평양신학교를 졸업한 목사로 영어와 한학에 능한 인텔리였습니다. 덕언면의 덕흥교회를 비롯해서 세 군데 교회의 담임목사를 지낸 윤국 할아버지는 최남선 선생 등과 더불어 기미독립선언문을 기안했지만, 기독교 대표 16인 중에 덕흥교회 사람이 셋이나 되자 민족대표 자리에서 스스로 물러나셨습니다. 그러자 오산학교 설립에 뜻을 같이 했던 남강 이승훈 선생은 윤국 할아비지의 두 손을 잡고 눈물을 흘리며 만약의 경우 거사에 실패하면 후사를 맡아달라고 당부했다고 합니다.

고향으로 돌아온 윤국 할아버지는 만세를 부르러 거리로 쏟아져 나온 사람들에게 태극기 수만 장을 인쇄하여 나눠주었습니다. 그리고 그해 3월 8일에 정주군 오산학교 교장과 교원, 학생 2천여 명, 각 교회신도 3천여 명, 주민 4천여 명과 회합하여 아이포 면사무소 뒷산에서 독립만세시위를 주도하다가 체포되셨습니다. 할아버지는 2년형을 선고받고 의주 감옥에서 옥고를 치르다가 이듬해 특사로 출감했지만, 일본경찰들의 박해가 심하여 한 곳에 머무르지 못하고 여러 곳으로 피신을 다니셨습니다. 일본경찰에게 고문을 당한 할아버지의 몸에는 죽창으로 찔려 움푹 팬 큰 흉터가 있었습니다. 시퍼렇게 날이 선 죽창으로 두 다리와 옆구리를 찔리는 고문을 당하면서도 윤국 할아버지는 끝끝내 굽히지 않으셨다고 합니다. 모진 고문에도 도통 말을 안 들으니 독립운동만 안 하면 군수 자리라도 주겠다는 회유도 받으셨습니다. 그러자 오히려 "내가 너희 도둑놈들 밑에서 벼슬할 줄 알았느냐?" 하며 서슬 퍼렇게 호통을 치셨다고 합니다.

내가 일고여덟 살쯤의 일입니다. 윤국 할아버지가 잠시 우리 집에 머물러 계신 것을 알고 독립군들이 찾아온 적이 있었습니다. 독립자금이 부족해 도움을 요청하려고 눈이 쏟아지는 밤길을 걸어온 것이었습니다. 아버지는 잠든 우리 형제들이 깰세라 우리 얼굴을 이불로 덮으셨습니다. 이미 잠이 달아나버린 나는 이불 속에서 두 눈을 말똥말똥 뜨고 누워 어른들이 나누는 이야기 소리에 귀를 기울였습니다. 어머니는 그 밤중에 닭을 잡고 국수를 삶아 독립군들을 대접했습니다.

아버지가 덮어씌운 이불 밑에서 숨을 죽인 채 듣던 윤국 할아버지의 말씀은 지금도 귓전에 생생히 남아있습니다. 할아버지는 "죽어도 나라를 위해 죽으면 복되다"라고 말씀하셨습니다. 또 "지금 눈앞에 보이는 것은 암흑이지만, 반드시 광명한 아침이 온다"라는 이야기도 하셨습니다. 고문의 후유증으로 늘 몸이 불편하셨지만 목소리만은 쩌렁쩌렁하셨지요.

'저렇게 훌륭한 할아버지가 왜 감옥에 가야 하나? 일본보다 우리가 더 힘이 세면 그런 일이 없을 텐데…' 하며 안타까워하던 심정도 잊히지 않습니다.

일본경찰의 괴롭힘을 피해 객지를 떠돌다 연락이 끊어졌던 윤국 할아버지의 소식을 다시 듣게 된 것은 1966년 서울에서였습니다. 사촌동생의 꿈에 나타나서는 "내가 강원도 정선 땅에 묻혀 있노라"라고 하셨답니다. 꿈속에서 받은 주소를 찾아가보니 할아버지는 이미 9년 전에 작고하시고, 그 자리엔 잡초가 무성한 무덤만 덩그러니 남아있었습니다. 나는 윤국 할아버지의 시신을 거두어 경기도 파주로 이장해 모셨습니다.

광복 이후 공산당이 목사들과 독립 운동가들을 가리지 않고 마구 죽이는 일이 있었습니다. 윤국 할아버지는 행여 식구들에게 폐가 될세라 공산당을 피해 38선을 넘어 정선으로 향하셨는데, 우리 식구들은 그 사실을 까맣게 모르고 있었습니다. 첩첩산골인 정선에서 붓을 팔아 연명하시다가 나중에는 서당을 세우고 한문을 가르치셨다고 합니다. 윤국 할아버지에게 한문을 배웠던 제자들 말에 의하면 평소에 즉흥적으로 한시를 즐겨 쓰셨다고 합니다. 그렇게 쓰신 시를 제자들이 모아놓은 것이 130여 수나 되었습니다.

⁂ 남북평화 南北平和 ⁂

십 년 전에 북쪽 고향을 떠나 월남했노라	在前十載越南州
유수 같은 세월이 나의 흰 머리를 재촉하네	流水光陰催白頭

북쪽 고향으로 돌아가려 해도 어찌 갈 수 있으랴	故園欲去安能去
타향에 잠시 머물고자 한 것이 오래 머물게 되었노라	別界薄遊爲久游
고향 갈포 홑옷을 길게 입으니 여름 된 줄 알겠고	袗絺長着知當夏
비단 부채 흔들면서 이내 가을 닥칠 일을 걱정하네	紈扇動搖畏及秋
남북 사이에 평화가 올 날이 이제 멀지 않으니	南北平和今不遠
처마 밑에서 기다리는 아이들아 너무 근심 말아라	候簷兒女莫深愁

식구들을 잃어버리고 산 설고 물 선 정선 땅에 살면서도 윤국 할아버지의 마음은 나라 걱정에 매여있었습니다. 할아버지는 또 '애당초 뜻을 세움에 스스로 높은 것을 기약하고, 사욕일랑 터럭 끝만치도 용납하지 않아야 한다厥初立志自期高 私慾未嘗容一毫'는 시구도 남기셨습니다. 윤국 할아버지께서 독립운동을 하신 행적은 뒤늦게 정부당국의 인정을 받아 1977년과 1990년에 대통령표창과 건국훈장이 추서되었습니다. 숱한 시련 속에서도 나라 사랑하는 마음을 일념으로 삼았던 할아버지의 마음이 그대로 녹아있는 시구를 지금도 종종 읊조립니다.

요즘 나이가 들어갈수록 윤국 할아버지의 생각이 점점 더 납니다. 나라 걱정하시던 그분의 마음이 절절이 내 마음을 파고듭니다. 나는 윤국 할아버지가 직접 가사를 붙여 지으신 '대한지리가'를 우리 식구들한테 모두 가르쳐주었습니다. 백두산부터 한라산까지 한 곡조로 부르고 나면 속이 다 후련해지는 맛에 요즘도 우리 식구들하고 즐겨 부르곤 합니다.

∗❧ 대한지리가 ❧∗

동반구에 돌출한 대한반도는
동양 3국 요지에 자리를 잡고

북으로는 광활한 만주평야요
동으로는 깊고 푸른 동해로다

남으로는 다도해 대한 바다요
서로는 깊고 누런 황해로다

3면바다 수중의 쌓인 해산물
어류조개 수만 종 우리 보배일세

북극단에 종립髻쏙한 주종 백두산
압록 두만 2대 강의 수원이 되고

동서 분류 양해의 주입을 하여
지나 소련 경계가 완연하도다

반도 중앙 강원도에 빛난 금강산
세계 공원 그 이름은 대한의 자랑

남방창해 우뚝 솟은 제주 한라산
왕래하는 고깃배의 목표 아닌가

대동 한강 금강 전주 4대 평야는
삼천만민 동포의 의식보고요

운산 순안 개천 재령 4대 광산은
우리 대한 광채 있는 지중보물일세

경성 평양 대구 개성 4대 도시는
우리 대한 광채 있는 지중도시일세

부산 원산 목포 인천 4대 항구는
내외국 무역선의 집중지일세

대경성을 심중으로 뻗친 철도선
경의 경부 2대 간선 연락이 되고

경원 호남 양지선 남북에 뻗쳐
삼천리강산 주유 넉넉하도다

역조의 변천을 말하는 고적
단군기자 2천 년의 건도지 평양

고려시조 태조 왕건 송도 개성과
이조조선 5백 년의 시왕지 경성

2천 년의 문명을 빛낸 신라
박혁거세 시조천 명읍지 경주

산수풍경 절승한 충청
부여는 백제 초왕 온조의 창조 고적지

미래를 개척할 대한 남아야
문명의 파도는 3해를 친다

한촌산읍 평민의 머리를 씻어
미래의 세계로 맹진을 하세

평화를 사랑하는 세계인으로

한다면 하는 하루울이 고집쟁이

~✦~

아버지는 돈을 빌려주고 떼일 줄은 알아도 받아올 줄은 모르는 사람이었습니다. 하지만 빚을 얻어 쓰고서 갚기로 한 약속은 소를 팔고 집안 기둥을 뽑아 팔아서라도 반드시 지키는 분이었습니다. 아버지는 늘 "작은 꾀로 진리를 움직이지 못한다. 참이란 작은 꾀의 지배를 받지 않는다. 꾀로 이룬 것은 몇 년 못 가 드러난다"고 말씀하셨습니다. 풍채가 좋으셨던 아버지는 볏섬을 지고 층계를 성큼성큼 올라가실 만큼 힘이 장사였습니다. 내가 아흔 살이 되도록 세계를 돌아다니며 활동할 수 있는 것은 아버지에게서 물려받은 체력 덕분입니다.

찬송가 중에서 '저 높은 곳을 향하여'를 즐겨 부르시던 어머니도 대단한 여장부셨습니다. 이마랑 머리가 두리두리하셨던 모습만이 아니라 곧고 괄괄한 성격도 그대로 닮아 나 또한 고집이 대단하니 그 어머니에 그 아들인 셈입니다.

어릴 적 내 별명은 '하루울이'입니다. 한번 울기 시작하면 온종일 울어야 끝이 나서 붙여진 별명입니다. 한번 울음을 터뜨리면 무슨 큰일이나 난 것처럼 크게 울어 잠자던 사람들이 다 깨어 나와봐야 할 정도였다고 합니다. 가만히 앉아서 운 것도 아닙니다. 방 안을 홀떡홀떡 뛰면서 난리를 쳐대 온 몸에 상처가 나고 살이 터져 방 안을 피투성이로 만들 정도로 울어댔습니다. 어려서부터 그렇게 성질이 지독한 데가 있었습니다.

한번 맘을 정하면 절대 양보를 안 했습니다. 뼈가 부러져도 양보를 하지 않았습니다. 물론 철이 들기 전의 일입니다. 내가 뻔히 잘못했는데도 어머니가 뭐라 하시면 "아니야! 절대 아니야!" 하고 맞섰습니다. 잘못했다고 한마디하면 될 걸 죽어도 그 말을 입 밖에 내지 않았습니다. 그런데 우리 어머니 성격도 대단하셨습니다. "어디 부모가 대답하라는데 안 하는 거냐?"며 들이패셨지요. 한번은 얼마나 맞았는지 기절을 해서 나가 떨어졌습니다. 그런데도 나는 항복하지 않았습니다. 그러자 어머니가 내 앞에서 엉엉 우셨습니다. 그 모습을 보고도 나는 잘못했다고 하지 않았습니다.

고집이 센 만큼 승부욕도 강해 어떤 일이든 지고는 못 살았습니다. 오죽하면 "오산집 쪼끔눈이. 그놈, 한번 한다면 하는 놈이다"라고 동네 어른들이 다 인정할 정도였습니다. 몇 살 때이던가, 내 코피를 터뜨리고 도망간 아이의 집 앞에 한 달을 죽치고 기다린 끝에 그 부모에게 항복을 받아내고 떡까지 한 시루 얻어오는 것을 보고 어른들도 혀를 내둘렀습니다. 그렇다고 생떼로만 이기려 든

건 아닙니다. 또래 아이들보다 훨씬 덩치도 크고 힘도 장사여서 동네에서 팔씨름으로 나를 당할 자가 없었습니다. 나보다 세 살 더 많은 녀석한테 씨름에서 진 적이 있었는데 도통 분해서 견딜 수가 없었습니다. 그래서 매일 밤 산에 올라가 아카시아 나무껍질을 벗기며 힘을 길러서는 여섯 달 만에 그 녀석을 이겨버렸습니다.

우리 집안에는 아이를 많이 낳는 내력이 있습니다. 내게는 위로 형님 한 분과 누나 셋, 여동생이 셋이나 있었습니다. 어릴 적엔 형제가 많아 참 좋았습니다. 형제들에 사촌들, 육촌들 모두 불러 모으면 못할 일이 없었습니다. 그래도 세월이 지나고 보니 온 세상에 나 혼자 남은 기분입니다.

1991년 말 북한에 잠시 다녀온 적이 있습니다. 떠나온 지 48년 만에 고향에 가보니 그 많던 형제와 어머니는 이미 돌아가셨고 누님과 여동생 한 사람만 살아있었습니다. 어릴 적 어머니처럼 나를 위해주던 누님은 칠순이 넘은 할머니가 되어있었고, 그토록 귀엽던 여동생도 이미 육십이 넘어 얼굴에 주름이 가득했습니다. 어릴 적에 그 여동생을 참 많이 놀려댔습니다. "효선아, 네 신랑감은 한쪽 눈이 째보다!" 하고 달아나면 "뭐라구! 오빠가 그걸 어떻게 알아?" 하며 쫓아와선 조그만 주먹으로 내 등을 콩콩 때리곤 했습니다. 열여덟 되던 해 효선이는 이모뻘 되는 아주머니의 중매로 선을 보았습니다. 그날 아침 일찍 일어나 머리를 곱게 빗고 분단장을 예쁘게 한 효선이는 집 안팎을 청소하며 신랑감 될 사람을 기다렸습니다. "효선아, 너 그렇게 시집이 가고 싶냐?" 하고 놀리자

분 바른 얼굴이 발갛게 물들던 모습이 참 고왔습니다. 북한을 다녀온 지 10년도 훨씬 더 지난 지금은 나를 보고 그렇게나 섧게 우시던 누님도 돌아가시고 여동생 혼자 남아있다고 하니 어찌나 애달픈지 내 마음이 다 녹아버리는 듯합니다.

손재주가 좋았던 나는 양말이나 옷 같은 걸 내 손으로 직접 짜 입었습니다. 추워지면 모자도 쓱쓱쓱 떠서 썼고요. 여자들보다도 솜씨가 좋아 우리 누나들한테도 뜨개질을 가르쳐주고 효선이 목도리도 내가 짜주었습니다. 곰발바닥처럼 크고 두터운 손으로 바느질하기도 좋아해서 속옷도 내가 만들어 입었습니다. 통광목을 갖다놓고 반을 척 접어 본을 뜨고 마름질을 한 다음 바느질하면 나한테 딱 맞게 만들어졌습니다. 어머니 버선도 그렇게 만들어드렸더니 어머니가 "야, 야, 우리 둘째가 장난삼아 하는 줄 알았더니 엄마 발에 딱 맞는구나" 하고 좋아하셨습니다.

효선이 말고도 그 밑으로 동생이 넷이나 더 있었습니다. 어머니는 열세 명의 형제를 낳으셨지만 다섯 자식을 먼저 보내셨습니다. 그러니 어머니의 속이 시커멓게 타버리셨을 겁니다. 넉넉지 않은 살림에 자식이 그렇게 많으니 어머니의 고생도 말이 아니었습니다. 그때는 자식을 시집장가 보내려면 무명을 짜야 했습니다. 목화에서 빼낸 솜을 물레에 넣어 실을 뽑는 것이지요. 그걸 평안도 말로 '토깽이'라고 합니다. 스무 올을 한 새로 잡고 열두 무명새, 열세 무명새… 자식들이 하나둘 결혼을 할 때마다 광목같이 보드랍고 예쁜 무명이 어머니의 투박스런 손을 통해 만들어졌습니다. 어찌나 손이 빠른지 남들이 하루에 서너 장 짜는 토깽이를 어머니는 열 장, 스무 장씩도 짜내셨습니다. 누나를 시집보내느라 정 바쁠 때에는 하루에 한 필도 너끈히 짜곤 하셨습니다. 맘만 먹으면 어떤 일이든 후다닥 해버리는 어머니의 급한 성격을 꼭 닮아 나도 무슨 일이든 후다닥 잘합니다.

지금도 그렇지만 어린 시절부터 나는 아무 음식이나 잘 먹었습니다. 옥수수도 잘 먹고 생오이도 잘 먹고 생감자, 날콩도 잘 먹었습니다. 이십 리 밖에 있는 외갓집 밭에 덩굴이 뻗어나가는 것이 있어서 무엇이냐고 물어보니 '지과'라고 했습니다. 그 동네에서는 고구마를 지과라고 불렀습니다. 캐서 쪄주기에 먹어보니 얼마나 감칠맛이 나던지 고구마를 소쿠리째 가져다놓고 혼자서 다 먹었습니다. 다음해부터는 고구마 철만 되면 사흘이 멀다 하고 외갓집으로 달려갔습니다. "엄마, 나 잠깐 어디 좀 다녀올게요" 하고는 이십 리 길을 단숨에 달려가 고구마를 먹고 오곤 했습니다.

고향에는 5월에 감자고개가 있었습니다. 겨우내 감자만 먹다가 봄이 되어 보리 추수를 하는 때가 바로 감자고개입니다. 요즘같이 먹기 좋은 납작보리가 아니고 통보리쌀이었지만 그래도 좋았습니다. 통보리를 이틀 정도 물에 불렸다가 밥을 하면 숟가락으로 꾹꾹 눌러서 떠도 밥알이 모래알처럼 흩어졌습니다. 그걸 벌건 고추장에 비벼 한입 집어넣으면 보리가 이 사이로 자꾸 삐져나왔습니다. 그래서 입을 꼭 다물고 우물우물 먹던 기억이 납니다.

청개구리도 많이 잡아먹었습니다. 옛날 시골에서는 아이들이 홍역을 앓거나 병에 걸려 얼굴이 홀쭉해지면 청개구리를 먹였습니다. 넓적다리에 살이 피둥피둥 오른 커다란 청개구리를 서너 마리 잡아다 호박잎에 싸서 구우면 시루에 찐 것처럼 말랑말랑하면서 참 맛이 있습니다. 맛으로 치면 참새고기, 꿩고기도 빠지지 않습니다. 뜸북뜸북 하며 벌판을 날아다니던 뜸북새는 물론이고 알록달록 어여쁜 산새알도 많이 구워 먹었습니다. 이렇게 자연에는 하나님이 주신 먹을거리가 지천이라는 걸 산으로 들로 쏘다니며 알아갔습니다.

소를 사랑하면 소가 보인다

눈에 보이는 것은 모두 알고 넘어가야만 직성이 풀리는 성격인 탓에 뭐라도 대충대충 넘어가는 법이 없었습니다. '저 산은 이름이 무엇일까, 저 산에는 무엇이 있을까'라는 궁금증이 생기면 반드시 가봐야 했습니다. 어린 나이에도 동네방네 이십 리 안팎에 있는 산꼭대기란 산꼭대기는 모두 올라가봤습니다. 그 너머까지도 안 가본 곳이 없습니다. 그래야 아침 햇빛 비치는 저곳에 무엇이 있다는 것이 머릿속에 그려져 맘 편히 바라보지, 모르는 곳은 바라보기도 싫었습니다. 내 눈에 보이는 것, 그 너머에 있는 것들을 모두 알지 않으면 마음이 불편해서 견딜 수가 없었습니다.

그러니 산에 다니면서 안 만져본 꽃이며 나무가 없습니다. 눈으로만 보는 건 성에 차지 않아 꽃이건 나무건 만져보고 냄새를 맡아보고 입에 넣어 씹어봤습니다. 그런데 그 향기와 촉감, 맛이 너무 좋아서 온종일 수풀에 코를 박고 있으라고 해도 싫지 않았습니나. 그렇게 자연이 좋으니 밖에만 나가면 집에 가는 것도 잊어버리고 산과 들을 쏘다녔습니다. 해가 지고 날이 어둑어둑해져도 무서운 줄 몰랐습니다.

누나들이 산나물을 캐러 갈 때면 내가 앞장서서 산에 올라 산나물을 뜯었습니다. 덕분에 맛 좋고 영양가 있는 나물도 종류별로 줄줄 꿰고 있습니다. 그중에서도 씀바귀를 좋아했는데 양념장에 무쳐서 고추장 비빔밥에 넣어 먹으면 맛이 일품입니다. 씀바귀를 먹을 때는 입에 넣고 숨을 딱 멈춰야 합니다. 그렇게 한 박자 뜸을 들이는 사이에 씀바귀의 쓴맛이 날아가고 달콤한 맛이 우러나는데 그 박자를 잘 맞춰야만 아주 맛있게 씀바귀를 먹을 수 있습니다.

나무타기도 좋아해서 우리 집에 있던 2백 년 된 커다란 밤나무를 주로 오르내렸습니다. 멀리 동구 밖까지 시원하게 탁 트인 전망이 얼마나 좋았는지 꼭대기에 올라가면 내려올 줄을 몰랐습니다. 때로 한밤중까지 올라가 있으면 바로 손위의 누나가 잠도 자지 않고 쫓아 나와 위험하다며 난리를 쳤습니다.

"용명아, 제발 내려와라. 밤 늦었는데 이제 들어와서 자야지."

"졸리면 여기서 자면 되지."

누나가 뭐라 해도 나는 밤나무 가지에 앉아 꿈쩍도 안 했습니다. 그러면 나를 지키다 화가 난 누나가 "야, 원숭이! 빨리 내려와!" 하고는 소리를 질렀습니다. 아마도 내가 원숭이 띠여서 그렇게 나무타기를 좋아했는지도 모릅니다. 밤나무에 밤송이가 주렁주렁 매달리면 부러진 나뭇가지로 밤송이를 툭툭 건드리며 뛰어다녔습니다. 그러면 밤송이가 후드득 땅 위로 떨어져 내리는데, 이 놀이도 정말 신이 났습니다. 시골에서 자라지 않은 요즘 아이들은 이런 재미를 모르니 참 안되었습니다.

자유롭게 하늘을 날아다니는 새들도 나의 관심 대상이었습니다. 어쩌다 예쁘장한 새가 날아오면 수놈은 어떻게 생겼고 암놈은 어떻게 생겼는지 궁금하여 요리조리 살펴보고 연구했습니다. 그 시절에는 나무나 풀, 새의 종류를 알려주는 책이 없었기 때문에 직접 자세히 살펴보는 도리밖에 없었습니다. 철새가 가는 곳을 따라 산을 이리저리 뒤지고 다니느라 밥을 굶는 것도 예사였습니다. 한번은 까치가 어떻게 알을 낳는지가 하도 궁금하여 아침저녁으로 까치집이 있는 나무를 오르내렸습니다. 그렇게 매일같이 나무에 오르내리니 정말로 알을 낳는 것도 보게 되고 까치와도 친구가 되었습니다.

"깍깍깍깍!"

까치도 처음에는 나만 보면 죽겠다고 깍깍거리며 야단을 치더니 나중엔 가만히 있었습니다.

주변의 풀벌레도 내 친구였습니다. 해마다 늦여름이면 내 방 앞의 감나무 꼭대기에서 쓰르라미가 울었습니다. 여름 내내 맴맴거리며 귀 따갑게 울어대던 매미 소리가 뚝 끊기고 쓰르라미가 울기 시작하면 얼마나 고마운지 모릅니다. 이제 곧 무더운 여름이 끝나고 시원한 가을이 온다는 소식을 전하는 울음이기 때문입니다.

"쓰르 쓰르르르…"

그렇게 쓰르라미가 울 때마다 나는 감나무를 올려다보며 생각했습니다. '아암, 기왕에 울 거면 그렇게 높은 데서 울어야 동네 사람들이 다 듣고 좋아하지. 구덩이에 들어가 울면 누가 알게 뭐람.' 그런데 알고 보니 매미도 쓰르라미도 모두 사랑을 하기 위해 우는 것이었습니다. "맴맴맴… 쓰룩쓰룩…" 이 모든 소리가 모두 짝을 부르는 신호라는 것을 알고 나니 벌레소리가 들릴 때마다 웃음이 절로 났습니다.

"오냐, 사랑이 그립단 말이지? 열심히 울어서 좋은 짝을 찾아보아라."

이렇게 세상 만물과 친구가 되어 서로의 마음을 나누는 법을 조금씩 깨우쳐갔습니다.

고향집에서 십 리만 니기면 황해였습니다. 조금만 높은 곳에 올라도 바다가 훤히 보일 정도로 가까웠습니다. 바다로 가는 길목에 물웅덩이들이 연달아 있고 그 가운데로 개울물이 흘렀습니다. 나는 구정물 냄새가 나는 물웅덩이를 뒤져 뱀장어와 참게를 잘도 잡았습니다. 별의별 데를 다 쑤셔서 고기를 잡다보니 어디에 어떤 고기가 사는지 훤히 알았습니다. 뱀장어는 본디 엎디어있는 걸 싫어해서 구멍으로 숨어듭니다. 머리를 구멍에 처박고 몸뚱이를 미처 다 넣지 못해 꼬리가 살짝 삐져나와 있기 일쑤입니다. 꼬리처럼 보이는 걸 쑤욱 잡아 빼면 영락없습니다. 게 구멍 같은 곳에 꼬리를 뺀 채 뱀장어가 길게 숨은 것입니다. 집에 손님이 오셔서 뱀장어 찜이 먹고 싶다 하면 십오 리 길을 내처 달려가 뱀장어 댓 마리씩 잡아오는 건 일도 아니었습니다. 여름방학이 되면 하루에 뱀장어 40마리 이상씩은 만날 잡아왔으니까요.

내가 유일하게 싫어한 일이 있었는데, 바로 소를 먹이는 일이었습니다. 아버지가 소를 먹이라고 하시면 건너 동네 들판에 소를 매어놓고는 달아나버렸습니다. 한참을 달아나다 걱정이 되어 돌아보면 소는 여전히 그 자리에 매여있습니다. 반나절이 지나도 자기를 먹여줄 사람이 나오지 않으면 소는 '음매~' 하고 울었습니다. 멀리서 소 울음소리가 들리면 내 마음이 짠해 '저놈의 소, 저거, 저거…' 하고 애가 탔습니다. 배고프다며 나를 찾는 울음소리를 모른 척하려니 내 마음이 오죽했겠습니까? 그래도 저녁 늦게 찾아가면 화를 내며 자기 뿔로 나를 받아넘기지 않고 반가워했습니다. 그런 소를 볼 때마다 사람도 큰 뜻 앞에서는 소 같아야 한다고 생각했습니다. 우직하게 때를 기다리면 좋은 일을 만나게 되는 것입니다.

우리 집에는 내가 참 사랑하던 개가 있었습니다. 어찌나 영리한지 학교에서 돌아올 때쯤이면 집 밖 멀리까지 마중을 나왔습니다. 나를 보고 반가워하면 늘 오른손으로 만져줬더니 내 왼편으로 왔다가도 쓱 돌아서 오른편으로 와서 얼굴을 비벼댔습니다. 그러면 나는 오른손으로 얼굴을 쓱쓱 만져주고 등을 쓸어주었습니다. 안 그러면 낑낑거리며 따라와 내 주변을 빙빙 돌았습니다.

'요 녀석아, 사랑이 무엇인지 너도 아는구나. 그리 사랑이 좋

으냐?'

동물들도 사랑을 다 압니다. 암탉이 병아리를 까기 위해 알을 품고 있는 것을 본 적이 있습니까? 알을 품은 암탉은 눈을 심각하게 뜨고 누가 가까이 오지 못하도록 제 발을 구르면서 온종일 앉아있습니다. 암탉이 싫어하는 줄 뻔히 알면서도 나는 닭장을 수시로 들락거렸습니다. 내가 닭장에 들어가면 암탉은 성이 나서 목을 꼿꼿이 세우고 노려봅니다. 그럼 나도 물러서지 않고 암탉을 노려봅니다. 하지만 하도 닭장을 드나들자 나중에는 암탉도 나를 아예 못 본 척했습니다. 하지만 알을 지키느라 발톱을 길게 내밀고 신경을 곤두세웠지요. 한번쯤 횡하니 날아서 나를 쪼아버릴 법도 한데 알 때문에 그 자리를 떠나지 못하고 애만 태웠습니다. 일부러 암탉 가까이 가서 깃털을 건드려도 꿈쩍도 안 합니다. 배의 털이 다 빠지도록 지키고 앉아 병아리를 탄생시킵니다. 그렇게 사랑으로 단단히 뭉쳐있으니 알을 품은 암탉의 권위는 수탉도 마음대로 못합니다. '천하의 누구라도 건드리기만 해봐라, 가만 안 둔다' 하는 천하의 대왕지권을 갖고 있는 것입니다.

암탉이 알을 품고 지키는 게 사랑이듯 돼지가 새끼를 낳는 것도 사랑입니다. 돼지가 새끼를 낳는 것도 따라다니며 지켜보았습니다. 어미 돼지가 '꿍!' 하고 힘을 주면 새끼 돼지가 '미끌' 떨어지고, 또 '꿍!' 하고 힘을 주면 또 한 마리가 '미끌' 하고 나왔습니다. 고양이도 개도 마찬가지입니다. 눈도 못 뜬 새끼들이 '웅!' 하고 세상에 나오면 얼마나 기쁜지 웃음이 절로 났습니다. 그렇지만 동물들의 죽음을 보는 일은 참으로 안타까웠습니다.

동네에서 조금 떨어진 곳에 도살장이 있었습니다. 소가 도살장으로 들어서면 어느 틈에 백정이 나와서 소를 팔뚝만한 쇠망치로 쾅 내려칩니다. 그 큰 소가 벌러덩 쓰러지면 다음 순간 가죽을 벗겨내고 다리를 떼어냅니다. 생명이 참 모진 것이, 다리를 떼어낸 뒤에도 잘린 그 자리가 계속해서 벌렁대는 겁니다. 그걸 보는데 어찌나 눈물이 나는지 엉엉 울었습니다.

나는 어려서부터 좀 남다른 데가 있었습니다. 신통력이 있는 것처럼 남들이 알지 못하는 걸 곧잘 알았습니다. 어려서부터 내가 비가 온다고 하면 영락없이 비가 왔습니다. 집 안에 앉아서는 '오늘 저 윗동네 아무개 할아버지 편치 않겠는걸' 하면 틀림없었습니다. 그러니 여덟 살 때부터 동네방네 선봐주는 챔피언이 되었습니다. 신랑 각시 사진 두 장만 갖다주면 다 알았습니다. '이 결혼은 나빠'라고 내가 말했는데도 결혼을 하면 전부 깨져 나갔습니다. 그렇게 연분을 맺어주는 일을 아흔이 되도록 했으니 이젠 그 사람이 앉는 것, 웃는 것만 쓱 봐도 다 알게 되었지요.

지금 누나가 무얼 하는지도 골똘히 생각해보면 다 알 수 있었습니다. 정신을 모으고 집중해보면 다 보였습니다. 그래서 누나들은 나를 좋아하면서도 무서워했습니다. 내가 자기들 비밀을 다 알고 있으니까요. 대단한 신통력 같지만 사실 이건 별로 놀랄 일도 아닙니다. 우리가 하찮게 여기는 개미도 장마가 질 걸 알고 미리 피하지 않습니까? 사람도 자기 갈 길을 미리 알아야 합니다.

47

그걸 아는 게 그리 어려울 것도 없습니다.

까치둥지를 자세히 보면 바람이 어디서 불어올지 알 수 있습니다. 바람이 어디서 불어오겠다 싶으면 까치는 그 반대편에 입구를 척 만들어놓습니다. 나뭇가지를 물어다 얼기설기 엮은 다음 빗물이 들어가지 않도록 진흙을 물어다 둥지 아래위로 바릅니다. 그러고는 나뭇가지의 끄트머리를 모조리 한 방향으로 몰아놓습니다. 마치 처마처럼 빗물이 한 군데로만 흐르게 하는 겁니다. 까치도 그렇게 자기를 살리는 지혜가 있는데 사람한테 왜 그런 재주가 없겠습니까?

아버지랑 소시장에 가서 "아버지, 저 소는 나쁘니 사지 마세요. 좋은 소는 목덜미가 잘생기고 앞발이 튼튼하고 뒤와 허리가 튼실해야 하는데, 저 소는 영 아니에요"라고 하면 반드시 그 소는 안 팔렸습니다. 아버지가 "네가 그걸 어떻게 알아?" 하시기에 "나는 어머니 배 속에서부터 배워 나왔어요"라고 대답했습니다. 물론 그냥 한 소리였습니다.

소를 사랑하면 소가 보이는 법입니다. 이 세상에서 제일 힘이 센 건 사랑이고, 제일 무서운 건 정신통일입니다. 마음을 침착하게 가라앉히면 마음 깊은 곳에 마음이 가라앉는 자리가 있습니다. 그 자리까지 내 마음이 들어가야 합니다. 마음이 거기에 들어가서 자고 깰 때에는 정신이 아주 예민해집니다. 바로 그때 잡다한 생각들을 물리치고 정신을 집중하면 모든 것이 통합니다. 의심이 나면 지금이라도 당장 해보십시오. 이 세상의 모든 생명은 그들을 가장 사랑하는 데에 속하려 합니다. 그러니 진정으로 사랑하지 않으면서 소유하거나 지배하는 것은 가짜이므로 언젠가는 토해내고 맙니다.

풀벌레와 나누는 우주 이야기

～

숲 속에 있으면 마음이 맑아집니다. 나뭇잎이 바스락거리는 소리, 바람이 갈대를 흔드는 소리, 웅덩이에서 개구리 우는 소리 같은 자연의 소리만 들리고 아무런 잡생각이 나지 않습니다. 그곳에서 마음을 텅 비우고 자연을 온 몸으로 받아들이면 자연 따로 나 따로가 아닙니다. 자연이 내 안에 들어와 나와 완전히 하나가 되는 것입니다. 자연과 나 사이에 경계가 없어지는 순간, 오묘한 기쁨이 느껴집니다. 자연이 내가 되고 내가 자연이 되는 겁니다.

나는 그런 경험들을 평생 간직하며 살아왔습니다. 지금도 눈을 감으면 자연과 하나가 되는 상태가 됩니다. 누군가는 무아의 상태라고도 하지만 나를 완전히 비운 곳에 자연이 들어와 앉으니 사실은 무아를 넘어선 상태입니다. 그 상태에서 자연이 건네는 소리를 듣습니다. 소나무가 하는 소리, 풀벌레가 하는 소리…. 그렇게 우리는 친구가 됩니다. 나는 그 마을에 어떤 심성을 가진 사람들이 사는지 만나보지 않아도 알 수 있습니다. 마을 들판에 나가서 하룻밤을 지내며 논밭에서 자라는 곡식들이 하는 이야기에 귀를 기울이면 저절로 알게 됩니다. 곡식들이 탄식하는지 즐거워하는지 보면 그 마을 사람들의 됨됨이를 알 수 있습니다.

한국과 미국, 심지어 북한에서 여러 차례 감옥을 드나들면서 다른 사람들처럼 외롭거나 힘들지 않았던 이유도 모두 그 안에서 바람의 소리를 들을 수 있고, 함께 사는 벌레들과 이야기를 나눌 수 있었기 때문입니다.

'벌레들과 대체 무슨 이야기를 한다는 건가!'라고 생각할 수도 있지만, 조그만 모래알 한 알에도 세상의 이치가 들어있고 공기 중에 떠도는 먼지 하나에도 무궁무진한 우주의 조화가 들어있습니다. 우리 곁에 존재하는 모든 것은 상상할 수 없을 정도의 복합적인 힘이 결합해 탄생한 것입니다. 또 그 힘들은 서로 밀접한 인연을 맺고 있습니다. 대우주의 모든 존재물은 무엇 하나 하나님의 심정 밖에서 잉태된 것이 없습니다. 나뭇잎 하나가 흔들리는 것에도 우주의 숨결이 담겨있는 것입니다.

나는 어려서부터 산으로 들로 뛰어다니며 자연의 소리와 교감하는 귀중한 능력을 선물 받았습니다. 자연은 모두가 하나의 하모니를 이루어 위대하고 아름다운 소리를 만들어냅니다. 누구 하나 튀지도 않고 무시하지도 않으면서 절정의 조화를 이루는 것입니다. 자연은 내가 어려움에 처할 때마다 나를 위로해주고 절망해 넘어질 때마다 나를 일으켜 세웠습니다. 대도시에 사는 요즘

1. 밥이 사랑이다

아이들은 자연과 친해질 기회조차 없지만, 감성을 일깨우는 일은 지식을 기르는 것보다 중요합니다. 자연을 느낄 가슴이 없고 감성이 메마른 아이들에게 대학교육을 시킨들 무엇이 달라지겠습니까? 기껏해야 여기저기 널린 지식을 쌓아 개인주의자가 될 뿐이며, 물질을 숭배하는 물신론자들만 만들어낼 뿐입니다.

봄비는 소곤소곤 내리고 가을비는 후드득후드득 내리는 그 차이를 느낄 수 있어야 합니다. 자연과의 교감을 즐길 줄 아는 사람이라야 올바른 인격을 갖추었다고 할 수 있습니다. 길가에 핀 민들레 한 포기가 천하의 황금보다 귀합니다. 자연을 사랑하고 또 사람을 사랑할 줄 아는 마음을 갖추어야 합니다. 자연을 사랑하지 못하고 사람을 사랑하지 못하는 사람은 하나님을 사랑할 수 없습니다. 하나님이 지으신 만물은 그분을 나타내는 상징적 존재이고 사람은 하나님을 닮은 실체적 존재입니다. 만물을 사랑할 줄 아는 사람만이 하나님을 사랑할 수 있습니다.

"일본인들은 어서 일본으로 돌아가시오"

그렇다고 내가 산과 들을 돌아다니며 마냥 놀기만 한 것은 아닙니다. 형님을 도와 농사일도 열심히 했습니다. 농촌엔 계절마다 해야 할 일들이 많습니다. 논갈이도 하고 밭갈이도 하고 모도내고 김도 매야 합니다. 김매기 중에 가장 힘든 일은 조밭매기입니다. 씨를 뿌린 후에 세 번은 고랑을 매줘야 하는데 어찌나 힘이 드는지 한번 맬 때마다 허리가 휠 지경입니다. 고구마는 진흙에 심어 키우면 맛이 없고 진흙을 3분의 1 정도 섞은 모래밭에 심어야 달디단 고구마를 수확할 수 있습니다. 옥수수를 키우는 데는 인분 퇴비가 가장 좋기 때문에 손으로 똥을 주물러 가루를 만드는 일도 했습니다. 농사일을 돕다보니 어떻게 해야 콩이 잘되는지 옥수수가 잘되는지, 어느 흙에 콩을 심어야 하고 팥을 심어야 하는지 저절로 알게 되었습니다. 나는 농사꾼 중의 농사꾼입니다.

평안도는 기독교 문물이 먼저 들어온 곳이라 1930년대, 1940년대에 이미 농지가 반듯하게 정리되어 있었습니다. 모를 심을 때는 한 장대에 열두 칸씩 사이를 둬 표시를 하고 두 사람이 여섯 줄씩 옮기면서 심었습니다. 나중에 남한에 와보니까 줄을 쳐놓고 한 줄에 수십 명씩 들어가 첨벙첨벙 왔다갔다하며 모를 심는데, 참 답답해 보였습니다. 발을 두 뼘 너비로 벌리고 서서 재빨리 모를 심는 것이 내가 농사철에 모만 심어주고도 학비 정도는 너끈히 벌어쓸 수 있는 비결이었습니다.

열 살이 되자 아버지가 나를 동네 글방에 보내셨습니다. 글방에서는 하루에 책 한 장만 떼면 됐습니다. 집중하여 30분 만에 외우고는 훈장님 앞에 서서 조잘조잘 읊으면 그날 공부는 끝입니다. 점심나절 늙은 훈장님이 낮잠에 빠지면 글방을 나와 산으로 들로 돌아다녔습니다. 산에 가는 날이 늘어날수록 뜯어먹을 게 어디 있는지 점점 더 많이 알게 되고, 그럴수록 점점 더 먹을 게 많아져 그걸로 끼니를 해결했습니다. 그러니 점심이 뭐 필요하고 저녁이 뭐 필요합니까? 그때부터 나는 집에서 점심을 따로 안 먹고 살았습니다.

글방에 다니면서 논어, 맹자를 읽으며 한자를 배웠는데 내가 글씨를 곧잘 썼습니다. 덕분에 열두 살 때부터 글방에서 훈장님을 대신해 아이들이 보고 배울 체글을 썼습니다. 그런데 난 사실 글방보다는 학교에 다니고 싶었습니다. 남들은 비행기를 만들고 있는데 공자왈 맹자왈 해서는 안 되겠다 싶었기 때문입니다. 그때가 4월인데 아버지는 벌써 일 년치 수업료를 다 내신 뒤였습니다. 그걸 알면서도 글방을 그만두려고 마음먹고 아버지를 설득했습니다. 할아버지를 설득하고 삼촌까지도 설득했습니다. 당시 소학교로 옮겨가려면 편입시험을 봐야 했는데, 그러려면 학원에 들어가 공부를 해야 했습니다. 나는 사촌동생까지 충동질해서 원봉학원에 들어가 소학교에 편입할 공부를 시작했습니다.

열네 살이 되던 이듬해, 편입시험을 치고 오산학교 3학년에 들어갔습니다. 남들보다 늦었지만 공부를 잘해서 5학년으로 월반도 했습니다. 오산학교는 집에서 이십 리나 떨어져 있었지만 하루도 빠지지 않고 정확한 시간에 맞춰 걸어다녔습니다. 고개를 넘어갈 때마다 다른 아이들이 기다리고 있어 내가 차차차차 걸음법으로 빠르게 걸어가면 동무들은 내 뒤를 따라오기도 바빴습니다. 평안도 호랑이가 나오는 무서운 산길을 그렇게 걸어다녔습니다.

오산학교는 독립운동가인 이승훈 선생이 세운 민족학교라 일본말을 가르치지도 않을 뿐더러 일본말을 아예 못쓰게 했습니다. 그런데 내 생각은 좀 달랐습니다. 적을 알아야만 적을 이길 수 있다고 생각했습니다. 나는 다시 편입시험을 쳐서 정주공립보통학교 4학년으로 들어갔습니다. 공립학교는 전부 일본말로 수업을 했기 때문에 등교 전날 밤 가타가나 히라가나만 겨우 외운 채로 등교했습니다. 일본말을 전혀 몰라 1학년부터 4학년까지 교과서를 보름 만에 몽땅 외워버렸습니다. 그리고 나니 비로소 귀가 틔었습니다.

덕분에 보통학교를 졸업할 때는 일본말을 유창하게 했습니다. 졸업식 날, 자원해서 정주읍의 유지들이 모두 모인 앞에 나가 연설을 했습니다. 감사하다는 축사를 한 것이 아니었습니다. 이 선생님은 어떻고 저 선생님은 어떻고, 학교제도에 이런 문제가 있으며, 그리고 이 시대의 책임자는 이런 각오로 임해야 한다는 둥 비판적인 연설을 일본말로 줄줄 해댔습니다.

"일본인들은 하루 빨리 보따리를 싸서 일본으로 돌아가라. 이 땅은 우리나라 사람들이 대대손손 살아가야 할 조상의 유업이다!" 그런 말을 경찰서장, 군수, 면장 다 모인 앞에서 해댔습니다. 윤국 할아버지의 혼을 이어받아 감히 아무도 할 수 없는 말을 해댄 것입니다. 그러니 사람들이 얼마나 놀랐겠습니까? 단상을 내려올 때 보니 다들 얼굴이 허옇게 질려있었습니다. 그런데 문제는 그 다음이었습니다. 일본경찰은 그날부터 나를 요시찰 인물로 지목해서 별걸 다 감시하고 귀찮게 굴더니 나중에는 일본으로 유학을 가려할 때 경찰서장이 도장을 찍어주지 않아 상당히 애를 먹었습니다. 일본에 보낼 수 없는 요주의 청년이라며 거절했던 것입니다. 결국 경찰서장과 크게 싸우고 담판을 지은 다음에야 간신히 일본으로 건너갈 수 있었습니다.

눈물로 채운 마음의 강 2

두려움과 감격의 교차 속에서

철이 들면서부터 '나는 이다음에 무엇이 될까?' 하는 문제에 대해 골똘히 생각하기 시작했습니다. 자연을 관찰하고 연구하는 것을 좋아하니 과학자가 되어볼까도 했지만, 일본의 수탈에 시달리며 끼니조차 잇지 못하는 사람들의 비참한 현실을 목격하고는 생각을 바꾸었습니다. 과학자가 되어 노벨상을 받는다고 해도 헐벗고 굶주린 사람들의 눈물을 씻어줄 수는 없을 것 같았습니다.

나는 사람들의 흐르는 눈물을 닦아주고 마음에 쌓인 슬픔을 없애주는 사람이 되고 싶었습니다. 숲 속에 누워 새들의 노랫소리를 들으면 '이 세상을 저 소리처럼 정답게 만들어야지. 사람들의 얼굴을 꽃처럼 향기롭게 만들어주는 사람이 되어야지' 하는 생각이 절로 들었습니다. 과연 어떤 사람이 되어야 그런 일을 할 수 있을지는 잘 몰랐지만 사람에게 행복을 전하는 사람이 되어야겠다는 마음만은 굳어져갔습니다.

내 나이 열 살 무렵 목사인 윤국 할아버지 덕분에 우리 집안은 모두 기독교로 개종하고 열심히 신앙생활을 했습니다. 그때부터 나는 한번도 거르지 않고 성실하게 교회를 다녔습니다. 예배시간에 조금이라도 늦으면 너무 부끄러워 얼굴도 들지 못했습니다. 어린 나이에 무얼 알아 그리했을까마는 내 마음속에는 그때 이미 하나님의 존재가 커다랗게 자리잡고 있었습니다. 그리고 삶과 죽음, 인생의 고통과 슬픔에 대해 심각하게 고민하는 시간이 늘어가기 시작했습니다.

　열두 살 때 증조할아버지 묘를 이장하는 것을 본 적이 있습니다. 원칙대로라면 문중 어른들만 참석하는 자리였지만, 사람이 죽으면 어떻게 되는지 직접 보고 싶은 마음에 기를 쓰고 끼어들었습니다. 묘를 파고 시체를 이장하는 것을 지켜보던 나는 순간 놀라움과 두려움에 휩싸였습니다. 예를 갖춘 어른들이 모두 모여 분묘墳墓를 열었을 때 내 눈에 들어온 것은 앙상한 뼛조각뿐이었습니다. 그동안 아버지와 어머니를 통해 들었던 증조할아버지의 모습은 온데간데없고 하얀 뼈만 흉측한 모습을 드러냈습니다.

　증조할아버지의 뼈를 보고난 후, 나는 한동안 그 충격에서 헤어나오지 못했습니다. '증조할아버지도 살아계실 적에는 우리와 똑같은 모습을 하고 계셨을 텐데…. 그럼 우리 부모님도 돌아가시면 증조할아버지처럼 하얀 뼈만 남는 건가, 나도 죽으면 그렇게 되는 건가, 사람은 모두 죽어야 하나, 죽은 다음엔 아무 생각도 못하고 그저 누워만 있는 건가, 그럼 생각은 어디로 가는 건가?' 하는 의문이 머릿속에서 떠나지 않았습니다.

그때 집안에 이상한 일들이 많이 벌어졌습니다. 지금도 생생하게 기억나는 일이 하나 있습니다. 예장을 만들려고 물레에서 뽑은 토끝(베를 짠 끄트머리)을 독에 넣어두었는데 어느 날 밤 그것이 윗마을 오래된 밤나무에 하얗게 널려있었습니다. 토끝은 한 필 정도의 양이 될 때까지 모았다가 무명을 짜서 자식들 혼례에 쓰는 것인데, 우리 고향에서는 이것을 예장이라고 불렀습니다. 그런데 누가 그것을 한밤중에 집에서 멀리 떨어진 밤나무에 걸쳐 놓은 건지 알 수 없었습니다. 아무래도 사람이 한 짓은 아닌 것 같아 동네 사람들 모두 두려워했습니다.

열여섯 살 무렵 열세 남매 중 다섯 명의 동생이 한 해에 세상을 떠나는 비극도 겪었습니다. 한꺼번에 아이 다섯을 잃은 부모님의 상심은 이루 말할 수 없었습니다. 그런데 끔찍한 일은 우리 집 담장을 넘어 문중에까지 번졌습니다. 멀쩡하던 소가 갑자기 죽어나가고 잇따라 말이 죽더니 하룻밤 새에 돼지가 일곱 마리나 죽어나갔습니다.

집안의 고난은 민족의 고통, 세계의 고통으로 이어졌습니다. 점점 악랄해지는 일본의 압정과 우리 민족의 비참한 처지를 지켜보며 나의 고민도 커져만 갔습니다. 사람들은 먹을 것이 없어 풀이며 나무껍질을 있는 대로 뜯어다가 끓여 먹어야 했습니다. 세계적으로도 전쟁이 끊이질 않았습니다. 그러던 어느 날, 나와 동갑인 중학생이 자살을 했다는 신문기사를 읽게 되었습니다. '그 소년은 왜 죽었을까, 어린 나이에 무엇이 그리도 괴로웠을까….' 마치 내가 당한 슬픔인 것처럼 가슴이 무너져 내렸습니다. 신문을 펼쳐놓은 채 사흘 밤낮을 통곡했습니다. 끝도 없이 흘러내리는 눈물을 주체할 수 없었습니다.

세상에 왜 이렇게 이상한 일이 잇따라 일어나는 것인지, 왜 착한 사람들에게 슬픈 일이 생기는지 도무지 이해할 수 없었습니다. 증조할아버지의 산소를 이장하면서 그 뼈를 목격한 이후 삶과 죽음에 관해 의문을 갖게 된 데다 집안에서 벌어지는 이해할 수 없는 일들로 인해 나는 종교에 매달리게 되었습니다. 하지만 교회에서 듣는 말씀만으로는 삶과 죽음에 대한 의문을 시원하게 풀 수 없었습니다. 마음이 답답해진 나는 자연히 기도에 몰두하게 되었습니다.

'나는 누구인가? 어디서 왔는가? 인생의 목적은 무엇인가? 사람은 죽으면 어떻게 되는가? 영혼의 세계는 과연 있는가? 하나님은 확실히 존재하는 것인가? 하나님은 정말 전능한 분인가? 하나님이 전능한 분이라면 왜 세상의 슬픔을 그대로 보고만 있는 것인가? 하나님이 이 세상을 지으셨다면 이 세상의 고통도 하나님이 만드신 것인가? 일본에게 나라를 빼앗긴 우리나라의 비극은 언제 끝날 것인가? 우리 민족이 당하는 고통의 의미는 무엇인가? 왜 인간은 서로를 미워하며 싸우고 전쟁을 일으키는 것인가?' 등 참으로 심각하고 본질적인 질문들이 가슴속을 가득 메웠습니다. 그 누구도 쉽게 대답하기 힘든 질문들이라 기도하는 길밖에는 다른 도리가 없었습니다. 나를 괴롭히는 마음의 문제를 하나님께 털어놓고 기도하는 동안에는 고통도 슬픔도 사라지고 마음이 편안했습니다. 기도하는 시간이 점점 길어지다 급기야 밤을 새우는 날도 하루하루 늘어났습니다. 그러던 어느 날 하나님이 내 기도에 화답해주는 진귀한 경험을 하게 되었습니다. 그날은 내 평생 가장 소중한 기억으로 남을, 꿈에도 잊을 수 없는 날입니다.

열여섯 살 되던 해 부활절 전야였습니다. 그날도 어김없이 마을 뒤에 있는 묘두산에 올라가 밤새 기도하며 하나님께 눈물로 매달렸습니다. 왜 이토록 슬픔과 절망이 가득한 세상을 만드셨는지, 전지전능하신 하나님이 왜 이 세상을 아픔 속에 내버려두시는 건지, 비참한 조국을 위해 내가 무엇을 해야 하는지, 나는 눈물을 흘리며 묻고 또 물었습니다.

기도로 꼬박 밤을 새우고 난 부활절 새벽에 예수님이 내 앞에 나타나셨습니다. 바람처럼 홀연히 나타난 예수님은 "고통 받는 인류 때문에 하나님이 너무 슬퍼하고 계시니라. 지상에서 하늘의 역사에 대한 특별한 사명을 맡아라" 하고 말씀하셨습니다.

그날 나는 슬픈 얼굴의 예수님을 확실히 보았습니다. 그리고 그 음성을 분명히 들었습니다. 예수님을 현현한 내 몸이 사시나무 떨리듯 심하게 떨렸습니다. 그 자리에서 당장이라도 죽을 것 같은 두려움과 터질 듯한 감격이 한꺼번에 엄습했습니다. 예수님은 또렷하게 앞으로 내가 해야 할 일을 말씀해주셨습니다. 고통 받는 인류를 구해 하나님을 기쁘게 해드리라는 엄청난 말씀이었습니다.

"저는 못합니다. 제가 그걸 어떻게 하겠습니까? 제게 그렇게 막중한 임무를 내리시다니요?"

정말 두려웠습니다. 어떻게든 피하고 싶어 예수님의 옷자락을 붙잡고 한없이 울었습니다.

심장이 아플수록 송두리째 사랑하라

나는 극심한 혼란에 빠졌습니다. 부모님께도 털어놓을 수 없고 마음속에 꼭꼭 담아둘 수만도 없는 큰 비밀을 어찌해야 할지 몰라 쩔쩔맸습니다. 분명한 건 내가 하늘로부터 특별한 임무를 받았다는 사실이었습니다. 혼자 감당하기에는 너무 크고 엄청난 그 책임을 도저히 다할 수 없을 것 같아 불안하고 두려웠습니다. 혼란스런 마음을 다스리려 이전보다 훨씬 더 기도에 매달렸지만 그마저도 소용이 없었습니다. 아무리 애를 써도 예수님을 만난 기억에서 잠시도 헤어날 수 없었습니다. 울음이 솟구치는 마음을 어쩌지 못해 나는 그 두려움을 시로 썼습니다.

내가 사람을 의심할 때 나는 고통을 느낍니다.
내가 사람을 심판할 때 나는 견딜 수 없어집니다.

내가 사람을 미워할 때 나는 존재가치를 잃고 맙니다.

그러나 만일 믿으면, 나는 속임을 당하고 맙니다.

이 저녁 나는 머리를 손바닥에 묻고,
고통과 슬픔에 떨고 있습니다….

내가 틀린 것입니까? 그렇습니다. 내가 틀린 것입니다.
비록 속임을 당할지라도 믿어야 합니다.
비록 배신을 당할지라도 용서해야 합니다.

미워하는 사람까지도 송두리째 사랑하십시오.

눈물을 닦아내고 미소로 맞이하십시오.
남을 속이는 일밖에 모르는 자들을,
배신을 하고도 뉘우칠 줄 모르는 자들까지도….

오, 주여!
사랑하는 아픔이여! 저의 이 고통을 보소서!
불타는 이 가슴에 주의 손을 얹어주소서.
저의 심장은 깊은 고뇌로 터질 듯만 하옵니다.

그러나,
배신한 자들을 사랑했을 때
나는 승리를 쟁취했습니다.

만일 당신도 나와 같은 사랑을 한다면
나는 그대에게 '영광의 면류관'을 드리오리다.

예수님을 만난 이후 내 삶은 완전히 바뀌었습니다. 예수님의 슬

푼 얼굴이 내 가슴 안에 화인처럼 찍혀서 다른 생각, 다른 마음은 전혀 떠오르지 않았습니다. 그날 이후 나는 하나님의 말씀에 매여버렸습니다. 때로는 끝없는 어둠이 나를 에워싸 숨조차 쉴 수 없이 고통스러웠고, 때로는 떠오르는 아침 해를 마주하는 듯한 기쁨이 마음속에 가득 차올랐습니다. 그런 날이 반복되면서 나는 점점 더 깊은 기도의 세계로 들어갔습니다. 나는 예수님이 내게 직접 일러주시는 새로운 진리의 말씀을 가슴에 안고 하나님에게 완전히 사로잡혀 이전과는 전혀 다른 삶을 살아갔습니다. 생각할 것이 너무도 많아 점점 더 말이 없는 소년이 되어갔습니다.

하나님의 길을 가는 사람은 언제든지 정성과 마음을 다해 그 목적지를 찾아가야 합니다. 이 길에는 집념이 필요합니다. 타고난 고집불통인 나는 본래부터 집념덩어리였습니다. 타고난 성질 그대로 집념을 갖고 고난을 극복해가며 내게 주어진 길을 갔습니다. 흔들릴 때마다 나를 단단히 붙잡아준 것은 '하나님으로부터 직접 말씀을 들었다'는 엄중한 사실이었습니다. 그렇지만 단 한 번뿐인 청춘을 바쳐 그 길을 선택하는 것이 쉽지만은 않았습니다. 때로는 피하고 싶은 마음도 들었습니다.

지혜로운 사람은 제아무리 어려운 길이라도 미래에 대한 희망을 안고 묵묵히 걸어가지만, 어리석은 사람은 지금 당장의 행복을 위해 미래를 헛되이 내버립니다. 나도 한창 젊을 때는 어리석은 생각을 한 적이 있었지만 결국 지혜로운 이가 가는 길을 선택했습니다. 하나님이 원하시는 길을 가기 위해 하나밖에 없는 생명을 기꺼이 바쳤습니다. 도망가려 해도 도망갈 길이 없었고, 내가 갈 길은 오직 그 길밖에 없었습니다.

그런데 하나님은 왜 나를 불렀을까요? 아흔이 다 된 지금도 날마다 하나님이 왜 나를 부르셨는가를 생각합니다. 이 세상의 수많은 사람 중에서 하필이면 왜 나를 선택하셨을까요? 외모가 잘나거나 인격이 훌륭하거나 신념이 강해서가 아닙니다. 나는 고집불통에다 어리석고 보잘것없는 소년일 뿐이었습니다. 내게서 취하실 것이 있었다면 하나님을 간절하게 찾는 마음, 하나님을 향한 애절한 사랑이었을 겁니다. 언제 어디서든 가장 중요한 것은 사랑입니다. 하나님은 사랑의 마음을 갖고 살며, 고난을 당할 때에도 사랑의 칼로 고통을 끊을 수 있는 사람을 찾다가 나를 부르신 것입니다. 나는 아무것도 내세울 것 없는 시골 소년이었습니다. 지금도 나는 지독하게 하나님의 사랑에만 목을 매고 사는 미련한 사람입니다.

나는 스스로 알 수 있는 것이 전혀 없었기 때문에 모든 것을 하나님께 여쭈었습니다. "하나님, 분명히 계십니까?" 하고 물어서 하나님이 계신 것을 알았고, 또 "하나님도 소원이 있습니까?" 하고 물어서 그분께도 소원이 있다는 사실을 알았습니다. "하나님, 내가 필요합니까?" 하고 여쭈어서 그분께 내가 쓰일 곳이 있다는 것도 알았습니다.

내 기도와 정성이 하늘에 닿는 날이면 예수님은 반드시 나타나셨고, 특별한 말씀을 전해주셨습니다. 간절히 알기를 원하면 예수님께서는 언제든지 온화한 얼굴로 진리의 답을 내려주셨습니다. 그분의 말씀은 하나도 흐트러지지 않고 날카로운 화살처럼 내 가슴에 깊이 박혔습니다. 그것은 단순한 말씀이 아니라 새로운 세계를 여는 계시의 말씀, 우주 창조의 진실을 가르치는 말씀이었습니다. 예수님은 바람결에 스쳐지나가듯 말씀하셨지만, 나는 그 말씀을 가슴에 품고 나무뿌리를 뽑는 심정으로 간절히 기도하며 우주의 근본과 세상의 원리를 조금씩 깨달아갔습니다.

그해 여름방학에 나는 조국순례의 길을 나섰습니다. 돈 한 푼없이 문전걸식을 하다가 운이 좋으면 지나가는 트럭을 얻어 타기도 하면서 전국 방방곡곡을 돌아보았습니다. 조국은 어디를 가나온통 눈물의 도가니였습니다. 굶주린 백성들의 고통스런 한숨 소리가 끊이지 않았고 그들의 처절한 회한이 눈물이 되어 강물처럼 흘렀습니다.

"하루빨리 이 비참한 역사를 끝내야 한다. 더 이상 우리 민족을 슬픔과 절망 속에 빠져있게 해서는 안 된다. 어떻게든 일본에도 가고 미국에도 가서 한민족의 위대함을 세계에 알릴 방법을 찾아야 한다."

조국순례를 통해 나는 해야 할 일 한 가지를 더 얻었고, 앞날의 뜻을 더욱 단단히 세웠습니다.

"반드시 민족을 구하고 하나님의 평화를 이 땅에서 이루리라."

두 주먹을 꽉 쥐자 마음도 단단해지고 살아갈 길이 분명하게 보였습니다.

칼은 갈지 않으면 무뎌진다

보통학교를 마친 뒤 서울로 거처를 옮긴 나는 흑석동에서 자취를 하며 경성상공실무학교에 다녔습니다. 서울의 겨울은 무척 추웠습니다. 영하 20도까지 기온이 떨어지는 것이 보통이었고, 그럴 때마다 한강물이 얼어붙곤 했습니다. 산등성이에 있던 자취집은 우물이 깊어 두레박줄이 열 발 이상 들어갔습니다. 끈이 자주 끊어지는 바람에 쇠사슬을 엮어 썼는데, 우물물을 퍼 올릴 때마다 두레박줄에 손이 쩍쩍 들러붙어서 입으로 호호 불어가며 물을 길어야 했습니다.

날이 추우니 솜씨를 살려 뜨개질도 많이 했습니다. 스웨터도 떠입고 두꺼운 양말이나 모자, 장갑도 모두 직접 뜨개질을 해서 만들었습니다. 내가 뜬 모자가 얼마나 예뻤던지 그 모자를 쓰고 나가면 다들 나를 여자로 볼 정도였습니다.

하지만 한겨울에도 내 방에 불을 넣어본 적이 없습니다. 불을

널을 형편도 못되었고·혹한에 집도 없이 길가에서 언 몸을 녹이는 사람들에 비하면 그나마 지붕 아래 누워 잠을 청하는 내 처지가 호사스럽다고 생각했기 때문입니다. 하루는 하도 추워 알전구를 화덕처럼 끌어안은 채 이불을 뒤집어쓰고 자다가 뜨거운 전구에 데어 살갗이 벗겨진 적도 있었습니다. 지금도 '서울' 하면 그때의 추위가 먼저 떠오릅니다.

밥을 먹을 때는 반찬을 하나 이상 밥상에 올려본 적이 없습니다. 언제나 일식일찬, 반찬 한 가지면 족했습니다. 자취 때 습관이 되어서 나는 많은 반찬이 필요 없고 짭짤하게 간이 된 것 한 가지면 밥 한 그릇을 뚝딱 비울 수 있습니다. 지금도 밥상에 반찬을 수두룩하게 올려놓는 것을 보면 괜히 번거로운 생각이 듭니다. 서울에서 학교 다니던 시절에도 나는 점심을 먹지 않았습니다. 산으로 쏘다니던 어릴 적 습관 덕분에 하루 두 끼면 배고픈 줄 모르고 생활할 수 있었습니다. 그런 생활을 서른이 되도록 계속했습니다. 그렇게 서울 생활은 나에게 살림살이의 고단함을 절감하게 했습니다.

1980년대에 흑석동을 찾아가보니 놀랍게도 하숙하던 집이 그대로 남아있었습니다. 내가 살던 문간방이며 빨래가 널린 마당이며 수십 년 전 그대로였습니다. 다만 손을 호호 불어가며 찬물을 길어 올리던 우물은 사라져 안타까웠습니다.

그 시절 내 좌우명은 '우주주관宇宙主管을 바라기 전에 자아주관自我主管부터 완성하라'였습니다. 내 몸을 먼저 단련한 다음에야 나라를 구하고 세상을 구할 힘이 있다는 뜻입니다. 나는 식욕은 물론 일체의 감성과 욕구에 흔들리지 않고 몸과 마음을 내 의지대로 주관할 수 있을 때까지 기도와 명상, 운동과 수련으로 나를 단련시켰습니다. 그래서 밥을 한 끼 먹어도 "밥아, 내가 준비하는 일의 거름이 되어다오" 하며 먹었고, 그런 마음으로 복싱도 하고 축구도 하고 호신술도 배웠습니다. 덕분에 젊은 시절보다 몸은 많이 뚱뚱해졌지만, 지금도 여전히 몸놀림만은 청년처럼 가볍습니다.

경성상공실무학교에 다닐 때는 학급 청소를 나 혼자 도맡아 했습니다. 잘못을 저질러 벌을 받느라 그런 것이 아니라 남들보다 학교를 더 많이 사랑하고 싶은 마음이 절로 우러나와 그랬습니다. 남이 도와주는 것도 탐탁지 않아 혼자 해치우려고 애를 썼고, 어쩌다 남이 청소한 것도 내 손으로 다시 했습니다. 그러자 친구들이 전부 "그럼 너 혼자 해라"고 해서 자연히 학교 청소는 내 몫이 되었습니다.

나는 좀처럼 말이 없는 학생이었습니다. 다른 친구들처럼 재잘재잘 얘기하는 법도 없었고 온종일 한 마디도 하지 않은 적도 많았습니다. 그래서인지 내가 주먹질을 한 것도 아닌데 동급생들은 나를 어려워하며 함부로 대하지 못했습니다. 변소에서 소변을 보려고 기다리다가도 내가 가면 얼른 자리를 내주었고, 고민이 있으면 우선 나를 찾아와 의논하는 일이 잦았습니다.

선생님들 중에는 내 질문에 대답을 못해 도망간 이들이 적지 않았습니다. 수학이나 물리학 시간에 새로운 공식을 배우면 "그 공식을 누가 만들었습니까? 정확히 이해할 수 있도록 처음부터 차근차근 설명해주십시오" 하고 물고늘어졌습니다. 그렇게 들추고, 헤치고, 파고 또 파는 통에 선생님들이 두 손 두 발을 다 들고 말았습니다. 나는 세상에 존재하는 논리를 하나하나 검증해 믿기 전에는 어떤 것도 받아들일 수 없었습니다. '그 멋진 공식을 왜 내가 먼저 생각하지 못했을까?' 하는 생각에 공연히 화가 나기도 했습니다. 어릴 적 밤새 울고 고집을 부리던 성격이 공부하는 데에도 고스란히 드러난 겁니다. 공부를 할 때도 기도할 때처럼 온통 정신을 집중하며 정성을 모두 쏟아부었습니다.

모든 일엔 정성을 들여야 합니다. 그것도 하루이틀이 아니라 언제나 정성을 들여야 합니다. 한번 쓰고 갈지 않은 칼은 무뎌지기 마련입니다. 정성도 마찬가지입니다. 매일 칼을 날카롭게 갈아 날을 세운다는 마음으로 꾸준히 지속해야 합니다. 무슨 일이든 정성을 들이면 자기도 모르는 새 신비스런 경지에 들어가게 됩니다. 붓을 잡은 손에 정성을 넣어서 '이 손에 위대한 화가가 와서 나를 돕는다' 하고 정신을 집중하면 세상을 깜짝 놀라게 하는 그림이 탄생합니다.

나는 남들보다 빠르고 정확하게 이야기하려고 말하기 훈련에 정성을 다했습니다. 골방에 들어가 '가갸거겨 갈날달랄…' 소리를 내어 빨리 말하는 연습을 했습니다. '휘리리릭-' 하고 내가 하고 싶은 말을 순식간에 퍼붓는 훈련을 한 겁니다. 그래서 남들이 한 마디 할 때 열 마디 할 만큼 말이 빨라졌습니다. 나이를 많이 먹은 지금도 나는 말이 참 빠릅니다. 어떤 이들은 말이 너무 빨라 알아듣기 어렵다고도 하지만 나는 마음이 급해 도저히 천천히 말을 할 수가 없습니다. 가슴속에 하고 싶은 말이 한가득인데 어떻게 천천히 말을 하겠습니까?

그런 면에서 나는 이야기를 즐기셨던 우리 할아버지를 꼭 닮았습니다. 할아버지는 사랑방에 모인 사람들 앞에서 세 시간이든 네 시간이든 시간 가는 줄 모르고 세상 사는 이야기를 풀어놓으셨습니다. 나도 그렇습니다. 마음이 통하는 사람들과 함께 있으면 밤이 새는지 새벽이 오는지도 모릅니다. 가슴속에 쌓인 말들이 술술 흘러나와 멈출 수가 없습니다. 밥 먹는 것도 달갑지 않고 이야기하는 것이 그리 좋을 수 없습니다. 내 이야기를 듣는 사람들도 힘이 들어 이마에 진땀이 송골송골 맺힙니다. 그래도 내가 땀을 뻘뻘 흘리며 이야기를 계속해대니 차마 그만 가봐야 한다는 말도 못하고 나와 함께 밤을 꼬박 새우기 일쑤입니다.

2. 눈물로 채운 마음의 강

거대한 비밀의 문을 여는 열쇠

고향에서 산이란 산은 모두 찾아 올라갔던 것처럼 서울에서도 구석구석 안 가본 곳이 없습니다. 그때 서울에는 시내를 관통하는 전차가 다녔습니다. 당시 전차 값이 5전이었는데 그마저도 아까워 시내까지 늘 걸어서 나가곤 했습니다. 무더운 여름날에는 땀을 뻘뻘 흘리며 걸었고, 차디찬 겨울에는 살을 에는 바람을 뚫고 뛰다시피 걸었습니다. 걸음이 워낙 빨라서 흑석동에서 한강을 건너 종로의 화신백화점까지 45분이면 도착했습니다. 보통 사람은 한 시간 반 정도 걸리는 거리를 절반에 주파했으니, 얼마나 빠른 걸음인지 상상이 갈 것입니다. 전차 값은 아껴두었다가 나보다 돈이 더 필요한 사람들에게 나눠주었습니다. 내세우기 부끄러울 정도로 적은 돈이었지만 천만금을 내주고 싶은 간절한 마음으로 주었고, 그 돈이 복의 씨가 되길 빌며 주었습니다.

4월이면 고향에서 꼬박꼬박 학비를 보내왔지만, 형편이 어려운 주위 사람들을 그냥 보아넘기질 못하다보니 그 돈은 5월이 되기도 전에 모두 바닥이 났습니다. 한번은 학교 가는 길에 숨이 넘어갈 것처럼 아픈 사람을 만났습니다. 어찌나 불쌍한지 발이 떨어지지 않아 그 사람을 업고 오 리나 떨어진 병원으로 내달렸습니다. 때마침 주머니에 들어 있던 학비를 탈탈 털어 병원비로 내고 나니 돈이 한 푼도 남지 않았습니다. 학비를 못 내 학교에서 독촉을 받는 것을 보고 친구들이 돈을 한 푼 두 푼 모아주었습니다. 그때의 친구들을 평생 잊지 못합니다.

도움을 주고받는 것 역시 하늘이 맺어주는 인연입니다. 그 당시는 잘 몰랐지만 지나서 생각해보면 '아, 그래서 나를 그 자리에 보내셨구나' 하고 깨달아집니다. 그러니 문득 내 앞에 도움을 청하는 사람이 나타나면 '하늘이 이 사람을 도우라고 날 보내셨구나' 하고 마음을 다해 섬기게 됩니다. 하늘이 열을 도우라고 하는데 다섯만 도와서는 안 됩니다. 열을 주라고 하면 백을 주는 것이 옳습니다. 남을 도울 때는 아낌없이 지갑의 돈까지도 몽땅 털어서 도와야 합니다.

서울에 와서 바람떡이란 걸 처음 보았습니다. 그 색이며 모양이 어찌나 예쁜지 '아이고, 이렇게 곱게 생긴 떡이 다 있구나' 하며 한 입 베어 물었더니 바람이 푹 꺼지며 폭삭 주저앉는 게 아닙니까? 그때 알았습니다. '아하, 서울이란 곳이 바로 이 바람떡 같구나.' 서울깍쟁이란 말이 왜 생겼는지 알 것 같았습니다. 서울은 겉보기엔 고관대작들이 즐비한 부자 세상 같지만 실상은 가난한 사람들

천지였습니다. 한강 다리 밑에는 누더기 차림의 거지들이 즐비했습니다. 나는 한강 다리 밑 빈민굴에 찾아가 거지들의 머리를 깎아주며 마음을 나누었습니다. 가난한 사람들은 눈물이 많습니다. 가슴에 맺힌 것이 많아 내가 말 한마디만 건네도 대성통곡을 하며 울었습니다. 벅벅 긁으면 허옇게 자국이 생길 정도로 덕지덕지 때가 낀 손으로 직접 구걸해온 밥을 나에게 건네기도 했습니다. 그러면 나는 더럽다 하지 않고 기쁜 마음으로 같이 먹었습니다.

서울에서도 교회를 열심히 다녔습니다. 주로 흑석동에 있던 명수대 예수교회와 한강 건너편 백사장에 있던 서빙고 오순절교회에 다녔습니다. 추운 겨울날 서빙고동으로 건너가다 보면 '뻥! 지지지지-' 하며 얼음장이 갈라지는 소리가 났습니다. 교회에선 주일학교 선생님 노릇을 했습니다. 내 수업은 아주 재미있어서 아이들이 많이 좋아했습니다. 지금은 나이가 들어 농담하는 재주도 없어졌지만 그 당시엔 우스개 이야기도 잘해서 아이들이 잘 따르고 좋아했습니다. 내가 엉엉 울면 아이들도 엉엉 울고 내가 하하 웃으면 아이들도 하하 웃으며 내 뒤를 졸졸 따라다닐 정도로 인기가 좋았습니다.

명수대 뒤쪽에는 서달산瑞㙈山이 있습니다. 나는 달마산 바윗돌에 올라가 밤새 기도하는 일이 많았습니다. 춥거나 덥거나 상관없이 하루도 거르지 않고 기도에 열중했습니다. 한번 기도에 들어가면 눈물 콧물이 범벅이 될 정도로 울며 하나님께 받은 말씀을 놓고 몇 시간씩 기도에만 전념했습니다. 하나님의 말씀은 암호와 같아서 그것을 풀려면 더욱 기도에 몰두해야 했습니다. 지금 생각하면 그때 이미 하나님은 비밀의 문을 여는 열쇠를 친절히 쥐어주셨는데 내 기도가 부족하여 그 문을 열지 못했던 것입니다. 그러니 밥을 먹어도 먹는 것 같지 않고 눈을 감아도 잠이 오지 않았습니다.

같이 하숙하던 친구들은 내가 산에 올라가 밤새 기도한다는 사실을 잘 몰랐습니다. 그래도 다른 사람들과 다른 뭔가가 느껴졌는지 나를 어려워했습니다. 하지만 평소에는 우스갯소리를 해가며 다정하게 어울려 지냈습니다. 나는 누구와도 마음을 잘 통합니다. 할머니가 오면 할머니랑 친구하고, 애들이 오면 애들과 장난을 치며 놉니다. 누구든지 사랑하는 마음으로 대하면 다 통하는 법입니다.

흑석동 시절 새벽기도회 때 저의 대표 기도에 감화를 받고 저를 찾아와 가까워진 이기완 아주머니는 여든이 넘어 세상을 떠날 때까지 50여 년 동안 나와 우정을 나누며 벗으로 지냈습니다. 그 동생 이기봉 아주머니는 하숙을 치느라 늘 바빴지만 항상 나를 따뜻하게 대해주었습니다. 나한테 잘해줘야 자기 마음이 편하다면서 반찬 한 가지라도 더 주려고 애썼습니다. 별로 말도 없고 재미도 없는 내가 뭐 그리 예쁘다고 잘해주었는지 모릅니다. 훗날 내가 경기도 경찰부에 수감됐을 때는 옥바라지도 해주었습니다. 지금도 이기봉 아주머니를 생각하면 가슴이 훈훈해집니다.

자취집 근처에서 조그만 구멍가게를 하던 송씨 아주머니도 그 시절 큰 은인입니다. 아주머니는 고향을 떠나 살면 늘 배가 고프다머 가세에서 쓸다 남는 것이 있으면 뭐든 가져다주었습니다. 작은 가게를 해서 근근이 먹고사는 처지에도 늘 나를 다정하게 챙겨주셨습니다.

한강 모래사장에서 예배를 드리던 날의 일입니다. 점심시간이 되어 다들 흩어져 앉아 밥을 먹었습니다. 점심을 먹지 않는 나는 그 속에 우두커니 앉아있기가 뭐해 혼자 쓱 뒤로 빠져 모래사장 돌무더기에 앉아있었습니다. 그런데 송씨 아주머니가 빵 두 개와 아이스케이크 두 개를 가져다주셨습니다. 그 고마운 마음이란! 하나에 1전짜리로 모두 4전밖에 안 되는 것이었지만 그 마음을 평생 잊을 수가 없습니다.

나는 아무리 작은 일이라도 일단 신세를 지면 평생 잊지 못합니다. 나이 구십이 된 지금도 언제 누가 무엇을 해주었고, 또 언제 누가 어떻게 해주었는지 줄줄이 욀 수 있습니다. 나를 위해 수고를 아끼지 않고 은덕을 베풀어준 사람들을 평생 잊지 못합니다.

은덕을 입으면 반드시 더 크게 갚아야 합니다. 은혜를 베푼 이를 직접 만날 수 없더라도 중요한 것은 그 사람을 생각하는 마음입니다. 그래서 그 사람을 못 만나더라도 그 고마움을 다른 사람에게 갚겠다는 간절한 마음으로 살아야 합니다.

펄펄 끓는 불덩어리처럼

경성학교를 마치고 1941년에 일본으로 유학을 떠났습니다. 일본을 확실하게 알아야 한다는 생각에서 떠난 유학이었습니다. 기차를 타고 부산으로 내려가는데 어찌나 눈물이 쏟아지는지 외투를 뒤집어쓰고 엉엉 울었습니다. 눈물 콧물이 끊이지 않아 얼굴이 퉁퉁 부었습니다. 식민치하에서 신음하는 고아와 같은 내 나라를 두고 가는 마음이 처절했습니다. 그렇게 울다 창밖을 보니 우리의 산천이 나보다 더 섧게 울고 있었습니다. 산천초목에서 눈물이 철철 흘러내리는 것을 두 눈으로 똑똑히 보았습니다. 통곡하는 산천을 향해 약속했습니다.

"고국산천아, 울지 말고 기다려라. 내가 반드시 조국광복을 안고 돌아오마."

4월 1일 새벽 2시 부산항에서 관부연락선을 탔습니다. 밤바람이 거셌지만 갑판 위를 떠나지 못하고 점점 멀어져가는 부산을 바라보며 뜬눈으로 밤을 지새웠습니다. 도쿄에 노착해서는 와세다대학교 부속 와세다고등공학교 전기공학과에 입학했습니다. 현대 과학을 모르고는 새로운 종교이념을 세울 수 없다는 판단 하에 전기과를 택한 것입니다.

수학의 보이지 않는 세계는 종교와 일맥상통하는 면이 있습니다. 큰일을 하려면 수리력이 뛰어나야 하는데, 나는 머리가 큰 덕분인지 남들이 어렵다고 하는 수학에 능해서 수학을 좋아했습니다. 크기가 맞는 모자를 찾기 어려워 공장을 직접 찾아가서 두 번이나 새로 맞추어 쓸 정도로 머리가 컸습니다. 한 가지 일에 집중하면 보통 사람들이 십년 걸리는 것을 3년도 안 돼 해치울 수 있는 것도 어쩌면 머리가 큰 덕분인지 모릅니다.

일본유학 시절에도 한국에서처럼 선생님들을 향해 질문을 퍼부었습니다. 한번 질문을 시작하면 선생님 얼굴이 빨개지도록 계속했습니다. 그래서 "이걸 어떻게 생각하십니까?"하고 물어도 어떤 선생님은 아예 나를 쳐다보지도 않고 무시해버렸습니다. 하지만 나는 의심이 생기면 반드시 뿌리까지 파서 해결해야 했습니다. 선생님을 궁지에 몰아넣으려고 그런 것이 아니라 공부를 하려면 그만큼 철저하게 해야 한다고 생각했습니다.

하숙집 책상에는 늘 영어와 일본어, 그리고 한글로 된 성경책이 나란히 펼쳐져 있었습니다. 성경의 같은 말씀을 세 가지 언어로 읽고 또 읽었습니다. 읽을 때마다 워낙 열심히 줄을 긋고 메모를 해두는 바람에 성경책이 온통 까맣게 물들었습니다.

입학하자마자 참석한 한인유학생회 신입생환영회에서 나는 조국의 노래를 힘차게 부르며 뜨거운 민족애를 과시했습니다. 일본경찰이 입회한 자리였음에도 당당하게 불러젖혔습니다. 그해 건축공학과에 입학했던 엄덕문은 그 노래에 반해 나와 평생 친구가 되기도 했습니다.

도쿄에는 유학생들로 구성된 지하 독립운동조직이 있었습니다. 조국이 일제 식민통치하에서 신음하고 있었으니 당연한 일입니다. 대동아전쟁이 치열해질수록 일본의 탄압은 날로 심해졌습니다. 아무 죄도 없는 한국학생들을 학도병이란 이름으로 전쟁터로 내몰기 시작하면서 지하 독립운동도 점점 활발해졌습니다. 일본 천황 히로히토를 어떻게 할 것인지를 두고 토론도 많이 했습니다. 나는 조직에서 도감都監 책임자가 되어 김구 선생의 임시정부를 긴밀한 위치에서 돕는 일을 맡았습니다. 여차하면 목숨을 내놓아야 하는 자리였지만 정의를 위해 목숨을 내놓는 일이라는 생각에 거리낌이 없었습니다.

와세다대학 오른편에 경찰서가 있었습니다. 나의 활동을 눈치챈 일본경찰은 늘 눈에 불을 켜고 나를 감시했습니다. 방학 중에 고향에 다녀오려고 하면 경찰이 먼저 알고 부두나 기차역에 사복경찰을 보내 배웅할 정도였습니다. 그러니 일본경찰에게 잡혀가 매를 맞고 고문을 당하고 유치장에 갇히는 일도 부지기수였습니다. 하지만 아무리 심한 고문을 받아도 그들이 요구하는 걸 불지 않았고 오히려 맞으면 맞을수록 당당해졌습니다. 뒤쫓아 오는 경찰과 요스가와四川 다리 난간 위에서 기둥을 빼들고 싸운 적도 있습니다. 당시 나는 펄펄 끓는 불덩어리였습니다.

노동자의 친구가 된 고생왕초

　서울에서처럼 도쿄에서도 안 가본 데 없이 구석구석 돌아다녔습니다. 친구들이 닛코日光와 같이 경치 좋은 곳을 구경 갈 때에도 홀로 남아 도쿄 시내 곳곳을 걸어다녔습니다. 겉은 번드레했지만 도쿄 시내에도 가난한 사람들 천지였습니다. 나는 집에서 보내주는 돈을 가난한 사람들에게 모두 나눠주었습니다.

　그 시절은 모두들 배가 고팠습니다. 유학생들 중에도 고학생이 많았습니다. 나는 한 달치 식권이 나오면 모두 들고 나가 고학생들에게 주며 "먹어라, 마음껏 먹어라" 하며 다 써버렸습니다. 나는 돈을 버는 것이 두렵지 않았습니다. 아무 데라도 가서 노동을 하면 밥은 먹을 수 있었으니까요. 돈을 벌어서 형편이 어려운 학생의 학비를 도와주는 것도 나의 낙이었습니다. 그렇게 남에게 도움을 주고 밥을 먹이면 온 몸에서 힘이 펄펄 났습니다.

　내가 가진 돈을 모두 나눠준 다음에는 리어카로 배달하는 일을 했습니다. 도쿄 시내 27개 구역을 리어카로 누비고 다녔습니다. 불빛이 화려한 긴자銀座 사거리에서 리어카에 전신주를 싣고 가다 뒤집혀 사람들이 혼비백산 달아난 적도 있습니다. 덕분에 지금도 도쿄 구석구석을 손바닥 들여다보듯 훤히 꿰뚫고 있습니다.

나는 노동자 중의 노동자요, 노동자들의 친구였습니다. 땀내와 지린내가 진동하는 그들처럼 나 또한 노동판에 나가 진땀을 흘리며 일했습니다. 그들은 나의 형제였고, 그래서 지독한 냄새도 싫지 않았습니다. 새까만 이가 열을 지어 기어가는 더러운 담요도 그들과 함께 덮었습니다. 때가 켜켜이 낀 손도 주저 않고 마주 잡았습니다. 땟국물이 흐르는 그들의 땀 속에 끈끈한 정이 있었습니다. 나는 그 정이 구수하니 좋았습니다.

나는 주로 가와사키川崎 철공소와 조선소에서 막노동을 했습니다. 조선소에는 '빠지'라고 부르는 석탄을 실어 나르던 통통배가 있습니다. 우리는 세 사람씩 조를 짜서 새벽 1시까지 석탄 120톤을 빠지에 싣는 일을 했습니다. 일본사람들이 사흘 걸려 할 일을 한국사람들은 하룻밤에 해치웠습니다. 한국사람의 본때를 보여주려고 무조건 열심히 했습니다.

막노동판에는 노동자의 피땀을 갉아먹는 사람들이 있습니다. 노동자들을 직접 관리하는 조장이란 자들이 흔히 그렇습니다. 그들은 노동자들이 힘들여 번 돈의 3할을 떼어 자기 주머니를 채웠지만 힘이 없는 노동자들은 항의 한번 못했습니다. 조장은 약한 자를 괴롭히고 강한 자에게 빌붙는 인간이었습니다. 화가 나서 견딜 수가 없었던 나는 삼총사 친구들을 불러모아 조장을 찾아가 "일을 시켰으면 시킨 대로 돈을 지불하라!"고 대들었습니다. 하루로 안 되면 이틀 사흘, 될 때까지 따지고 들었습니다. 그래도 영 말을 듣지 않자 내 큰 덩치로 발차기를 해 조장을 날려버렸습니다. 나는 본래 말도 없고 유순한 사람이지만 화가 나면 어릴 적 고집쟁이 기질이 살아나 확 걷어차버리기도 잘합니다.

가와사키 철공소에는 유산탱크가 있었습니다. 노동자들은 유산 탱크를 정화하기 위해 탱크 속에 직접 들어가 원료를 쭈욱 흘려보내는 일을 했습니다. 유산이 얼마나 독한지 그 속에서는 15분 이상 있을 수가 없었습니다. 그렇게 열악한 환경 속에서도 노동자들은 밥을 위해 목숨을 내놓고 일했습니다. 밥이란 목숨과도 바꿀 만큼 그렇게 중요한 것이었습니다.

나는 늘 배가 고팠지만 아무리 배가 고파도 나를 위해 밥을 먹지는 않았습니다. 밥을 먹는 데는 분명한 이유가 있어야 한다고 생각했습니다. 그래서 매 끼니마다 배고픈 이유를 스스로에게 따져 물었습니다. '진정으로 피땀 흘려 일했는가? 나를 위했는가, 공적인 일을 위했는가?' 하고 물었습니다. 그래서 밥그릇을 대할 때마다 "너를 먹고 어제보다 더 빛나고 공적인 일을 해줄게" 하면 밥이 나를 보고 웃으며 좋아했습니다. 그럴 때 밥 먹는 시간은 무척이나 신비롭고 기쁩니다. 그렇지 않으면 아무리 배가 고파도 굶었으니 하루 두 끼를 온전히 찾아 먹는 날도 그리 많지 않았습니다.

본래 먹는 양이 적어서 하루 두 끼로 견딘 것은 아닙니다. 한창 젊은 나이라 나도 먹기 시작하면 끝이 없었습니다. 큰 그릇에 담긴 우동을 열한 그릇까지 먹어봤고 닭고기 계란덮밥을 일곱 그릇이나 먹은 적도 있습니다. 그렇게 식성이 좋은데도 점심을 거르고 하루에 두 끼만 먹는 습관을 서른 살이 넘도록 고집했습니다.

　배가 고픈 것은 그리움입니다. 나는 배고픈 그리움이 무엇인지 잘 알지만 세계를 위해서 밥 한 끼쯤은 희생할 수 있어야 한다고 생각했습니다. 새 옷을 입어본 적도 없습니다. 아무리 추워도 방에 불을 때지 않았습니다. 몹시 추울 때 신문지 한 장은 비단이불처럼 따뜻합니다. 나는 신문지 한 장의 가치를 잘 압니다.

　어떤 때는 아예 시나가와品川의 빈민굴에서 살기도 했습니다. 누더기를 뒤집어쓴 채 잠들고 햇빛이 좋은 한낮이면 이를 잡으며 거지들이 얻어온 밥을 나눠 먹었습니다. 시나가와의 거리에는 떠돌이 여자들도 많았습니다. 한 명 한 명 사연을 들어주다보니 술 한 모금 마시지 못하는 내가 어느새 그들의 둘도 없는 친구가 되어버렸습니다. 술을 마셔야 본심을 털어놓는다는 것은 공연한 핑계입니다. 술의 힘을 빌리지 않아도 그녀들을 안타깝게 생각하는 내 마음이 진심인 것을 알게 되자 그녀들도 허심탄회하게 이야기를 털어놓았습니다.

　일본에서 공부하는 동안 나는 정말 별의별 일을 다했습니다. 빌딩의 소사小使 노릇도 했고 글을 대신 써주는 필생筆生 노릇도 했습니다. 노동판에 나가 노동을 하고 현장감독도 했으며 남의 사주를 봐주기도 했습니다. 궁하면 글씨를 써서 팔기도 했습니다. 그래도 공부하기를 게을리하지는 않았습니다. 나는 그런 것이 모두 나를 단련하는 과정이라고 생각했습니다. 별의별 일을 다 하고 별의별 사람을 다 만나보았는데, 그런 과정을 통해서 사람에 대하여 많이 알게 되었습니다. 그 덕분에 사람을 척 보면 '아, 무엇을 하는 사람이겠구나', '아, 좋은 사람이구나' 하고 대번에 알 수 있었습니다. 내 머리가 이렇다 저렇다 생각하기 전에 내 몸이 먼저 알아버리는 것입니다.

지금도 나는 사람이 바로 되려면 서른 살 이전에는 고생을 해봐야 한다고 생각합니다. 그 나이에는 인생 밑바닥에 닿는 절망의 도가니에 한 번쯤 빠져봐야 합니다. 절망의 나락에서 새로운 것을 찾아내라는 것입니다. 그래야 "아하!" 하고 함성을 지르면서 "오늘의 절망이 없었더라면 내가 이런 결심을 할 수 없었을 텐데" 하고 마음을 다지게 됩니다. 절망 속에서 함성을 지르며 빠져나와야만 새로운 역사를 쓰는 사람으로 거듭날 수 있습니다.

사람은 한 곳만 바라봐서는 안 됩니다. 위도 볼 줄 알고 아래도 볼 줄 알며 동서남북도 모두 볼 줄 알아야 합니다. 사람의 생애가 다 같은 70년, 80년이 아닙니다. 한 번밖에 없는 인생인데 그 기간에 성공하느냐 못하느냐는 내 눈이 잘 보느냐 못 보느냐에 달려 있습니다. 잘 보려면 경험이 많아야 합니다. 아무리 어려운 환경이라도 여유 있는 인간미와 융통성 있는 자주성이 반드시 필요합니다.

인격자란 한번 올라갔다가 급히 내려가는 삶에도 익숙해야 합니다. 사람들은 한번 올라가면 내려가는 것을 두려워해서 그 자리를 지키려고 안간힘을 씁니다만 고인 물은 썩기 마련입니다. 위로 올라갔더라도 아래로 내려와 때를 기다렸다가 더 큰 정상을 향해 올라갈 줄 알아야 수많은 사람이 우러르는 위대한 인물, 위대한 지도자가 되는 것입니다. 서른 살이 되기 전 젊은 시절에 이런 경험들을 다 해봐야 합니다.

그래서 나는 지금도 청년들에게 세상의 온갖 일을 경험해보라고 권합니다. 백과사전을 첫 페이지부터 마지막 페이지까지 모두 섭렵하듯, 세상의 모든 일을 직·간접적으로 경험했을 때 비로소 자기의 주관이 서는 것입니다. 주관이란 바로 자신의 뚜렷한 주체성입니다. "전국을 다 돌아봐야 나를 꺾을 사람이 없고 나를 당할 자가 없다" 하는 자신감을 얻은 후에 가장 자신 있는 것을 하나 붙들고 냅다 밀어붙이는 겁니다. 일생을 그렇게 살면 반드시 성공합니다. 성공할 수밖에 없습니다. 도쿄에서 거지 노릇을 하면서 나는 이런 결론을 얻었습니다.

나도 도쿄에서 노동자들과 같이 먹고 자면서, 또 거지들과 배고픈 서러움을 함께 나누면서 고생왕초, 고생철학박사가 되어보고 나서야 인류를 구원하시려는 하나님의 뜻을 알 수 있었습니다. 그러니 서른 살 이전에 고생왕초가 되는 것이 중요합니다. 고생왕초, 고생철학박사가 되는 것이 하늘나라의 영광을 독차지하는 길입니다.

고요한 마음의 바다

　일본이 벌인 대동아전쟁의 전황이 나날이 급박해져 갔습니다. 다급해진 일본은 모자라는 군인의 숫자를 채워넣기 위해 멀쩡히 공부하는 학생들을 조기졸업시켜 가며 전쟁터로 내몰았습니다. 그 바람에 나도 6개월 일찍 졸업하게 되었습니다. 1943년 9월 30일 졸업날짜를 받아놓고 '곤론마루崑崙丸 호를 타고 귀국함'이라고 고향집으로 전보를 쳤습니다. 그런데 귀국선을 타러가던 날, 내 발이 땅에 붙어 떨어지지 않는 이상한 일이 벌어졌습니다. 배가 떠나는 시간은 부득부득 다가오는데 도무지 발을 뗄 수가 없어서 결국 곤론마루 호를 놓치고 말았습니다.

　'곤론마루 호를 타지 말라는 하늘의 뜻인가 보다'라는 생각이 든 나는 얼마간 일본에 머물기로 하고 친구들과 후지산을 올랐습니다. 며칠 뒤 도쿄로 돌아와보니 세상이 발칵 뒤집혀있었습니다. 내가 타고 가려던 곤론마루 호가 격침을 당해서 한국으로 돌아가던 대학생들이 5백 명 넘게 죽었다는 겁니다. 곤론마루 호는 당시 일본이 자랑하던 아주 큰 배였는데 미군 어뢰에 맞고 침몰해버린 것입니다.

아들이 타고 온다던 배가 침몰했다는 소식을 들은 어머니는 그 길로 신발도 신지 못하신 채 이십 리 길을 뛰어가 기차를 타고 부산으로 내려가셨답니다. 부산 해양경찰서에 도착해보니 승선자 명단에 아들 이름은 없는데 도쿄의 하숙집에서는 이미 짐을 싸서 떠났다는 연락을 받았으니 기가 막힐 노릇이었습니다. 발바닥에 굵은 가시가 박힌 것도 모른 채 넋이 나가 내 이름만 부르셨답니다.

행여 아들이 잘못되었을까봐 애태우는 그 마음이 손에 잡힐 듯 그려집니다. 그런 어머니의 마음을 모를 리 없지만 하나님의 길을 가기로 한 날부터 나는 어머니한테 모질고 나쁜 아들이 되었습니다. 사사로운 정에 매일 수 없는 처지라 어머니가 애달파 하시는 것을 뻔히 알면서도 어머니의 그 마음을 모른 체 했던 것입니다.

일본유학을 마치고 조국으로 돌아왔지만 달라진 것은 없었습니다. 일본의 압제가 나날이 더 심해져 국토가 피눈물에 젖어있었습니다. 나는 흑석동에 다시 자리를 잡고 명수대 예수교회를 다니며 날마다 새롭게 깨닫게 되는 모든 것을 꼼꼼히 일기장에 적어두었습니다. 깨달음이 많은 날은 일기장 한 권을 몽땅 쓰기도 했습니다. 몇 년에 걸친 기도와 진리 탐구에 화답이라도 하듯 그동안 좀처럼 풀 수 없었던 의문에 대한 해답을 얻었던 것입니다.

그것은 마치 불덩어리가 내 안을 지나가듯 순식간에 일어난 일이었습니다.

'하나님과 우리의 관계는 아버지와 자식의 관계이다. 그래서 하나님은 인류의 고통을 보시며 그토록 슬퍼하신 것이다'라는 깨달음을 얻는 순간 우주의 모든 비밀이 다 풀렸습니다. 인류가 하나님의 명을 어기고 타락의 길을 걸으면서 벌어진 모든 일이 영사기가 돌아가듯 내 눈앞에 환히 펼쳐졌습니다. 눈에서 뜨거운 눈물이 쉴 없이 흘러내렸습니다. 나는 무릎을 꿇고 엎드린 채 좀처럼 일어날 줄 몰랐습니다. 어릴 적 아버지의 등에 업혀 집으로 돌아가던 날처럼 하나님의 무릎에 엎드려 눈물을 쏟았습니다. 나는 예수님을 만난 지 9년 만에야 비로소 하나님 아버지의 참된 사랑에 눈뜬 것입니다.

하나님은 아담과 해와를 창조하신 후 생육하고 번성하며 평화세계를 이루며 살라고 이 세상에 보내셨습니다. 그렇지만 아담과 해와는 하나님의 때를 기다리지 못하고 불륜을 저질러 두 아들 가인과 아벨을 낳습니다. 타락으로 얻은 아들들이 서로를 불신하여 형제 간에 살인을 저지르면서 이 세상의 평화가 깨지고 죄가 세상을 덮어 하나님의 슬픔이 시작되었습니다. 그런데 인간은 메시아인 예수를 죽이는 큰 죄를 또 저질렀습니다. 그러니 오늘날 인류가 당하는 고통은 마땅히 겪어야 할 속죄의 과정이며 하나님의 슬픔은 지금까지도 여전히 계속되고 있는 것입니다.

하나님이 열여섯 살 내게 나타나셨던 것은 인류가 지은 원죄의 뿌리가 무엇인지를 알리고 더 이상 죄와 타락이 없는 평화세세를 이루게 하려는 것이었습니다. 인류가 저지른 죄를 속죄하고 태초에 하나님이 창조하셨던 평화세계를 이룩하라는 것이 하나님으로부터 받은 엄중한 말씀이었습니다. 하나님이 바라시는 평화세계는 죽어서 가는 천국이 아닙니다. 하나님은 우리가 살고 있는 이 세상이 태초에 창조하시던 때의 그곳처럼 완전히 평화롭고 행복한 세계가 되길 바라십니다. 하나님은 결코 고통을 주시려고 아담과 해와를 이 세상에 보내신 것이 아니었습니다. 나는 그 놀라운 말씀을 이 세상에 알려야 했습니다.

우주 창조의 비밀을 밝혀내자 내 마음이 바다처럼 고요해졌습니다. 나는 누더기를 입고 머리를 숙인 채 걸어다녔습니다. 하나님의 말씀으로 가득 찬 내 마음은 터질 것만 같았고 내 얼굴에서는 빛나는 기쁨이 떠나질 않았습니다.

"제발 죽지 말고 버텨다오"

　계속 기도에 정진하던 중, 결혼할 때가 되었음을 직감했습니다. 하나님의 길을 가기로 한 이상 내 인생의 모든 과정은 하나님에 의한 것들입니다. 기도를 통해 그것을 알게 되면 따르는 수밖에 없습니다. 그래서 중매를 잘 서는 이모에게 다리를 놓아달라 하여 정주의 이름난 기독교 집안의 딸인 최선길崔先吉과 선을 보았습니다.

　선을 본 처자는 아주 대바른 집안에서 나고 자란 알뜰한 여자였습니다. 소학교밖에 나오지 않았지만 티끌만큼도 남의 신세를 지기 싫어하는 성격으로 신사참배를 거부해서 열여섯 살 때 감옥살이를 했을 정도로 주관이 뚜렷하고 신앙이 깊은 처자였습니다. 내가 스물네 번째 신랑감이었다고 하니 신랑감을 고르고 골랐던 모양입니다. 하지만 나는 서울로 돌아가서는 선을 봤던 사실마저 까마득히 잊었습니다.

일본유학을 마치면 나는 본래 중국과 러시아, 몽골의 국경도시인 중국의 하이라얼海拉爾로 갈 계획이었습니다. 만주전업에 취직해 3년쯤 살면서 소련말과 중국말, 몽고말을 배울 생각이었습니다. 일본을 이기기 위해 일본말을 가르치는 학교에 찾아갔던 것처럼 다가올 미래를 대비하기 위해 세 나라의 국경 지역에 가서 외국어 몇 개를 배울 작정이었습니다. 그런데 당시 정세가 심상치 않았습니다. 아무래도 만주에 가서는 안 될 것 같아 취직하려던 회사에 사표를 내려고 만주전업 안동현 지점에 들렀다가 고향에 돌아와보니 중매를 섰던 이모가 난리를 쳤습니다. 선본 처자가 나 아니면 시집을 안 간다고 버티고 있으니 큰일이라며 나를 보자마자 처자의 집으로 끌고 갔습니다.

나는 그녀에게 앞으로 내가 어떻게 살아갈 것인지를 분명히 이야기했습니다.

"우리가 지금 결혼을 하더라도 적어도 7년 정도는 당신 혼자 살 각오를 해야 할 것이오."

"왜 그래야 하는지요?"

"나에게는 결혼생활보다 더 중요한 일이 있소. 사실 결혼을 하는 것도 하나님의 섭리를 수행하기 위한 것이오. 우리의 결혼은 가정을 넘어 민족과 인류를 사랑할 수 있는 자리까지 나아가지 않으면 안 되오. 내 뜻이 이러한데도 진심으로 나와 결혼하고 싶소?"

그러자 처자는 "아무래도 좋습니다. 당신을 보고난 뒤에 달빛

속에 꽃이 만발한 꿈을 꾸었으니 당신은 하늘이 내게 주신 배필이 확실합니다. 그러니 어떤 어려움이 있더라도 참을 수 있습니다”하고 야무지게 대답을 했습니다. 그래도 걱정이 된 나는 여러 차례에 걸쳐 단단히 다짐을 받았습니다. 그럴 때마다 처자는 “당신과 결혼만 할 수 있다면 뭣이라도 다할 터이니 아무 걱정 마십시오”라며 나를 안심시켰습니다.

그런데 결혼식을 올리기 일주일 전에 장인 될 어른이 갑작스레 돌아가셨습니다. 그 바람에 잡아놓은 날짜보다 결혼식이 늦어져 1944년 5월 4일에 혼례를 올렸습니다. 5월이면 화창한 봄날이건만 그날은 비가 억수같이 쏟아졌습니다. 예수교의 이호빈 목사가 주례를 섰습니다. 이호빈 목사는 광복 후에 월남하여 초교파적인 중앙신학원을 설립한 사람입니다. 신혼살림은 자취를 하던 흑석동에서 시작했습니다. “하이고, 색시가 얼마나 예쁘면 저렇게 계란 다루듯 하누?”하던 하숙집 아주머니의 말대로 나는 아내를 진심으로 아끼고 사랑했습니다.

당시 나는 용산에 있는 가시마구미鹿島組 토목회사의 경성지점에 취직을 해서 회사일과 교회일을 함께 보고 있었습니다. 그런데 그해 10월, 신혼집으로 느닷없이 일본경찰이 들이닥쳤습니다. “와세다대학 경제학부에 다니던 아무개를 아느냐?”하고 묻더니 대답도 기다리지 않고 나를 경기도 경찰부로 끌고 갔습니다. 공산주의자로 잡혀간 친구의 입에서 내 이름이 나온 것이 이유였습니다.

경찰에 잡혀간 나는 다짜고짜 고문부터 당했습니다.

"네놈도 공산당 맞지? 일본유학 시절에 그 자식하고 같이 일했잖아? 네가 아무리 아니라고 우겨봐야 소용없다. 일본 경시청에 물어보면 다 나오게 돼있어. 공연히 개죽음 당하지 말고 공산당 놈들 이름을 줄줄이 대란 말이다!"

일본에서 같이 활동했던 친구들 이름을 대라며 책상다리 네 개가 다 부서지도록 맞았지만 나는 끝끝내 말하지 않았습니다.

그러자 일본경찰은 흑석동 신혼집을 뒤져 내 일기장을 찾아왔습니다. 일기장을 한 장 한 장 넘겨가며 친구들의 이름을 찾아냈지만 죽기를 각오하고 아니라고 버텼습니다. 일본경찰은 징을 박은 군화발로 내 몸을 사정없이 짓이긴 뒤 내가 죽은 듯이 축 늘어지면 천장에 매달고 흔들었습니다. 나는 정육점의 고깃덩어리처럼 그들이 막대기로 미는 대로 이리저리 흔들렸습니다. 그러면 내 입에서 시뻘건 피가 울컥울컥 쏟아져 시멘트 바닥을 적셨습니다. 나는 몇 번이나 정신을 잃었습니다. 찬물을 한 양동이 뒤집어쓰고 정신이 들면 다시금 고문이 시작되었습니다. 코를 잡은 뒤 양은 주전자를 입 속에 넣은 채로 무한정 물을 먹인 뒤에 바닥에 쓰러뜨리고는 개구리처럼 부풀어오른 배를 군화발로 짓이겼습니다. 식도를 타고 넘어온 물을 사정없이 토하고 나면 눈앞이 깜깜해지고 아무것도 보이지 않았습니다. 그런 날이면 식도가 타들어가듯이 아파 멀건 국물 한 모금도 못 넘기고 기운이 없어 맨바닥에 엎드려져 꼼짝도 못했습니다.

일본유학 시절부터 걸핏하면 끌려가 고문을 당하면서 나는 고문을 견디는 나만의 방법을 갖게 되었습니다. 간수가 내 번호를 부르면서 굳게 닫힌 철문을 여는 동안, 나는 미련한 짐승처럼 내 손등이며 손가락을 깨물어 상처를 냅니다. 그냥 슬쩍 무는 것이 아니라 살이 찢기고 피가 나도록 깨뭅니다. 그러면 하루종일 군화에 차이고 거꾸로 매달려도 목숨을 지킬 수 있습니다. 고통에 못 이겨 온몸을 뻗대며 나뒹굴 때마다 손등에 난 상처에서 검은 피가 흘러나와 내 생명을 지켜주었습니다.

전쟁의 막바지에 이르러 초조해진 일본경찰의 고문은 이루 말할 수 없이 지독했지만 나는 끝끝내 친구들의 이름을 불지 않은 채 버텼습니다. 정신이 오락가락하는 중에도 그것만큼은 죽기 살기로 지켰습니다. 고문을 하다 지친 일본경찰이 고향에 계신 어머니를 불러왔습니다. 다리가 풀려 제대로 서지도 못하던 나는 경찰관들에게 양 팔을 끼운 채 면회실까지 겨우 걸어나갔습니다. 어머니는 나를 만나보기도 전에 이미 눈가가 짓물러 있었습니다.

"조금만 참아라. 어미가 어떻게든 변호사를 댈 테니까. 그때까지만 제발 죽지 말고 버텨다오."

면회를 오신 어머니가 피투성이가 된 아들 얼굴을 보며 간절히 말씀하셨습니다. "제아무리 뜻이 좋아도 네 목숨을 보전하는 게 먼저다. 절대로 죽으면 안 돼" 하며 우시는 어머니를 바라보는 내 마음이 참으로 애달팠습니다. 마음 같아서는 "어머니!" 하며 같이 끌어안고 펑펑 울고 싶었습니다만 어머니를 면회시켜 주는 일본경찰의 속뜻이 무엇인지를 잘 아는 나로서는 그럴 수도 없었습니다. 죽지 말고 살아서 버텨달라는 어머니의 말씀에 내가 할 수 있는 일이라곤 찢어져 통통 부은 눈을 깜빡거리는 것이 전부였습니다.

경기도 경찰부에 잡혀있던 넉 달 동안 하숙집의 이기봉 아주머니가 옥바라지를 해주었습니다. 아주머니는 면회할 때마다 울었습니다. 그러면 나는 "조금만 견디시면 이 시절이 곧 끝납니다. 얼마 못 가 일본은 망할 테니 울지 마십시오" 하고 위로를 했습니다. 그냥 하는 말이 아니라 하나님이 내게 주신 믿음이었습니다. 이듬해 2월 경찰서에서 풀려나오자마자 나는 하숙집에 쌓여있는 일기장을 싸들고 한강 모래밭으로 갔습니다. 그러곤 더 이상 친구들한테 피해가 가는 일이 없도록 그 많은 일기장을 다 태웠습니다. 그대로 둔다면 내가 감옥에 잡혀갈 때마다 화근이 될지도 모를 일이었습니다. 고문으로 망가진 몸은 쉽게 회복이 되지 않았습니다. 오래도록 혈변을 보며 몸을 추스르지 못해 애를 먹는 나를 하숙집 아주머니 형제들이 정성껏 돌보아 주었습니다.

마침내 1945년 8월 15일, 기다리던 광복의 날이 왔습니다. 삼천리 반도가 '만세!' 소리와 태극기의 물결로 뒤덮인 감격의 날이었습니다. 그러나 나는 머잖아 한반도에 다가올 엄청난 재난을 예감하고는 너무나 심각해져 기쁜 마음으로 만세를 부를 수가 없었습니다. 혼자 골방에 틀어박혀 기도에 열중했습니다. 불길한 예감대로 조국은 일본 식민지배에서 해방되었지만 곧 38선으로 나라가 두 동강이 났습니다. 북한 땅엔 하나님의 존재를 부정하는 공산당 정권이 들어섰습니다.

거역할 수 없는 명령

광복 직후 우리나라 실정은 말할 수 없이 혼란스러웠습니다. 돈이 있어도 쌀을 구하기 힘들었습니다. 마침 집안에 쌀이 떨어져 사놓은 쌀을 가지러 황해도 백천白川으로 가던 중이었습니다. 그런데 그 길에서 "38선을 넘어가라! 북쪽에 있는 하나님의 사람들을 찾으라!"는 계시를 받았습니다.

그 즉시 38선을 넘어 평양으로 향했습니다. 첫 아들이 태어난 지 한 달밖에 되지 않은 때였습니다. 애타게 나를 기다릴 아내가 걱정되었지만 집에 들를 여유가 없었습니다. 하나님의 말씀은 엄한 것이니 받는 즉시 순종해야만 합니다. 창세기부터 묵시록까지 수십 번 밑줄을 그으며 읽고 깨알같은 글씨로 새까맣게 메모해둔 너덜너덜해진 성경책 하나만 들고 나는 38선을 넘어갔습니다.

그때는 이미 공산당을 피해 북에서 남으로 넘어오는 피난민이 줄을 잇고 있었습니다. 특히 종교를 반대하는 공산당 때문에 많은 기독교인들이 종교의 자유를 찾아 남쪽으로 내려왔습니다. 공산당은 종교를 아편이라고 하면서 아무도 종교를 갖지 못하게 했습니다. 그런 곳으로 나는 하늘의 소명을 받고 간 것입니다. 목사라면 질색하는 공산당 세상을 향해 제 발로 걸어들어갔습니다.

피난민이 늘어나자 북쪽의 경계가 삼엄해져 38선을 넘는 것조차 쉽지 않았습니다. 그러나 120리 길을 걸어 38선을 넘고 평양에 도착할 때까지 한번도 내가 왜 이 험난한 길을 가야 하나 의심하지 않았습니다.

6월 6일 평양에 도착했습니다. 본래 평양은 동양의 예루살렘이라고 불릴 만큼 기독교 뿌리가 깊은 곳입니다. 그래서 일제강점기 때에는 신사참배는 물론이고 일본 천황이 있는 동쪽을 향해 경례를 강요하는 동방요배 등 별의별 탄압이 자행되던 곳입니다. 나는 평양 서문에서 가까운 경창리의 나최섭 씨 집에서 전도생활을 시작했습니다. 그분은 남한에서부터 알고 지내던 교회집사였습니다.

처음에는 동네 어린이들을 모아 돌보는 일부터 시작했습니다. 어린이들이 오면 성경말씀을 곁들인 동화를 들려주며 함께 놀았습니다. 비록 어린이들이었지만 반드시 경어를 쓰면서 정성을 다해 돌보았습니다. 그러면서 내가 전하는 새로운 말씀을 누군가 들으러 와주길 기다렸습니다. 어느 날은 온종일 문밖을 내다보며 사람을 그리워하기도 했습니다. 그렇게 간절히 기다리자 독실한 신앙심을 가진 사람들이 나를 찾아오기 시작했습니다.

나는 밤을 새워가며 새로운 말씀을 가르쳤습니다. 나를 찾아오는 사람이라면 세 살배기 어린애든 허리가 굽고 눈이 먼 노인이든 사랑하는 마음으로 경배하며 하늘같이 섬겼습니다. 나이 많은 할머니 할아버지가 찾아와도 밤을 새워 이야기를 나누었습니다. '어이구, 나이 많은 노인네라 싫다' 이런 생각을 해본 적은 전혀 없습니다. 사람은 누구나 귀하디귀합니다. 귀한 것에 남녀노소 차별이 없습니다.

스물여섯 살의 새파랗게 젊은 청년이 로마서며 묵시록을 가르치는데 그 내용이 전에 들어보지 못하던 내용이라 그런지 뜻있는 사람들이 하나둘 모여들기 시작했습니다. 매일같이 와서 말도 없이 이야기만 듣고 가던 반듯한 청년인 김원필은 그렇게 내 첫 번째 식구가 되었습니다. 평양사범학교를 졸업하고 교편을 잡고 있던 그와 나는 둘이 번갈아 물을 길어다 밥을 지어 먹으며 사제의 정을 나누었습니다.

나는 한번 성경강해를 시작하면 교회 식구들이 볼일이 있다며 먼저 일어서지 않는 한 멈추지 않았습니다. 얼마나 열정을 다해 가르쳤는지 온 몸에 땀이 줄줄 흘렀습니다. 사람들 몰래 밖에 나가 옷을 벗어서 짜면 옷에서 물이 뚝뚝 흘렀습니다. 여름에만 그런 게 아니라 엄동설한 추운 겨울에도 그랬습니다. 그렇게 열을 내어 가르쳤습니다.

예배를 드릴 때는 모두 깨끗한 흰옷을 입었습니다. 찬송가를 수십 번 되풀이해 부르며 열정적인 예배를 드렸습니다. 어찌나 감동에 젖어 울부짖는지 우리 교회를 가리켜 '우는 교회'라고들 했습니다. 예배가 끝나면 각자 받은 은혜를 간증했습니다. 간증을 하는 동안 모두들 은혜에 취해 몸이 하늘로 떠오르는 체험을 했습니다.

우리 교회에는 입신하는 사람, 예언하는 사람, 방언하는 사람, 또 방언을 통역하는 사람 같이 영통한 이들이 많이 나타났습니다. 때로 우리 교회에 합당치 않은 사람이 와있으면 영통한 사람이 눈을 감은 채 그에게로 가서 어깨를 탁 쳤습니다. 그러면 어깨를 맞은 사람이 갑자기 눈물 콧물을 흘리며 회개기도를 올렸습니다. 그럴 때면 뜨거운 성령의 불길이 휘익 하고 지나다니는 것이었습니다. 성령불의 역사가 일어나면 오랫동안 속을 썩이고 있던 병들이 씻은 듯이 나았습니다. 특히 내가 남긴 밥을 먹고 위장병이 나았다는 사람의 이야기가 주변에 퍼지자 '교회 밥은 약밥'이라며 내가 남긴 밥을 기다리는 사람들도 많았습니다.

이 같은 성령 체험들이 알려지면서 교회 문을 닫을 수 없을 정도로 식구 수가 늘어났습니다. 지승도 할머니와 옥세현 할머니는 꿈속에서 "젊은 선생이 이남에서 올라와 만수대 건너편에 있으니 가서 만나라"는 말씀을 받고 찾아온 경우였습니다. 누가 전도하거나 인도한 것이 아니라 하늘이 알려준 주소를 들고 골목골목을 돌아 찾아와서는 "꿈에서 뵌 분이 바로 선생님이십니다" 하며 반가워했습니다. 신학을 공부한 목사들도 나를 찾아왔습니다. 나는 그들의 얼굴만 봐도 무엇이 궁금해서 찾아왔는지 알았습니다. 내가 묻지도 않고 그들의 문제에 답을 주면 기쁘고 놀라서 어쩔 줄 몰라 했습니다.

내 스스로 깨닫고 체험한 이야기를 통해 하나님의 말씀을 가르친 탓인지 지금까지 이해가 안 돼 꽉 막혀있던 부분이 시원하게 해결되었다며 많은 사람들이 좋아했습니다. 큰 교회에 다니던 사람들 중에는 내 설교를 듣고 아예 다니던 교회를 그만두고 우리 교회로 오는 이들도 있었습니다. 평양에서 제일 유명하던 장대재 교회에서 핵심일꾼이라고 불리던 열다섯 명이 한꺼번에 나를 찾아오는 바람에 교회 장로들이 크게 항의한 적도 있었습니다.

김인주 아주머니의 시아버지는 평양에서 이름난 장로였습니다. 아주머니의 집이 바로 시아버지가 다니던 교회 담장 옆이었는데 그 교회로 가지 않고 시댁 식구들 몰래 장독대로 올라가 담을 넘어 우리 교회로 왔습니다. 아주머니는 태중에 딸을 가진 몸으로 두어 길이나 되는 담장을 무서운 줄도 모르고 뛰어넘었습니다. 이 일로 아주머니는 장로인 시아버지한테 모진 박해를 받았습니다. 나도 그것을 알고 있었습니다. 내 마음이 몹시 아픈 날이면 우리 식구를 아주머니 집으로 보냈습니다. 그런 날은 영락없이 아주머니가 시아버지한테 매를 맞고 있었습니다. 어찌나 모질게 때리는지 아주머니는 피눈물을 흘렸습니다. 그런데 우리 식구들이 대문 밖에 서있으면 조금도 아프지 않다며 "선생님은 제가 매를 맞는 걸 어찌 아셨어요? 우리 식구만 나타나면 나는 안 아픈데 때리는 시아버지는 힘이 들어 어쩔 줄 모르시니 어쩐 일인가요?" 하고 묻곤 했습니다.

매를 때리고 기둥에 묶어놓아도 며느리가 계속 우리 교회에 나오자 김인주 아주머니의 가족들이 교회로 찾아와 다짜고짜 나를 때리기도 했습니다. 옷이 찢기고 얼굴이 심하게 부어올랐지만 나는 단 한 번도 맞서지 않았습니다. 내가 맞서면 아주머니가 더욱 곤란해지리라는 것을 잘 알고 있었기 때문입니다.

큰 교회에 다니던 사람들이 자꾸만 빠져나오자 기성교회의 목사들이 나를 시기해서 경찰에 고발했습니다. 그러자 가뜩이나 종교를 눈엣가시로 여겨 없애려고 하던 공산당국은 옳다구나 하고 나를 잡아들였습니다. 1946년 8월 11일 나는 남한에서 올라온 스파이란 죄를 뒤집어쓰고 평양 대동보안서로 끌려갔습니다. 이승만이 이북정권에 욕심을 내고 북한에 밀파한 첩자라고 옭아맸습니다.

소련 조사관까지 나서서 나를 심판했지만 죄가 없는 걸 어찌겠습니까. 결국 석 달 만에 무죄로 석방되었습니다만 몸은 만신창이가 되어있었습니다. 고문으로 피를 너무 많이 흘려 목숨이 위태로운 상태였지만 교회 식구들이 거둬주었습니다. 아무런 대가 없이 내게 생명을 준 것입니다. 그래서 나는 다시 힘을 내어 교회 일을 시작했습니다. 1년이 넘으니 교세가 부쩍 커졌습니다. 기성교회는 그런 우리를 가만히 놔두지 않았습니다. 기성교회에 다니던 신도들이 점점 더 많이 우리 교회로 몰려오자 나를 반대하는 기성교회 목사 80여 명이 경찰서에 투서를 넣었습니다. 1948년 2월 22일 나는 이승만의 스파이이자 사회질서를 문란하게 했다는 혐의로 또다시 공산당에게 잡혀갔습니다. 쇠고랑을 차고 끌려간 지 사흘 만에 머리를 깎이고 감옥에 갇혔습니다. 교회를 꾸리는 동안 길 렀던 머리카락이 툭 하고 바닥으로 떨어지던 것이며 내 머리를 깎던 이 아무개의 모습까지 아직도 생생하게 기억하고 있습니다.

감옥에 있는 동안 죄를 자백하라며 무수히 때렸습니다. 그렇지만 피를 토하고 쓰러져 숨이 끊어질 것 같은 순간에도 정신줄을 놓지 않고 버텼습니다. 고통이 너무 커서 허리가 퍽 하고 꺾이면 "아버지, 나 좀 구해주시오!" 하는 기도가 절로 나왔습니다. 그렇지만 다시 정신을 차리면서 "아버지, 걱정마이소. 문선명이 아직 안 죽었습니다. 이렇게 형편없이 죽지 않습니다" 하고 배짱을 내밀었습니다. 그렇습니다. 나는 아직 죽을 때가 아니었습니다. 내 앞에는 완수해야 할 일들이 산처럼 쌓여 있었고 내게는 그 일을 감당해야 할 사명이 있었습니다. 고문 따위에 굴복해 동정을 구할 정도로 나약한 내가 아니었습니다.

고문을 당해 쓰러질 때마다 '내가 맞는 매는 민족을 위해 맞는 거다, 내가 흘리는 눈물은 민족의 아픔을 대신해 우는 거다' 하는 생각으로 버텼습니다. 고통이 너무 심해 정신을 잃을 지경이 되면 영락없이 하나님의 음성이 들렸습니다. 숨이 끊어질락 말락 하는 순간에 하나님이 나타나십니다. 지금도 내 몸에는 그때 생긴 흉터가 여러 군데 남아있습니다. 살이 패고 피가 흐르던 자리는 이제 새살이 돋았지만 그날의 끔찍했던 고통은 흉터 속에 고스란히 남아있습니다. 나는 그날의 고통이 남긴 흉터를 바라보며 다짐하곤 합니다.

"이 상처를 가진 너는 반드시 승리해야 돼."

구금된 지 만 40일 만인 4월 3일에 공판이 예정되어 있었지만 나흘이 연기되어 4월 7일에 공판이 열렸습니다. 공판정에는 이북에서 내로라하는 유명한 목사들이 우르르 몰려와서 나에게 별의별 욕을 다 해댔습니다. 종교는 아편이라며 공산당도 나를 비웃었습니다. 공판을 보러 나온 교회 식구들은 한쪽에서 구슬프게 울었습니다. 마치 자식이나 남편이 세상을 떠나기라도 한 것처럼 애절하게 울었습니다. 그렇지만 나는 눈물을 흘리지 않았습니다. 나를 보고 몸부림을 치며 울어주는 식구들이 있으니 하늘 길을 가는 나는 조금도 외롭지 않았습니다. 나는 불행한 사람이 아니니 울어서는 안 된다고 생각했습니다. 판결을 받고 공판정을 떠나면서 교회 식구들에게 수갑 찬 손을 흔들어주었습니다. 수갑에서 짤랑짤랑 종소리가 나는 것 같았습니다. 그날 바로 평양형무소에 수감되었습니다.

감옥살이는 조금도 두려울 것이 없었습니다. 한두 번 해보는 것이 아니었으니까요. 게다가 나는 감방장하고 친해지는 데 선수입니다. 몇 마디만 이야기를 나누면 어떤 감방장이라도 금세 친구가 됩니다. 나는 누구와도 친구가 될 수 있습니다. 사랑하는 마음이 있으면 누구와도 마음을 터놓게 됩니다.

며칠이 지나자 제일 구석진 곳에 앉아있는 나를 감방장이 윗자리로 끌어올렸습니다. 변기통 옆의 비좁은 구석이 내가 제일 좋아하는 자리인데 자꾸 더 높은 자리에 앉으라고 했습니다. 아무리 싫다고 해도 막무가내였습니다.

감방장하고 친해진 다음에는 방안 사람들을 하나하나 살핍니다. 사람의 얼굴은 그 사람의 모든 것을 말해줍니다. "아, 당신은 이렇게 생겼으니 이럴 것이고, 또 당신은 저렇게 생겼으니 저럴 것이오" 하고 이야기를 시작하면 모두들 놀라워했습니다. 처음 본 내가 자기 속을 알아맞히니 내심으로는 싫어하면서도 인정할 수밖에요.

누구하고도 맘을 터놓고 사랑의 마음을 나누니 감방에서도 친구가 생겨 살인수하고도 친해졌습니다. 억울한 감옥살이였지만 내게는 나름대로 뜻이 있는 단련기간이었습니다. 이 세상에 아무 뜻 없는 시련은 없습니다.

감옥에서는 이나 벼룩도 다 친구입니다. 감옥 안의 추위가 얼마나 혹독한지 죄수복의 시침질한 곳으로 줄을 지어 기어다니는 이를 잡아 한 곳에 늘어놓으면 이들끼리 서로 달라붙어 동그랗게 됩니다. 그걸 말똥구리처럼 데굴데굴 굴리면 서로 떨어지지 않으려고 안간힘을 씁니다. 이는 본래 파고드는 성질이 있어서 서로서로 머리를 들이대고 뭉쳐서는 궁둥이만 내밀고 있는데, 이 광경을 보는 것도 그렇게 재미날 수 없습니다.

세상에 이나 벼룩을 좋아하는 사람은 없습니다. 그렇지만 감옥에 있다보면 이나 벼룩도 소중한 이야기 상대가 됩니다. 빈대나 벼룩을 보는 순간 문득 깨닫게 되는 묵시가 있는데 그걸 놓쳐서는 안 됩니다. 하나님이 언제 무엇을 통해 말씀하실지 모릅니다. 그러니 벼룩이니 빈대니 하는 것들도 귀하게 살필 줄 알아야 합니다.

밥 한 알이 지구보다 더 크다

평양형무소에 갇힌 지 석 달 만인 5월 20일 나는 흥남감옥으로 이송되었습니다. 하늘 앞에 죄송하고 분한 마음도 있었지만 강도하고 한 조로 묶어놓으니 도망갈 수도 없었습니다. 차로 열일곱 시간이나 걸리는 먼 길을 가면서 가만히 앉아 차창 밖을 내다보니 설움이 북받쳤습니다. 개울물이 흐르고 굽이굽이 산골짜기가 이어지는 그 길을 죄수의 몸으로 가야 하다니 기가 막혔습니다.

흥남감옥은 실상 흥남 질소비료 공장의 특별노무자 수용소였습니다. 그곳에서 나는 2년 5개월간 고된 강제 노역을 했습니다. 원래 강제노동은 러시아에서 시작된 것으로 세계의 이목과 여론 때문에 유산계급과 반공산주의자들을 무작정 처단할 수 없어 생각해낸 형벌이었습니다. 강제노동에 착취당하는 사람들은 힘든 노동에 지쳐 죽을 때까지 일해야 했습니다. 러시아의 제도를 그대로 보고 배운 북한 공산당들은 모든 죄수들에게 3년 동안 강제노동을 시켰습니다. 말이 3년이지 고된 노동에 지쳐 저절로 죽게 만드는 것이었습니다.

감옥의 하루는 새벽 4시 반에 시작됐습니다. 죄수들을 모두 깨워 앞마당에 정렬시키고 불법 소지품이 있는지 몸수색부터 했습니다. 옷을 모두 벗겨놓고 먼지 하나까지 탈탈 털어가며 샅샅이 뒤졌기 때문에 두 시간은 족히 걸렸습니다. 흥남은 바닷가라 겨울이면 벗은 몸에 칼바람이 불어와 살이 에이는 듯 아팠습니다. 몸수색이 끝나면 형편없는 아침을 먹고 십 리 길을 걸어 비료공장으로 향했습니다. 네 줄로 늘어서서 얼굴도 똑바로 들지 못한 채 손을 잡고 걷는 죄수들 주변을 소총과 권총으로 무장한 경비원들이 붙어다녔습니다. 만일 줄이 느슨해지거나 손을 잡지 않으면 탈출하는 것으로 간주하여 가차 없는 매질을 했습니다.

흥남은 겨울이면 눈이 사람 키만큼 쌓일 정도로 폭설이 쏟아지는 곳입니다. 눈이 한 길이나 쌓인 겨울날, 추운 새벽길을 걸어가면 머리가 빙글빙글 돌았습니다. 얼어붙은 길은 미끄럽기 이를 데 없고 어찌나 매섭게 찬바람이 부는지 머리끝이 곤두섰습니다. 아침밥을 먹었는데도 기운이 없어 자꾸 헛발을 딛기 일쑤였지만, 맥이 풀린 다리를 끌고서라도 일을 하러 나가야 했습니다. 정신이 아득해지는 그 길을, 나는 하늘의 사람이란 사실을 되새기며 갔습니다.

비료공장에는 비료의 원료가 되는 암모니아가 산처럼 쌓여있었습니다. 컨베이어를 타고 쏟아져내리는 암모니아는 마치 하얀 폭포수 같았습니다. 막 쏟아져내린 암모니아는 얼마나 뜨거운지 한겨울에도 김이 모락모락 났지만 시간이 지나면 그 열기가 식어 얼음처럼 딱딱하게 굳었습니다. 산처럼 쌓인 암모니아를 가마니에 퍼 담는 것이 우리의 일이었습니다. 높이가 20미터도 넘는 거대한 암모니아 더미를 우리는 '비료산'이라고 불렀습니다. 8백~9백 명씩 큰 광장에 나가 암모니아를 퍼담는 장면은 마치 큰 산을 둘로 쪼개는 형상이었습니다.

열 명이 한 조가 되어 하루에 1천3백 가마니씩 퍼 담아야 했으니 한 사람의 하루 책임량이 백삼십 가마니나 되었습니다. 그것을 달성하지 못하면 식량배급이 반으로 줄어버려 죽기 살기로 일했습니다. 조금이라도 수월하게 가마니를 옮기려고 철사줄로 바늘을 만들어 가마니를 묶을 때 썼습니다. 도록꼬라고 부르는 운반용 트럭이 지나는 레일 위에 굵은 철사를 올려놓으면 납작하게 눌려져서 바늘 대신 쓸 수 있었습니다. 가마니에 구멍을 낼 때는 공장의 유리창을 깨뜨려 썼습니다. 간수들도 고된 노동에 시달리는 죄수들이 안타까워 공장 유리를 깨는 것을 보고도 어쩌지 못했습니다. 한번은 그 굵은 철사를 이로 물어 자르다가 그만 이가 두 동강이 나버렸습니다. 지금도 내 앞니를 잘 보면 이가 갈라져 있는데, 흥남감옥에서 얻은 잊을 수 없는 기념품인 셈입니다.

다들 중노동에 지쳐 몸이 여위어 가는데 나는 줄곧 72킬로그램을 유지해서 다른 죄수들의 부러움을 샀습니다. 체력만은 남부럽지 않던 나도 딱 한번 학질에 걸려 크게 고생한 적이 있었습니다. 한 달 가까이 학질을 앓으면서도 내가 일을 못하면 내 몫까지 일을 해야 하는 다른 죄수들 생각에 하루도 쉬지 않았습니다. 그렇게 힘이 좋은 나를 두고 '철근 같은 사나이'라고들 했습니다. 나는 아무리 힘든 중노동이라도 참을 수 있었습니다. 감옥이든 강제노동이든 그런 것쯤은 문제가 되지 않았습니다. 채찍이 제아무리 무섭고 환경이 모질다 해도 가슴에 확고한 뜻이 있으면 흔들리지 않습니다.

암모니아는 유산硫酸이라고도 불립니다. 일본의 가와사키 철공소에서 일할 때 탱크에 들어가 유산을 청소하다가 독성 때문에 죽은 사람들을 여러 명 보았지만, 흥남은 비교가 되지 않을 정도로 혹독했습니다. 유산이 닿으면 머리가 빠지고 피부에서 진물이 날 정도로 해로워서 유산 공장에서 6개월만 일하면 대부분 각혈을 하고 죽어나갔습니다. 손가락을 보호하느라 골무를 끼지만 가마니를 묶다보면 독한 유산에 닿아 금세 구멍이 나버렸습니다. 그러니 입고 있던 옷은 유산에 녹아 다 뭉개져버리고 살이 갈라져 피가 흐르거나 뼈가 드러나는 경우도 예사였습니다. 살이 떨어져 나간 자리에서 피가 뚝뚝 흐르고 진물이 질질 나와도 단 하루도 쉬지 못하고 일을 해야 했습니다.

살갗에서 진물이 나오는 것은 암모니아 때문에 살이 썩어가기 때문입니다. 나는 물집이 잡히고 진물이 흐르는 곳마다 상처를 내어 죽은 피를 뽑았습니다. 암모니아 공장에서 살아남기 위해 나는 날마다 내 살에 상처를 냈습니다.

그렇게 일을 하고도 하루에 작은 밥공기로 두 그릇이 채 못 되는 배급을 받았습니다. 반찬은 아예 없고 국은 무청이 든 소금물이 전부였습니다. 국물은 목이 타들어갈 정도로 짰지만 그나마 돌처럼 딱딱한 맨밥을 그대로 넘길 수 없어서 어느 누구도 국물 한 방울 버리는 사람이 없었습니다. 밥그릇을 받으면 모두들 순식간에 통째로 입속에 털어넣었습니다. 자기 밥을 다 먹고 나면 남들이 밥 먹는 모습을 목을 빼고 바라보다가, 어떤 때는 자기도 모르게 남의 밥그릇에 숟가락을 넣어 싸움이 벌어지기도 했습니다. 흥남에서 나와 함께 지내던 어떤 목사는 "나한테 콩 한 알만 주면 밖에 나가서 소 두 마리를 주겠소" 하고 말하기까지 했습니다. 죽은 사람의 입속에 있는 밥알까지도 끄집어내 먹을 정도였으니 그때의 배고픔은 그만큼 처절했습니다.

배고픈 고통은 실제 겪지 않으면 알 수 없습니다. 배가 고플 때에는 밥 한 알도 얼마나 귀한지 모릅니다. 지금도 흥남만 생각하면 정신이 번쩍 듭니다. 밥 한 알이 그렇게까지 온 신경을 자극할 수 있다는 게 믿어지지 않겠지만 배가 고프면 눈물이 쏟아지게 밥이 그립습니다. 어머니보다 더 그립습니다. 배가 부를 때에는 세계가 큰 것 같지만 배가 고프면 밥 한 알이 지구보다 더 큽니다. 밥 한 알의 가치가 그렇게 엄청납니다.

감옥에 들어가던 첫날부터 배급받는 주먹밥의 절반을 떼어 동료들에게 주고 나머지 절반만 먹었습니다. 그렇게 석 주쯤 훈련

평화를 사랑하는 세계인으로

을 한 뒤에야 비로소 주먹밥 한 개를 다 먹었습니다. 그러면서 두 사람 몫을 먹는다고 생각하면 배고픔을 견디기가 한결 수월했습니다.

감옥살이는 해보지 않은 사람은 짐작조차 할 수 없을 만큼 참혹합니다. 죄수의 절반이 1년 안에 죽어나가는 바람에 매일같이 감옥 뒷문으로 시체를 넣은 널이 나가는 모습을 지켜봐야 했습니다. 온몸의 기름기가 다 빠지도록 일만 하다가 죽어서야 겨우 감옥 문밖을 나설 수 있었던 것입니다. 아무리 무자비하고 냉혹한 정권이더라도 그건 분명 인간의 한계선을 넘어선 것이었습니다. 그렇게 죄수들의 눈물과 한이 담긴 암모니아 포대는 항구를 통해 러시아로 옮겨졌습니다.

눈 내리는 흥남감옥에서

감옥에서 음식 다음으로 그리운 것은 실과 바늘입니다. 갖은 노동으로 너덜너덜해진 옷을 꿰매려 해도 실이나 바늘을 구할 수 없어 감옥살이가 길어지면 상거지 꼴이 됩니다. 특히 흥남의 차가운 겨울바람을 조금이라도 막기 위해 구멍 난 옷을 기우려면 길에 떨어진 작은 천 조각도 그리 소중할 수가 없습니다. 쇠똥이 묻은 천이라도 서로 주우려고 난리법석이 납니다. 천은 어떻게든 구하더라도 바늘을 구하기는 쉽지 않습니다. 그런데 유산 가마니를 옮기던 중에 우연히 바늘 한 개가 묻어왔습니다. 시골에서 가져오는 가마니에 어쩌다 덤으로 섞여온 겁니다. 그때부터 나는 흥남감옥의 바느질꾼이 됐습니다. 바늘을 얻은 게 얼마나 기쁘던지 매일같이 남의 바지며 잠방이를 꿰매주었습니다.

비료공장은 한겨울에도 땀이 줄줄 흐를 정도로 뜨거웠습니다. 그러니 한여름에는 오죽했겠습니까? 그런데도 나는 한번도 바짓

가랑이를 걷어 올려 정강이를 내보인 적이 없습니다. 오뉴월 삼복중에도 반드시 대님을 매고 일했습니다. 남들이 바지를 훌렁 벗어던지고 속옷 바람으로 일할 때에도 나는 단정한 장바지 차림으로 일했습니다. 공장에서 일을 하고 나면 온 몸이 땀과 비료가루에 범벅이 되어 사람들은 대부분 일이 끝나자마자 곧바로 옷을 벗어 공장에서 흘러나오는 더러운 물에 몸을 씻었지만 나는 한번도 몸을 내놓고 씻지 않았습니다. 그 대신 배급으로 나눠주는 물한 컵을 반쯤 남겨두었다가 남들이 모두 잠든 새벽에 일어나 수건에 물을 적셔 닦았습니다. 새벽의 기운을 모아 기도를 하기 위해서이기도 했지만 내 소중한 몸을 함부로 내보일 수 없다는 생각에서 그런 것입니다.

감옥에서는 서른여섯 명이 한방에 살았는데 비좁은 방구석에 놓인 변기통 옆이 내 자리였습니다. 여름이면 물이 넘쳐 축축하고 겨울이면 얼음이 얼어 사람들이 기피하는 곳이었습니다. 변기통이라야 뚜껑도 없는 조그만 독이었으니 냄새가 나는 것은 이루 말할 수 없었습니다. 소금국에 메밀 주먹밥을 먹은 죄수들은 걸핏하면 설사병이 났습니다.

"아이쿠 배야!"

배를 감싸안고 변기통까지 종종걸음으로 달려온 죄수들이 궁둥이를 까내리기 무섭게 물똥을 후다닥 쏴버리니 변기통 옆에 있는 나는 걸핏하면 똥물을 뒤집어쓰기 일쑤였습니다. 모두가 잠이 든 한밤중에도 배가 아픈 사람은 있기 마련이지요. 아구구구 하며 다리를 밟힌 사람들의 비명 소리가 들리면 나는 재빨리 일어나 구석으로 가 앉습니다. 사람들을 밟으며 급히 변기통으로 달려온 사람은 미처 궁둥이를 내리기도 전에 설사똥을 쌌습니다. 억지로 눌러 참다 내지르는 것이니 그 파편이 말도 못합니다. 어쩌다 깜빡 잠이 들어 미처 피하지 못하는 날이면 그대로 뒤집어쓰고 맙니다. 그래도 사시사철 똥물이 튀는 그 구석자리를 내 자리로 알고 살았습니다. "하필이면 꼭 그 자리에만 앉을 게 뭐요?" 하고 다른 죄수들이 물어보면 "여기가 젤 편합니다" 하고 말했습니다. 일부러 그런 게 아니라 그 자리에 앉는 게 정말 마음이 편했습니다.

나는 문학이니 예술이니 하는 것이 특별한 것이라고 생각하지 않습니다. 뭐든지 나와 마음이 통해 친구가 되면 문학이고 예술인 것입니다. 변소에서 변 떨어지는 소리가 아름답고 즐겁게 들리면 그 또한 음악과 다를 바 없습니다. 마찬가지로 변기통 옆에 누워있던 나에게 튀기던 똥물도 내 생각에 따라서는 멋진 예술 작품이 될 수도 있습니다.

당시 내 수감번호가 596번이었습니다. 그래서 사람들은 나를 오구륙 번이라고 불렀습니다. 밤에 잠을 이루지 못하고 누워 천장을 바라보며 '오구륙, 오구륙…' 하며 혼잣말을 하다가 후루룩 혀를 굴려 발음하면 '오구륙'이 '억울'로 들렸습니다. 나는 정말 억울한 죄인이었습니다.

공산당은 감옥 안에 '독보회'를 만들어 자아비판을 시키고 보안대를 내세워 일거수일투족을 감시했습니다. 그리고 매일 그날 배운 것을 반성문으로 써내라고 했지만 나는 단 한 장도 쓰지 않았습니다. '김일성 어버이 수령이 우리를 사랑하사 매일같이 이밥을 주고 고깃국을 주고 이렇게 잘살게 해주셔서 감사합니다'라는 글 따위는 절대로 쓸 수 없었습니다. 아무리 죽음이 코앞에 닥친다 해도 무신론자인 공산당에게 반성문을 바칠 수는 없는 일이었습니다. 나는 반성문을 쓰는 대신 감옥에서 살아남기 위해 남보다 몇 배 열심히 일했습니다. 1등 노동자가 되는 것만이 반성문을 쓰지 않고도 배겨낼 수 있는 길이었기 때문입니다. 덕분에 1등 모범수가 되어 공산당 간부가 주는 상까지 받았습니다.

감옥에 있는 동안 몇 번이나 어머니가 찾아오셨습니다. 정주에서 곧바로 홍남으로 오는 차편이 없어 서울로 내려갔다가 다시 경원선을 타고 스무 시간 넘게 걸려 오시려니, 그 고생은 이만저만이 아니었습니다. 한창 나이에 옥살이하는 자식에게 먹이기 위해 사돈의 팔촌에게까지 쌀 한 줌씩을 얻어 미숫가루를 만들어 오셨습니다. 면회소의 철창 밖으로 아들의 얼굴을 마주한 어머니는 눈물부터 흘리셨습니다. 그렇게도 강인하신 분이 감옥의 아들을 보시자마자 목이 메어 얼굴도 들지 못하시고 계속 우셨습니다. 내 꼴이 너무 험악해서 그랬겠지만 제아무리 강인한 분이라도 고통 받는 아들 앞에서는 그저 나약한 어머니에 지나지 않으셨습니다.

어머니는 내가 결혼할 때 입었던 명주 바지를 건네주셨습니다. 입고 있던 관복은 암모니아에 녹아 너덜너덜해져서 속살이

2. 눈물로 채운 마음의 강

내비쳤지만 어머니가 주신 명주 바지를 입지 않고 다른 죄수에게 줘버렸습니다. 빚을 내서 마련해오신 미숫가루도 어머니가 보시는 눈앞에서 다른 이들 먹으라고 모두 나눠주었습니다. 아들을 먹이고 입힐 마음에 정성을 다해 지어오신 음식과 옷을 모두 다른 이에게 줘버리는 것을 보고 어머니는 가슴을 쥐어뜯으며 우셨습니다.

"어머니, 나는 문 아무개의 아들이 아닙니다. 문 아무개의 아들이기 전에 대한민국의 아들입니다. 대한민국의 아들이기 전에 세계의 아들이요, 하늘과 땅의 아들입니다. 그들을 먼저 사랑하고 나서 어머니의 말을 듣고 어머니를 사랑하는 것이 도리임을 압니다. 나는 졸장부 아들이 아니니 그 아들의 어머니답게 행동해주십시오."

얼음장처럼 차가운 말을 내뱉었지만 어머니의 눈물을 보는 내 가슴은 찢어질 듯 아팠습니다. 자다가도 그리워 깨는 어머니이건만 약해지는 마음을 다잡아야 했습니다. 하나님의 일을 하는 사람에게 사사로운 모자의 인연보다는 단 한 사람이라도 더 따뜻하게 입히고, 더 배불리 먹이는 것이 중요했기 때문입니다.

나는 감옥 안에서도 사람들과 시간을 틈타 이야기하기를 즐겼습니다. 내 주변에는 늘 이야기를 들으러 모인 사람들로 그득했습니다. 배고프고 추운 옥살이 중에도 마음이 통하는 사람들과의 나눔은 따뜻했습니다. 흥남에서의 인연으로 나는 12명의 동지이자 평생 함께할 식구를 얻었습니다. 그중에는 이북5도 기독교연합회의 회장을 지낸 유명한 목사도 있었습니다. 그들은 목숨이 오가는 위험 속에서 혈육보다 더 뜨거운 정을 나눈 내 뼈와 살 같은 존재였습니다. 그들이 있어서 내 감옥살이는 헛되지 않았습니다. 나는 나를 도와준 사람들과 평양에 있는 교회 식구들을 위해 하루에 세 번씩 일일이 그들의 이름을 부르며 기도했습니다. 그때마다 그들이 바지춤 사이에 숨겨두었다가 나에게 쥐어준 미숫가루 한 줌을 수천 배로 갚아줘야 한다고 생각했습니다.

유엔군이 열어준 감옥문

　　흥남감옥에 갇혀 지내는 동안 6·25사변이 일어났습니다. 전쟁이 일어난 지 사흘 만에 국군이 수도 서울을 내주고 남쪽으로 떠밀려 내려갔습니다. 그러자 미국을 비롯한 16개국 군인들이 유엔군으로 한국전쟁에 참전했습니다. 인천을 통해 남한에 상륙한 미군은 북한의 대표적인 공업도시인 흥남으로 밀고 올라왔습니다.

　　흥남감옥은 자연히 미군의 폭격 목표가 되었습니다. 폭격이 시작되자 간수들은 죄수를 그대로 버려둔 채 전부 방공호에 피신해 버렸습니다. 살든지 죽든지 상관치 않는다는 것이었습니다. 하루는 눈앞에 예수님이 나타나 눈물을 흘리고 가시는 모습을 보고 문득 예감이 이상하여 "모두들 내게서 12미터 이상 떨어지지 마시오!"라고 말했습니다. 그런데 얼마 지나지 않아 1톤짜리 폭탄이 내게서 불과 12미터 거리에 떨어져 내 곁으로 피했던 죄수들만 겨우 목숨을 건졌습니다.

폭격이 심해지자 간수들은 죄수들을 처형하기 시작했습니다. 죄수들의 번호를 부르면서 사흘 치 식량과 삽을 가지고 나오라고 했습니다. 다른 감옥으로 이송되는 거라 생각하면서 불려나간 이들은 두 번 다시 감옥으로 돌아오지 못했습니다. 산으로 끌고 올라가 땅을 파게 한 뒤 그대로 묻어버린 것입니다. 형량이 무거운 죄수들부터 불려나갔는데, 가만히 헤아려보니 다음 날은 바로 내 차례였습니다.

그런데 바로 그날 밤, 홍남감옥 위로 폭탄이 장맛비처럼 쏟아졌습니다. 1950년 10월 13일, 인천상륙작전으로 한반도에 올라온 미군이 평양을 거쳐 홍남으로 밀고 올라온 것입니다. B-29기를 앞세워 총공격을 감행한 미군은 그날 홍남 전체가 불바다가 될 정도로 밤새도록 폭탄을 퍼부어댔습니다. 높이 솟아있던 감옥의 담벼락이 순식간에 무너져내리자 놀란 간수들은 모두 줄행랑을 쳤습니다. 그리고 마침내 우리를 겹겹이 둘러싸고 있던 감옥 문이 열렸습니다. 다음날 새벽 2시쯤 나는 다른 죄수들과 함께 당당히 걸어서 홍남감옥을 나왔습니다.

2년 8개월 만에 감옥에서 나왔으니 몰골이 참으로 기가 막혔습니다. 속옷과 겉옷 모두 어느 하나 성한 것이 없었습니다. 그런 누더기를 입고 상거지 차림으로 감옥에서부터 나를 따르던 이들과 함께 고향 대신 평양으로 향했습니다. 그들도 모두 처자식을 버리고 내 뒤를 따랐습니다. 고향에서 내 걱정에 눈물 마를 날이 없을 어머니 모습이 눈에 선했지만 평양에 남아 있는 교회 식구들을 챙기는 것이 우선이었습니다.

평양까지 걸어가다보니 북한이 이미 전쟁 준비를 하고 있었다는 사실을 똑똑히 목격했습니다. 비상시 군사도로로 쓸 수 있도록 큰 도시들 사이에 2차선 도로를 넓게 뚫어놓았습니다. 그리고 시멘트를 두툼하게 발라 30톤 탱크가 지나가도 끄떡없을 만큼 튼튼한 다리를 곳곳에 만들어두었습니다. 흥남감옥의 죄수들이 목숨을 걸고 퍼날랐던 비료를 러시아의 낡은 무기로 바꿔와 38선에 일제히 배치했습니다.

평양에 닿자마자 흥남감옥에 갇히기 전에 함께했던 식구들을 일일이 찾아다녔습니다. 그 사람들이 어떤 곳에 어떤 처지로 놓여있는지 궁금해서 견딜 수 없었습니다. 전쟁 때문에 뿔뿔이 흩어져 있었지만, 어떻게든 그들을 찾아서 살아갈 수 있도록 뒷수습을 해야 했습니다. 누가 어디에 사는지 도무지 알 길이 없으니 무턱대고 평양 시내 구석구석을 뒤지는 수밖에 없었습니다.

일주일 동안 고작 서너 명밖에 찾지 못했습니다. 감옥에서 아껴두었다가 가지고 나온 쌀가루에 물을 부어 떡을 개어 나눠주었습니다. 흥남에서 평양까지 걸어오는 동안 꽁꽁 언 감자 한두 알로 주린 배를 채우면서도 손대지 않고 아껴둔 식량이었습니다. 그들이 맛있게 먹는 모습만 봐도 배가 불렀습니다.

늙은이건 젊은이건 생각나는 사람들을 모두 찾아 헤매느라 평양에서 40일이나 머물렀습니다. 식구들을 대부분 찾았지만 결국 행방을 알 수 없는 이들도 있었습니다. 그러나 그들도 내 마음에서 지워지지 않았습니다. 12월 2일 밤 남쪽을 향해 걷기 시작했습니다. 피난민 무리의 삼십 리쯤 뒤를 김원필을 비롯한 우리 식구들이 따라가는 꼴이었습니다.

제대로 걷지 못하는 식구까지 데리고 피난길에 올랐습니다. 그는 흥남감옥에서부터 나를 따르던 박씨 성을 가진 사람이었습니다. 감옥을 먼저 나온 그를 찾아가보니 식구들은 모두 피난을 가버렸고 다리가 부러진 그만 빈집에 남아있었습니다. 나는 다리를 쓰지 못하는 그를 자전거에 태워 데려갔습니다. 변변한 군사도로는 모두 인민군들이 차지한 뒤라 얼어붙은 논바닥 위를 걷고 걸어 피난길을 재촉했습니다. 뒤에서는 중공군이 바짝 뒤를 쫓고 있는 데다 걷지도 못하는 사람을 데리고 험한 논길로 가려니 고생이 이만저만 아니었습니다. 길이 너무 나빠 절반은 그를 등에 업고 빈 자전거를 끌며 내려왔습니다. 나에게 짐이 되는 것이 싫다며 도중에 몇 번이나 스스로 목숨을 끊으려는 그를 달래기도 하고 호통도 치며 끝까지 함께했습니다.

아무리 쫓겨가는 피난길이라지만 밥은 먹어야 했습니다. 피난민들이 허둥지둥 버려두고 간 집으로 들어가 쌀독, 쌀독, 노래를 부르며 찾아다녔습니다. 쌀이나 보리, 감자를 있는 대로 찾아내서 끓여 먹으며 간신히 연명했습니다. 밥그릇은 고사하고 수저도 없어서 나뭇가지를 잘라 젓가락을 대신 해도 밥은 술술 잘 넘어갔습니다. 궁상이 상팔자라지요. 배에서 꼬르륵 소리가 나는데 먹지 못할 것이 없었습니다. 보리개떡 하나도 상감마마의 진수성찬이 부럽지 않을 정도로 맛있었습니다. 아무리 배가 고파도 나는 항상 먼저 숟가락을 놓았습니다. 그래야 남들이 한 숟가락이라도 마음 편히 더 먹을 수 있으니까요.

한참 피난길을 걷다보니 임진강 근방에 당도했습니다. 그런데 왠지 한시 바쁘게 강을 건너야 할 것처럼 마음이 급해졌습니다. 아무래도 이 고개를 넘어야 살길이 열릴 것 같았습니다. 나는 김원필을 사정없이 내몰았습니다. 나이가 어린 김원필은 걸어가면서도 졸았는데, 그를 몰아치며 자전거를 끌고 밤새 팔십 리 길을 걸어 임진강가에 닿았습니다. 다행히 강물이 꽝꽝 얼어있었습니다. 우리는 앞서온 피난민의 뒤를 좇아 임진강을 건넜습니다. 우리 뒤로도 쉴 새 없이 피난민들이 몰려들고 있었습니다. 그런데 우리가 강을 건너자마자 유엔군이 더 이상 임진강을 못 건너게 강을 막아버렸습니다. 조금만 늦었어도 강을 건너지 못할 뻔한 순간이었습니다.

비로소 강을 건너자 자신이 지나온 뒤를 힐끗 돌아보던 김원필이 조심스럽게 물었습니다.

"선생님은 임진강이 막힐 것을 미리 아셨습니까?"

"알고 말고지. 하늘 길을 가는 사람 앞에는 그런 일들이 많이 있다네. 한 고개만 넘으면 살길이 있는데 사람들은 그걸 모른다네. 일분일초가 시급한 상황이라 여차하면 자네 멱살이라도 잡고 건널 참이었네."

김원필은 내 말에 감동한 모양이었지만 내 마음은 착잡하기 그

지없었습니다. 38선으로 남북이 갈라진 지점에 막 도착했을 때는 한발은 남한, 다른 한발은 북한에 딛고 기도했습니다.

"지금은 비록 이렇게 떠밀려 내려가지만 곧 다시 올라오겠습니다. 반드시 자유세계의 힘을 모아 북한을 해방하고 남북을 통일하겠습니다."

피난민들에 뒤섞여 걸어가는 내내 그렇게 기도를 올렸습니다.

2. 눈물로 채운 마음의 강

세상에서 가장 배부른 사람

3

"자네가 내 인생의 큰 스승이네"

임진강을 건너 서울, 원주, 경주를 거쳐 부산에 도착한 날이 1951년 1월 27일이었습니다. 부산 바닥은 피난 내려온 사람들로 북새통이었습니다. 조선 팔도 사람들이 모두 모여들었는지 사람이 살 만한 데는 처마 끝까지 다 들어차서 궁둥이 하나 집어넣을 곳도 남아있지 않았습니다. 하는 수 없이 밤에는 숲 속으로 들어가 추위를 피하고 낮이면 밥을 얻으러 시내로 내려왔습니다.

그새 감옥에서 깎은 머리가 수북이 자라있었습니다. 안쪽에 이불솜을 대고 꿰맨 바지저고리가 너덜너덜했고 옷에는 기름때가 배어 비가 오면 빗방울이 또로록 구를 지경이었습니다. 신발도 뚜껑만 달려있을 뿐 바닥은 거의 남지 않아 맨발로 걷는 것과 같았습니다. 위로 보나 밑으로 보나 따라지 중의 왕따라지, 거지 중의 상거지였습니다. 일거리도 없고 주머니에 가진 돈도 없으니 동냥밥을 얻어먹고 다닐 수밖에 없었습니다.

밥을 얻어먹으면서도 나는 항상 당당했습니다. 눈치도 빨라서 한눈에 밥을 안 줄 것 같은 사람에게는 "이봐! 우리같이 어려운 사람을 도와줘야 나중에 복을 받는 거야!" 하고 도리어 큰소리를 치며 밥을 얻어냈습니다. 그렇게 얻어온 밥을 양지바른 데 빙 둘러앉아 수십 명이 나눠먹었습니다. 가진 것 하나 없이 밥을 얻어먹으면서도 그 사이엔 찌르르한 감정이 통했습니다.

"이거 보게. 이게 도대체 몇 년 만인가?"

누군가 반갑게 부르기에 돌아보니 일본유학 시절 내 노래에 반해 평생 친구가 되기로 했던 엄덕문이었습니다. 지금은 세종문화회관과 롯데호텔을 설계한 우리나라의 대표적인 건축가가 된 사람입니다. 그는 남루한 차림의 나를 덥석 안더니 다짜고짜 자기 집으로 끌고 갔습니다.

"가세, 어서 우리 집으로 가."

결혼한 그는 단칸방에 살고 있었습니다. 그는 좁은 방 한가운데 이불 홑청을 걸어 방을 두 개로 나누고 아내와 어린 두 자녀를 건너편으로 보냈습니다.

"자, 이제 그동안 어떻게 살았는지 얘기해보게. 늘 자네가 어디서 어떻게 살고 있는지 궁금했다네. 그냥 절친한 친구처럼 지냈지만 내게는 자네가 늘 친구 이상이었어. 내가 자네를 마음속으로 항상 어렵게 생각했던 것은 알고 있었지?"

나는 그때까지 친구들에게 내 솔직한 심정을 꺼내 보이지 않았습니다. 일본에서는 성경을 읽다가 친구들이 오면 얼른 치워놓을 정도로 나를 드러내 보이지 않았습니다. 엄덕문의 집에서 처음으로 내 이야기를 털어놓았습니다.

이야기는 하룻밤에 끝나지 않았습니다. 하나님을 만나고 새롭게 깨달은 것, 38선을 넘어 평양에 가서 교회를 시작한 것, 흥남 감옥에서 살아나온 것을 이야기하는 데 꼬박 사흘 밤낮이 걸렸습니다. 이야기를 다 들은 뒤 엄덕문은 자리에서 벌떡 일어나더니 내게 큰절을 했습니다.

"아니 이게 무슨 일인가?"

내가 그의 손을 잡아끌었지만 막무가내였습니다.

"자네는 이제부터 내 인생의 큰 스승일세. 이 절은 내가 스승에게 바치는 인사이니 받아주시게."

그 후로 엄덕문은 평생의 친구이며 제자로 내 곁을 지켜주었습니다.

엄덕문의 단칸방을 나온 나는 부산 4부두에서 밤에만 하는 막노동 일자리를 얻었습니다. 일한 돈을 받으면 초량역에서 팥죽을 사먹었습니다. 뜨거운 팥죽이 식지 않도록 팥죽통은 하나같이 누더기 이불로 꽁꽁 싸여있었습니다. 나는 팥죽 한 그릇을 사먹으면서 그 통을 한 시간도 넘게 끌어안고 있었습니다. 그러면 부두에서 밤새 일하느라 꽁꽁 얼어붙었던 몸이 사르르 녹았습니다.

그 무렵 나는 초량의 노무자 수용소에 숙소를 잡았습니다. 방이 어찌나 작은지 대각선으로 누워도 벽에 발이 닿았습니다. 그래도 그 속에서 연필을 깎아 정성스레 『원리원본』의 초고를 썼습니다.

생활이 구차하다는 건 아무 문제도 아니었습니다. 비록 쓰레기 구덩이 속에서 살아도 뜻이 있으면 못할 것이 없는 법입니다.

스무 살을 갓 넘긴 김원필도 별의별 일을 다 했습니다. 식당 종업원으로 일하면서 남은 누룽지를 얻어오면 같이 끓여먹기도 하고, 타고난 그림 소질로 미군부대에 취직해 페인트칠을 하기도 했습니다.

그러던 중 범일동에 있는 범냇골로 올라가 집을 지었습니다. 범냇골은 공동묘지 근처라 돌투성이 골짜기 외에는 아무것도 없었습니다. 내 땅이라고는 가진 게 없으니 산비탈을 비스듬히 다져 집터를 만들었습니다. 삽도 없어 남의 집 부엌에서 부삽을 몰래 꺼내 쓰고는 주인 모르게 가져다놓았습니다. 김원필과 함께 돌을 쪼개고 땅을 파고 자갈을 날랐습니다. 흙과 짚을 이겨 만든 벽돌로 벽을 쌓고 미군부대에서 얻은 레이션 박스의 네 귀퉁이를 뜯어 지붕을 얹고 방바닥에는 검은 비닐을 깔았습니다.

판잣집도 그런 판잣집이 없었습니다. 바윗돌에 기대 지은 집이라 방 안 한가운데 바위가 툭 솟아나와 있었습니다. 바위 뒤로 놓인 앉은뱅이책상과 김원필의 이젤이 살림살이의 전부였습니다. 비가 오면 방에서 샘이 솟았습니다. 앉은 자리 밑으로 물이 졸졸 졸 소리를 내며 흘러가는 아주 낭만적인 방이었습니다. 비가 새고 물이 흘러가는 냉방에서 자고 나면 콧물이 질질 흘렀습니다. 하지만 단 한 평이라도 그렇게 마음 편히 내 몸을 누일 곳이 있다는 사실이 너무나 행복했습니다. 게다가 하나님의 뜻을 향해 가는 길이었기에 그 열악한 환경 속에서도 희망만이 가득했습니다.

　김원필이 미군부대에 출근을 할 때면 산 아래까지 따라 나갔습니다. 저녁이 되어 일을 마치고 돌아올 때도 마중을 갔습니다. 그 외의 시간엔 잠도 안 자고 연필을 깎아 앉은뱅이책상에 앉아 『원리원본』을 썼습니다. 쌀독에 쌀은 없어도 방 안에 연필은 가득했습니다. 김원필은 집필에 전념할 수 있도록 옆에서 물심양면으로 나를 도왔습니다. 온종일 일하고 와서 피곤할 법도 한데 "선생님, 선생님!" 하며 나를 졸졸 따라다녔습니다. 워낙 잠이 부족한 내가 변소에서 곧잘 조는 것을 알고는 변소까지 따라올 정도였습니다. 그뿐이 아닙니다. "선생님 쓰시는 책에 제가 작게나마 도움을 드리고 싶습니다"라고 말하며 내 연필 값을 벌려고 미군들 초상화를 그리기 시작했습니다. 당시 미군들 사이에는 고국으로 돌아가기 전에 부인이나 애인의 초상화를 그려 가는 것이 유행이었습니다. 도화지만한 천에 풀을 먹인 뒤 나무틀에 붙여 그림을 그려주면 4달러를 받았습니다.

　김원필의 그런 정성이 고마워 그가 그림을 그릴 때면 나도 옆에서 묵묵히 도왔습니다. 그가 미군부대에 일을 하러 가고 난 뒤 천에 빳빳하게 풀을 먹이고 나무를 잘라 틀을 짜두었습니다. 퇴근해서 오기 전까지 붓을 다 빨고 필요한 물감을 사다놓았습니다. 그러면 그가 풀을 먹인 천 조각 위에 4B연필로 그림을 그렸습니다. 처음엔 한 장 두 장 그리던 것이 어느새 이름이 나서 밤에 잠도 자지 못하고 스무 장, 서른 장씩 그렸습니다.

일이 많아지자 뒤에서 훈수만 두던 나도 붓을 들고 나섰습니다. 원필이 얼굴 윤곽을 대강 그려놓으면 내가 입술도 칠하고 옷도 칠했습니다. 함께 번 돈은 연필을 사는 것과 그림 도구를 사는 일을 제외하고는 모두 교회 일을 위해 썼습니다. 하나님의 말씀을 글로 정리하는 것도 중요하지만 더 많은 사람에게 그분의 뜻을 알리는 일이 급했습니다.

우물가에 사는 미친 미남자

범냇골에 토담집을 짓고 교회를 시작했을 때 내 이야기를 들어 주는 사람은 단 세 명뿐이었습니다. 그래도 세 명을 앞에 두고 이 야기한다고 생각하지 않고, 비록 눈에 보이지는 않지만 수천 수만, 아니 인류 전체가 내 앞에 있다고 생각하고 우렁찬 목소리로 이야기했습니다. 온 세계를 향해 터져나오는 큰 소리로 밤낮없이 내가 깨달은 원리말씀을 전했습니다.

집 앞에는 우물이 하나 있었는데 물을 길러 오는 사람들 사이에 토담집에 미친 남자가 산다는 소문이 났습니다. 차려입은 꼴은 형편 무인지경이고 도깨비가 나올 것 같은 집 안에서 세계를 호령하는 듯한 외침이 들리니 그렇게 수군거릴 만도 했습니다. 하늘땅이 뒤집어지고 한국이 세계를 한꺼번에 다 통일한다는 이야기를 하니까 산 아래로 소문이 널리 퍼진 모양이었습니다. 소문 덕인지 우물가에 사는 미친 남자를 보려고 찾아오는 사람도 생겨

났습니다. 무슨 신학교에 다니는 사람들이 한꺼번에 오기도 했고 이화여대 교수들이 찾아오기도 했습니다. 허우대가 멀쩡한 미남자란 소문이 덧보태져서 '미친 미남자'를 구경하려고 놀이삼아 산길을 걸어 올라오는 아주머니들도 있었습니다.

『원리원본』을 탈고하던 날, 나는 연필을 내려놓으며 '이제는 전도할 때이니 전도할 성도를 보내주십시오'라고 기도를 드린 뒤 우물가로 나갔습니다. 5월 10일이 늦봄이라 솜을 넣은 한복 바지에 낡은 점퍼를 입고 있으려니 땀이 났습니다. 그때 한 젊은 여자가 이마에 맺힌 땀을 씻으며 우물가로 올라오는 모습이 보였습니다.

"하나님께서 7년 전부터 전도사님을 많이 사랑하셨습니다" 하고 말을 건네자 그녀가 화들짝 놀랐습니다. 7년 전은 그녀가 하나님의 일에 일생을 바치기로 결심했던 때였습니다.

"저는 아래 마을 범천교회의 전도사 강현실입니다. 우물가에 미친 사람이 산다고 해서 전도하러 올라왔습니다."

그녀는 내게 인사를 건넸습니다. 인사를 마친 뒤 집에 들어온 그녀가 누추한 방 안을 이상하다는 눈빛으로 둘러보더니 앉은뱅이책상 위를 눈여겨보고 물었습니다.

"웬 몽당연필이 저리 많은가요?"

"제가 오늘 아침까지 우주의 원리를 밝히는 책을 썼습니다. 그 말씀을 듣게 하려고 하나님이 전도사님을 여기까지 보내신 거지요."

"무슨 말씀을요? 저는 전도할 사람이 있으니 우물가로 올라가

보라는 말씀을 받고 왔습니다."

나는 방석을 내어주며 그녀를 앉으라 하고 나도 앉았습니다. 우리가 앉은 자리 밑으로 샘물이 졸졸 거리며 흘렀습니다.

"한국 땅은 앞으로 온 세계의 산봉우리와 같은 역할을 할 것입니다. 그리고 세상 사람들이 한국인으로 태어나지 못한 것을 한스럽게 생각할 때가 올 겁니다."

내 말에 그녀는 어이없다는 표정으로 나를 바라봤습니다. "앞으로 예수님은 엘리야가 세례요한으로 나타난 것처럼 육신을 쓰고 한국 땅에 오실 것입니다"라는 말에 급기야 그녀는 발끈 화를 내며 "예수님이 어디 오실 데가 없어서 이 비참한 한국에 오신단 말이에요?" 하며 대들었습니다. 그리고는,

"계시록이나 제대로 읽고 하시는 말씀인가요? 저는…."

"고려신학교에서 공부를 한 사람이란 말씀이지요?"

하고 내가 되묻자,

"아니 그걸 어떻게 아셨어요?"

"내가 그런 것도 모르면서 전도사님을 기다렸겠습니까? 저를 전도하러 오셨다니 오늘 저를 한번 가르쳐보시지요."

강현실은 신학을 공부한 사람답게 성경구절을 줄줄이 외며 나를 공격했습니다. 얼마나 야무지게 대드는지 나도 기차 화통 같은 소리로 일일이 응대하기 바빴습니다. 토론이 길어지고 밖이 어두워지자 내가 저녁밥을 지었습니다. 반찬이라야 시어빠진 김치뿐이었지만 물소리가 졸졸 나는 방에 앉아 그 밥을 둘이 다 먹

고 또다시 토론을 했습니다. 그리고 이튿날, 또 다음날도 계속 올라와 나와 토론을 벌이더니 강현실은 마침내 범천교회를 떠나 우리 교회의 식구가 되었습니다.

몹시 바람이 불던 11월의 어느날 아내가 범냇골의 초막집으로 나를 찾아왔습니다. 그녀는 일곱 살짜리 사내아이의 손을 잡고 있었습니다. 쌀 팔러나가다 평양으로 올라갔던 그해에 태어난 아들이 어느새 훌쩍 자라있었습니다. 나는 차마 아들의 얼굴을 마주볼 수가 없었습니다. 반갑다고 얼굴을 부비며 안아줄 수도 없었습니다. 나는 아무 말도 하지 못한 채 망부석처럼 서있었습니다.

군이 말하지 않아도 전쟁 통에 그들 모자가 겪었을 고통이 눈에 선했습니다. 사실 나는 그들 모자가 어디서 어떻게 살고 있는지 이미 알고 있었습니다. 그렇지만 아직은 가족을 돌볼 때가 아니었습니다. 결혼하기 전에 여러 번 다짐을 받았던 것처럼 조금만 더 나를 믿고 기다려주면 기쁘게 그들을 찾아나설 수 있었겠지만 아직 때가 아니었습니다. 초막집은 좁고 남루하지만 이미 우리의 교회였습니다. 여러 식구들이 나와 함께 먹고 생활하며 말씀을 공부하고 있던 터라 그곳에 내 가정을 꾸릴 수는 없었습니다. 초막집을 둘러본 아내는 몹시 섭섭해하며 산비탈을 내려가 버렸습니다.

3. 세상에서 가장 배부른 사람

교파 없는 교회, 교회 아닌 교회

　욕을 먹으면 오래 산다고 하는데 욕먹은 만큼 다 살려면 아직도 백 년은 더 살 수 있을 겁니다. 또한 밥으로 채운 배가 아니라 욕으로 채운 배가 남들보다 몇 배는 될 테니 나는 세상에서 가장 배부른 사람입니다. 평양에 가서 교회를 시작했을 때 나를 그렇게 반대하고 돌을 던지던 기성교회가 부산에서도 역시 나를 반대했습니다. 교회를 제대로 시작도 하기 전부터 시시콜콜 시비를 걸어왔습니다. 이단, 사이비는 내 이름 앞에 붙는 고유명사였습니다. 아니 내 이름 문선명은 이단, 사이비와 똑같은 말이었습니다. 이단이니 사이비니 하는 접두사 없이 그냥 이름만으로 불려본 적이 없을 정도였습니다.

　모진 핍박을 견디다 못해 1953년에는 부산 초막집을 접고 대구를 거쳐 서울로 올라왔습니다. 이듬해 5월 장충단공원에서 가까운 북학동에 판잣집을 세내어 '세계기독교통일신령협회世界基督教

統一神靈協會'란 간판을 걸었습니다. 그런 이름을 붙인 까닭은 어떤 교파에도 속하고 싶지 않았기 때문입니다. 그렇다고 또 다른 교파를 만들 생각은 더더욱 없었습니다.

'세계기독교'는 동서고금에 걸친 기독교 전부를 의미하고, '통일'은 앞으로 나아갈 목적성, 그리고 '신령'은 부자관계의 사랑을 중심으로 한 영육계의 조화를 암시한 표현이었습니다. 즉 '하나님 중심의 영계를 배경으로 한다'는 뜻입니다. 특히 통일은 하나님의 이상세계를 만들어가기 위한 나의 이상이었습니다. 통일은 연합이 아닙니다. 연합은 둘이 모인 것이지만 통일이란 둘이 하나가 되는 것입니다. 훗날 우리 이름이 된 '통일교회'는 실상 남들이 붙여준 이름이고 당시 대학생들 사이에서는 '서울교회'로 불렸습니다.

하지만 나는 교회란 말을 그다지 좋아하지 않습니다. 교회란 말 그대로 '가르치는敎 모임會'입니다. 종교란 '중심되는宗 가르침敎'입니다. 다시 말해 교회란 근본적인 것을 가르치는 모임이란 뜻입니다. 교회란 말 때문에 남과 내가 나뉠 아무런 이유가 없습니다. 그런데도 세상 사람들은 교회를 특별한 뜻으로 씁니다. 나는 그런 특별한 부류에 속하고 싶지 않았습니다. 내가 바란 것은 교파 없는 교회였습니다. 참된 종교는 자기 교단을 희생해서라도 나라를 구하려들고, 나라를 희생해서라도 세계를 구하려들고, 또 세계를 희생시켜서라도 인류를 구하는 것입니다. 어떤 경우든 교파가 우선일 수는 없습니다.

할 수 없이 교회 간판을 붙인 것일 뿐 언제라도 그 간판을 떼어내고 싶은 마음입니다. 교회 간판을 다는 순간 교회는 교회 아닌 것과 구별됩니다. 하나인 것을 둘로 나누는 것은 옳은 일이 아닙니다. 그것은 내가 꿈꾸는 일도 아니고, 내가 갈 길도 아닙니다. 나라를 살리고 세계를 살리기 위해서 간판을 떼어야 한다면, 지금도 나는 그렇게 할 수 있습니다.

하지만 현실적으로 어쩔 도리가 없어 대문간에 교회 간판을 달았습니다. 좀 높직하게 달면 보기도 좋을 것을 집 처마가 낮아 간판을 달 곳도 마땅치 않았습니다. 결국 아이들 키 높이 정도에 간판을 달아놓으니 아이들이 간판을 떼어가지고 놀다가 그만 두 동강을 내기도 했습니다. 우리 교회의 역사적인 간판인데 버릴 수야 없는 노릇이니 그것을 철사로 얼기설기 엮어 못으로 대문간에 단단히 박았습니다. 간판이 그렇게 천대를 받아서인지 우리들도 말할 수 없는 천대를 받았습니다.

머리를 숙이고 들어가야 할 정도로 처마가 낮은 여덟 자 방에 여섯 명이 모여 기도를 하면 서로 이마가 맞닿을 정도였습니다. 동네사람들은 우리 간판을 보고 비웃었습니다. 기어 들어가는 집 안에서 무슨 세계를 말하고 통일을 꿈꾸느냐고 비아냥댔습니다. 왜 그런 이름을 붙였는지 의미도 알려고 하지 않고 무조건 우리를 미친 사람 보듯 대했습니다. 그래도 우리는 괜찮았습니다. 부산에서는 밥을 구걸하면서도 살았는데 예배드릴 방이 있는 지금은 겁날 것이 없었습니다. 미군 작업복에 검정 물을 들인 옷을 입고 검정 고무신을 신었지만 마음은 누구보다 당당했습니다.

우리 교회에 나오는 사람들은 서로를 식구라고 불렀습니다. 당시의 우리 식구들은 모두 사랑에 취해있었습니다. 교회를 생각하면서 마음속으로 '가고 싶다'란 생각을 하면 몸이 어디에 있든지 내가 하는 일을 다 보고 들을 수 있었습니다. 하나님과 통할 수 있는 내적인 사랑의 전깃줄로 모두 하나가 된 것입니다. 밥을 지으려고 쌀을 안치다 말고도 교회로 달려오고, 새 치마를 갈아입는다고 하면서 구멍 난 치마를 입은 채로 달려오기도 하고, 교회 못 가게 머리를 깎아놓으면 민머리를 한 채로 교회로 달려왔습니다.

식구가 늘자 우리는 대학가에서 전도를 시작했습니다. 1950년대에 대학생은 최고의 지성을 갖춘 사람들이었습니다. 우선 이화여대와 연세대학교 앞에서 전도를 시작했는데 얼마 지나지 않아 우리 교회와 함께하는 학생들이 늘어갔습니다.

이화여대 음악과의 양윤영 교수와 기숙사 사감인 한충화 교수도 우리 교회를 찾아왔습니다. 교수들뿐만 아니라 대학생들도 많았는데 그 숫자가 한두 명씩 늘어나는 것이 아니라 한꺼번에 수십 명씩 기하급수적으로 늘어나는 상황이었으니 기성교회는 물론이고 우리들조차 놀라지 않을 수 없었습니다.

대학가 전도를 시작한 지 두 달 만에 이화여대와 연세대 학생들을 중심으로 교인이 폭발적으로 늘어났습니다. 그 속도가 너무 빨랐습니다. 마치 봄바람이 휘익 불고 간 것처럼 대학생들의 마음이 한순간에 변해버렸습니다. 이화여대 학생들이 하루에 수십 명씩 보따리를 싸들고 나왔습니다. 기숙사에서 나가지 못하게 하면 "왜요? 왜 못 나가게 하는 거요? 못 나가게 하려면 나를 죽여주시오, 죽여주시오!" 하며 기숙사 담을 넘는 것도 예사였습니다. 내가 말려도 소용이 없었습니다. 깨끗한 학교보다도 발 고린내 진동하는 우리 교회가 좋다며 막무가내였습니다.

결국 이화여대 김활란 총장은 종교사회사업학과의 김영운 교수를 우리 교회로 급파했습니다. 캐나다에서 공부를 한 김 교수는 이화여대에서 촉망받는 여성 신학자였습니다. 통일교 교리의 허점을 찾아내 학생들이 우리 교회로 몰려가는 걸 막아보려고 일부러 신학을 전공한 김 교수를 보낸 것입니다. 그런데 특사 자격으로 찾아온 김 교수는 나를 만난 지 일주일 만에 우리 교회의 열성신도가 되어버렸습니다. 김 교수까지 우리 교회를 인정하자 이화여대의 다른 교수들과 학생들이 더욱 우리를 신뢰하기 시작했습니다. 신도가 눈덩이처럼 늘어난 것은 말할 것도 없습니다.

일이 걷잡을 수 없이 커지자 기성교회에서는 내가 교인들을 빼내간다고 또다시 공격하기 시작했습니다. 나는 억울한 기분이 들었습니다. 난 내 설교만 들으라고 강요하거나, 우리 교회만 다니라고 한 적이 없었습니다. 앞문으로 쫓아내면 뒷문으로 들어오고, 문을 닫아걸면 담을 넘어 들어오는 것을 도무지 내 힘으로 막을 수 없었습니다. 그러자 정작 당황한 건 연대와 이대였습니다. 기독교 재단 학교로서 다른 종파의 교회로 학생들과 교수들이 몰려가는 것을 그냥 두고 볼 수만은 없었던 것입니다.

연대와 이대의 퇴학·퇴직 사건

　위기감에 휩싸인 연대와 이대는 학교 역사상 전무후무한 극단적인 선택을 했습니다. 이화여대는 김영운 교수를 비롯한 교수 다섯 명을 해임하고 학생 열네 명을 퇴학시켰습니다. 그중에는 졸업반 학생도 다섯 명이나 있었습니다. 연세대에서도 교수 한 명이 해임되고 두 명의 학생이 퇴학을 당했습니다.

　당시 연세대 교목校牧은 "학교에 영향이 안 가도록 졸업 후에 그 교회를 다녀도 되지 않겠느냐?"며 학생들을 회유했지만 듣지 않았습니다. 오히려 학생들이 "학교에는 무신론자도 많고 심지어 무당의 자식도 다니고 있는데 우리가 왜 퇴학을 당해야 합니까?" 하며 크게 항의를 했습니다. 하지만 학교 측에서는 "우리 학교는 사립학교이고 기독교 학교라 얼마든지 임의로 퇴학시킬 수 있다"는 말만 되풀이하며 학생들을 막무가내로 쫓아냈습니다.

　이 일이 알려지자 신문에 '종교의 자유가 있는 나라, 퇴학처분은 문제가 있다'라는 제목의 사설이 실리고 세상이 떠들썩했습니다.

캐나다 기독재단의 후원을 받던 이화여대는 이단이라고 소문난 교회에 나가는 학생이 많으면 재정적인 후원을 받는 데 문제가 생길까봐 두려워했습니다. 당시 이대는 일주일에 세 번 있는 채플시간마다 학생들의 출석여부를 확인해서 선교본부에 제출할 정도로 열심이었습니다.

학생들을 퇴학시키고 교수를 내쫓자 우리를 동정하는 여론도 점점 커져갔습니다. 그것을 뒤집기 위해 입에 담기에도 민망한 헛소문들을 퍼뜨리기 시작했습니다. 본래 헛소문일수록 사람들을 혹 하고 끌어당기게 마련입니다. 우리 교회에 대한 헛소문은 또 다른 헛소문을 낳으면서 연대·이대 사건은 엉뚱한 괴담이 되어 1년이 넘게 우리 교회를 괴롭혔습니다.

나는 사건이 그렇게 커지길 바라지 않았습니다. 굳이 문제를 일으키고 싶지 않았습니다. 그냥 조용히 신앙생활을 하면 될 것을 공연히 기숙사를 뛰쳐나와 세상을 시끄럽게 만들 필요가 없다며 교수와 학생들을 설득했습니다. 그러나 오히려 "왜 안 된다는 말씀입니까? 저도 은혜를 받고 싶습니다" 하며 되려 나를 설득하기도 했습니다. 결국은 모두 학교에서 쫓겨났으니 내 마음도 편할 리가 없었습니다.

학교에서 쫓겨난 학생들은 아픈 마음을 달래려 무리를 지어 삼각산 기도원에 올라갔습니다. 학교에서 내쫓기니 집에서도 눈총을 받고 친구들도 만나길 꺼려하여 마땅히 갈 곳이 없었습니다.

삼각산에 올라가 금식을 하고 눈물 콧물을 쏟으며 오로지 기도에만 몰두했습니다. 그러자 여기저기서 방언이 터져나왔습니다. 하나님은 본래 절망의 끝에 섰을 때 나타나시는 법입니다. 학교에서 쫓겨나고 가족들과 사회로부터 버림받은 학생들은 삼각산 기도원에서 하나님을 만나게 되었습니다.

나는 삼각산으로 찾아가 금식 기도를 하느라 탈진한 학생들에게 먹을 것을 나누어주며 위로했습니다.

"퇴학 맞은 것도 억울하고 슬픈데 금식까지 할 것 없다. 양심에 가책을 받을 일을 한 것이 아니면 그 어떤 욕을 먹어도 불명예스러운 것이 아니고, 죄인이 되는 것도 아니니 절망하지 말고 때를 기다리자."

나중에 졸업반 학생 다섯 명은 숙명여대에 편입해서 겨우 졸업을 했지만 그 사건 때문에 나에 대한 평판은 나빠질 대로 나빠져버렸습니다. 연대·이대 사건이 신문에 대문짝만하게 실리니 그때까지 출현했던 신흥종교의 온갖 나쁜 소문들이 모두 우리의 소행이 되어버렸습니다. '그럴지도 모른다'고 시작된 헛소문은 곧 '정말 그렇다'가 되어 우리를 향해 날아들었습니다.

억울한 매를 두들겨 맞으니 정말 아팠습니다. 억울하고 분해서 소리치며 대거리라도 하고 싶었지만 나는 아무런 목소리도 내지 않았고 그들과 맞서 싸우지도 않았습니다. 그러기에는 우리의 갈 길이 너무 바쁘고 멀었습니다. 싸우고 있을 시간이 없었습니다. 세상의 잘못된 오해는 시간이 지나면 자연히 풀릴 것이니 크게 마음 쓸 일이 아니라고 생각하고 신경도 쓰지 않았습니다. '문선명은 벼락을 맞아야 한다'며 공공연하게 떠들어대는 사람들과 내 죽음을 위해 기도하자는 기독교 목사들의 횡포에도 모른 척했습니다.

그런데 소문은 잠잠해지기는커녕 날이 갈수록 점점 더 이상하게 번져나갔습니다. 세상이 전부 들고 일어나 나를 손가락질했습니다. 흥남 비료공장의 후끈한 더위 속에서도 정강이 한번 내놓지 않은 나였건만 이런 내가 벌거벗고 춤을 춘다는 소문까지 돌았습니다. 그날부터 우리 교회에 들어오는 사람들은 "저 사람이 정말 벌거벗고 춤을 춘단 말이야?" 하는 의심의 눈초리로 나를 쳐다보았습니다. 그런 오해가 풀리려면 시간이 필요하다는 것을 누구보다 잘 알기에 "난 그런 사람이 아니다"라고 변명 한마디하지 않았습니다. 사람을 알려면 그 사람을 겪어봐야 하는 법인데, 나를 보지도 않고서 나에 대해 이렇다 저렇다 막말까지 서슴지 않는 사람들은 어쩔 수 없는 일이라 생각하며 참았습니다.

연대·이대 사건을 겪으면서 우리 교회는 완전히 무너지기 일보직전까지 내몰렸습니다. '사이비 종교집단'이란 이미지가 내 이마에 딱 박혀버린 것은 물론이고, 기성교회가 하나같이 들고 일어나 나를 처단하라고 아우성이었습니다.

그러던 1955년 7월 4일, 경찰이 우리 교회로 들이닥쳐 나를 비롯해 김원필과 유효영, 유효민, 유효원을 모두 잡아갔습니다. 기성교회의 목사들과 장로들이 권력층과 손을 잡고 정치권에 투서를 넣어 우리 교회를 없애려 한 것이었습니다. 그 때문에 나와 처음부터 뜻을 함께했던 식구 네 사람이 공연히 감옥살이를 했습니다. 일은 거기서 그치지 않았습니다. 경찰은 내 과거를 샅샅이 뒤져 병역기피란 죄목을 찾아냈습니다. 북한에서 감옥살이를 하고 내려와보니 이미 군대 갈 나이가 지나있었던 나에게 병역법 위반 혐의를 뒤집어씌웠습니다.

그을린 나뭇가지에도 새싹은 핀다

갑작스레 들이닥친 치안국 특수정보과 형사들은 나를 중부경찰서로 끌고 갔습니다. 병역법 위반죄로 잡혀가는 게 어이없고 기가 막혔지만 잠자코 잡혀 갔습니다. 나는 입이 있어도 말을 못하는 사람이었습니다. 억울한 일을 당하면서도 제대로 항변 한마디 하지 못하고 꾹 참는 나를 보고 '무골충'이라 하는 이들도 있었지만 이 또한 내게 주어진 길이라 생각하고 참고 또 참았습니다. 그것이 내게 주어진 뜻을 향해가는 길이라면 어쩔 수 없는 일이라고 생각했습니다. 어떤 어려움이 있더라도 나는 그 길을 가야 했습니다. 그것이 바로 내 삶의 이유였기에 절대로 좌절하지 않고 그럴수록 어느 누구 앞에서도 떳떳하게 행동했습니다.

그렇게 마음을 먹으니 경찰들이 나를 당해낼 재간이 없었습니다. 조서를 쓸 때면 내가 먼저 어떻게 쓰라고 가르쳐줬습니다. "당신, 이 말은 왜 안 써? 거기에다는 이렇게 써야 하는 거야" 하고 말하면 다들 뒤로 넘어갔습니다. 내가 가르쳐준 대로 조서를 쓰다보면 한 구절 한 구절은 분명 맞는 말인데도 본래 의도했던 내용과는 정반대가 돼버렸습니다. 그러면 경찰들이 화가 나서 조서를 북북 찢어버렸습니다.

1955년 7월 13일, 나는 중부경찰서로 연행된 지 엿새 만에 또다시 감옥에 들어갔습니다. 서대문형무소였습니다. 쇠고랑을 찼지만 부끄러울 것도 섭섭할 것도 없었습니다. 감옥살이는 내가 가는 길에는 아무런 방해도 되지 않았습니다. 격분의 심정을 자극하는 탄탄한 동기가 되었지 나를 좌절시키는 함정이 되지는 않았으니 도리어 나로서는 장사 밑천을 번 셈입니다. '감옥에서 사라질 내가 아니다. 난 죽을 수 없어. 이건 해방의 세계를 향해 도약하기 위한 발판일 뿐이다'라고 생각하며 옥살이를 이겨냈습니다.

악한 것은 망하고 선한 것은 흥하는 것이 세상의 이치이고 하늘의 법입니다. 아무리 똥감태기 안에 들어갔다 하더라도 순수하고 참된 마음을 잃지 않는다면 절대 망하지 않습니다. 내가 쇠고랑을 차고 갈 때, 지나가는 여자들이 곁눈질을 하며 얼굴을 찡그렸습니다. 음란한 사이비 교주이니 보기도 역겹다는 표정이었습니다. 하지만 겁날 것도 부끄러울 것도 없었습니다. 더러운 말로 나와 교회를 희롱해도 나는 결코 흔들리지 않았습니다.

그렇지만 나라고 어찌 아픔이 없겠습니까? 겉으론 당당한 척했지만 목이 메고 뼈끝이 사무치게 서러운 적이 한두 번이 아니었습니다. 마음이 약해질 때마다 '내가 이렇게 감옥에서 사라져버

릴 사나이가 아니다. 나는 반드시 나시 선다. 확실히 나시 선다'
하고는 이를 악물었습니다. '그 모든 아픔을 내 안에 숨긴 채 안고
가는 거다. 교회의 모든 짐을 내가 지고 가는 거다'라고 생각하며
마음을 다졌습니다.

내가 잡혀 들어가면 교회가 망해 당장 식구들이 뿔뿔이 흩어질
줄만 알았는데 그렇지 않았습니다. 형무소에 들어가있는 동안 교
회 식구들이 하나같이 나를 면회하러 날마다 찾아왔습니다. 서로
먼저 면회를 하겠다며 다투기도 했습니다. 아침 8시가 되어야 면
회가 시작되는데 우리 식구들은 새벽부터 형무소 담장에 줄을 서
서 기다렸습니다. 사람들이 나를 욕하면 욕할수록 내가 외로우면
외로울수록 나를 위로하고 나를 위해 눈물을 흘리는 사람도 점점
더 많아졌습니다.

면회 온 교회 식구들을 내가 다정하게 맞아준 것도 아니었습니
다. "부산스럽게 오긴 뭐 하러 와?" 하고 핀잔을 주기 일쑤였습니
다. 그래도 눈물을 줄줄 흘리며 나를 따랐습니다. 그런 것이 믿음
이고 사랑입니다. 내가 말을 번드르르하게 잘해서 좋아하는 것이
아닙니다. 내 마음 깊은 곳에 있는 사랑을 알기 때문에 좋아하는
것입니다. 우리 식구들은 그 진심을 알아주었습니다. 내가 쇠고
랑을 차고 재판을 받으러 다닐 때 나를 찾아 이리저리 몰려다니
던 식구들을 죽어도 잊지 못합니다. 피고석에 앉은 내 모습을 보
며 훌쩍거리던 그 얼굴들은 언제나 내 기억 속에 있습니다.

"어떻게 사람을 미치게 해도 저렇게 미치게 할 수 있나?"

형무소 간수들이 몰려드는 우리 식구들을 보고 그렇게 말했습니다. "저 사람이 자기 남편도 아니고 여편네도 아니고 자기 아들도 아닌데 어떻게 저렇게 지성일 수가 있나?" 하고 감탄도 하고, "뭐 문 선생이 독재자이고 착취하는 자라더니 그게 모두 헛소리였구먼" 하고 생각을 바꿔 우리 식구가 된 사람도 있었습니다. 결국 형무소에 갇힌 지 석 달 만에 무죄로 석방되었습니다. 내가 석방되던 날, 형무소장과 과장들이 모두 정중하게 배웅해주었습니다. 그들은 모두 석 달 만에 우리 식구가 되어있었습니다. 그들의 마음이 내게로 돌아선 이유는 간단했습니다. 가까이에서 가만히 지켜보니까 소문하고는 전혀 딴판이더라는 겁니다. 세상의 요란한 헛소문이 오히려 전도에 도움이 된 셈이었습니다.

잡혀갈 때는 모든 언론과 세상이 시끄럽게 난리더니 막상 무죄로 풀려나올 때는 잠잠했습니다. 신문 한 곳에만 '문 총재 무죄 석방'이라는 단 석 줄의 단신이 실렸을 뿐입니다. 나에 대한 흉악한 헛소문은 전국에 떠들썩하게 알려졌지만 그 소문이 몽땅 엉터리였다는 사실은 조용하게 묻혀버린 것입니다. 식구들은 "선생님, 분하고 억울해서 못살겠어요" 하며 나를 보고 울었지만 나는 그저 침묵하며 그들을 달랬습니다.

그러나 헛소문으로 인해 손가락질 받고 희롱 받던 아픔을 잊지는 않았습니다. 수많은 사람이 나를 몰아세워 삼천리 반도에 내 한몸 설 자리가 없어도 모두 참아넘겼지만 그 슬픔은 오늘날도 가슴 한쪽에 오롯이 남아있습니다. 하지만 나는 비바람에 부대끼고 불에 그을리더라도 절대로 타서 죽는 나무는 될 수 없었습니다. 그을린 나뭇가지에도 봄이 되면 새싹은 돋는 법입니다. 강한 신념을 마음에 품고 떳떳하게 걸어가다보면 세상도 분명히 나를 알아줄 것입니다.

상처야, 우리를 단련해다오

    사람들은 내가 전하는 새로운 진리를 향해 이단이라며 돌을 던졌지만, 유대교의 땅에서 나신 예수님 역시 이단이라는 죄를 뒤집어쓰고 십자가에 못 박혔습니다. 그러니 내가 받는 핍박이 그리 아프고 억울할 것도 없었습니다. 내 몸에 가해지는 고통이야 얼마든지 참을 수 있었습니다. 하지만 우리 교회를 두고 벌어지는 이단 시비는 억울하기 짝이 없었습니다. 초창기부터 우리 교회를 연구한 신학자들 중에는 독창적이고 체계적인 새로운 신학이라며 기쁘게 받아들인 사람이 더 많았습니다. 그런데도 우리를 둘러싼 이단 시비가 그렇게 크고 요란하게 확대된 것은 신학적인 문제라기보다는 현실적인 상황에서 빚어진 것이었습니다.

    우리 식구들은 대부분 다니던 기성교회를 떠나 우리 교회로 온 사람들입니다. 바로 그 점이 우리 교회가 기성교회의 적이 된 원인이었습니다. 이화여대의 양윤영 교수가 잡혀가서 조사를 받는 도중 김활란 총장을 비롯한 팔십여 명의 기독교 목사들이 우리 교회를 비난하는 내용의 투서를 경찰에 보낸 일도 있었습니다. 우리가 무엇을 잘못해서가 아니라 기득권층의 막연한 두려움과 위기감, 그리고 극단적인 파벌주의가 몰고 온 명백한 탄압이었습니다.

새로운 가르침을 전하는 우리 교회에는 여러 종파의 사람들이 모여들었습니다. 내가 아무리 "여기엔 또 왜 왔소? 당장 당신들 교회로 돌아가시오!" 하며 반협박조로 쫓아내도 금세 다시 돌아왔습니다.

나를 찾아 모여드는 이들은 그 누구의 말도 듣지 않았습니다. 학교 선생님 말도 안 듣고 부모님 말씀도 듣지 않았습니다. 그런데 내 말은 잘 들었습니다. 돈을 주거나 밥을 주는 것도 아닌데 내 말만 믿고 나를 찾아왔습니다. 그 이유는 내가 그들의 답답한 마음에 길을 터주었기 때문입니다. 진리를 알기 전에는 나 또한 하늘을 봐도 답답하고 옆의 사람을 봐도 답답했으니 그들의 마음을 십분 이해했습니다. 답이 구해지지 않아 끙끙거리게 했던 인생의 모든 의문이 하나님의 말씀을 깨달으면서 씻은 듯이 사라졌습니다. 나를 찾아오는 청년들은 내가 전하는 이야기 속에서 평소 가슴에 품고 있던 문제들에 대한 해답을 비로소 얻었기 때문에 나와 함께 가는 길이 고달프고 힘들어도 우리 교회로 온 것입니다.

나는 길을 찾아 열어주는 사람입니다. 붕괴된 가정을 찾고 종족을 찾고 나라를 찾고 세계를 찾아 궁극적으로는 하나님에게로 돌아가는 길을 안내하는 사람입니다. 나를 찾아오는 사람들도 모두 그 사실을 알았습니다. 그들은 나와 함께 하나님을 찾아가길 바랐습니다. 그런데 그것이 뭐가 잘못되었다는 것인지 도저히 납득할 수 없었습니다. 하나님을 찾아가는 것뿐인데 세상의 온갖 박해와 비난을 받아야 했습니다.

이단 시비에 휘말리는 어려움 속에서 나를 더욱 힘겹게 한 것은 당시의 아내였습니다. 그녀는 부산에서 재회한 후부터 친정 식구들과 몰려다니며 이혼을 졸라댔습니다. 교회를 당장 그만두고 세 식구가 단란하게 모여 살든지 아니면 이혼을 하자는 것이었습니다. 그들은 내가 갇혀 있던 서대문형무소까지 찾아와 이혼서류를 들이밀며 도장을 찍으라고 협박했습니다. 하지만 하나님의 평화 세계를 이루는 데 결혼이 얼마나 중요한 일인지를 잘 알고 있는 나로서는 그들이 어떤 모욕을 주든지 묵묵히 참고 견뎠습니다.

그녀는 우리 교회와 식구들에게도 말할 수 없는 횡포를 부렸습니다. 나를 욕하고 함부로 대하는 것이야 얼마든지 참을 수 있었지만 교회와 식구들에게까지 행패를 부리는 것은 견디기 힘들었습니다. 그녀는 수시로 우리 교회에 들이닥쳐서는 식구들에게 욕을 퍼붓고, 교회 기물을 부수고, 교회 물건을 맘대로 내다 없애는 것은 물론 인분을 끼얹기까지 했습니다. 그녀만 나타나면 예배를 볼 수 없을 정도였습니다. 결국 서대문형무소를 나오자마자 그들이 내민 이혼장에 도장을 찍을 수밖에 없었습니다. 내 신념을 지킬 새도 없이 등 떠밀려 이혼을 당한 것입니다.

진 아내를 생각하면 지금도 안타까운 생각이 듭니다. 그녀가 그렇게까지 된 데는 기독교 집안이던 처가와 기성교회의 부추김이 컸습니다. 혼인하기 전에는 그렇게 야무지던 여인이 변해버린 것을 생각하면 세상의 편견과 고정관념이 얼마나 무서운 것인지 다시 한번 깨닫게 됩니다.

이혼의 아픔과 이단으로 손가락질 당하는 서러움을 겪었지만 나는 조금도 굴하지 않았습니다. 그것은 아담과 해와가 지은 원죄를 속죄하고 하나님의 나라를 향해 가는 내가 감당해야만 할 일들이었습니다. 본래 해가 뜨기 직전이 가장 어둡다고 합니다. 나는 하나님께 매달려 기도하는 것으로 어둠을 이겨냈습니다. 잠깐 눈을 붙이는 시간을 빼놓고 하루의 모든 시간을 기도하는 데 바쳤습니다.

중요한 것은 진실한 마음입니다

　석 달 만에 나는 무죄로 석방되어 세상에 나왔습니다. 그리고 내가 하나님의 사랑과 생명에 빚진 자임을 다시 한번 깨달았습니다. 그 빚을 갚기 위해 처음부터 다시 시작할 교회 터를 찾아 나섰습니다. 하지만 "하나님 우리 교회를 지어주십시오"라고 기도하지 않았습니다. 작고 보잘것없는 교회를 불편해하거나 부끄러워한 적도 없습니다. 기도할 자리가 있으면 그걸로 감사할 뿐 넓고 편안한 자리는 바라지도 않았습니다.

　식구들이 모여 예배드릴 집은 있어야겠기에 2백만 원의 빚을 얻어 청파동 언덕에 다 허물어져가는 적산가옥을 샀습니다. 스무 평도 채 되지 않는 아주 좁은 집이었는데 깜깜한 굴속 같은 외통길을 한참이나 걸어 들어가야 하는 골목에 위치해 있었습니다. 게다가 무슨 일이 있었는지 기둥이고 벽이고 모두 새까만 때로 뒤덮여 있었습니다. 교회 청년들과 함께 양잿물을 풀어 사흘을 내리 닦아대니 검은 때가 얼추 벗겨졌습니다.

청파동 교회로 옮겨간 뒤 나는 거의 잠을 자지 않았습니다. 안방에 꼬부리고 앉아서 새벽 세 시, 네 시가 되도록 기도하다가 옷을 입은 그대로 잠깐 새우잠이 들면 또다시 다섯 시에 일어나는 생활을 7년 동안 계속했습니다. 매일 한두 시간만 자도 졸린 기운 없이 눈이 샛별처럼 초롱초롱 빛나고 피곤한 줄도 몰랐습니다.

할 일이 마음속에 꽉 차 있으니 밥을 먹는 시간도 아까웠습니다. 밥상을 따로 차리는 일이 없이 방바닥에 밥을 놓고 쪼그린 채로 먹었습니다. '정성을 퍼부어라! 졸음 가운데도 퍼부어라! 지치도록 퍼부어라! 배가 고파도 퍼부어라!'라고 되뇌며 온갖 반대와 헛소문 속에서도 씨앗을 심는 심정으로 기도했습니다. 그리고 그 씨앗은 반드시 거둘 날이 있으리라 믿었습니다. 한국에서 거둘 수 없다면 세계에서라도 분명히 거둘 것이라고 생각했습니다.

일 년이 지나니 식구들이 4백 명을 넘어섰습니다. 4백 명 식구들의 이름을 하나하나 불러가며 기도를 하다보면 이름을 부르기도 전에 머릿속에 식구들의 얼굴이 후루룩 지나갔습니다. 그러면 식구들의 얼굴이 울기도 하고 웃기도 했습니다. 그 사람이 어떤 상태인지, 병이 있는지 없는지를 기도 중에 알게 되었습니다.

이름을 주욱 부르는 중에 '오늘 이분이 교회에 오겠네' 하면 그 사람은 영락없이 교회에 왔습니다. 아픈 모습을 보인 사람을 찾아 "어디어디가 아프지 않나?"고 물어보면 "그렇다"고 대답했습니다. "선생님은 제가 아픈 걸 어떻게 아셨어요? 정말 신기합니다"하고 식구들이 놀랄 때마다 나는 빙긋이 웃었습니다.

축복식 때의 일입니다. 축복식을 앞둔 신랑 신부에게 나는 꼭 순결한가를 묻습니다. 그날도 신랑감에게 물었습니다. "정인가?" 하고 묻자 그가 큰 소리로 "예!" 하고 대답했습니다. 그래서 내가 다시 물었습니다. "정인가?" 그가 또다시 "예!"라고 했습니다. 내가 세 번째 물었을 때도 같은 대답을 했습니다. 나는 그를 똑바로 노려보며 무서운 목소리로 말했습니다. "자네 강원도 화천에서 군대 생활했지?" 신랑감이 잔뜩 겁을 먹은 소리로 "예" 했습니다. "그때 휴가를 받아 서울로 오던 길에 여관에 들었지? 그날 붉은 치마 입은 여자와 탈선했잖아. 뻔히 알고 있는데, 어디서 거짓말을 해?" 나는 화를 내며 그를 내쫓았습니다. 마음의 눈을 뜨고 있으면 숨기는 것까지 다 알게 됩니다.

사람들 중에는 하나님의 말씀보다 그 신통력에 끌려 교회에 나오는 이들도 있었습니다. 사람들은 영적인 능력이 최고인 줄 알고 매달립니다. 그러나 흔히 기적이라고 부르는 일들은 세상 사람들을 현혹시킵니다. 기사奇事와 이적異蹟에 매달리는 것은 올바른 신앙이 아닙니다. 모든 죄는 반드시 속죄를 통해 복귀해야 하는 것입니다. 영적 능력에 기대서는 절대 안 됩니다. 교회가 자리를 잡아가면서 나는 더이상 교인들에게 내 마음의 눈으로 본 것에 대해 이야기하지 않았습니다.

식구가 점점 늘어났지만 나는 수십 명이든 수백 명이든 한 사람을 대하듯 했습니다. 어떤 할머니든, 어떤 청년이든 그 한 사람만을 상내하듯 정성을 다해 이야기를 들었습니다. 모든 식구에서서 '문 선생이 대한민국에서 내 이야기를 가장 잘 들어주는 사람'이라는 말을 들었습니다. 할머니들은 자기가 어떻게 시집을 가게 되었는지부터 영감이 어디가 아프다는 것까지 시시콜콜 이야기를 털어놓았습니다.

나는 남의 이야기를 들어주는 것을 정말로 좋아합니다. 그래서 누구든지 자기 이야기를 늘어놓으면 시간 가는 줄 모르고 듣게 됩니다. 열 시간 스무 시간이라도 마다하지 않고 듣습니다. 이야기를 청하는 사람의 마음은 절박합니다. 자기를 구할 동아줄을 찾는 것입니다. 그러니 정성을 다해 들어야 합니다. 그것이 그 사람의 생명을 사랑하고 내 생명의 빚을 갚는 길입니다. 생명을 귀하게 여기고 받드는 것, 그것이 가장 중요합니다. 진정으로 마음을 다해 남의 이야기를 들어주는 것처럼 나의 진심도 치열하게 들려주고 눈물을 흘리며 기도했습니다.

눈물을 흘리며 밤새 기도를 하니 마룻바닥이 마를 날이 없었습니다. 마룻바닥에 내 피땀이 그대로 젖었습니다. 훗날 미국에 머무는 동안 교회 식구들이 청파동 교회를 번듯하게 뜯어고친다는 소식을 듣고 당장 공사를 중지하라는 전보를 쳤습니다. 청파동 교회는 나 개인의 역사가 담긴 곳이기도 하지만, 우리 교회의 역사를 그대로 증언하는 곳이기도 합니다. 제아무리 멋있게 뜯어고친들 역사가 사라지면 무슨 소용이 있겠습니까? 중요한 것은 번듯한 꼴이 아니라 그 속에 깃든 뜻입니다. 부족하면 부족한 대로,

거기에 전통이 있고 빛이 있으며 가치가 있는 것입니다. 전통을 존중할 줄 모르는 민족은 망하고 맙니다.

청파동 교회의 기둥에는 '언제 무슨 일 때문에 그 기둥을 붙잡고 눈물을 흘렸는가'의 역사가 그대로 새겨져 있습니다. 붙잡고 눈물 흘리던 기둥을 보면 통곡이 나오고 비뚤어진 문짝을 봐도 옛 생각이 납니다. 그런데 지금은 옛날 마룻바닥이 다 없어졌습니다. 밤새 엎드려 기도하며 피눈물을 흘리던 마룻바닥이 없어졌으니 그 눈물자국 역시 사라졌습니다. 내게 필요한 것은 그런 아픔의 추억입니다. 모양이나 외관은 낡아도 상관없습니다. 세월이 지나 우리에게도 잘 지어진 교회들이 많이 생겼지만 나는 그런 곳보다는 청파동 언덕 위의 비좁고 낡은 집을 찾아가 기도하는 것이 더 편안합니다.

평생을 기도와 설교로 살아왔지만, 지금도 사람들 앞에 설 때는 두려움을 느낍니다. 남의 앞에서 공적인 이야기를 한다는 것은 수많은 생명을 살리기도 하고 죽이기도 하는 일이기 때문입니다. 내 말을 듣는 사람을 생명의 길로 이끌어야 한다는 것은 정말 중대한 문제입니다. 생사의 갈림길에 확실한 금을 긋는 결판이자 담판입니다.

나는 아직도 설교 내용을 미리 정하지 않습니다. 미리 준비를 하면 설교에 내 사적인 목적이 끼어들지도 모릅니다. 내 머릿속의 지식을 자랑할 수는 있지만 절절한 심정을 토해낼 수 없습니다. 나는 공석에 나서기 전에 반드시 열 시간 이상 기도를 하며 정성을 들입니다. 그렇게 해서 뿌리를 깊게 만드는 것입니다. 잎사귀야 조금 벌레를 먹었더라도 뿌리가 깊으면 괜찮습니다. 말이야 어눌하더라도 진실된 마음만 있으면 되는 것입니다.

교회를 시작하던 무렵 나는 미군들이 입던 점퍼에 검정 물을 들인 노동복을 입고 단상에 서서 땀과 눈물로 범벅이 되어 설교했습니다. 통곡하지 않는 날이 없었습니다. 눈물이 마음속에서 차고 넘쳐 밖으로 흘러내렸습니다. 정신이 아득해지고 숨이 넘어갈 것 같은 날들이었습니다. 옷이 땀에 젖고 머리에서 땀방울이 흘러내렸습니다.

청파동 교회 시절 모든 사람이 고생을 했지만 특히 유효원은 고생을 참 많이 했습니다. 폐가 아파 힘들면서도 하루에 열여덟 시간씩 3년 8개월 동안 강의를 계속했습니다. 먹는 것도 시원찮아서 하루 보리밥 두 끼로 견뎠습니다. 반찬이라야 날김치를 담가 하룻밤 재워 먹는 것이 고작이었지요. 유효원은 곤쟁이젓을 참 좋아했습니다. 방 한쪽 구석에 곤쟁이젓 항아리를 놓아두고는 그걸 한 젓가락씩 찍어 먹으며 힘든 나날을 참아냈습니다. 배가 고프고 지쳐 마룻바닥에 맥없이 누워있던 유효원을 보면 참 가슴이 아팠습니다. 마음으로는 소라젓이라도 담가주고 싶었습니다. 폭포수처럼 쏟아내는 내 이야기를 아픈 몸으로 잘 정리해 받아쓰던 그를 생각하면 지금도 마음이 저립니다.

많은 식구의 희생에 힘입어 교회는 부쩍부쩍 자랐습니다. 중고등학생으로 구성된 성화학생회는 어머니가 싸주신 도시락을 가져다가 전도사들을 먹였습니다. 학생들이 스스로 번호를 정해 번 갈아가며 도시락을 가져다주었습니다. 학생 밥을 먹어야 하는 전 도사들은 그 학생이 끼니를 거르고 배가 고플 것을 생각하면서 밥을 입에 물고는 눈물을 쏟기 일쑤였습니다. 밥보다 정성이 갸 륵해 모두들 '우리는 죽더라도 뜻을 이루자'는 절박한 심정으로 버텼습니다.

그렇게 힘들어도 전국 곳곳으로 전도를 나갔습니다. 흉측한 소 문이 워낙 많아서 어디 가서 통일교라는 말도 제대로 꺼내지 못 해 서러웠지만, 동네 청소도 해주고 일손 없는 집에 식모살이도 하면서 밤이면 야학을 열어 글을 가르치고 말씀을 전했습니다. 마음이 통할 때까지 몇 달이고 그렇게 봉사하면서 우리 교회는 점점 커나갔습니다. 그 시절 그렇게도 대학에 가고 싶었지만 나 와 함께하기 위해 대학 진학을 포기해가며 교회에 헌신했던 초창 기 식구들을 지금도 잊지 못합니다.

3. 세상에서 가장 배부른 사람

우리의 무대가 세계인 이유

4

목숨을 내놓더라도 갈 길은 간다

서대문형무소에서 나오자마자 곧장 충청도 갑사로 내려갔습니다. 고문으로 망가진 몸도 추스르면서 교회가 나아갈 길에 대해 깊이 고민하기 위해 기도하기 좋은 숲을 찾아간 것입니다. 그때가 한국전쟁이 끝난 직후라 먹고살기가 무척이나 힘들던 때였습니다. 하지만 지금 당장 먹고사는 일이 힘들더라도 훗날을 도모하지 않을 수 없었습니다. 비록 지금은 함께 모여 예배드릴 교회도 없는 처지지만 더 먼 앞으로의 일을 준비해야 한다고 생각했습니다.

세계정세를 놓고 봤을 때 일본을 무조건 원수로만 여기고 배척해서는 안 되겠다고 생각했습니다. 나는 일본 선교활동 계획을 모두 준비한 뒤 갑사 뒷산으로 최봉춘을 불렀습니다.

"너는 지금 당장 현해탄을 건너가야 한다. 죽기 전에는 돌아오지 못한다." 느닷없는 이야기에 그가 얼마나 놀랐겠습니까? 그런데도 조금도 주저하지 않고 "예!" 하고 답하고는 '부름 받아 나선 이 몸, 어디든지 가오리다…'란 성가를 부르며 호기롭게 산을 내려갔습니다. 일본에 가서 생활은 어떻게 하고, 선교를 어떻게 시작해야 하느냐고 묻지도 않았습니다. 최봉춘은 그렇게 담대한 사나이였습니다.

당시만 해도 일본과 국교가 열리기 전이라 밀항하는 수밖에 없었습니다. 밀항은 나라 법을 어기는 일이었지만, 반드시 가야 하는 길이었기에 모든 것을 감내할 수밖에 없었습니다.

최봉춘은 목숨을 내놓다시피 하고 밀항선에 올랐습니다. 그가 바다를 무사히 건넜다는 소식을 보내오기까지 다른 일은 일체 접어두고 골방에 들어앉아 기도 정성을 들였습니다. 먹지도 않고 자지도 않았습니다. 그를 일본으로 보내는 데 필요한 돈 150만 원은 빚을 내어 충당했습니다. 밥을 굶는 식구들이 즐비한데도 큰 빚을 낼 정도로 일본 선교는 시급한 일이었습니다.

그러나 최봉춘은 일본에 닿자마자 체포되어 한국으로 되돌아왔습니다. 나는 그를 다시 일본으로 보냈습니다. 이번에도 일본경찰에 잡혀 되돌아왔습니다. 겁에 질려 눈물이 그렁그렁한 눈을 보니 그동안 그가 겪었을 온갖 고초가 모두 짐작이 되고도 남았습니다. 지독한 고문으로 부풀어 오른 이마에는 보라색 피멍이 얼룩얼룩 남아있었습니다. 나는 머리카락이 한 움큼 뽑혀나가 머리통 속살이 허옇게 드러난 그의 머리를 가만히 쓰다듬었습니다. 억지로 울음을 참느라 그의 얼굴은 심하게 씰룩거렸습니다.

"죽을 고비를 넘기고 겨우 살아온 거야 시시콜콜 말해 뭐하겠느냐. 얼른 밥이나 먹어라" 하며 그의 앞으로 뜨거운 김이 나는 국밥을 옮겨 놓아주었습니다. 그동안 제대로 먹지도 못해 허기졌을 텐데도 최봉춘은 얼른 숟가락을 들지 못했습니다. 하는 수 없이 내가 숟가락을 들어 국에 밥을 말아주었습니다. "어서 먹어라. 내가 너한테 해줄 수 있는 게 이것뿐이니 정말 마음이 아프구나" 하며 수저에 밥을 떠 입에 넣어주었습니다.

최봉춘이 국밥 한 그릇을 다 먹을 때까지 나는 그의 앞을 지키고 앉아 있었습니다. 그를 껴안고 엉엉 소리 내어 울고 싶었지만 그럴 수 없었습니다. 일본경찰의 매를 맞고 만신창이가 되어 돌아온 그가 겨우 밥을 넘기는 모습을 지켜보는 마음은 지옥이었습니다. 그것은 어쩌면 그가 이 세상에서 마지막으로 맛보는 따뜻한 밥이 될지도 모를 일이었습니다. 그를 또다시 일본으로 보내야 했기 때문입니다.

밥을 먹고 난 뒤, 최봉춘을 데리고 다시 갑사 뒤편에 올랐습니다. 소나무 숲에 이르자 말없이 굳어지는 내 얼굴을 보고 최봉춘은 겁에 질렸습니다.

"너에게 뭐라 말할 수 없이 미안하다만 오늘밤에 다시 부산으로 내려가 배를 타라. 네가 일본경찰한테 열 번을 잡히더라도 어쩔 수 없다. 죽음이 코앞에 닥쳐와도 주어진 길은 갈 수밖에 없는 거야. 하루라도 헛되이 낭비할 수 없으니 오늘밤 기차로 내려가라."

"선생님, 어떻게 저한테 이러실 수 있습니까? 저는 못 갑니다.

무서워서 다시는 못 가요."

최봉춘은 그 자리에 주저앉아 울기 시작했습니다. 겁에 질린 그의 울음소리가 메아리로 번져 내 가슴을 파고들었습니다.

"울지 마라, 울음은 너를 약하게 만들 뿐이야. 너는 본래 무서움을 모르던 용감한 사내가 아니었느냐? 겁낼 거 없다. 밀선을 타는 건 너 혼자지만 그렇다고 너는 절대로 혼자가 아니다. 네 곁에는 내가 있고, 또 하나님이 함께 계시다는 사실을 결코 잊지 말아라."

그러나 주저앉은 그는 도무지 일어설 줄 몰랐습니다. 내가 그를 억지로 일으켜 세우자 이미 힘이 풀려버린 그의 다리가 사정없이 휘청거렸습니다.

"이 자식! 이게 무슨 바보 같은 짓이야? 정신을 똑바로 차려!"

어깨를 마구 흔들자 비로소 그의 눈에 빛이 돌아오는 듯했습니다.

"얼른 가라! 이건 피할 수 없는 하늘의 명령이야."

"못 갑니다, 선생님. 절대로 못 갑니다."

"가야 한다, 어서 가!"

"선생님, 이번에는 죽으면 죽었지 다시는 못 가겠습니다. 일본 경찰에게 또다시 잡히면 저는 그 자리에서 죽습니다. 다시는 보내지 말아주십시오."

죽어도 세 번은 갈 수 없다는 그의 마음을 알고도 남았지만 나는 그를 사정없이 닦아세웠습니다. 목숨을 내걸고 가야 하는 것이 그의 몫이듯 두려움에 떠는 그를 어떻게든 보내야 하는 것은 나의 몫이었습니다. 나는 보내지 말아달라며 호소하는 그의 뺨을 사정없이 때렸습니다. "이놈의 자식, 사나이가 한번 맹세했으면 실천을 해야지. 죽더라도 일본에 가서 죽도록 해라!" 하며 소리를 냅다 질렀습니다. 그렇게 무섭게 몰아붙여야 하는 내 마음이 더 아팠지만 어쩔 수 없었습니다.

그를 보내고 싶지 않은 건 나도 마찬가지였습니다. 어두운 밤에 몰래 배를 타고 현해탄의 거센 파도를 건너는 일을 세 번씩이나 시켜야 하는 내 마음도 죽을 지경이었습니다. 그렇지만 그때는 일본으로 선교를 반드시 가야 하는 때였습니다. 하늘의 때는 사람이 마음대로 미뤘다 당겼다 할 수 없습니다. 그 엄중한 사실을 나도 알고 그도 알고 있었습니다.

최봉춘은 또다시 부산에서 밀항선을 타고 일본으로 건너갔습니다. 그렇지만 세 번째 밀항도 실패였습니다. 그는 오무라大村 수용소에 갇혀 다시금 한국으로 송환될 처지에 놓였습니다. 밀입국자는 일주일 이내에 송환하는 것이 당시 일본의 법이었습니다. 한국행 배를 타기 위해 시모노세키로 가는 기차에 오른 최봉춘은 이대로 한국으로 돌아가느니 차라리 죽음을 택하겠다는 절박한 심정으로 금식을 했습니다. 곡기를 끊자 몸에서 열이 났습니다. 일본경찰은 치료를 위해 본국 송환을 미루고 그를 병원에 입원시켰고 그는 그 틈을 타서 병원에서 도망쳐 나왔습니다.

생사를 건 3년의 각고 끝에 최봉춘이 일본에 정착한 것은 1958년, 우리나라와 일본은 정식 국교를 맺지 않았을 뿐 아니라 압제

정치에 대한 아픈 기억 때문에 일본과의 수교를 모두 거세게 반대하던 시절이었습니다. 그런 원수의 나라 일본에 밀항을 보낸 것은 대한민국의 미래를 열기 위해서였습니다. 일본을 거부하고 관계를 끊기보다는 일본을 교화시킨 뒤 주체적으로 그들을 끌어안아야 했기 때문입니다. 아무것도 가진 것이 없는 우리나라로서는 일본의 위정자들과 통하는 길을 뚫어 일본을 업어야 하고, 또 어떻게든 미국과 연결되어야 미래에 한국이 살 수 있는 길이 열린다고 내다보았습니다. 최봉춘의 희생 덕분에 일본에 선교사를 파송하는 데 성공한 후 일본교회는 구보끼 오사미久保木修己라는 뛰어난 청년지도자와 그를 따르는 젊은이들에 의해 확고히 자리를 잡아갔습니다.

이듬해에는 미국으로 선교사를 보냈습니다. 이번에는 밀항이 아니라 당당히 여권과 비자를 받아 보냈습니다. 서대문형무소를 나온 후 나를 잡아가두는 데 일조한 자유당 장관들에게 접촉해서 여권을 얻을 수 있었습니다. 나를 반대하던 자유당을 거꾸로 이용한 것입니다. 당시 미국은 너무도 먼 나라였습니다. 내가 그 먼 미국으로 선교사를 보낸다고 하니, 우선 한국에서 교회를 더 키운 후에 해도 늦지 않는다며 다들 반대했습니다. 그러나 거대한 나라 미국의 위기를 빨리 수습하지 않으면 대한민국이 망한다며 식구들을 설득했습니다. 1959년 1월 이화여대에서 쫓겨난 김영운 교수가 처음 미국에 파송되었고, 그해 9월 김상철 선교사가 미국에 도착하여 전 세계를 향한 선교 역사의 첫발을 시작하였습니다.

귀하게 벌어 귀하게 쓰라

장사를 해서 모은 돈은 거룩한 돈입니다. 그러나 장사한 돈이 거룩한 돈이 되려면 거짓말을 해서도 안 되고 폭리를 취해서도 안 됩니다. 장사할 때는 항상 정직해야 하며 언제든지 이익을 3할 이상 남겨서는 안 됩니다. 그렇게 귀하게 벌어들인 돈은 마땅히 귀한 일에 쓰여야 합니다. 목표가 분명하고 뜻이 있는 일에 써야 한다는 이야기입니다. 나는 평생 그런 마음으로 사업을 했습니다. 나의 사업 목적은 단순히 돈을 버는 것이 아니라 하나님의 일을 하는 선교활동을 뒷받침하기 위한 것이었습니다.

사업을 통해 선교자금을 번 이유 중 하나는 식구들의 호주머니를 털어 선교활동비로 충당하고 싶지 않았기 때문입니다. 제아무리 큰 뜻을 가지고 하는 일이라도 해외에 선교사를 파견하는 일은 마음만 가지고는 될 일이 아니었습니다. 선교비용이 필요했습니다. 그리고 선교비는 마땅히 교회 이름으로 벌어들인 돈이라야 했습니다. 떳떳하게 장사를 해서 벌어들인 돈을 선교비로 써야 무슨 활동을 해도 당당할 수 있는 것입니다.

무언가 돈이 될 만한 일을 찾아 고심하던 중에 우표가 눈에 들어왔습니다. 당시 나는 식구들에게 한 달에 적어도 세 번은 서로 편지를 나누라고 권했습니다. 편지를 부치려면 40원어치 우표를 붙여야 했는데 우표를 한 장으로 붙이지 말고 1원짜리 40장을 모아 붙이게 했습니다. 그렇게 한 달에 세 번씩 보낸 편지에 붙인 우표를 떼어 팔았더니 첫 해에만 1백만 원가량을 벌었습니다. 별것 아닌 우표가 큰돈이 되는 것을 경험한 우리 식구들은 그 일을 7년 동안이나 계속했습니다. 또 명승지나 배우들의 흑백사진에 물감을 칠한 브로마이드 사진 판매도 교회 운영에 적지 않은 도움을 주었습니다.

그러나 교세가 확장되면서 우표 수집과 사진 판매만으로는 충분한 선교비를 마련하기 어려웠습니다. 세계 곳곳에 선교사를 내보내려면 그보다 더 규모 있는 사업을 해야 했습니다. 나는 일본 사람들이 쓰다가 버리고 간 선반기계를 1962년 화폐개혁 전에 72만 원을 주고 샀습니다. 화폐개혁을 한 후의 가치로는 7만2천 원짜리 기계였습니다. 그것을 교회로 쓰던 적산가옥의 구석진 연탄광에 들여놓고 '통일산업'이라고 이름 지었습니다.

"여러분의 눈에는 이 선반기계가 보잘것없어 보일 수도 있습니다. 고작 낡은 기계 한 대를 들여놓고 도대체 무슨 사업을 벌인다는 것인가 싶을 것입니다. 하지만 여러분 앞에 놓인 이 기계가

머지않아 7천 대 아니 7만 대의 선반기계가 되어 대한민국의 군
수산업과 자동차 공업까지 꼬리를 물고 발전할 겁니다. 오늘 들
여놓은 이 기계는 분명히 우리나라의 자동차 공업을 이끌어갈 초
석이 될 것입니다. 그러니 믿으십시오. 반드시 그렇게 된다는 확
신을 가지십시오."

나는 연탄광 앞에 식구들을 모아두고 당당히 말했습니다. 비록
초라한 시작이었지만 목표는 높고 원대했습니다. 식구들은 내 뜻
을 따라 헌신적으로 일을 도왔습니다. 덕분에 1963년에는 조금
더 규모 있는 사업을 시작할 수 있었습니다. '천승호'라는 배를 건
조建造해서 인천시 만석동 부둣가에서 진수식을 가졌습니다. 우
리 식구들 2백여 명이 참석한 자리에서 고기잡이배를 바다로 내
보낸 것입니다.

물은 우리에게 생명을 주는 특별한 것입니다. 우리는 모두 어머
니의 배 속에서 탄생합니다. 어머니의 배 속은 바로 물입니다. 즉
우리는 모두 물에서 나온 것입니다. 우리가 물에서 생명을 얻었
듯이 물 속의 시련을 거쳐야 육지에서 온전히 살아남을 수 있다
는 염원을 담아 바다로 배를 내보냈습니다.

우리가 만든 천승호는 아주 좋은 배였습니다. 서해를 빠르게 누
비며 고기를 많이 잡아주었습니다. 그렇지만 그때까지도 우리 식
구들은 땅에서도 할 일이 많은데 굳이 바다에까지 나가 고기 잡는
사업을 벌일 것이 뭐냐는 반응들이었습니다. 하지만 나는 곧 해양
시대가 열릴 것을 직감하고 있었습니다. 천승호를 띄운 것은 해양

시대를 열기 위한 작지만 소중한 첫발이었습니다. 나는 그때 이미 더 넓은 바다, 더 크고 빠른 배를 머릿속에 그리고 있었습니다.

세계를 감동시킨 얌전한 춤사위의 힘

우리 교회는 부자교회가 아닙니다. 밥을 굶는 사람들이 모여 시작한 가난한 교회입니다. 그래서 남들처럼 번듯한 교회 건물도 없었지만 남들이 쌀밥을 먹을 때 보리밥을 먹으며 한 푼 두 푼 절약해서 모은 돈을 우리보다 더 가난한 이웃들과 나누었습니다. 전도사들은 시멘트가 그대로 드러난 냉방에 불도 때지 않은 채 담요를 깔고 살았습니다. 끼니때가 되면 감자 몇 개를 구워 먹으며 허기를 달래는 것이 예사였습니다. 어떤 경우에도 우리를 위해서는 한 푼도 쓰지 않으려 애를 썼습니다.

그렇게 모은 돈으로 1963년에는 17명의 어린이를 뽑아 리틀엔젤스라고 불리는 선화어린이무용단을 창단했습니다. 당시 한국의 문화적 토양은 처참하고 척박했습니다. 우리가 보고 즐길 것은 고사하고 남들에게 보여줄 것도 없었습니다. 우리의 춤이 무엇인지, 우리에게 5천 년을 이어온 문화란 것이 있는지도 모두 잊고 그저 하루하루 먹고살기에 급급했습니다.

나의 계획은 17명의 어린이들에게 우리의 춤을 가르쳐 세계로 내보내는 것이었습니다. 한국이라고 하면 전쟁과 가난만 떠올리는 외국인들에게 대한민국의 아름다운 춤사위를 보여주고 한민족은 문화민족이라는 것을 일깨울 생각이었습니다. 우리 스스로 반만년의 역사를 가진 문화민족이라고 주장해본들 그들 앞에 내보일 것이 없으면 믿어줄 리 만무했습니다.

아름다운 한복을 입고 살며시 휘감아 돌아가는 우리 춤은 다리를 내놓고 껑충거리며 뛰는 춤에 익숙한 서양사람들에게 신선한 충격을 줄 수 있는 훌륭한 문화유산입니다. 우리 춤에는 한민족의 슬픈 역사가 고스란히 스며있습니다. 억눌린 듯 머리를 다소곳이 숙이고 눈에 띄지 않게 가만가만 움직이는 춤사위는 한 많은 5천 년의 세월을 살아온 우리 민족만이 만들어낼 수 있는 몸짓입니다.

하얀 버선발을 들어 한 발자국 떼어놓으면서 얼굴을 살포시 돌리고는 하얀 손을 들어올리는 것을 보면 애간장이 녹아내립니다. 우렁찬 목소리로 말을 많이 해서 상대를 감동시키는 게 아닙니다. 그 보일 듯 말 듯한 춤사위 하나가 사람의 마음을 움직입니다. 그게 바로 예술의 힘입니다. 말을 하지 않아도 말이 통하고 그들이 살아온 역사를 몰라도 저절로 그 마음을 알게 하는 힘이 바로 예술에 있습니다.

더구나 어린이들의 때 묻지 않은 표정과 환한 웃음은 전쟁을 겪은 나라의 어두운 이미지를 단번에 씻어내릴 것입니다. 나는 20세기 최고의 문명국인 미국에 가서 5천 년 역사의 우리 춤을 선보일 생각으로 무용단을 만들었지만 세상은 또다시 우리를 향해 비난을 퍼부었습니다. 리틀엔젤스가 어떤 춤을 추는지 보기도 전에 욕부터 했습니다.

'통일교 여편네들이 밤낮없이 춤을 추더니 결국 춤추는 자식들을 낳았구나' 하는 어처구니없는 욕설이 쏟아졌습니다. 하지만 나는 어떠한 소문에도 흔들리지 않았습니다. 리틀엔젤스를 통해 어떤 것이 우리의 춤인지 보여줄 자신이 있었습니다. 우리를 향해 벌거벗고 춤을 춘다고 비난하는 세상 사람들에게 버선발로 사뿐사뿐 내딛는 아름다운 춤사위를 보여주고 싶었습니다. 몸을 비비트는 엉터리 춤이 아니라 온몸을 우리 옷으로 감싸고 얌전히 추는 진짜 우리 춤 말입니다.

깊은 산중에 작은 오솔길을
만든 평화의 천사들

　우리가 죽기 전에 자손들에게 반드시 남겨주어야 할 것이 두 가지 있습니다. 하나는 전통이고 또 하나는 교육입니다. 전통이 없는 민족은 망하고 맙니다. 전통이란 민족을 이어주는 혼이며, 혼이 없는 그 민족은 살아남을 수 없습니다. 또 하나 중요한 것이 교육입니다. 자손에게 교육을 시키지 않으면 그 민족 또한 망합니다. 교육은 새로운 문물을 통해 세상을 살아나가는 힘을 얻는 일입니다. 사람들은 교육을 통해 살아갈 지혜를 배웁니다. 글을 모를 때에는 누구나 어리석을 수밖에 없지만 교육을 받고 나면 세상의 지혜를 이용할 줄 알게 됩니다. 교육은 세상의 문리를 이해하는 영특함을 가져다줍니다. 자손들에게 우리가 수천 년간 이어온 전통을 전해주는 한편 새로운 문물을 교육시키는 것은 민족의 앞날을 열어가는 일입니다. 물려받은 전통과 새로운 문물은 생활 속에서 적절히 융합되어 독창적인 문화로 재탄생합니다. 전통과 교육은 어느 것이 더 중요하고 덜 중요하다고 말할 수 없습니다. 두 가지를 적절히 융합시키는 지혜도 교육에서 얻어집니다.

나는 무용단을 만들면서 리틀엔젤스 예술학교(이후 선화예술학교로 교명 변경)도 함께 세웠습니다. 학교를 만든 이유는 우리의 이상을 예술을 통해 세계로 널리 연결시키기 위해서입니다. 우리에게 학교를 운영할 힘이 있는지 생각하는 것은 두 번째 문제였습니다. 나는 우선 실행에 들어갔습니다. 뜻이 분명하고 좋은 일이면 마땅히 시작해야 되지 않겠습니까? 하늘을 사랑하고 나라를 사랑하며 사람을 사랑하는 교육을 하고 싶었습니다.

나는 선화예술학교를 만들면서 '애천愛天, 애인愛人, 애국愛國'이란 휘호를 아주 크게 썼습니다. 그랬더니 어떤 사람이 "한국의 고유문화를 세계에 자랑한다고 하면서 어떻게 나라 사랑을 맨 꼴찌로 만들었소?" 하고 물었습니다. 나는 "어떤 사람이 하늘을 사랑하고 인류를 사랑하는 일을 했다면 그 사람은 이미 그것으로 애국을 한 것입니다. 애국은 저절로 완성된 겁니다" 하고 대답해주었습니다.

전 세계의 우러름을 받는 사람은 벌써 한국을 세계만방에 드러낸 것입니다. 세계 여러 나라에 나가 우리 문화의 우수성을 보여주면서도 리틀엔젤스는 한번도 '코리아'를 외치지 않았습니다. 그렇지만 리틀엔젤스의 춤을 보고 박수를 보내는 사람들 마음속에는 '문화와 전통의 나라, 한국'이란 이미지가 확실하게 뿌리를 내렸습니다. 그런 의미에서 리틀엔젤스는 다른 누구보다 한국을 세계에 널리 알리며 애국을 한 셈입니다. 선화예술학교 출신으로 세계적인 성악가가 된 조수미와 신영옥, 그리고 세계 최고의 발레리나가 된 문훈숙과 강수진의 공연을 볼 때마다 마음이 흐뭇해집니다.

리틀엔젤스는 1965년 미국 공연을 시작으로 지금까지 세계를 누비며 한국의 아름다운 전통을 선보이고 있습니다. 영국 왕실에 초대되어 엘리자베스 여왕 앞에서 공연을 했고, 미국 독립 2백 주년 행사에 초대되어 워싱턴 케네디 센터에 오르기도 했습니다. 미국 닉슨 대통령 앞에서 특별 공연도 하고 서울올림픽 문화예술축전에도 참여했습니다. 리틀엔젤스는 이미 세계적으로 이름난 평화의 문화사절입니다.

1990년 러시아를 방문했을 때의 일입니다. 고르바초프 대통령을 만나 회담하고 떠나기 전날 밤, 리틀엔젤스의 공연이 있었습니다. 공산주의의 최전선인 모스크바 한복판에 한국의 어린 소녀들이 선 것입니다. 한복을 입은 천사들은 우리 춤을 끝내고 난 뒤 그 고운 목소리로 러시아 민요를 불렀습니다. 객석에서 '앙코르'가 연발되어 도통 무대를 내려올 수가 없었습니다. 결국 미리 준비한 합창곡을 다 부르고서야 내려왔습니다.

객석에는 고르바초프 대통령의 부인인 라이사 여사가 앉아있었습니다. 당시 한국과 러시아는 정식 수교를 맺지 않은 상태였는데, 그런 나라의 문화공연에 대통령의 부인이 참석한 것은 무척 이례적인 일이었습니다. 게다가 라이사 여사는 객석 앞자리에 앉아 공연 내내 뜨거운 박수를 보내주었습니다. 라이사 여사는 공연이 끝나자 무대 뒤로 찾아와 리틀엔젤스 단원들에게 직접 꽃다발을 안겨주며 "리틀엔젤스야말로 평화의 천사들입니다. 한국에 이토록 아름다운 전통문화가 있는 줄 몰랐습니다. 공연을 보는 동안 내 어린 시절로 돌아가는 꿈을 꾸는 듯했습니다" 하고 한국문화의 우수함에 거듭 찬사를 보냈습니다. 여사는 리틀엔젤스 단원들을 한 사람 한 사람 끌어안고 "My Little Angels!"라고 말하며 뺨에 입을 맞춰주었습니다.

1998년에는 순수 민간 예술단체로는 처음으로 평양을 방문해 3차례나 공연을 했습니다. 귀여운 신랑각시춤도 추고 화려한 부채춤도 추었습니다. 공연을 보는 동안 북한사람들의 눈에 눈물이 고였습니다. 흐르는 눈물을 주체하지 못한 여성의 사진이 신문기자의 카메라에 포착되기도 했지요. 북한의 김용순 아시아태평양평화위원회 위원장은 리틀엔젤스의 공연을 보고난 뒤, '깊은 산중에 작은 오솔길을 냈다'고 칭찬했습니다.

리틀엔젤스가 한 일이 바로 그렇습니다. 그동안 등 돌렸던 남북한이 한자리에 모여 서로의 공연을 볼 수 있다는 사실을 처음으로 증명한 것입니다. 사람들은 흔히 정치가 세상을 움직인다고 생각하지만 그렇지 않습니다. 세상을 움직이는 것은 문화이고 예술입니다. 사람들의 마음 가장 깊은 곳을 울리는 것은 이성이 아닌 감성입니다. 받아들이는 마음이 바뀌면 사상이 변하고 제도가 변합니다. 리틀엔젤스는 우리의 전통문화를 세상에 알리는 역할을 했을 뿐 아니라 서로 다른 세상 사이에 오솔길을 만드는 역할을 톡톡히 했습니다.

 나는 리틀엔젤스를 만날 때마다 '마음이 고와야 춤이 곱다. 마음이 고와야 노래가 곱다. 마음이 고와야 얼굴이 곱다'라고 말합니다. 참된 아름다움은 내 안에서 우러나오는 것입니다. 리틀엔젤스가 그토록 전 세계 사람들의 마음에 감동을 준 것은 우리 춤속에 녹아있는 우리의 전통, 우리의 정신문화가 아름답기 때문입니다. 그러니 리틀엔젤스가 받은 박수갈채도 결국은 우리의 전통문화가 받은 박수갈채입니다.

바다에 미래가 있다

어려서부터 내 마음은 늘 먼 곳을 향해 있었습니다. 고향에서는 산에 올라 바다를 그리워했고 서울에 와서는 일본으로 건너가고 싶어했습니다. 언제나 지금보다 더 넓은 세상을 꿈꾸었습니다.

1965년, 처음으로 세계 순방에 나섰습니다. 트렁크 속에는 우리나라에서 가져간 흙과 돌이 잔뜩 들어있었습니다. 세계를 돌며 곳곳에 한국의 흙과 돌을 심을 작정이었습니다. 열 달 동안 일본과 미국, 그리고 유럽의 40개 나라를 돌았습니다. 서울을 떠나던 날, 수십 대의 버스에 나눠 타고 온 우리 식구들로 김포공항이 꽉 찼습니다. 당시 외국으로 나가는 것은 상당히 큰일이었습니다. 북서풍이 매섭게 불어오는 1월의 비행장에 사람들이 새카맣게 모여들었습니다. 누가 시켜서가 아니라 자기 마음이 이끄는 대로 하는 일입니다. 나는 식구들의 마음을 고맙게 받았습니다.

당시 우리의 선교국은 열 개 나라가 겨우 넘었지만 나는 2년 안에 40개 나라로 늘릴 생각이었습니다. 40개 나라를 돌아본 것은 바로 그 기초를 마련하기 위해서였습니다. 첫 번째 나라는 일본이었습니다. 밀항을 해가며 선교를 시작한 일본에서 나는 대대적인 환영을 받았습니다. 국법을 어기고 목숨을 내건 위험한 출발이었지만 지금 생각해보면 당시 우리의 선택은 매우 적절한 것이었습니다.

나는 일본 식구들에게 물었습니다.

"여러분은 일본적입니까? 아니면 일본적인 것을 넘어섰습니까?"

나는 말을 이어갔습니다.

"하나님이 원하시는 것은 일본적인 게 아닙니다. 하나님은 일본적인 것을 필요로 하시지 않습니다. 일본을 넘어서는 것, 일본을 넘어선 사람을 필요로 하십니다. 일본의 한계를 넘어서 세계를 사랑하는 일본인이라야 하나님께 쓰일 수 있습니다."

서운하고 냉정하게 들렸겠지만 단호하게 말했습니다.

두 번째 기착지는 미국이었습니다. 샌프란시스코 공항에 내린 나는 미국 선교사와 함께 두 달 동안 미국 전역을 돌았습니다. 미국을 돌아보는 동안 '전 세계를 호령하는 중심 본부는 미국이다. 앞으로 창건할 새로운 문화는 반드시 미국을 밟고 올라서야 한다'라는 사실을 절감했습니다. 나는 미국 땅에 5백 명을 수용할 수 있는 수련소를 지을 계획을 세웠습니다. 물론 우리나라 사람들만을 위한 것이 아니라 1백 개 이상의 나라에서 모인 사람들을 받아들일 국세적인 수련소를 짓는 것이 목표였습니다.

다행스럽게도 그 소원은 오래지 않아 이루어졌습니다. 그 후 해마다 1백 개 나라에서 4명씩 보내온 사람들이 수련소에 모여 6개월 동안 세계평화를 연구하고 토론하는 일이 지금까지도 계속되고 있습니다. 인종이나 국경, 종교는 아무 상관이 없습니다. 나는 인종과 국경, 종교를 넘어 다양한 생각을 지닌 사람들이 모여 세계평화에 대해 허심탄회하게 의논하는 일이 인류를 성장시키고 세계를 보다 발전된 사회로 만드는 일이라고 믿습니다.

미국을 순방하는 동안 하와이와 알래스카를 제외한 48개 주를 모두 돌아보았습니다. 뒷좌석에 짐을 실을 수 있는 왜건을 빌려 타고는 밤낮없이 달렸습니다. 행여 운전수가 졸기라도 하면 "이보게, 피곤한 것 다 알고 있네. 하지만 내가 미국 유람을 하러 온 것이 아니고 큰일을 해야 하니 바삐 가게" 하며 잠을 깨웠습니다. 어디 편안히 앉아 밥을 먹은 적도 없습니다. 차 안에서 식빵 두 쪽에 소시지 하나를 넣고 오이 피클이나 더 얹어 먹으면 훌륭한 한 끼 식사가 됩니다. 아침이건 점심이건 저녁이건 늘 그렇게 먹었습니다. 잠도 차 안에서 잤습니다. 차가 숙소이고 차가 침대며 차가 식당이었습니다. 좁은 차 안에서 먹고 자고 기도했습니다. 그 무엇도 못할 게 없었습니다. 당시 내게는 이루고자 하는 분명한 목표가 있었기 때문에 몸이 조금 불편한 것은 충분히 견딜 수 있었습니다.

미국과 캐나다를 거쳐 중남미를 돌아본 다음에 유럽으로 건너

갔습니다. 내 눈으로 직접 본 유럽은 완전히 바티칸 문화권이었습니다. 바티칸을 넘어서지 않고는 유럽을 넘을 수가 없어 보였습니다. 그 험하다는 알프스도 바티칸의 위세 앞에는 아무것도 아니었습니다.

유럽사람들이 모여 기도하는 바티칸에서 나도 땀을 뚝뚝 흘리며 기도했습니다. 어떻게 하든지 수많은 교파와 교단으로 분열된 종교가 하루빨리 하나로 통일되기를 기도했습니다. 하나님이 만드신 하나의 세상을 사람들이 저마다 자신들에게 유리한 대로 이리저리 나누어놓은 것을 기필코 하나로 통일해야 한다는 생각이 더 확고해졌습니다. 그 후 이집트와 중동을 거쳐 아시아의 여러 나라를 둘러보는 것으로 열 달간의 긴 순방을 마쳤습니다.

서울로 돌아온 내 트렁크에는 40개 나라 120개 지역에서 가져온 흙과 돌이 가득 들어있었습니다. 우리나라에서 가져간 흙과 돌을 새로운 땅에 심고 그곳의 흙과 돌을 거두어 온 것입니다. 흙과 돌로 세계 40개 나라와 한국을 연결한 것은 한반도를 중심으로 평화세계가 실현되는 미래를 대비한 것이었습니다. 나는 40개 나라에 모두 선교사를 내보낼 채비를 시작했습니다.

넓은 지구촌을 돌아보면서 나는 아무도 모르게 세계를 무대로 펼칠 사업을 구상했습니다. 교회가 커지고 선교지가 하나둘 늘어날수록 선교비 지출도 부쩍 늘었기 때문에 돈을 벌기 위한 더 큰 사업이 필요했습니다. 나는 미국 48개 주를 다니면서 과연 어떤 일이 우리 교회를 뒷받침해줄 수 있는 사업이 될지를 생각했습니다.

　그래서 생각해낸 것이 미국사람들은 고기를 매일같이 먹는다는 사실이었습니다. 우선 소 한 마리 값이 얼마인지를 알아보았습니다. 마이애미에서 25달러 하는 소가 뉴욕에 가면 4백 달러가 되었습니다. 그래서 또 참치 한 마리는 얼마나 하는지 알아보았습니다. 놀랍게도 참치 한 마리는 4천 달러가 넘었습니다. 게다가 참치는 한꺼번에 150만 개가 넘는 알을 낳지만 소는 한 마리밖에 낳지 못합니다. 그러면 소를 키워야겠습니까, 아니면 참치를 잡아야겠습니까? 답은 분명했습니다.

　문제는 미국사람들이 바다 고기를 먹지 않는다는 것이었습니다. 하지만 일본사람들은 참치라면 맥을 못 추었지요. 미국에도 일본사람들이 많이 살고 있고 일본인들이 운영하는 고급 레스토랑은 참치회를 아주 비싸게 팔고 있었습니다. 일단 회에 맛을 들인 미국인들도 참치를 즐겨 먹었습니다.

　우리가 사는 지구는 육지보다 바다가 더 넓습니다. 미국은 넓은 바다로 둘러싸여 있어 물고기가 풍부합니다. 또 2백 해리만 나가면 내 바다, 네 바다가 없어 누구라도 그곳에 나가 물고기를 마음껏 잡을 수 있습니다. 농사를 짓거나 소를 키우려면 땅을 사야 하는데 바다는 그럴 필요가 없고 배 한 척만 있으면 어디까지라도 나가 물고기를 잡을 수 있습니다. 바다 속에는 먹을 것들이 가득하고 바다 위로는 세계를 하나로 묶는 해운사업이 활발합니다. 전 세계에서 만들어지는 모든 물건이 상선에 실려 바다를 누빕니다. 바다는 우리의 미래를 책임질 무한한 보물창고였습니다.

나는 미국에서 배를 여러 척 샀습니다. 사진첩에서나 볼 수 있는 대형 선박을 구입한 것이 아니라 34피트에서 38피트 정도 되는 배를 샀습니다. 엔진을 끈 채로 참치를 쫓아다닐 수도 있고 큰 사고도 없는 요트 크기의 고기잡이배였습니다. 워싱턴, 샌프란시스코, 탬파, 알래스카에 배를 띄우고 배를 고치는 수선소도 세웠습니다.

공부도 많이 했습니다. 한 지역에 배 한 척씩을 띄워 바닷물의 온도를 재고 날마다 참치가 얼마나 잡히는지를 조사해 도표로 만들어 통계를 냈습니다. 전문가들이 만들어놓은 통계를 얻어다 쓴 것이 아니라 우리 식구들이 직접 물 속에 들어가 잠수를 하면서 만들었습니다. 그 지역의 유명한 대학교수가 연구한 결과는 참조만 할 뿐 내가 직접 그곳에 들어가 살면서 일일이 확인을 했습니다. 그러니 우리가 만든 자료만큼 정확한 것은 없었습니다.

그렇게 힘들여 만든 자료였지만 독점하지 않고 모든 정보를 수산업계에 다 공개했습니다. 그리고 우리는 또 다른 바다를 개척했습니다. 한 바다에서 너무 많이 고기를 잡으면 어족이 말라버립니다. 서둘러 다른 바다로 진출해야 합니다. 수산업을 시작한 지 얼마 되지 않아 우리는 미국 수산업계를 발칵 뒤집어놓았습니다.

그런 다음 우리는 또 일을 벌였지요. 바로 아주 먼 바다로 나가는 원양어선 사업에 뛰어든 것입니다. 배 한 척이 바다에 나가면

4. 우리의 무대가 세계인 이유

적어도 반 년 동안은 집에 돌아오지 않고 고기잡이만 하는 것입니다. 배에 고기가 꽉 차면 먹을 것과 석유를 잔뜩 실은 운반선이 나가 고기와 바꿔옵니다. 배에는 아주 커다란 냉장실이 있어 잡은 고기를 한참동안 저장할 수 있었습니다.

뉴 호프라는 이름의 우리 배는 참치를 많이 잡는 걸로 유명합니다. 그 배를 내가 직접 타고 나가서 참치를 잡았습니다. 사람들은 배타는 것을 두려워합니다. 젊은이들한테 배를 타라고 하면 겁부터 먹고 모두들 도망갔습니다. "선생님, 저는 배멀미가 심해서 안됩니다. 배만 타면 울렁거려서 죽을 것 같아요" 하며 사정을 했습니다. 그래서 내가 먼저 탔습니다. 그때부터 하루도 거르지 않고 배를 탄 것만 7년이 넘고 그 후로도 아흔 살이 되는 지금까지 시간만 나면 배를 탑니다. 그러자 이제는 "나도 선생님처럼 캡틴이 되고 싶으니 배를 타게 해주십시오" 하며 나서는 청년들이 늘어났습니다. 배를 타겠다는 여자들도 많아졌습니다. 무슨 일이든지 리더가 먼저 하면 따라하게 되어있습니다. 덕분에 나는 소문난 참치잡이꾼이 다 됐습니다.

그런데 참치를 많이 잡기만 하면 뭐합니까? 제때에 제값을 받고 팔지 못하면 헛고생입니다. 나는 참치 가공공장을 만들고 직접 판매까지 했습니다. 냉장시설이 되어있는 대형 트럭에 참치를 싣고 다니며 팔았습니다. 판매가 막히면 아예 씨푸드 레스토랑 Seafood-Restaurant을 만들어 참치를 직접 소비시켰습니다. 그렇게 하자 다들 우리를 업신여기지 못했습니다.

미국은 세계적인 어장 4개 가운데 무려 3개를 갖고 있는 나라입니다. 그 말은 전 세계 고기의 4분의 3이 미국을 둘러싼 바다에 있다는 이야기입니다. 그런데도 미국은 고기를 잡을 사람이 없어 수산업이 형편없이 뒤떨어져 있었습니다. 나라에서는 수산업을 일으키기 위해 별의별 진흥책을 다 내놓았지만 큰 효과가 없었습니다. 누구든지 2년 반 동안 배를 타기만 하면 10퍼센트의 값에 배를 준다고 하는데도 지원자가 없었습니다. 얼마나 답답한 일입니까? 우리가 수산업을 일으키자 항구도시들마다 난리가 났습니다. 우리만 들어가면 도시가 번성하니 안 그랬겠습니까? 우리가 하는 일은 결국 새로운 세계를 개척하는 일이었습니다. 단순한 고기잡이가 아닙니다. 남이 가지 않은 길을 가는 것입니다. 남이 가지 않은 길을 개척한다는 게 얼마나 흥미롭습니까?

바다는 참 잘도 변합니다. 사람의 마음이 조변석개朝變夕改 한다고 하지만 바다는 시시각각으로 변합니다. 그래서 바다는 더 신비롭고 더 아름답습니다. 바다는 천하를 품고 삽니다. 한 곳에 모여 구름이 되기도 하고 비가 되어 다시 내리기도 합니다. 나는 자연이 속임수가 없어서 참 좋습니다. 높으면 낮아지고 낮으면 높아집니다. 어떤 경우라도 평평하게 그 높이를 맞춥니다. 낚싯대를 드리우고 앉아있으면 한가롭기가 이루 말할 수 없습니다. 바다 위에서 무엇이 우리를 방해할 수 있을까요? 누가 우리를 다그칠 수 있을까요? 당연히 여유 시간이 많습니다. 그저 바다를 보며 바다와 이야기를 나누면 됩니다. 바다에 있는 시간이 길어질수록 영적인 세계가 넓어집니다. 그러나 바다는 금세 평온하던 얼굴을 바꾸어 거센 파도를 몰아칩니다. 사람 키의 몇 배나 되는 파도가 집어삼킬 듯이 뱃전으로 솟구칩니다. 사나운 바람이 돛을 찢고 무서운 소리로 울어댑니다.

그런데 말입니다. 그렇게 파도가 거세고 바람이 사납게 부는 중에도 물고기들은 물 속에서 잠을 잘도 잡니다. 파도에 몸을 맡기고 잡니다. 그래서 나도 물고기들한테 배웠습니다. 아무리 거센 파도가 밀려와도 무서워하지 않기로 말입니다. 파도에 몸을 맡긴 채 나도 배와 한몸이 되어 물결을 타기로 했습니다. 그랬더니 어떤 파도를 만나도 내 마음이 흔들리지 않았습니다. 바다는 내 인생의 훌륭한 스승입니다.

미국으로 가는 마지막 비행기

1971년 말, 나는 미국으로 향했습니다. 미국에 가서 반드시 해야 할 일이 있었기 때문인데 가는 길이 쉽지만은 않았습니다. 미국 비자를 처음 받는 것도 아닌데 도무지 비자가 나오지 않자 식구들 중에는 출국 날짜를 미루는 것이 어떻겠냐는 사람도 있었지만 그럴 수 없었습니다. 식구들에게 무어라 설명하기는 어려웠지만 정해진 날짜에 한국을 떠나야 했습니다. 그래서 우선 일본으로 가서 미국 비자를 해결하기로 하고 일단 출국을 서둘렀습니다.

내가 떠나려던 날은 몹시 추웠지만 여전히 나를 배웅하려고 식구들이 공항 밖까지 몰려들었습니다. 그런데 막상 출국하려고 보니 여권에 외무부 여권과장의 출국인증 날인이 빠져있었습니다. 결국 나는 예약했던 비행기를 타지 못했습니다.

"죄송합니다, 선생님. 일단 댁으로 돌아가 계시면 도장을 받아 오겠습니다" 하며 출국준비를 담당했던 식구들이 어쩔 줄 몰라

했습니다.

"아니야, 공항에서 기다릴 테니 어서 빨리 도장을 받아오게나."

나는 마음이 급했습니다. 마침 일요일이라 여권과장이 출근도 안 했을 테지만 그런 사정을 봐줄 여유가 없었습니다. 우리 식구들이 여권과장의 집까지 찾아가 도장을 받아온 덕분에 그날 마지막 비행기를 타고 한국을 떠났습니다. 그런데 바로 그 다음날, 국가 비상사태가 선포되고 이튿날부터 해외 출국이 금지되었습니다. 미국으로 가는 마지막 비행기를 탔던 것입니다.

그런데 일본에 가서 또다시 미국 비자를 신청했지만 거절당했습니다. 나중에 알고 보니 광복되기 직전에 공산주의자 혐의를 받고 일본경찰에게 잡혀갔던 기록이 남아서였습니다. 당시는 세계적으로 공산주의가 맹위를 떨치던 시기였습니다. 우리는 127개국에 선교사를 내보냈는데 그중 공산국가 4곳에서 추방을 당할 정도였습니다. 당시 공산국가에서 선교를 한다는 것은 목숨을 내놓는 일이었으나 나는 끝까지 포기하지 않고 소련을 비롯한 공산주의 국가들에 선교사를 파송했습니다.

우리는 동유럽의 공산국가에서 벌이는 선교활동을 나비작전이라고 불렀습니다. 애벌레가 오랜 고통의 시간을 보낸 뒤에 날개를 달고 나비가 되는 모습이 공산국가에서 모진 고난을 참아야 하는 지하 선교활동과 닮았다는 데서 붙여진 이름입니다. 나비가 애벌레에서 탈피하는 것은 힘들고 외로운 과정이지만 날개를 얻은 나비는 어디든지 힘차게 날아갈 수 있습니다. 그처럼 지하 선교도 공산주의만 무너지면 날개를 달고 훨훨 날아갈 것이었습니다.

1959년 초에 미국으로 건너간 김영운 선교사는 미 대륙의 모든 대학을 돌며 하나님 말씀을 전했는데 그중 버클리대학에 유학을 왔던 독일인 피터 코흐는 새로운 진리에 전도되어 학업을 중단하고 네덜란드의 로테르담으로 가서 유럽 전도를 시작했습니다. 일본에서도 중국을 비롯한 아시아권의 공산국가에 선교사를 내보내는 일을 했습니다. 제대로 된 파송예배 한번 하지 못한 채로 죽음의 땅으로 선교사를 내보내는 내 마음은 갑사 뒤편의 소나무숲에서 최봉춘에게 일본으로 가는 밀항선을 타라고 내쫓던 때와 별반 다를 게 없었습니다. 자식이 매를 맞는 것을 보기란 차라리 내가 매를 맞는 것보다 더 참혹합니다. 차라리 내가 선교사가 되어 가면 좋을 것을, 식구들을 감시와 처형의 땅으로 내보내면서 내 마음은 줄곧 울고 있었습니다. 선교사들을 내보낸 후 나는 거의 모든 시간을 기도에 매달렸습니다. 그들의 목숨을 위해 내가 할 수 있는 일은 간절한 기도였습니다. 공산권 선교는 금세라도 공산당한테 뒷목을 낚아채일 듯 위태롭기 짝이 없는 것이었습니다.

공산권 선교를 나가는 사람들은 부모에게 목적지조차 알리지 못한 채 떠났습니다. 공산주의가 얼마나 무서운지를 잘 아는 부모들이 사랑하는 자식이 죽음의 땅으로 들어가는 것을 허락할 리 없었기 때문입니다. 소련에 파송되었던 군터 부어쩌는 소련의 KGB에게 발각되어 강제추방을 당하기도 했습니다. 차우세스쿠의 독재정치가 극에 달했던 루마니아에서는 비밀경찰 세큐리타

트에 미행을 당하고 전화를 도청당하는 일이 예사였습니다.

한마디로 사자굴에 들어간 것이나 마찬가지인 삶이었습니다만 공산국가로 들어가는 선교사들의 숫자는 나날이 늘어났습니다. 그러던 1973년에는 체코슬로바키아에서 선교사를 비롯한 우리 식구들 30여 명이 한꺼번에 검거되는 끔찍한 일이 벌어졌습니다. 그때 24살의 마리 지브나는 차디찬 감방에서 꽃다운 나이에 목숨을 잃어 공산국가에서 선교하다 숨진 최초의 순교자가 되었고 이듬해에 또 다른 한 사람이 감옥에서 목숨을 잃었습니다. 교회 식구들이 감옥에서 숨졌다는 소식을 들은 나는 온 몸이 굳어졌습니다. 말하는 것, 먹는 것은 물론 기도조차 하지 못하고 돌덩어리가 된 것처럼 앉아만 있었습니다. 그들이 나를 만나지 않았다면, 내가 전하는 말씀을 듣지 않았다면, 그토록 춥고 외로운 감옥에 갈 일도 없었을 것이고, 그곳에서 죽을 일도 없었을 텐데…. 그들은 나를 대신해서 고통을 당하고 죽은 것입니다. '그들의 생명과 맞바꾼 내 목숨은 그만한 가치가 있는 것일까? 그들이 나를 대신해서 지고 간 공산권 선교의 짐을 나는 어떻게 갚아야 할까?' 나는 점점 더 말을 잃어갔습니다. 깊은 물 속에 잠긴 듯 한없는 슬픔에 떨어졌습니다. 그때 내 눈 앞에 마리 지브나가 노란 나비가 되어 나타났습니다. 체코슬로바키아의 차디찬 감옥을 벗어난 노란 나비는 힘을 잃고 주저앉은 나에게 힘을 내고 일어서라며 날개를 팔랑거렸습니다. 그녀는 목숨을 건 선교를 통해 정말 애벌레를 깨고 나온 나비가 되어있었습니다.

그처럼 극한 상황에서 선교하는 사람들에게는 유난히 꿈이나 환상을 통한 계시가 많았습니다. 사방이 막힌 곳이라 누구와도 소통할 수 없는 곳이니 하나님이 계시를 통해 갈 길을 일러주셨던 것입니다. 잠깐 잠이 든 새에 '얼른 일어나 자리를 옮기라'는 꿈을 꾸고는 급히 몸을 피하자마자 비밀경찰이 들이닥쳐 목숨을 구하는 일이 비일비재했습니다. 또 한 번도 직접 본 적 없는 내가 꿈에 나타나 선교 방법을 일러주기도 했다면서 나를 만나자마자 "아, 그때 꿈에서 뵈었던 선생님이 맞으시네요" 하며 반가워했습니다.

이렇게 공산주의를 무너뜨리고 하나님 나라를 건설하기 위해 목숨을 걸고 싸우는 나를 공산주의자로 의심하고 미국 비자를 내주지 않아, 하는 수 없이 그동안 캐나다에서 반공을 위해 일했던 자료들을 제출하고서야 겨우 비자를 받을 수 있었습니다.

내가 이렇게까지 복잡한 과정을 거쳐가며 미국에 간 것은 그들을 타락시킨 검은 세력과 싸우기 위해서였습니다. 생명을 걸고 악의 세력과 전쟁을 벌이려 떠난 겁니다. 당시 미국은 공산주의와 마약, 퇴폐, 음란 등 세상에 존재하는 모든 문제가 아수라장처럼 뒤섞여 펄펄 끓고 있었습니다. 나는 '소방수이자 의사로서 미국에 왔노라'고 외쳤습니다. 집에 불이 나면 소방수가 달려오고, 몸에 병이 나면 의사가 찾아오듯 나는 타락의 불에 타고 있는 미국에 불을 끄러 달려간 소방수이자 하나님을 잃어버리고 퇴폐의 늪에 빠진 미국의 병을 고치러 간 의사였습니다.

1970년대 초 미국은 월남전을 둘러싼 갈등과 물질문명에 대한

회의로 사회가 심하게 분열되어 있었습니다. 인생의 의미를 찾지 못한 젊은이들은 거리를 떠돌며 술과 마약, 프리섹스에 인생을 허비하고 소중한 영혼을 방치했습니다. 그들이 방황을 끝내고 올바른 삶으로 돌아오도록 이끌어줘야 할 종교는 제 역할을 잃어버렸습니다. 그러니 저속한 음란물이 거리에서 버젓이 팔려나가고 마약을 먹고 환각에 빠져 휘청거리는 젊은이들이 넘쳐났으며 이혼한 가정의 아이들은 마음 둘 곳을 잃고 거리를 헤맸습니다. 하나님은 온갖 범죄가 판을 치는 미국 사회에 경종을 울리려 나를 그곳에 보내셨습니다.

미국에 도착하자마자 나는 '기독교의 새로운 장래'와 '하나님의 뜻과 미국'이라는 주제로 전역을 순회하며 강연활동을 펼쳤습니다. 사람들이 모인 자리에서 아무도 지적하지 않는 미국의 약점을 아프게 꼬집었습니다.

"미국은 본래 청교도 정신으로 세운 나라입니다. 불과 2백 년 사이에 세계 최대 강대국이 될 만큼 눈부신 발전을 한 것은 하나님으로부터 무한한 사랑의 축복을 받았기 때문입니다. 미국의 자유는 하나님으로부터 온 것입니다. 그런데 오늘날 미국은 하나님을 버렸습니다. 지금 미국사람들은 하나님으로부터 받은 사랑을 다 잃어버렸습니다. 어떻게든 영성을 다시 회복하지 않으면 미국의 미래는 없습니다. 나는 여러분의 영성을 깨워 망해가는 미국을 구하려 이곳에 왔습니다. 회개하십시오! 회개하고 하나님에게로 돌아가야 합니다!"

레버런 문, 미국 정신혁명의 씨앗

미국인들이 처음 내게 보인 반응은 차갑기 그지없었습니다. 이제 겨우 전쟁의 굶주림 속에서 살아난 한국이라는 보잘것없는 나라에서 온 종교 지도자가 어디서 감히 미국인을 상대로 회개하라는 소리를 하느냐고 비아냥거렸습니다.

미국인들만 나를 반대한 것이 아닙니다. 국제 공산주의자들과 연계된 일본 적군파들의 반발은 특히 심해서, 내가 자주 머물던 보스턴 수련원에 침입했다가 FBI의 불심검문에 적발되기도 했습니다. 나를 해치려는 움직임이 얼마나 많았는지 우리 아이들이 경호원 없이 학교를 다니기 어려울 지경이었습니다. 살해 위협이 계속되자 나도 한동안은 방탄유리 안에서 강연을 했습니다.

그들의 방해에도 불구하고 동양에서 온 작은 눈의 남자가 벌이는 순회강연은 날이 갈수록 화제를 모았습니다. 사람들은 지금까지 듣던 것과는 전혀 다른 새로운 가르침에 귀를 기울였습니다.

우주와 인생에 관한 근본원리를 비롯하여 미국의 건국정신을 일 깨우는 강연 내용이 퇴폐와 나태의 나락으로 빠져들던 미국인들 에게 신선한 바람을 불러일으켰습니다.

미국인들은 내 강연을 통해 의식혁명을 이루었습니다. 젊은이 들은 파더 문Father Moon 혹은 레버런 문Reverend Moon이라고 부르 며 나를 따랐고, 어깨까지 길게 길렀던 머리카락과 덥수룩한 수 염을 깎았습니다. 차림새가 바뀌면 마음도 바뀌기 마련이라 술과 마약에 찌들었던 젊은이들의 마음속에 하나님의 사랑이 들어서 기 시작했습니다.

강연에는 종파를 초월한 다양한 젊은이들이 모여들었습니다. 설교 중에 "여기 장로교인 있는가?" 하고 물으면 "여기요, 여기!" 하며 손을 드는 청년들이 아주 많았습니다. 또 "가톨릭도 있나?" 하고 물어도 여기저기서 손을 번쩍번쩍 들었습니다. "남침례교 는?" 하고 물으면 또 얼마나 많은 사람이 "저요, 저요!" 하는지 모 릅니다. 내가 "자기 종교 놔두고 왜 나에게 설교를 들으러 오는 거요? 어서들 돌아가요. 돌아가서 자기 교회에 가서 말씀 들어" 하면 "와! 와!" 하고 탄성을 질러댔습니다. 그러면서 점점 더 많은 사람들이 모여들었고, 젊은이들뿐만 아니라 장로교며 침례교의 지도자들이 교회 청년들을 이끌고 찾아왔습니다. 시간이 흐를수 록 '레버런 문'은 미국사회의 정신혁명을 뜻하는 하나의 아이콘이 되어갔습니다.

나는 미국의 젊은이들에게 참고 인내할 것을 가르쳤습니다. 무룻 자기를 지킬 줄 알아야지만 우주를 지킬 수 있다는 사실을 절절히 외쳤습니다.

"여러분은 고통의 십자가를 지고 싶습니까? 아무도 십자가의 길을 가고 싶어하지 않습니다. 마음으로는 지고 싶어도 몸이 먼저 '노!' 해버립니다. 눈에 보기 좋다고 마음에도 좋은 것은 아닙니다. 보기에는 그럴싸해도 속을 들여다보면 추악하고 나쁜 것이 많습니다. 그런데도 눈이 제 보기에 좋은 것만 찾아 그 길로만 가려고 하면 얼른 '이놈아!' 하고 소리쳐 막아야 합니다. 또 입이 좋은 것만 먹으려고 해도 '이놈아!' 하고 야단쳐서 막아야 합니다. 젊은이들은 자꾸만 이성에 끌리지 않나요? 그럴 때도 '이놈아!' 하고 자신을 막아 세워야 합니다. 내가 나 자신을 조절하지 못하면 이 세상의 어떤 일도 할 수 없습니다. 내가 깨지면 우주가 깨지는 겁니다."

'우주주관 바라기 전에 자아주관 완성하라'는 내 청년시절의 좌우명을 그들에게 외쳐댄 것입니다. 미국사회는 물질사회입니다. 나는 물질문명의 한가운데에 가서 마음의 문제를 이야기했습니다. 마음은 눈에 보이지도 않고 손에 잡히지도 않습니다. 그렇지만 분명히 우리는 마음의 지배를 받고 있습니다. 마음이 없으면 아무것도 아닙니다. 나는 그 마음에 사랑을 더한 참사랑을 이야기했습니다. 참사랑을 바탕으로 분명한 자아의식을 갖고 자신을 스스로 조절할 줄 알아야만 진정한 자유를 얻을 수 있다는 이야기를 했습니다.

또 노동의 소중함을 일깨웠습니다. 노동은 고통이 아니라 창조입니다. 일생동안 일을 하며 살아도 즐거운 것은 노동이 하나님의 세계에 연결되어있기 때문입니다. 사람들이 하는 노동이란 실상 하나님이 창조해 놓은 것을 갖고 이리 빚고 저리 빚는 데 지나지 않습니다. 내가 취미 삼아 하나님의 기념품을 만든다고 생각하면 실상 노동은 아무것도 아닙니다. 나는 물질문명이 가져다준 풍요로운 생활에 길들여져 일하는 즐거움을 잃어버린 미국 젊은이들에게 '즐겁게 일을 하라'고 가르쳤습니다.

그리고 또 한 가지, 자연을 사랑하는 즐거움을 일깨워주었습니다. 도시의 퇴폐한 문화에 사로잡혀 이기적인 삶의 노예가 된 청년들에게 자연이 얼마나 소중한가를 이야기했습니다. 자연은 하나님이 주신 것입니다. 하나님은 자연을 통해 우리에게 말씀하십니다. 한순간의 쾌락과 몇 푼의 돈을 위해 자연을 파괴하는 것은 죄악입니다. 우리가 파괴한 자연은 결국 독이 되어 우리에게 돌아오고, 우리 자손을 힘들게 만들 것입니다. 우리는 자연으로 돌아가 자연이 말하는 소리를 들어야 합니다. 마음의 문을 열고 자연의 소리에 귀를 기울일 때, 자연 속에서 전해지는 하나님의 말씀을 들을 수 있다는 것을 미국 젊은이들에게 이야기해 주었습니다.

꿈에도 잊지 못할 1976년,
워싱턴 모뉴먼트

　1975년 12월에 뉴욕 맨해튼의 북쪽에 있는 배리타운에 통일신학대학원을 설립했습니다. 그리고 유대교와 기독교, 천주교, 불교 등 모든 종교를 초월해서 각계의 교수들을 초빙했습니다. 그들이 교단에서 자신의 종교를 가르치면 우리 학생들이 날카로운 질문을 던져 묻습니다. 수업시간은 매번 격렬한 토론장이 되었습니다. 모든 종교가 한 덩어리가 되어 토론을 하며 잘못된 편견을 깨고 서로를 이해하기 시작했습니다. 유능한 젊은이들이 우리 학교에서 석사 공부를 마친 뒤에 하버드나 예일대학의 박사과정에 입학했습니다. 그들은 오늘날 세계 종교계를 이끌어가는 인재들이 되었습니다.

　미국 국회는 1974년과 1975년에 나를 초청했습니다. 나는 하원의원들 앞에서 'One Nation Under God'이란 주제로 강연을 했습니다. "미국은 하나님의 축복으로 탄생한 나라입니다. 그러나 그 축복은 단순히 미국인만을 위한 것이 아닙니다. 그 축복은 미국을 통해 내려진 세계를 위한 축복입니다. 미국은 축복의 원리를 깨닫고 전 세계의 인류를 구원하기 위해 자신을 희생해야 합니다. 그러려면 미국은 건국정신으로 되돌아가는 일대 각성운동을 벌여야 합니다. 수십 개로 나누어진 기독교를 통합하고 모든 종교를 규합해서 세계문명의 역사를 새로 써야 합니다"하고 거리의 젊은이들을 향해 외쳤던 그대로 미국 국회의원들 앞에서 목소리를 높였습니다. 그때까지 미국 의회에 초청을 받아 강연을 한 외국의 종교 지도자는 나밖에 없었습니다. 연달아 두 번이나 국회의 초청을 받자 한국에서 온 문 총재가 도대체 누구인지 궁금해하는 이들이 부쩍 늘어났습니다.

그 이듬해 6월 1일, 뉴욕의 양키 스타디움에서 미국의 건국 2백 주년을 축하하는 축전이 열렸습니다. 당시 미국은 건국 2백 주년을 자축할 만큼 편안하지 못했습니다. 공산당의 위협에 시달리고 있었고, 미국의 청소년들은 마약과 낙태 등 하나님이 원하시는 것과는 거리가 먼 삶을 살았습니다. 나는 미국, 그것도 뉴욕이 큰 병에 걸렸다고 생각했습니다. 그래서 병들어 누운 뉴욕의 심장에 칼을 대는 심정으로 축전에 임했습니다.

축전 당일은 비가 엄청나게 쏟아졌습니다. 쏟아지는 빗속에서 아무도 비를 피하려 들지 않았습니다. 밴드가 'You are my sunshine'을 연주하자 양키 스타디움에 모인 사람들은 모두 한 목소리로 그 노래를 따라 불렀습니다. 비를 철철 맞아가며 햇빛의 노래를 부르니, 입으로는 노래를 하지만 눈에서는 눈물이 났습니다. 빗물과 눈물이 범벅이 되는 순간이었습니다.

나는 학교 다닐 때 복싱을 했었습니다. 복싱을 할 때 잽을 아무리 여러 번 넣어도 맷집 좋은 선수들은 끄떡도 안 합니다. 하지만 어퍼컷을 한 방 크게 날리면 아무리 힘 좋은 선수도 휘청합니다. 나는 미국이란 나라에 어퍼컷을 한 방 크게 날릴 셈이었습니다. 지금까지 거둔 성공보다 훨씬 큰 규모의 집회를 가져서 미국사회에 문선명의 이름을 확고하게 박아둘 필요가 있다는 생각을 했습니다.

워싱턴은 미국의 수도입니다. 국회의사당과 직선으로 이어지는 자리에 모뉴먼트라고 하는 탑이 있습니다. 마치 뾰족하게 깎은 연필을 세워놓은 것과 같은 모양입니다. 그 모뉴먼트 아래로 링컨기념관까지 이어지는 드넓은 잔디밭이 있습니다. 그곳은 말 그대로 미국의 심장입니다. 나는 그곳에서 대규모 집회를 열 계획을 세웠습니다.

워싱턴 모뉴먼트에서 행사를 가지려니 미국 정부의 허가를 얻어야 하고 미국 파크경찰한테도 허가를 얻어야 했습니다. 미국 정부는 나를 별로 좋아하지 않았습니다. 워터게이트 사건으로 위기에 몰린 닉슨 대통령을 용서하라고 신문광고를 내고 카터 대통령의 자유주의 정책을 심하게 반대한 사람이니 반가워할 리가 없었습니다. 미국 정부가 여러 번 퇴짜를 놓는 바람에 대회 날짜를 40일 앞두고서야 겨우 허가를 받을 수 있었습니다.

우리 식구들도 너무 큰 모험이라며 다들 말렸습니다. 워싱턴 모뉴먼트는 도심 한복판에 자리 잡은 사방이 뻥 뚫린 공원입니다. 그것도 나무가 울창하게 담장을 친 곳이 아니라 그저 푸른 잔디밭입니다. 그러니 행여 사람이 적게 모이면 천지사방에 그 썰렁함이 다 드러날 판입니다. 그 넓은 잔디밭을 가득 채우려면 수십만의 인파가 몰려와야 하는데 과연 그 일이 가능하겠는가 말입니다. 그때까지 워싱턴 모뉴먼트에서 큰 행사를 가진 사람은 두 사람 뿐이었습니다. 워싱턴 모뉴먼트는 마틴 루터 킹 목사가 인권행진을 벌였던 곳이며 또 빌리 그래이엄 목사가 대규모 집회를 가졌던 상징적인 곳입니다. 그런 장소에 내가 도전장을 냈습니다.

나는 그날의 집회를 위해 쉴 새 없이 기도했습니다. 그리고 원고를 네 번이나 고쳐 썼습니다. 집회가 일주일 앞으로 다가왔는데도 그날 무슨 설교를 해야 할지 마음이 복잡했습니다. 그러다 원고쓰기를 마친 날이 겨우 대회 사흘 전이었습니다. 본래 나는 설교 전에 원고를 만드는 사람이 아닙니다. 그런데 그렇게 마음이 쓰였습니다. 뭔지 확실치는 않지만 대단히 중요한 집회가 될 게 분명했습니다.

마침내 1976년 9월 18일, 꿈에도 잊지 못할 일이 그날 벌어졌습니다. 이른 아침부터 사람들이 끊임없이 워싱턴 모뉴먼트로 몰려들었습니다. 무려 30만 명이라는 수많은 사람이 몰려들었습니다. 어디서 그렇게 많은 사람이 찾아온 건지 도무지 알 수가 없는 노릇이었습니다. 그 사람들의 머리카락 색깔이며 얼굴색은 모두 제

평화를 사랑하는 세계인으로

각각이었습니다. 하나님이 이 땅에 내려보내신 모든 인종이 다 모인 것 같았습니다. 더 이상 말이 필요 없는, 정말 세계적인 집회였습니다.

나는 30만 명의 인파 앞에서 "퇴폐적인 미국 청년들을 위기에서 구해내어 희망의 젊은이로 만들려 미국에 왔다"고 당당히 선포했습니다. 내가 한 마디 한 마디 할 때마다 관중들 속에서 환호성이 일었습니다. 동양에서 온 레버런 문이 전하는 가르침은 혼돈의 시대를 살던 당시 미국 청년들에게 신선한 충격이었습니다. 그들은 내가 전하는 순결과 참가정의 메시지에 환호했습니다. 사람들의 열광적인 반응에 내 안에서도 진땀이 흘렀습니다.

그해 연말, 「뉴스위크」는 나를 1976년 올해의 인물로 선정했습니다. 그렇지만 또 한편에서는 나를 경계하고 두려워하는 사람들이 늘어났습니다. 그들에게 나는 동양에서 온 이상한 마술사일 뿐 그들이 믿고 따를 수 있는 백인이 아니었습니다. 또 자기들이 흔히 듣던 기성교회의 가르침과 조금 다른 이야기를 한다는 게 그들을 몹시 불안하게 만들었습니다. 더군다나 백인 청년들이 '눈이 생선처럼 가늘고 긴 아시아인'한테 존경심을 표하고 따르는 것을 절대로 용납할 수 없었습니다. 그들은 내가 순진한 백인 젊은이들을 세뇌시킨다고 악소문을 냈습니다. 그리고 나에게 환호를 보내는 무리들 뒤에서 나를 반대하는 세력을 모았습니다. 내게 또 다른 위기가 닥치고 있음을 알았습니다. 그렇지만 겁내지는 않았습니다. 나는 분명히 옳은 일을 하고 있었으니까요.

미국은 인종차별과 종교차별이 심한 나라입니다. 전 세계 모든 인종들이 모여 아메리칸 드림을 꿈꾸는 자유와 평등의 나라로 알려져 있지만 사실은 인종차별과 종교차별로 심한 갈등을 빚고 있는 곳입니다. 그것은 퇴폐와 타락, 물질주의처럼 1970년대의 풍요 속에 나타난 사회병폐보다도 훨씬 더 미국 역사에 깊이 아로새겨져 쉽게 치유되기 어려운 고질병이었습니다.

그 무렵 나는 종교 간의 화합을 이끌고자 흑인들 교회를 자주 찾았습니다. 흑인 리더들 중에는 마틴 루터 킹 목사처럼 인종차별을 없애고 하나님의 평화세계를 이룩하려 애쓰는 숨은 일꾼들이 많았습니다.

그들은 법적으로 인종차별이 금지되기 전, 수백 년 동안 벌어졌던 흑인노예 시장의 사진을 교회 지하실에 전시해놓곤 했습니다. 살아있는 흑인을 나무에 매달아 불에 태우는 장면, 노예로 팔려온 흑인들을 닭처럼 늘어놓고 입을 벌려보는 장면, 남녀 흑인을 벌거벗겨 놓고 노예를 고르는 장면, 울부짖는 아이를 엄마 품에서 떼놓는 장면 등 차마 인간으로서 할 수 없는 만행을 저지르는 모습이 고스란히 담겨있었습니다.

"두고 보십시오. 앞으로 30년 안에 흑백 혼혈가정에서 태어난 아이가 미국의 대통령이 될 겁니다."

1975년 10월 24일, 시카고 집회에서 나는 그렇게 말했고 그날의 예언은 지금 미국에서 현실이 되었습니다. 시카고 태생의 오바마가 대통령이 되었으니까요. 그러나 내 예언이 저절로 이루어진 것은 아닙니다. 종교와 교파 간의 갈등을 없애기 위해 흘린 많은 사람의 피와 땀이 이제야 한 송이 꽃이 되어 피어난 것입니다.

나를 위해 울지 말고 세계를 위해 울어라

　워싱턴 모뉴먼트 집회에는 놀랍게도 미국 기성교회의 목사들도 신도들을 대규모로 이끌고 왔습니다. 내가 전하는 메시지가 종교나 종파를 초월해서 젊은이들에게 감동을 주고 있다고 판단한 것입니다. 내가 그렇게나 목이 터지게 외치던 초종파, 초종교가 이루어진 순간이었습니다. 워싱턴 모뉴먼트의 집회는 기적이었습니다. 그날 모인 30만 명의 인파 기록은 지금까지도 깨지지 않았습니다.

　그러나 좋은 일에는 반드시 나쁜 일도 함께 따라오는 법입니다. 미국의 유대인들은 내 얼굴이 그려진 포스터에 팔자로 콧수염을 그려넣어 히틀러를 만들어놓았습니다. 그들은 나를 가리켜 반유대주의를 뜻하는 '안티 세미틱anti-semitic'이라 부르며 '유대인을 학대하는 사람'으로 몰아세웠습니다. 유대인들만이 아니었습니다. 나를 따르는 젊은이들이 급속히 늘어나고 원리를 배우려는 기성교회 목사들의 숫자가 눈에 띄게 늘어나자 미국의 기성교회들도 나를 박해하기 시작했습니다. 미국의 전통적인 기독교가 집중적으로 나를 압박했고, 공산주의의 확산을 막는 것이 미국의 책임이라는 내 주장에 반발한 미국의 진보좌파 세력들도 나를 견제하고 나섰습니다.

인기가 높아질수록 나를 둘러싸고 갖가지 의혹이 제기되었습니다. 전에는 전혀 문제가 되지 않던 것들이 갑자기 심각한 문제가 되어 나를 압박했습니다. 보수사회는 내가 지나치게 진보적이라며 내가 가르치는 교리가 전통적인 가치관을 파괴한다고 주장했습니다. 그들이 나를 가장 못마땅하게 여긴 것 중의 하나는 십자가에 대한 새로운 해석이었습니다.

구세주로 오신 예수님이 십자가에 달려 죽음을 당하신 것은 하나님의 예정된 뜻이 아닙니다. 그런데 예수님을 처형함으로 말미암아 인류를 평화세계에서 살게 하려던 하나님의 계획은 어긋나고 말았습니다. 만일 그때 이스라엘이 예수님을 메시아로 받아들였다면 동서양의 문화와 종교가 하나가 되는 평화세계를 이루었을 것입니다. 그렇지만 예수님은 십자가에 매달려 돌아가셨고 하나님의 구원 사업은 결국 예수님의 재림 이후로 미뤄지게 되었다는 십자가에 대한 나의 새로운 해석이 많은 반대를 불러왔습니다. 기성교회는 물론 유대인들도 모두 나를 적으로 몰아세웠습니다. 그들은 나를 미국에서 추방하기 위해 여러 가지 일을 꾸며냈습니다.

결국 나는 또다시 감옥에 갇혔습니다. 나락으로 떨어진 미국의 도덕성을 일으켜 세워 하나님의 뜻에 맞는 나라로 회복시키는 일밖에 한 것이 없는데 세금을 사취했다는 죄를 뒤집어씌웠습니다. 내 나이 예순이 훨씬 넘었을 때입니다.

나는 미국에 정착하던 첫 해에 세계 각국에서 보내온 선교헌금을 뉴욕의 은행에 예금했습니다. 미국에서는 종교활동기금을 종교 지도자의 이름으로 은행계좌에 넣는 게 전통적인 관습입니다. 그렇게 넣어둔 예금에서 3년 동안 이자소득이 생겼는데 그 이자소득에 대한 세금을 신고하지 않아 탈세혐의가 있다며 뉴욕검찰청이 기소한 것이었습니다. 결국 나는 1984년 7월 20일, 코네티컷 주의 댄버리 연방교도소에 수감되었습니다.

댄버리에 수감되기 전날, 벨베디아에서 마지막 집회를 가졌습니다. 벨베디아를 가득 메운 식구들이 눈물을 흘리며 나를 위해 기도했습니다. 나를 따르던 제자들 수천 명이 벨베디아로 몰려들었습니다. 나는 그들을 향해 목소리를 높였습니다.

"나는 결백합니다. 나는 아무 잘못도 저지르지 않았지만 댄버리 저 너머에서 떠오르는 찬란한 희망의 불빛을 보며 갑니다. 나를 위해 울지 말고 미국을 위해 울어주십시오. 미국을 사랑하고 미국을 위해 기도하십시오."

슬픔에 잠긴 젊은이들에게 나는 희망의 주먹을 불끈 쥐어보였습니다.

교도소에 들어가기 전에 내가 남긴 성명서는 종교인들 사이에 큰 파장을 일으켰습니다. 결백운동Innocent Movement이 벌어지고 나를 위한 기도의 물결이 거세게 일어났습니다.

감옥에 가는 건 겁날 게 없었습니다. 나는 감옥살이에 익숙한 사람입니다. 그러나 주위 사람들의 마음은 그렇지 않았습니다. 유대인들이 내 목숨을 없애기 위해 무슨 짓을 할지 모른다며 겁을 냈습니다. 하지만 나는 당당하게 감옥으로 향했습니다.

"왜 우리 아버지가
감옥에 가야 합니까?"

　댄버리교도소에서도 남을 위해 살려고 하는 내 원칙을 그대로 지켰습니다. 아침 일찍 일어나서 더러운 곳을 깨끗이 치웠습니다. 식당에 가서도 남들은 탁자에 코를 박고 졸거나 수다를 떠는데 나는 허리를 반듯이 펴고 차례를 기다렸습니다. 주어진 일은 남보다 훨씬 많이 했으며, 주위 사람들을 살폈습니다. 남는 시간에는 성경책을 읽었습니다. 밤이고 낮이고 성경책을 보고 있으니 어떤 죄수가 "그게 당신의 성경책이야? 내 성경책은 이건데 한번 보겠어?" 하며 잡지를 던져주었습니다. 「허슬러」라는 도색잡지였습니다.

　댄버리교도소에서 나는 말없이 일하는 사람, 책 읽는 사람, 명상하는 사람으로 불렸습니다. 그렇게 석 달을 지내고 나니 감옥 안의 죄수며 간수들과도 친해졌습니다. 마약을 하는 사람과도 친해졌고, 도색잡지를 자기의 성경책이라고 했던 죄수와도 친해졌습니다. 그러자 한두 달이 지나면서 댄버리에 수감되어있던 죄수들이 모두 자기가 받은 차입품들을 내게도 나누어주었습니다. 사람들과 정을 나누자 감옥 속에 봄날이 찾아온 듯했습니다.

사실 미국은 나를 굳이 감옥에 보내고 싶어하지 않았습니다. 내가 독일에 나가있던 틈을 타서 기소결정을 내렸으니 내가 미국으로 들어가지 않으면 그뿐인 상황이었습니다. 미국은 나를 감옥에 넣으려 했던 게 아니라 추방하려 한 것입니다. 내가 '레버런 문'으로 명성을 얻고 나를 따르는 사람들이 걷잡을 수 없이 늘어나자 나의 길을 방해한 것입니다. 한국에서처럼 나는 기성교회들에게 눈엣가시처럼 거슬리는 존재였습니다. 그러나 그들의 목적을 알고 있던 나로서는 미국에 입국해서 스스로 감옥에 갔습니다. 그때까지도 미국에서 해야 할 일들이 남아있었으니까요.

나는 감옥에 가는 것이 나쁘지만은 않다고 생각합니다. 눈물 골짜기에서 우는 사람을 회개시키기 위해서는 내가 먼저 눈물을 흘려야 합니다. 내가 그렇게 처참한 마음이 되지 않으면 상대를 굴복시킬 수 없습니다. 그런데 하늘의 섭리는 참으로 오묘합니다. 내가 감옥에 갇히자 뜻밖에도 미국 정부가 종교의 자유를 침해했다며 분노한 성직자들 7천여 명이 나를 구명하는 일에 앞장섰습니다. 그중에는 미국 보수기독교단을 대표하는 남침례교의 제리 포웰 목사와 오바마 대통령 취임식 때 축복기도를 한 진보계열의 조셉 라우리 목사도 있었습니다. 그들은 구명시위에 앞장섰습니다. 딸 인진이도 그들과 함께 팔짱을 끼고 행진했습니다. 7천여 녕의 성식사들 앞에서 눈물로 쓴 편지를 읽기노 했습니다.

"여러분, 안녕하십니까? 저는 문선명 목사의 둘째 딸 문인진입니다. 1984년 7월 20일은 세계의 종말이 우리 가족에게 찾아온 것 같았습니다. 이날은 바로 아버님께서 교도소에 들어가신 날입니다. 이런 일이 아버님께 일어날 줄은 꿈에도 몰랐습니다. 그것도 하나님이 축복한 자유의 땅이며, 아버님이 몹시도 사랑하고 봉사해온 미국 땅에서 말입니다. 아버님은 미국에 오셔서 매우 열심히 일하셨습니다. 저는 아버님이 주무시는 것을 거의 본 적이 없습니다. 항상 새벽에 일어나셔서 기도하시고 일하십니다. 저는 미국의 장래와 하나님을 위해 아버님만큼 헌신적으로 일하시는 분을 본 적이 없습니다. 그런데 미국은 아버님을 댄버리교도소에 수감시키고 말았습니다. 아버님이 왜 댄버리교도소에 가야 합니까? 그분은 자신의 고통에는 개의치 않는 분입니다. 하나님의 뜻을 실천해온 아버님의 삶은 눈물과 고난으로 점철돼 있습니다. 지금 아버님의 연세는 예순넷이십니다. 아버님에게는 미국을 사랑한 죄밖에 없습니다. 그런데 그분은 지금 이 순간에도 교도소 식당에서 접시를 씻으시거나 바닥을 닦고 계십니다. 지난주에 저는 죄수복을 입고 계신 아버님을 처음 면회했습니다. 저는 울고 또 울었습니다. 아버님은 '나 때문에 울지 말고 미국을 위해 기도하렴' 하고 말씀하셨습니다. 아버님은 전 세계 수백만 교인에게 말씀하신 이야기를 저에게도 그대로 전하셨습니다. '네 분노와 슬픔을 돌이켜 이 나라를 진정 자유로운 나라로 만들 수 있는 강력한 힘으로 바꿔라.' 아버님은 감옥 안에서 어떤 힘든 일도 하실 것이며, 어떤 억울함도 다 참을 것이며, 어떤 십자가도 능히 지실 거라 하셨습니다. 종교의 자유는 모든 자유의 기초입니다. 종교의 자유를 위해 지지해주신 여러분께 진심으로 감사드립니다."

나는 모범수로 인정을 받아 6개월 감형을 받고 13개월 만에 출감했습니다. 교도소 문을 나서던 날 저녁에 워싱턴에서 출감 환영 만찬회가 열렸습니다. 유대교의 랍비들과 기독교의 목사들이 1천7백 명이나 모여서 나를 기다리고 있었습니다. 나는 그곳에서 또 한번 '초종교 초종파'를 주장했습니다. 누구의 눈치를 볼 것도 없이 큰 소리로 세상을 향해 외쳤습니다.

"하나님은 종파나 교파주의자가 아닙니다. 지엽적인 교리이론에 얽매이실 하나님이 아닙니다. 하나님의 부모심정, 그리고 크신 사랑의 마음에는 민족과 인종의 구분이 없습니다. 국가나 문화전통의 벽도 없습니다. 하나님은 오늘도 만민을 같은 자녀로 품기 위하여 애쓰고 계십니다. 지금 미국은 인종 문제, 가치관의 혼란과 사회·윤리·도덕의 퇴폐 문제, 영적 고갈과 기독교 신앙의 몰락 문제, 무신론에 입각한 공산주의 문제 등 심각한 병폐를 안고 있습니다. 제가 하나님의 부르심을 받고 이 나라를 찾아온 이유는 여기에 있습니다. 오늘의 기독교는 크게 각성하고 하나로 뭉쳐야 합니다. 목회자들 또한 지금까지 해온 역할을 재점검하고 회개해야 합니다. 예수님이 오셔서 회개하라고 외치시던 그때의 정경이 2천 년이 지난 지금 이 땅 위에서 반복되고 있는 것입니다. 우리는 하나님께서 미국에 분부하신 중대한 사명을 다해야 합니다. 지금 이대로는 절대 안 됩니다. 새로운 종교개혁이 일어나야 합니다."

옥살이를 하고 나오자 더 이상 나를 얽매는 것이 없었습니다. 나는 이전보다 더 강한 목소리로 타락한 미국에 대해 경고의 메시지를 전했습니다. 하나님에 대한 사랑과 도덕성을 되찾는 것만이 미국을 다시 일으켜 세울 수 있는 힘이라는 것을 강력하게 알리고 또 알렸습니다.

아무 죄도 없이 감옥생활을 했지만 하나님의 뜻은 거기에도 있었습니다. 내가 출감한 뒤, 나를 위해 구명운동을 벌였던 사람들은 번갈아가며 부산 범냇골과 서울을 찾아왔습니다. 도대체 레버런 문의 어떤 정신이 미국의 젊은이들을 그토록 매료시킨 것인지를 알기 위해 찾아온 것입니다. 그들은 짧은 방문기간 중에도 일부러 틈을 내어 우리 교리를 배우고 돌아갔습니다. 나는 그들을 중심으로 '미국성직자연합회ACLC'를 조직해서 지금까지 초종교 초교파적인 신앙운동과 평화운동을 벌이고 있습니다.

참된 가정이
참된 인간을 완성한다

5

나의 아내, 한학자

내가 아내를 처음 봤을 때 아내는 초등학교를 갓 졸업한 열네 살 어린 소녀였습니다. 교회에 오고갈 때도 매번 다니던 길로만 다니고 목소리 한번 높이는 적 없어 눈에 뜨이지 않는 소녀였습니다. 어느 날 우리 식구인 홍순애 여사가 딸이라며 인사를 시켰습니다.

"이름이 무엇이냐?" 하고 묻자, "네, 저는 한학자韓鶴子라고 합니다"라고 또박또박 대답했습니다. 그런데 그 순간 나도 모르게 "한학자가 대한민국에 태어났구나!" 하는 말을 세 번이나 되풀이하고는 "하나님! 한학자라는 훌륭한 여성을 한국에 보내주셨군요. 감사합니다" 하며 기도했습니다. 그러고는 그녀를 바라보며 말했습니다.

"한학자, 앞으로 희생을 많이 해야겠구나."

그녀를 보는 순간 그 모든 말이 저절로 튀어나왔습니다. 훗날

평화를 사랑하는 세계인으로

홍순애 여사는 그날 내가 왜 자신의 딸을 보고 세 번씩이나 같은 말을 반복하는지 참 이상했다고 합니다. 아내는 그날의 짧은 만남을 용케 기억하고 있었습니다. 내가 독백처럼 한 이야기도 모두 잊지 않고 가슴속에 담아두고 있었습니다. 자신의 앞날에 큰 계시를 받은 듯한 느낌이 들어 잊을 수가 없었다고 합니다.

아내의 어머니 홍순애 여사는 독실한 장로교 집안에서 태어나 기독교 신앙 속에서 자랐습니다. 고향은 나와 같은 정주였지만 안주에서 살다가 6·25사변 때 월남했다고 합니다. 우리 교회에 나올 당시 홍순애 여사는 춘천에서 헌신적인 신앙생활을 하며 딸을 아주 엄히 키웠습니다. 아내는 천주교에서 운영하는 간호전문학교를 다녔는데 학교의 규율이 어찌나 엄격하던지 수녀생활과 다름없었다고 합니다. 성품이 얌전했던 아내는 참된 신앙을 찾아다니며 정성을 들이던 어머니 슬하에서 집과 학교만을 오가며 자랐습니다. 학교를 제외하고는 우리 교회에 나오는 것이 그녀의 유일한 외출이었던 셈입니다.

당시 마흔 살이 다 되어가던 나는 결혼을 할 때가 다가왔음을 직감하고 있었습니다. 하나님께서 '때가 되었으니 결혼하라'고 말씀하시면 그대로 따를 뿐이었습니다. 1959년 10월부터 지승도 할머니가 중심이 되어 신부도 정해지지 않은 채 내 약혼 준비가 시작되었습니다. 7년 동안이나 누군지도 모를 내 아내를 위해 기도를 하던 우리 식구는 "선생님, 제가 꿈속에서 한학자 양이 선생님의 신부가 되는 것을 보았습니다"라고 말했습니다. 또 지승도 할머니는 "아이고 이게 무슨 꿈인가? 꿈속에 학이 수십 마리 날아오는 거라. 손을 내저어 쫓아도 자꾸 날아와서는 우리 선생님을 하얗게 덮으니 이게 무슨 징조란 말이요?" 하며 꿈 이야기를 했습니다.

그러던 중 이번에는 아내의 꿈에 내가 나타나서 "그날이 가까웠으니 준비를 하라"고 말하는 일이 일어났습니다. 꿈에서 아내는 "지금까지 저는 하늘의 뜻대로 살아왔습니다. 앞으로도 하나님의 뜻이 무엇이든지 하나님의 종으로서 따르겠습니다" 하고 다소곳하게 대답했다 합니다.

아내가 내 꿈을 꾸고 난 며칠 후, 나는 홍순애 여사에게 딸을 데려오라고 했습니다. 열네 살 어린 소녀로 인사를 받은 후 공식적으로는 처음 만나는 자리였습니다. 나는 아내에게 그림을 그려보라고 했습니다. 그러자 망설임 없이 연필을 쓱쓱 놀리더니 내 앞에 펼쳐 보였습니다. 꽤 잘 그렸다 생각하며 아내의 얼굴을 보니 부끄러워하는 그 모습이 참 예뻤고 그림만큼 마음도 훌륭했습니다. 그날 나는 아내에게 참 많은 질문을 했습니다. 그때마다 아내는 당황하지도 않고 또박또박 대답했습니다.

며칠 후 나는 다시 아내를 불렀습니다. 무슨 일로 불려왔는지도 모른 채 내 앞에 선 그녀에게 "내일 아침에 결혼식 한다"고 말하니 "그래요?" 하고는 더 이상 아무것도 묻지 않고 반대도 하지 않았습니다. 반대라는 것을 할 줄 모르는 사람 같았습니다. 그렇게 순하고 얌전했지만 하나님의 일에는 결심이 단단한 사람이었습니다.

1960년 3월 27일 우리는 약혼을 했고 보름이 채 지나지 않은 4월 11일에 혼례를 올렸습니다. 나는 사모관대를 쓰고 아내는 족두리를 썼습니다. 스물세 살이나 어린 신부의 꼭 다문 입과 참한 얼굴이 단정해 보였습니다.

"나와 결혼하는 일이 여느 결혼과는 다르다는 것을 잘 알고 있을 것이오. 우리가 부부의 인연을 맺는 것은 하나님께 받은 사명을 다해 참된 부모가 되기 위한 것이지 세상 사람들처럼 남녀 간의 행복을 위한 것이 아니오. 하나님은 참된 가정을 통해 천국을 이 세상에 펼치시길 바라시는 분이오. 우리는 앞으로 천국의 문을 열어주는 참된 부모가 되기 위한 힘든 길을 가야 하오. 역사 이래로 아무도 그 길을 가본 적이 없으니 우리가 가야 할 길이 어떠할지는 나도 모르오. 그러니 앞으로 7년 동안 당신으로선 무척이나 견디기 힘든 일이 많을 것이오. 우리가 사는 삶이 다른 사람들과는 전혀 다르다는 것을 한순간도 잊지 말고 아무리 작은 일이라도 나와 의논한 뒤 행하고, 내가 말하는 것에는 모두 순종하고 따라야 하오."

"이미 각오하고 있으니 아무 염려 마십시오."

아내의 표정에 굳은 의지가 엿보였습니다. 아내는 결혼한 다음 날부터 견디기 힘든 날을 보내야 했습니다. 제일 먼저 닥친 어려움은 친정어머니를 볼 수 없다는 것이었습니다. 아내의 집안은 외할머니, 어머니, 아내에 이르기까지 외동딸로 3대를 이어와 어

223

머니와 딸 사이가 유난히 친밀했는데, 나는 장모에게 "딸을 보려고 자주 찾아오지 마시오. 앞으로 3년 동안은 내 눈 앞에도 보이지 마시오" 하고 신신당부했습니다. 친정어머니뿐 아니라 친척들과의 관계도 모두 끊으라고 했습니다. 교회의 어머니라는 사람이 친정 식구들과 쑥덕공론을 하거나 사사로운 정에 빠져서는 자신의 책임을 다할 수 없을 것이라고 생각했기 때문입니다. 아내의 마음속에는 오로지 남편만 있어야 했습니다.

나는 3년 동안 아내를 교회 식구의 집에 곁방살이를 시켰습니다. 또 교회에는 하루 한 번밖에 오지 못하게 했습니다. 그마저도 저녁 때 딱 한번 오되 올 때에는 정문으로 들어와도 갈 때는 뒷문으로 조용히 나가라 했습니다. 게다가 나는 밤새 예배를 보거나 기도를 올리느라 집에 자주 들어가지도 못했습니다. 그 사이에도 나를 둘러싼 이상한 소문들은 끊이질 않았으니 어린 아내가 겪어내기엔 쉽지 않은 일이었습니다.

내가 결혼하던 때는 이미 통일교회가 전국에 120여 개나 들어서며 상당히 이름이 난 때였습니다. 그래서 내 결혼을 두고 교회 안에서조차 말이 많았습니다. 아내를 시기하고 미워하여 별의별 말이 다 떠돌았습니다.

그런데 내가 남의 집살이 시키는 것도 모자라 어디를 가든 아내 대신 할머니들과 다니니 아내를 두고 이렇다 저렇다 하던 말들이 사라졌습니다. 오히려 첫째 딸을 낳고 온기 하나 없는 방에서 덜덜 떨다가 산후풍이 들었는데도 남편이라는 사람이 코빼기도 보이질 않으니 어떻게 그럴 수 있냐며 아내를 두둔하고 염려하는 사람이 늘어났습니다.

"선생님도 너무 하시지. 결혼을 했으면 부인과 같이 살아야지, 저게 뭐야. 얼굴 한번 보기 힘드니."

아내를 두고 욕하던 사람들이 이제 오히려 아내를 동정하며 하나둘 아내 편이 되어갔습니다.

아내는 어린 나이에 참 많은 훈련을 받았습니다. 나와 함께 사는 동안 한시도 자유로울 수 없었습니다. 언제나 신경을 곤두세우고 살얼음 위를 걷듯 '오늘은 편안할까, 내일은 편안할까' 하며 마음 졸이고 살아야 했습니다. 말 한마디를 잘못해도 내게 지청구를 듣기 일쑤였습니다. 좋아서 좋다고 해도 타박이었고, 내 뒤를 졸졸 따라오는 것을 보고도 잔소리를 했습니다. 어머니가 되려면 어쩔 수 없는 일이었지만 마음속 서러움은 매우 컸을 것입니다.

나야 그저 지나가는 말로 한마디 툭 던지는 것이었지만 아내는 내 말 한마디 한마디에 맞추며 살아야 했으니 고생이 말이 아니었을 겁니다. 그렇게 서로를 맞춰가는 기간이 7년이나 걸렸습니다. 결혼생활에서 가장 중요한 건 믿음으로 하나가 되는 것이라는 사실을 그때 다시 깨달았습니다.

참 착하고 귀한 당신

결혼하고 나서 나는 아내와 약조를 했습니다.

"아무리 분하고 원통한 일이 있더라도 교회 식구들이 '우리 선생님 부부가 싸웠군' 하는 생각이 들지 않도록 하자. 앞으로 아이를 몇 명 낳더라도 어머니 아버지가 싸운 표시를 내지는 말자. 왜냐하면 아이들은 하나님이기 때문이다. 아이들은 아주 작은 사랑의 하나님이다. 그러니 아이들이 '엄마!' 하고 부를 때는 무조건 웃으며 '그래!' 하고 답해야 한다."

7년 동안 그렇게 혹독한 훈련을 받은 후 아내는 비로소 어머니다워졌습니다. 교회 안에서 아내를 두고 이러쿵저러쿵 하던 말들도 자취를 감추고 가정에는 편안한 행복이 찾아왔습니다. 아내는 14남매를 낳았습니다. 세계 곳곳으로 순회강연을 다니는 나와 함께 집을 떠나 있을 때면 날마다 아이들에게 편지며 엽서를 써서 보내는 일을 거르지 않을 정도로 아내는 아이들을 사랑으로 감싸

키웠습니다.

　20년 동안 14명의 아이를 낳아 기르려니 무척이나 힘들었을 텐데 내색조차 하지 않았습니다. 해산을 앞둔 아내를 두고 해외에 나간 적도 한두 번이 아니었습니다. 교회 식구들이 보내오는 편지글 속에 아내의 생활이 어려워 영양상태가 염려된다는 이야기를 읽으면서도 어찌지 못하는 날도 있었습니다. 그래도 아내는 힘들다는 불평 한번 하지 않았습니다. 지금도 안쓰럽게 생각하는 것은 하루에 두세 시간밖에 자지 않는 남편에게 맞추느라 아내도 평생 두세 시간밖에 자지 못한 것입니다.

　아내는 자기 결혼반지도 남한테 빼줄 정도로 정이 많은 사람입니다. 헐벗은 사람을 보면 옷을 사주고 배고픈 사람을 만나면 밥을 사주었습니다. 집에 선물이 들어오면 풀어보지도 않고 남한테 주어버리는 일도 다반사였습니다. 한번은 네덜란드를 순방하는 중에 다이아몬드 가공공장에 들를 기회가 있어 그동안 미안한 마음을 표현하고자 아내에게 다이아몬드 반지를 사준 적이 있습니다. 돈이 적으니 알이 큰 것을 사줄 수는 없었지만 내 눈에 좋아 보이는 것으로 큰맘 먹고 사준 것이었는데 그 반지조차 남에게 주어버렸습니다. 내가 아내의 빈 손가락을 보고, "반지 어디 갔나?" 하니 "가기는 어디 가요? 흘러갔지요" 하더군요.

　어느 날인가는 말도 없이 커다란 보자기를 꺼내 옷을 싸고 있는 아내를 발견하고는 이유를 물었습니다.

　"그건 뭘 하려고 그래?"

"쓸 데가 있어서 그래요."

자세한 이야기를 하지 않고 보자기를 몇 개씩 쌌습니다. 알고 보니 외국에 나가있는 우리 선교사들에게 보내려는 것이었습니다. "이건 몽골 보따리, 이건 아프리카 보따리, 이건 파라과이 보따리…"라며 배시시 웃는 아내의 마음이 참 어여뻐 보였습니다. 지금도 외국에 나가있는 선교사들을 살뜰하게 살피는 것은 아내의 몫입니다.

아내는 1979년에 국제구호재단을 만들어 지금까지도 아프리카의 자이레와 세네갈, 코트디부아르 같은 나라를 돌며 봉사활동을 하고 있습니다. 가난한 아이들에게 먹을 것을 나눠주고 아픈 사람에게 의약품을 전달하며 헐벗은 이웃에게는 옷가지를 구해줍니다. 우리나라에서도 1994년에 애원은행을 만들어 소년소녀가장 돕기와 무료 식당 운영, 북한동포 돕기 등의 활동을 하고 있습니다. 또 아내는 오래전부터 여성단체 일도 하고 있습니다. 아내가 책임을 맡은 세계평화여성연합은 세계 80여 개 나라에 지국을 두고 있는 단체로 유엔에도 등록된 NGO입니다.

인류 역사에서 여성은 언제나 핍박받는 위치에 있었습니다. 그러나 이제 앞으로 다가올 세상은 여성의 모성과 사랑, 친화력이 바탕이 된 화해와 평화의 세계입니다. 여성의 힘이 세상을 구할 시기가 도래한 것입니다.

하지만 오늘날의 여성단체들은 이상하게도 남성을 반대하는 것이 여성의 파워를 나타내기라도 하는 듯 남성들과 척을 지고 대립하려고만 합니다. 아내가 맡아 운영하는 여성단체에서는 종교에 기반을 두고 사랑으로 평화세계를 열어가는 운동을 펼치고 있습니다. 가정을 깨고 뛰쳐나오는 여성해방이 아니라 참된 가정을 지키며 사랑을 실천하는 여성운동입니다. 효심을 가진 참된 딸로 자라 정절과 헌신으로 내조하는 아내가 되며, 자녀를 올바르게 키워 사회를 위해 봉사하는 지도자가 되도록 이끄는 것이 아내의 꿈입니다. 아내가 벌이는 여성운동은 곧 참다운 가정을 만들기 위한 것입니다.

내가 공적인 일로 바쁜 시기에 우리 아이들은 일 년의 절반 가까이를 부모 없이 생활해야 했습니다. 부모가 없는 집에서 아이들은 교회 식구들과 공동체를 이루며 살았습니다. 집 안에는 늘 교회 식구들이 가득했습니다. 우리 집 식탁은 항상 손님의 차지였고 아이들은 뒷전이었습니다. 이런 환경 때문에 우리 아이들은 여느 가정집 아이라면 느끼지 않았을 외로움을 많이 느끼며 자랐습니다. 그러나 그보다 더한 어려움은 아버지로 인해 겪어야 하는 고통이었습니다. 어디를 가든 이단교주 문선명의 아들딸로 손가락질을 받았습니다. 나름대로 방황의 시간을 거쳤지만 아이들은 언제나 제자리로 돌아와주었습니다. 부모로서 세심하게 챙겨주지도 못했는데 하버드대학교 졸업생이 다섯 명이나 되니 고마울 따름입니다. 이제 아이들은 내가 하는 일을 도울 만큼 모두 장성했지만 나는 여전히 엄격한 아버지입니다. 지금도 아버지인 나보다 더 하늘을 잘 섬기고 인류를 위해 사는 사람이 되어야 한다고 가르칩니다.

웬만한 일에는 꿈쩍도 하지 않는 아내였지만, 둘째 아들 홍진이의 죽음 앞에서는 힘들어했습니다. 1983년 12월의 일이었습니다. 나는 아내와 함께 전남 광주에서 열린 승공궐기대회에 참석 중이었습니다. 홍진이가 교통사고를 당해 병원으로 실려갔다는 국제전화를 받고 이튿날 바로 뉴욕으로 갔지만 병실에 누워있는 홍진이는 이미 의식이 없었습니다.

언덕길을 과속으로 내려오던 트럭이 급하게 브레이크를 밟다가 옆으로 밀리면서 일어난 사고였습니다. 홍진이 차에는 절친한 친구 두 명이 같이 타고 있었습니다. 자신의 목숨이 위태로운 다급한 상황 속에서도 홍진은 핸들을 급히 오른쪽으로 꺾어 자신이 앉은 운전석을 트럭과 맞부딪히게 하고 옆자리에 앉았던 친구들의 목숨을 구했습니다. 사고가 난 집 근처의 언덕길을 가보았더니 도로에는 오른쪽으로 급하게 꺾인 타이어의 검은 자국이 그대로 남아있었습니다.

결국 홍진이는 1월 2일 새벽에 하늘나라로 갔습니다. 바로 한 달 전에 열일곱 살 생일을 지낸 후였습니다. 다 키운 자식을 먼저 보내는 아내의 슬픔은 이루 말할 수 없는 것이었지만 소리 내어 울기는커녕 눈물조차 흘리지 못했습니다. 우리는 영혼의 세계를 아는 사람들입니다. 사람의 영혼은 목숨을 잃는다고 해서 먼지처럼 사라지는 것이 아니라 영혼의 세계로 가는 것입니다. 하지만 사랑하는 자식을 이 세상에서 볼 수도 만질 수도 없다는 것은 부모로서 견디기 힘든 고통입니다. 마음대로 울지도 못하던 아내는 홍진이를 태운 영구차만 자꾸 어루만졌습니다.

사고를 당하기 전에 홍진이는 발레를 전공하는 훈숙이와 정혼을 한 상태였습니다. 나는 훈숙이를 불러 말했습니다.

"여자가 평생 혼자 산다는 건 쉬운 일이 아니다. 그건 네 부모에게도 할 짓이 아니야. 정혼은 없었던 일로 하자"고 훈숙이를 달랬지만 훈숙이의 결심은 단호했습니다.

"저는 영계의 존재를 잘 알고 있으니, 홍진 님과 제 일생을 함께하게 해주십시오."

결국 홍진이 떠난 지 50일 후에 훈숙이는 우리의 며느리가 되었습니다. 신랑의 사진을 들고 영혼 결혼식을 올리는 동안 내내 밝게 미소 짓던 그 아이의 모습을 우리 부부는 잊지 못합니다.

이렇게 힘든 일을 겪을 때마다 가슴이 무너져내릴 법도 한데 아내는 흔들리지 않았습니다. 아무리 어렵고 힘든 상황 속에서도 아내는 잔잔한 미소를 잃지 않고 삶의 고비를 넘겼습니다. 교회 식구들이 자녀 문제로 아내에게 상담을 해오면 아내는 웃으며 말합니다.

"기다려주세요. 아이들의 방황은 한때이기 때문에 결국 지나갑니다. 아이들이 어떤 일을 하든 끝없이 포용하는 마음으로 사랑을 주면서 기다리십시오. 아이들은 부모의 사랑 속으로 반드시 돌아옵니다."

나는 평생 아내에게 큰 소리를 내본 적이 없습니다. 내 성품이 본래 그래서가 아니라 아내가 큰 소리 내도록 한 적이 없기 때문입니다. 내 머리도 평생 아내가 만져주었습니다. 아내의 이발 솜씨는 세계 최고입니다. 요즘은 내가 너무 나이가 많아 아내한테 해달라는 것이 많습니다. "발톱 좀 깎아주소" 하면 아내는 선뜻 발톱을 깎아줍니다. 발톱은 분명 내 발톱인데 내 눈에는 잘 안 보이고 아내 눈에 더 잘 보이니 이상한 일입니다. 나이가 들수록 그런 아내가 점점 더 귀해집니다.

부부가 반드시 지켜야 할 약속

　나는 결혼하는 부부에게 결혼 후에 반드시 지켜야 할 것들을 다짐하게 합니다. 첫째는 부부 간에 서로 신뢰하고 사랑하는 것입니다. 둘째는 서로의 마음에 상처를 주지 않는 것이고, 셋째는 2세나 3세 자녀들에게 순결을 지키도록 교육할 것이며, 넷째는 참된 이상가정을 이루기 위해 모든 가정 구성원들이 서로 격려하고 협조할 것 등입니다. 혼전순결과 결혼 후 배우자에 대해 정절을 지키는 일은 무척 중요합니다. 나는 인간답게 바르게 살고 건강한 가정을 지키기 위해 반드시 이것들을 가르칩니다.

　결혼은 단순히 남녀의 만남이 아니라 하나님의 창조사업을 이어가는 귀중한 의식입니다. 결혼은 남자와 여자가 하나가 되어 생명을 창조하고 참된 사랑을 찾아가는 길입니다. 결혼을 통해 새로운 역사가 생겨납니다. 결혼한 가정을 중심으로 사회가 형성되고 국가가 건설되며 하나님의 평화세계가 이루어집니다. 이 세상에 하나님의 천국이 펼쳐지는 곳이 바로 가정입니다.

따라서 부부는 화평의 중심이 되어야 합니다. 부부 사이가 다정해야 함은 물론이고 시부모와 일가친척들까지도 그 부부에 의해 화평이 생겨야 합니다. 두 사람만 사랑하고 잘 사는 것이 아니라 집안 식구들 모두가 서로를 사랑하며 살아야 합니다. 나는 결혼한 부부들에게 무조건 아이를 많이 낳으라고 합니다. 자녀를 많이 낳아 기르는 것은 하나님의 축복입니다. 하나님이 주신 귀한 생명을 인간의 잣대로 마구 낙태하는 일은 있을 수 없습니다. 이 세상에 태어나는 모든 생명은 제각각 하나님의 뜻이 있습니다. 생명은 모두 존귀하므로 잘 거두고 지켜야 합니다.

결혼한 부부가 서로 신뢰를 지키며 사랑을 쌓아나가는 것은 당연한 일입니다. 내가 부부들에게 가장 중요하게 다짐받는 것은 세 번째 약속입니다.

"자녀들에게 혼인의 순결을 지키도록 가르칠 것!"

참으로 당연한 이 약속이 요즘 세상엔 너무도 지키기 어려운 것이 되어버렸습니다. 그렇지만 세상이 악해질수록 더욱더 철저하게 지켜야 하는 것이 바로 혼인의 순결입니다.

인간의 완성도 세계의 평화도 가정을 통해 비로소 완성됩니다. 종교의 목적은 만민이 선한 사람이 되어 이상적인 평화세계를 만드는 것입니다. 평화는 정치인들이 머리를 맞댄다고 찾아오지 않습니다. 막강한 군사력이 있다고 해서 평화가 오는 것도 아닙니다. 세계평화가 찾아오는 출발점은 바로 가정입니다.

그런데 가정생활 중에서 가장 힘든 일이 아들딸을 제대로 키우는 것입니다. 사랑으로 낳아 기르지만 자식들은 부모의 뜻대로 자라주지 않습니다. 게다가 현대의 물질문명은 청소년의 순수한 마음을 파괴하고 있습니다. 아름답게 자라야 할 청소년들이 마약에 빠져 환각 속에 살고 있습니다. 환각이란 제정신을 잃게 하는 겁니다. 정신을 잃어버린 아이들은 결국 범죄와 타락에 빠지게 마련입니다.

1971년 미국은 프리섹스 바람이 일어 사회가 말도 못하게 혼란스러웠습니다. 길거리에는 머리를 기르고 마약에 취해 늘어져있는 히피들이 넘쳐났습니다. 훌륭한 교육을 받은 멀쩡한 청년들이 그렇게 하나둘씩 망가져버렸습니다. 성적으로 어찌나 타락했던지 한 해에 8백만 명의 성병환자가 나온다고 했습니다.

그런데 사실 심각한 문제는 정치가나 학자, 목사라는 사람들이 그 사실을 알면서도 다들 쉬쉬하며 문제를 덮어두기 바쁘다는 것이었습니다. 그들이 현실을 외면하려는 것은 바로 자신들이 순결하지 못하기 때문입니다. 내가 순결하지 못하면서 자녀들에게 순결을 강요할 수 없습니다.

어른들의 불륜과 문란한 성도덕은 가정을 파괴하고 아이들을 망칩니다. 불륜과 문란한 사생활은 아이들의 생명을 죽이는 일입니다. 현대사회가 물질적으로 풍요로운 만큼 행복하지 못한 것은 모두 가정이 망가진 탓입니다. 가정을 구하기 위해서는 먼저 어른들이 반듯하게 살아야 합니다. 아이들을 순결하게 키우는 것은 그 다음의 문제입니다.

어머니는 가정을 지키는 보루입니다. 세상이 아무리 변해도 어머니의 희생과 봉사가 있어야만 건전한 가정, 평화로운 가정으로 바로 섭니다. 그리고 그런 가정에서 아름다운 자녀가 자라납니다. 옆으로 걷는 게가 자기 자식에게 똑바로 걸으라고 하는 것은 어불성설입니다. 자녀교육은 가정에서 보고 배우는 것이 가장 중요합니다. 부모가 올바른 본을 보여야 합니다. 참다운 가정에서 참다운 자녀가 나옵니다. 진실은 언제나 가장 단순합니다.

자녀들을 키우면서 가장 힘든 시기는 사춘기입니다. 사춘기 때는 자녀들 모두가 왕자이고 공주입니다. 사춘기는 모든 것을 자기중심으로만 생각하는 때라 부모의 말에 무조건 반박하기 십상입니다. 그럴 때 그들을 이해해주지 않으면 아주 나쁜 길로 빠질 수 있습니다. 반대로 아무리 사소한 것이라도 자신과 마음이 통한다고 생각하면 신이 납니다. 가을날 나뭇잎이 다 떨어진 감나무에서 홍시가 뚝 떨어지는 것만 봐도 좋아서 웃습니다. 뭔지 모르지만 자기 마음에 와닿으니 그저 좋은 겁니다.

여기에 하나님의 창조본성이 깃들어있습니다. 그래서 사춘기에 사랑의 감정에 휩싸이면 세상을 보는 눈이 흐려져 판단력을 잃기 십상입니다. 사춘기의 처녀와 총각이 서로 만나 이야기를 하면 가슴이 뛰고 심장에 변화가 옵니다. 그럴 때 그 마음을 하나님의 기준에 맞추지 않으면 필연코 악의 세계에 물들게 됩니다. 몸을 제어할 수단이 없어져버리기 때문입니다. 마음의 눈과 몸의 눈이 하나가 되어 움직입니다. 사랑의 코를 갖게 되면 평소에 싫어하던 냄새도 좋아집니다. 사랑의 입을 가지면 평소에 싫어하던 맛까지 좋아집니다. 밤을 새우면서까지 사랑의 이야기를 듣고 싶어합니다. 사랑하는 사람을 자꾸만 만지고 싶어집니다.

사춘기 때의 영과 육체의 세포들은 모든 문을 활짝 열고 사랑을 반겨 맞습니다. 사랑을 하게 되면 행복해지니 얼씨구나 하고 무조건 달려들게 되어 큰일이 아닐 수 없습니다. 사랑의 문은 때가 되어야 열리는 법입니다. 문이 열리는 때를 기다려야 한다는 걸 알아야 합니다. 부모들은 사춘기의 자녀들한테 이런 것을 정확하게 가르쳐야 합니다. 사랑은 하나님을 닮아가는 과정이지 세상에서 말하는 대로 제멋대로 즐기는 게 아닙니다.

사랑은 주고 잊어버리는 것입니다

가정은 하나님이 창조하신 유일한 기관입니다. 또한 인류가 서로 사랑하며 평화롭게 사는 것을 배우는 사랑의 학교이자 세상에 평화의 왕궁을 세우기 위한 훈련도장입니다. 위하는 남편과 위하는 아내로서 그리고 영원한 사랑의 길을 가기 위한 부부로서 그 책임을 배우는 곳입니다. 가정은 세계평화를 위한 베이스캠프이므로 아들딸들이 "평생 우리 어머니 아버지가 싸우는 모습을 한 번도 보지 못했다"고 말할 정도가 되어야 합니다.

살다보면 별의별 일을 다 겪게 마련입니다. 아무리 사이좋은 부부라도 지내다보면 서로 잔소리도 하고 화가 나서 고함을 치는 일도 있겠지만 아이들이 들어오는 순간에는 딱 멈춰야 합니다. 아무리 화가 나는 일이 있어도 아이들을 대할 때만은 평화롭고 자상해야 합니다. 그래서 아이들이 "우리 집은 참 화기애애하고, 우리 부모님은 정말 다정하다"고 생각하며 자라게 해야 합니다.

부모는 아이들에게 제2의 하나님입니다. "하나님이 좋아? 어머니 아버지가 좋아?"라고 물을 때, 어머니 아버지가 좋다는 말은 곧 하나님도 좋아한다는 뜻입니다. 교육 중에 가장 귀한 교육은 가정에서 이루어집니다. 행복이 따로 있고 평화가 따로 있는 것이 아니라 가정이 곧 천국입니다. 제아무리 막대한 돈과 명예를 가지고 있고 세계를 다 얻었다 할지라도 가정이 올바로 서지 못하면 불행합니다. 가정은 천국의 시발점입니다. 진정한 사랑으로 부부가 맺어지고 이상적인 가정이 건설되면 우주와 곧바로 연결됩니다.

내가 미국 댄버리교도소에 있을 때 재미있는 광경을 보았습니다. 테니스 코트를 만들기 위해 매일같이 비탈길을 불도저로 미는 작업을 하고 있었습니다. 작업을 하다가 비가 오면 멈추고 해가 나면 다시 일을 시작하기를 몇 달 동안 반복했습니다. 한동안 장마가 들어 일을 하지 못하다가 이십 일 만에 다시 작업을 나가보니 수초가 있는 곳에 물새가 둥지를 틀고 있었습니다. 죄수들이 운동 삼아 걷는 길에서 불과 몇 미터 떨어지지 않은 곳이었습니다.

처음에는 물새가 있는 줄도 몰랐습니다. 보호색이 얼마나 완벽한지 물새의 깃털이 영락없는 수초처럼 보였습니다. 그런데 알을 낳자 그제야 그곳에 있는 녀석들이 눈에 들어왔습니다. 물새는 잔뜩 웅크린 채 까만 자갈돌 같은 알을 품고 있었습니다. 새끼가 알을 깨고 나오자 어미가 먹이를 구해와 새끼들의 입에 넣어주었습니다. 그런데 먹이를 물고 오는 어미는 새끼가 있는 둥지까지 절대로 한번에 날아가는 법이 없었습니다. 둥지에서 멀찌감치 날개를 접고 걸어서 새끼들에게 다가갔습니다. 그것도 매번 다른 방향에서 걸어갔습니다. 자기 새끼들이 사는 둥지의 위치를 아무도 눈치채지 못하게 하려는 어미 새의 지혜였습니다.

물새 새끼들은 어미가 물어다주는 먹이를 먹고 무럭무럭 자랐습니다. 죄수들이 산책을 하다가 물새 둥지 옆을 지날라치면 어미새가 날아와서 죄수들을 날카로운 부리로 쪼아댔습니다. 혹시 자기 새끼를 해칠까봐 경계하는 겁니다.

물새도 부모의 참된 사랑을 알고 있었습니다. 참된 사랑은 자기의 생명까지도 버릴 수 있는 것이며 거기에는 어떠한 계산도 없습니다. 생명까지 버리면서 새끼를 지키려는 그 마음이 바로 참된 사랑입니다. 부모는 아무리 힘들어도 사랑의 길을 갑니다. 사랑 앞에 자기 목숨을 묻고 가는 것이 바로 부모의 마음이고 참된 사랑인 것입니다.

사랑의 본질은 위함을 받겠다는 마음을 버리고, 남을 위해 전체를 위해 먼저 베풀고 위하는 것입니다. 주고도 주었다는 사실 자체를 아예 잊어버리고 끊임없이 베푸는 것이 사랑입니다. 그것은 기쁨으로 주는 사랑입니다. 어머니가 자식을 품에 안고 젖을 먹일 때 느끼는 기쁨의 심정이 바로 그것입니다.

부모는 사랑하는 자식을 위해 뼈가 녹아나도록 고생을 하면서도 힘든 줄을 모릅니다. 그만큼 자식을 사랑하기 때문입니다. 진정한 사랑은 하나님으로부터 시작되고 또 부모로부터 오는 것입니다. 그러므로 부모가 "너희들이 서로를 좋아하는 것은 부모의 은덕으로 말미암은 것이다" 하면 자녀들은 "부모님께서 나를 이렇게 길러 이런 상대를 얻어주지 않았다면 큰일 날 뻔했습니다" 하고 대답해야 합니다.

가정은 사랑의 보따리입니다. 천국에 가서 그 보따리를 풀어 보면 그 속에서 좋은 아버지와 어머니가 튀어나옵니다. 아름다운 자식이 튀어나옵니다. 자애로운 할머니와 할아버지가 튀어나옵니다. 그것이 바로 사랑의 보따리입니다. 가정은 하나님의 이상이 실현되는 공간이며 하나님이 하시는 일의 완성을 볼 수 있는 곳입니다. 하나님의 뜻은 사랑이 실현되는 세계를 만드는 것이고 가정은 하나님의 사랑이 넘치는 곳입니다.

가족이란 말만 떠올려도 절로 입가에 웃음이 떠오릅니다. 그곳엔 나를 진정으로 위해주는 참된 사랑이 넘치기 때문입니다. 참된 사랑은 사랑을 주고, 그리고 사랑을 주었다는 것조차 잊어버리는 것입니다. 부모가 자식을 위해주고 할머니 할아버지가 손자에게 베푸는 사랑이 참된 사랑입니다. 나라를 위해 목숨을 바치는 것이 참된 사랑입니다.

평화로운 가정은 천국의 기초

　서양사람들은 참 외롭게 살아갑니다. 자녀들은 열여덟 살만 되면 집을 떠나서 크리스마스 때나 삐죽 얼굴을 보이면 그뿐이고 부모를 찾아가 안부를 묻는 일도 거의 없습니다. 결혼을 하면 아예 독립해서 살다가 혼자 생활할 수 없을 정도로 나이가 들면 요양원으로 갑니다. 그래서 서양노인들은 동양의 문화를 부러워합니다. "동양사람들은 할머니 할아버지를 집안의 어른으로 모시고 함께 살던데 정말 보기 좋더군요. 자식들이 나이 많은 부모들을 공양하고…. 그래야 사람 사는 맛이 나지. 요양원에 누워 자식들 얼굴도 못 보고 세월이 가는지도 모르는 채 목숨만 부지하면 뭐합니까?" 하고 한탄하는 노인들이 한둘이 아닙니다.

　그런데 서양노인들이 그토록 부러워하는 동양적인 가정관이 점점 무너지고 있습니다. 언젠가부터 시작된 서양 바람 때문에 수천 년을 내려오던 우리의 전통을 스스로 내팽개친 것입니다.

우리의 옷을 버리고 우리의 음식을 버리고 우리의 가정을 버렸습니다. 연말이면 불우이웃 돕기 방송에서는 해마다 늘어나는 독거노인의 숫자를 발표합니다. 그런 뉴스를 볼 때마다 안타까운 마음을 가눌 수가 없습니다. 가정은 식구들이 함께 모여 사는 곳입니다. 식구들이 뿔뿔이 흩어지고 홀로 남으면 그것은 이미 가족이 아닙니다. 대가족 제도는 우리나라의 아름다운 문화입니다.

나는 3대가 같이 사는 가정을 권합니다. 우리나라의 전통을 지키기 위해서만이 아닙니다. 부부가 결혼해서 귀한 자식을 낳으면 부모의 모든 것을 물려줍니다. 그러나 부모가 물려줄 수 있는 것에는 한계가 있습니다. 부모는 현재를, 자녀는 미래를 상징합니다. 그리고 조부모는 과거의 역사를 대표합니다. 따라서 조부모와 부모, 그리고 자녀가 함께 살아야만 과거와 현재를 아우르는 운세를 모두 물려받을 수 있습니다. 할아버지를 사랑하고 존경하는 것은 과거의 역사를 이어받고 과거의 세상을 배우는 것입니다. 자녀는 부모에게 현재를 사는 귀한 지혜를 배우고 부모는 자녀를 사랑하며 미래를 대비합니다.

할아버지는 하나님을 대신하는 자리입니다. 아무리 똑똑한 청년이라도 넓은 세상의 비밀을 다 알지는 못합니다. 사람이 나이를 먹으며 자연스럽게 깨닫게 되는 온갖 인생의 비밀을 젊은 사람이 알 수는 없습니다. 할아버지가 가정의 역사가 되는 이유가 바로 여기에 있습니다. 할아버지는 과거 오랜 시간 동안 몸소 겪으며 깨달은 살아있는 지혜를 손자들에게 전달하는 귀한 스승입니다.

세상에서 가장 나이 많은 할아버지는 바로 하나님입니다. 그러니까 할아버지의 사랑을 받고 또 그분을 위하는 삶이 곧 하나님의 사랑을 깨닫고 위하는 삶입니다. 이러한 전통을 지켜야 하나님 나라의 비밀창고를 열고 사랑의 보물을 받을 수 있습니다. 나이 많은 사람을 외면하는 것은 그 나라의 국민성을 버리는 것이며 민족의 뿌리를 외면하는 것과 같습니다.

가을이 되면 밤나무는 수분이 점점 말라가며 잎이 떨어집니다. 밤송이도 껍데기가 벗겨지고 알밤을 감싼 속껍질도 말라버립니다. 이것이 다름 아닌 생명의 순환입니다. 사람도 이와 같습니다. 아기로 태어나 부모의 사랑을 받고 자라서 좋은 배필을 만나 결혼을 합니다. 이것이 모두 사랑으로 이루어진 생명의 고리입니다. 그러다가 나이 들어 말라붙은 밤송이처럼 되어갑니다. 우리 모두가 마찬가지입니다. 노인은 따로 있는 것이 아니라 나이가 들면 우리 모두가 노인이 되는 것입니다. 아무리 노망난 노인이라 해도 함부로 대해서는 안 됩니다.

가화만사성家和萬事成이라는 말을 기억해야 합니다. 가정이 평화로우면 만사가 잘 풀리는 법입니다. 평화로운 가정은 천국의 기초입니다. 가정의 원동력은 사랑입니다. 가정을 사랑하듯이 우주를 사랑하면 무엇이든지 무사통과입니다. 하나님은 전체 우주의 부모로서 사랑의 한가운데 계십니다. 그러니 가정의 사랑이 하나님까지 일사천리로 통하게 됩니다. 가정이 사랑으로 완성되어야 우주가 완성됩니다.

얼어붙은 시아버지의 마음을 녹인
10년의 눈물

'일본인 며느리가 밀양의 효부가 됐다'는 기사가 여러 일간지에 일제히 실린 적이 있었습니다. 종교단체의 소개로 집안의 반대를 무릅쓰고 한국에 시집온 일본인 며느리가 거동이 불편한 시어머니와 연로한 시아버지를 지성으로 봉양하여 주위 사람들의 추천으로 효부상을 받았다는 내용입니다. 그녀는 결혼 첫날부터 지체장애 2급으로 하반신 불구인 시어머니를 등에 업고 병원을 전전하며 병수발을 들었습니다. 시부모님을 모시느라 고향 한번 마음놓고 가보지 못한 그녀는 마땅히 해야 할 도리를 했을 뿐이라며 효부상을 받은 것에 대해 오히려 민망해했다고 합니다.

그 일본인 며느리는 우리 교회의 교차결혼을 통해 우리나라에 온 야시마 가즈코八島和子입니다. 교차결혼이란 종교, 국가, 인종을 초월하여 남녀가 결혼으로 맺어지는 것을 의미합니다. 농촌에 가면 장가를 가지 못한 청년들이 넘쳐납니다. 교차결혼으로 우리

나라 농촌 총각들과 결혼한 신부들은 어떤 조건도 따지지 않고 한국에 와서 남편을 만나 가정을 이루고 삽니다. 또한 병든 시부모를 살리고, 좌절해있던 남편에게 기운을 북돋아주며, 자식을 낳아 기릅니다. 그들은 우리나라 사람들이 살기 힘들다고 떠나버린 농촌을 지키고 살려냅니다. 얼마나 고맙고 귀한 일입니까? 이렇게 고귀한 일이 이미 30년 넘게 계속되어왔습니다.

지금까지 교차결혼을 통해 우리나라에 정착한 외국 여성들은 수천 명이 넘습니다. 젊은이들이 모두 떠나버려 그동안 아기 울음소리를 듣지 못했던 동네 노인들은 그들이 낳은 아이를 친손자가 태어난 것처럼 기쁘게 반깁니다. 충청도의 한 지역에 있는 초등학교는 전교생 80여 명 중 절반이 넘는 아이들이 교차결혼으로 맺어진 우리 교회 식구들의 2세라고 합니다. 그 학교의 교장은 더 이상 학생 수가 줄어들면 학교를 폐교해야 한다며 우리 교회 식구들이 다른 지역으로 이사 가는 일이 없기를 매일 기도합니다. 지금 우리나라에는 교차결혼으로 태어난 어린이 2만여 명이 초등교육을 받고 있습니다.

요즘도 광복절이 되면 "일본인이 지은 죄를 사죄합니다"라며 머리를 조아리는 특별한 일본인의 모습이 텔레비전 뉴스에 등장합니다. 자신이 직접 지은 죄는 아니지만 조상이 지은 죄를 대신 사죄하는 것입니다. 그들 역시 십중팔구는 교차결혼을 통해 국가 간의 장벽을 허물어버린 우리 식구들입니다. 그들 덕분에 일본을 원수처럼 여기던 우리 마음의 벽이 많이 허물어질 수 있었습니다.

　나를 잘 따르던 아주 영특한 청년이 있었습니다. 1988년에 결혼을 하려고 배필을 구하는데 마침 일본여자가 짝이 되었습니다. 청년의 아버지는 "하필이면 일본여자를 며느리로 맞아야 하다니…" 하며 말을 잇지 못했습니다. 그는 일제강점기 때 징용으로 끌려가서 이와테岩手 탄광에서 강제노동을 한 사람이었습니다. 어찌나 일이 힘들던지 죽음을 무릅쓰고 탄광을 탈출한 그는 시모노세키下關까지 몇 십 일 동안 걸어가서 부산 가는 배를 얻어 타고 가까스로 고국으로 돌아왔습니다. 그러니 일본에 대한 증오가 하늘에 닿을 정도였습니다.

　"이 불효막심한 놈 같으니라고. 우리 집 족보에서 당장 빼버리겠다. 우리 집에는 절대로 원수 나라의 여자를 들일 수 없으니 당장 데리고 사라져라! 너하고는 맞지 않는 짝이니 집을 나가든지 죽든지 알아서 해라!"

　아버지의 태도는 강경했습니다. 하지만 청년은 자신의 뜻을 관철시켜 일본 신부와 결혼을 한 후 낙안에 있는 고향집으로 신부를 데리고 갔습니다. 아버지는 대문도 열어주지 않았습니다. 어쩔 수 없이 두 사람의 결혼을 받아들인 후에도 며느리를 향한 구박은 계속됐습니다. 며느리가 힘들어 할 때마다 "너희가 나한테 한 것에 비하면 이건 아무것도 아니다. 이럴 줄 모르고 우리 집에 시집왔느냐?"며 면박을 주었습니다.

　또 시아버지는 명절에 온 가족이 모일 때마다 일본 며느리를 곁에 앉혀놓고는 이와테 탄광 시절의 얘기를 하고 또 했습니다. 그 때마다 며느리는 "아버님, 제가 일본을 대신하여 사죄드립니다. 잘못했습니다" 하며 눈물을 흘리고 용서를 빌었습니다. 일본 며느리는 시아버지의 한풀이가 계속되는 동안 지겹도록 반복되는 이야기를 끝까지 들어주고 한없이 머리를 조아렸습니다.

그렇게 10년쯤 지난 후에야 시아버지는 며느리에 대한 박대를 멈추었습니다. 원수를 대하듯 하던 차가운 태도가 누그러들며 며느리를 예뻐하는 모습에 놀란 식구들이 물었습니다.

"아니 요즘엔 며느리한테 왜 그렇게 다정히 하십니까? 일본 여잔데 밉지 않으세요?"

"이젠 안 미워. 내 마음속에 쌓였던 한이 다 풀렸거든. 그동안 나는 며느리를 미워한 것이 아니야. 징용 가서 쌓인 한을 괜히 며느리에게 퍼부은 거지. 이 아이 덕분에 내 한이 다 풀렸어. 이제부터는 내 며느리니까 예뻐해야지."

일본인들이 지은 죄를 며느리가 대신 갚은 것입니다. 이것이 인류가 평화세계로 가는 속죄의 길입니다.

평화를 사랑하는 세계인으로

결혼의 진정한 의미

이상적인 평화세계를 이루는 데 교차결혼보다 빠른 길이 없습니다. 다른 방법으로는 시간이 얼마나 걸릴지 계산도 할 수 없는 일들이 교차결혼으로 두어 세대만 가면 기적처럼 이루어집니다. 그러니 평화의 세계가 좀 더 빨리 올 수 있도록 국경을 넘어서 서로 원수로 여기는 나라의 사람들끼리 결혼해야 합니다. 원수의 나라에서 태어난 사람과 결혼하기 전에는 '저 나라 사람들은 보기도 싫어!' 하겠지만 그 나라 사람이 남편이 되고 아내가 되면 반은 이미 그 나라 사람이 되어 모든 미움이 눈 녹듯이 사라집니다. 그렇게 2대, 3대를 유지하면 미움은 완전히 뿌리 뽑힙니다.

교차결혼은 국가를 넘어서는 결혼만 이야기하는 것이 아닙니다. 종파가 다른 사람들을 결혼시키는 일도 국경을 무너뜨리는 것만큼 중요한 일입니다. 사실 국경을 넘어서는 것보다 더 힘든 일이 다른 종파 간의 결혼입니다. 그렇게 서로 분쟁을 일삼는 종파끼리도 결혼을 하면 종파를 넘어서서 화합하게 됩니다. 교차결혼을 하면 살아온 문화가 다르다고 굳게 문을 걸어 잠그는 경우가 없습니다. 백인과 흑인이 서로 결혼하고 일본인이 우리나라 사람과 결혼하고 아프리카 사람과도 결혼합니다. 그렇게 교차결혼을 하는 숫자가 백만이 넘고 천만이 넘습니다. 이를 통해 완전히 새로운 혈통이 생기고 있습니다. 백인과 황인과 흑인을 넘어서는 완전히 새로운 인간의 원류가 탄생하는 것입니다.

젊은이들에게 결혼의 신성한 의미와 가치를 가르치는 일은 무엇보다 중요합니다. 지금 우리나라는 세계에서 가장 출산율이 낮은 나라 중 하나입니다. 아이를 낳지 않는 것은 위험한 일입니다. 후손이 끊긴 나라에는 미래가 없습니다. 나는 젊은이들에게 순결한 청소년기를 거쳐 축복받는 결혼을 한 뒤에 자녀를 최소한 3명 이상은 낳아서 기르라고 가르칩니다. 자녀는 하나님이 주시는 축복입니다. 자녀를 낳아 기르는 일은 하늘나라의 시민을 키우는 일입니다. 그러니 젊은 시절을 문란하게 보내면서 함부로 낙태를 하는 것은 큰 죄입니다.

결혼은 나를 위해서가 아니라 상대를 위해서 하는 것입니다. 결혼할 때 잘난 사람, 예쁜 사람만 찾는 것은 잘못된 생각입니다. 인간은 남을 위해서 살아야 합니다. 결혼할 때도 그 원칙을 잊지 말아야 합니다. 아무리 못난 사람이라도 미인보다 더 사랑하겠다는 마음으로 결혼해야 합니다. 복 중에서 가장 귀한 복은 하나님의 사랑입니다. 결혼은 그 복을 받고 실천하는 것입니다. 그 귀한 뜻을 알고 참사랑 안에서 결혼생활을 하며 참다운 가정을 이루어야 합니다.

세계평화란 그렇게 거창한 것이 아닙니다. 가정이 평화로워야 사회가 평화로워지고 국가 간의 갈등이 사라지며 그것이 바로 세계평화로 이어집니다. 그렇기에 온전한 가정이 중요하고 가정의 책임이 그만큼 막강한 것입니다. '나만 잘살면 된다, 내 가정만 지키면 된다' 라는 말은 내 사전에 없습니다.

결혼은 두 사람이 하는 것이지만 결국은 두 집안이 인연을 맺는 것이며 나아가 두 종족, 두 나라가 화합하는 것입니다. 상대의 다른 문화를 받아들이고 역사 속에서 맺힌 한을 극복하며 하나가 되어갑니다. 한국사람이 일본사람과 결혼하면 한국과 일본이 화합하는 것이고, 백인이 흑인과 결혼하면 백인종과 흑인종이 화합하는 것입니다. 또 그들이 낳는 아이들은 두 민족의 피를 동시에 물려받은 화합의 인간이며, 백인과 흑인을 넘어서는 새로운 인종의 시원始原이 됩니다. 이렇게 몇 세대만 지나면 국가나 인종간의 분열이나 반목이 없어지고 온 인류가 한 가족이 되어 평화로운 세상을 만들 수 있습니다.

요즘 들어 외국인과의 혼인이 늘어나면서 우리나라도 국적과 종교가 다른 사람들이 만나 가정을 이루는 일이 많아졌습니다. 새로운 말로 다문화가정이라고 부르더군요. 서로 다른 환경에서 성장한 남녀가 가정을 이루고 다정하게 살기는 그리 쉽지 않습니다. 더구나 우리처럼 단일문화권에서 교차결혼한 부부가 행복하게 살려면 서로를 이해하고 아껴주는 노력이 많이 필요합니다. 교차결혼한 우리 식구들이 다른 사람들과 사랑을 나누며 성공적인 결혼생활을 할 수 있는 것은 하나님을 중심으로 맺어졌기 때문입니다.

다문화가정이 잘 정착될 수 있도록 지역 사회 단체에서는 한국말도 가르치고 우리 문화도 소개하는 프로그램을 운영합니다. 하지만 결혼에 대한 생각이 바뀌지 않는 한 그런 노력은 모두 부질없는 것입니다. '내가 왜 이 남자와 결혼한 걸까? 이 남자와 결혼하지 않았으면 내 인생이 더 나아졌을 텐데…' 하는 마음을 갖고 있다면 결혼생활은 지옥과 같습니다. 한국말과 한국 문화를 가르치는 것보다 시급한 일은 결혼을 올바르게 이해하는 것입니다.

결혼은 그저 혼기가 찬 남녀가 만나 살림을 합하는 것이 아닙니다. 결혼은 희생 위에 세워집니다. 남자는 여자를 위하고 여자는 남자를 위해야 합니다. 내 이기심이 모두 사라질 때까지 끝없이 상대를 위해야 합니다. 그렇게 희생하는 마음이 사랑입니다. 여자와 남자가 만나서 즐겁고 좋은 것이 사랑이 아니라 생명을 바치는 것이 사랑입니다. 그런 각오를 한 뒤에 결혼을 해야 합니다.

참된 사랑은 참된 가정에서

남녀가 아무리 사랑을 하더라도 행복한 가정이 완성되려면 반드시 집안의 울타리가 되는 부모가 있고 아끼는 자녀가 있어야 합니다. 가족이라는 울타리가 튼튼할 때 그 보금자리는 비로소 행복해집니다. 제아무리 대단한 사회적 성공을 거두었다 하더라도 가족의 울타리가 무너지면 불행해지기 마련입니다.

사랑의 바탕은 서로가 서로를 위해 모든 것을 바치는 희생의 마음입니다. 부모의 사랑이 참된 사랑인 것은 가진 것을 모두 내주고도 또 주고 싶어하는 사랑이기 때문입니다. 자식을 사랑하는 부모는 베푼 것을 기억하지 않습니다. '내가 너에게 언제 고무신 사주고 옷을 사줬으며 너를 위해 피땀을 흘렸는데 그 값이 얼마다'라고 치부책에 적어놓는 부모는 단 한 명도 없습니다. 오히려 자신이 가진 것을 모두 주고도 '내가 너한테 이것보다 더 해주지 못해 정말 미안하다'라고 말하는 것이 부모입니다.

253

어릴 적에 양봉을 하시던 아버지를 따라다니며 꿀벌들이 노는 모습을 많이 보았습니다. 꽃밭을 넘나들던 꿀벌이 꿀 냄새를 맡으면 꽃송이에 다리를 단단히 붙이고 꽁무니를 뒤로 쭉 뺀 채 주둥이를 꽃술에 박고 꿀을 빨아 먹습니다. 그럴 때 벌에게 다가가 꽁무니를 확 잡아 빼더라도 꿀에서 떨어지지 않습니다. 목숨을 걸고 꿀을 지키는 것입니다.

가정을 일구고 사는 부모의 사랑이 바로 꿀벌과 같습니다. 자기 생명이 끊어진다 해도 자식을 향한 사랑의 줄을 놓지 않습니다. 자식을 위해 생명을 버리고, 나아가 생명을 버렸다는 것마저 잊는 것이 부모의 참된 사랑입니다. 아무리 길이 멀고 험해도 부모는 기꺼이 그 길을 갑니다. 부모의 사랑은 세상에서 가장 위대한 사랑입니다.

제아무리 좋은 집에서 산해진미를 먹으며 살아도 부모가 없으면 마음이 텅 비어버립니다. 부모의 사랑을 받지 못하고 자란 사람의 마음속에는 다른 어떤 것으로도 채울 수 없는 외로움과 허전함이 숨어있습니다. 가정은 부모의 참된 사랑을 받으며 사랑을 배우는 곳입니다. 어린 시절 사랑을 받지 못한 아이들은 평생 사랑에 굶주려 정서적인 고통을 받을 뿐 아니라 가정이나 사회를 위해 마땅히 해야 하는 높은 도덕적인 의무를 배울 기회를 잃습니다. 참된 사랑이란 가정이 아닌 다른 곳에서는 결코 배울 수 없는 가치입니다.

참된 가정은 남편과 아내가 서로를 각자의 어머니와 아버지,

혹은 형제처럼 위하고 사랑하는 곳입니다. 나아가 아내를 하나님처럼 사랑하고 남편을 하나님처럼 존경하는 곳입니다. 어떤 어려움이 닥친다 해도 형제를 버릴 수는 없습니다. 어머니도 버릴 수 없습니다. 그러니 이혼이라는 말은 있을 수 없습니다. 남편은 아버지 대신이자 오빠 대신이기 때문에 아버지를 버릴 수 없고 오빠를 버릴 수 없는 것처럼 남편을 버릴 수 없습니다. 아내 역시 마찬가지입니다. 이렇게 서로를 절대적인 존재로 여기며 사는 곳이 진실한 사랑이 넘치는 참된 가정입니다.

서로 다른 인종과 문화 배경을 가진 부부라고 해도 하나님의 사랑을 받아 가정을 이루었다면 그들 사이에 태어난 자녀들 사이에서 문화적 갈등이란 있을 수 없습니다. 그 자녀들은 부모를 사랑하는 마음으로 어머니 나라와 아버지 나라의 문화와 전통을 모두 사랑하고 아낄 것입니다. 다문화가정의 갈등 해결은 어떠한 지식을 가르치는지가 아니라 그 부모가 참된 사랑으로 자녀를 기르는지에 달려 있습니다. 부모의 사랑은 자녀의 살과 뼈 속에 이슬처럼 스며들어 어머니 나라와 아버지 나라를 하나로 받아들이고 훌륭한 세계인으로 자라게 하는 거름이 됩니다.

가정이란 인류애를 배우고 가르치는 학교입니다. 부모의 따뜻한 사랑을 받으며 자란 자녀는 밖에 나가면 집에서 배운 대로 어려운 처지에 있는 사람을 사랑으로 돌볼 것입니다. 또 형제자매 간에 정다운 사랑을 나누며 자란 사람은 사회에 나가 이웃과 두터운 정을 나누며 살아갈 것입니다. 사랑으로 양육된 사람은 세상 어떤 사람도 가속처럼 여깁니다. 남을 내 식구처럼 받들고 내 것을 나눠주는 사랑의 마음은 참된 가정에서 시작됩니다.

가정이 중요한 또 하나의 이유는 가정이 세계로 확대되기 때문입니다. 참된 가정은 참된 사회, 참된 국가, 참된 세계의 시작이며 평화세계, 하나님 나라의 출발점입니다. 부모는 아들딸을 위해 뼈가 녹아 없어지도록 일합니다. 그렇지만 단순히 내 자녀만 먹이려고 일하는 것은 아닙니다. 사랑을 넘치게 받은 사람은 남을 위하고 하나님을 위하여 일할 수 있습니다.

가정은 넘치도록 사랑을 주고 또 주는 곳입니다. 가정은 식구를 감싸는 울타리일 뿐 사랑을 가두는 곳이 아닙니다. 오히려 가정의 사랑은 넘치고 넘쳐 밖으로 끊임없이 흘러나가야 합니다. 아무리 사랑이 흘러넘쳐도 가정의 사랑은 마르지 않습니다. 하나님께 받은 것이기 때문입니다. 하나님이 주신 사랑은 아무리 퍼내도 끝이 보이지 않는 사랑, 아니 퍼낼수록 점점 더 맑은 샘이 솟구쳐 올라오는 사랑입니다. 그 사랑을 먹고 자란 사람은 누구든지 참된 인생을 살 수 있습니다.

사랑의 무덤을 남기고 가야 한다

　참된 인생은 개인의 사사로운 욕심을 버리고 공리公利를 위해 사는 삶입니다. 이것은 공자나 예수, 석가모니나 마호메트 등 세계적인 종교 지도자라면 누구나 말하는 동서고금의 진리입니다. 누구나 알고 있고 너무 흔해서 오히려 그 가치를 잃어가는 것이 안타까운 진리입니다. 그러나 제아무리 세월이 지나고 세상이 바뀌어도 이 진리만큼은 변하지 않습니다. 세계가 아무리 급속도로 변한다고 해도 사람이 살아가는 본질은 바뀌지 않기 때문입니다.

　자신의 가장 친한 선생은 자기 마음입니다. 가장 친한 친구보다 귀하고 부모보다 귀한 것이 자기 마음입니다. 그러니 평생 살아가면서 가장 친한 선생인 '마음'에게 '내가 지금 잘 살고 있느냐?' 하고 수시로 물어야 합니다. 마음이 자신의 주인이라는 사실을 깨닫고 마음을 닦으며 평생 친하게 지내다보면 누구나 마음의 소리를 들을 수 있습니다. 마음이 눈물을 철철 흘리며 우는 소리를 들었다면 그때 하던 일을 당장 멈춰야 합니다. 자기 마음을 괴롭게 하는 일은 스스로를 망치는 일이기 때문입니다. 마음을 슬프게 하는 일은 결국 스스로를 슬픔에 빠뜨리는 일입니다.

마음을 맑게 닦으려면 세상과 떨어져서 나와 내 마음, 단 둘이 대면하는 시간이 반드시 있어야 합니다. 무척 외로운 시간이기는 하지만 마음과 친해지는 순간이야말로 나 자신이 마음의 주인이 되는 기도의 자리이며 명상의 시간입니다. 주위의 소란스러움을 물리치고 생각을 차분하게 가라앉히면 마음속 가장 깊은 곳이 보입니다. 마음이 내려앉는 그 깊은 자리까지 내려가기 위해서는 많은 시간과 공력을 들여야 합니다. 하루아침에 이루어지는 일은 없습니다.

사랑이 자기를 위한 것이 아니듯 행복과 평화도 자기를 위한 것이 아닙니다. 상대가 없는 사랑이 없듯이 상대가 없는 이상과 행복, 평화도 없습니다. 이 모든 것은 남과의 관계에서 비롯되는 것입니다. 혼자 사랑해서 할 수 있는 것은 아무것도 없으며 혼자 훌륭한 이상을 꿈꾼들 이룰 수 있는 것은 아무것도 없습니다. 혼자서는 행복할 수도, 평화를 말할 수도 없습니다. 반드시 상대가 있어야 한다는 것은 나보다 그가 더 중요하다는 의미입니다.

어린 아이를 등에 업은 어머니가 사람들이 지나다니는 지하철 입구에 쪼그리고 앉아 김밥을 파는 모습을 본 적이 있을 것입니다. 아침 출근 시간에 맞춰 김밥을 팔려고 그 어머니는 밤을 새워가며 김밥을 만들고는 칭얼대는 아이까지 둘러업고 나왔습니다. 지나가는 사람들은 무심코 "아이고, 저 아이만 없으면 살만할 텐데…" 하고 말하지만 실상 그 어머니는 아이 때문에 살아가는 것입니다. 등에 업혀 칭얼거리는 아이가 그 어머니의 생명줄입니다.

'인생 80'이라고들 말합니다. 희로애락이 뒤섞인 80년이라는 세월이 참 길어보이지만, 그중 잠자는 시간과 일하는 시간, 밥 먹는 시간, 사람들과 이러저러한 이야기를 하며 웃고 떠드는 시간, 결혼식에 가고 상갓집에 들르는 시간, 병들어 누워있는 시간들을 제외하면 겨우 7년이 남는다고 합니다. 우리가 세상에 태어나 80년을 살아봐야 진정으로 나를 위해 살았다고 할 수 있는 시간은 고작 7년뿐입니다.

인생은 고무줄과도 같습니다. 누구에게나 똑같이 주어진 7년이 누구에게는 7일만큼 쓰이고 또 누구에게는 70년만큼 쓰일 수 있습니다. 시간은 본래 비어있고 우리가 그 속을 채워넣는 것입니다. 인생도 마찬가지입니다. 살면서 누군들 안락한 잠자리와 기름진 밥상을 바라지 않겠습니까만 먹고 자는 일은 실상 시간을 흘려보내는 것에 지나지 않습니다. 내 목숨이 다해 몸이 땅 속에 묻히는 순간 평생의 부귀와 영화는 한꺼번에 물거품이 되어 사라져버립니다. 그 사람이 자신을 위해 살다간 7년의 시간만이 남아 후대 사람들에게 기억됩니다. 그 7년의 세월만이 80년을 살면서 내가 이 세상에 남기는 흔적입니다.

사람이 태어나고 죽는 것은 자기 의지에 의한 것이 아닙니다.

5. 참된 가정이 참된 인간을 완성한다

사람은 자신의 운명에 대해 아무것도 선택할 수 없습니다. 태어났으되 내가 나고자 해서 난 것이 아니요, 살되 내가 살고자 해서 사는 것이 아니요, 죽되 내가 죽고자 해서 죽는 것이 아닙니다. 이렇게 인생에 아무런 권한이 없는데 자신이 잘났다고 자랑할 것이 있겠습니까? 자기 자신이 태어나고 싶다고 태어날 수도 없고, 자신만의 그 무엇을 끝내 가질 수도 없고, 죽음의 길을 피할 수도 없는 인생인데 자랑해봐야 처량할 뿐입니다.

남보다 높은 지위에 올랐다 한들 한순간의 영화에 지나지 않고 남보다 많은 재물을 모았다 한들 죽음의 문 앞에서 모두 버리고 가야 합니다. 돈이나 명예나 학식 모두가 시간을 따라 흘러가버리고 세월이 지나면 모두 없어져버립니다. 아무리 잘나고 위대한 사람이라고 해도 생명줄을 놓치는 순간 끝나버릴 가련한 목숨일 뿐입니다. 내가 무엇인지, 내가 왜 살아야 하는지를 아무리 생각해도 알 수 없는 것이 사람입니다. 따라서 내가 태어난 동기와 목적이 나로 말미암은 것이 아니듯 내가 살아야 할 목적 역시 나를 위한 것이 아님을 깨달아야 합니다.

그러니 인생을 어떻게 살아야 할 것인가에 대한 답은 간단합니다. 사랑으로 말미암아 태어났으니 사랑의 길을 찾아 살아야 합니다. 부모의 무궁한 사랑을 받아 태어난 생명이니 평생 그 사랑을 갚으며 살아야 합니다. 그것만이 우리가 인생에서 자의적으로 선택할 수 있는 유일한 가치입니다. 우리에게 주어진 7년의 시간 속에 얼마나 많은 사랑을 채워넣는가에 인생의 승패가 달려있습니다.

누구나 한번은 육신의 옷을 벗고 죽습니다. 우리말로는 죽는 것을 돌아간다고 합니다. 돌아간다는 말은 본래 출발했던 곳, 즉 근본으로 다시 돌아간다는 이야기입니다. 우리가 살고 있는 우주의 모든 활동은 순환합니다. 산에 쌓인 하얀 눈이 녹아 계곡을 타고 흘러내려 냇물을 이루고 강물이 되어 바다로 나갑니다. 바다로 흘러들어간 하얀 눈은 뜨거운 햇볕을 받고 수증기가 되어 다시 하늘로 올라가 눈송이나 빗방울이 될 준비를 합니다. 그렇게 본래 있던 곳으로 돌아가는 것이 죽음입니다. 사람이 죽어 돌아가는 곳은 어디일까요? 몸과 마음으로 이루어진 사람의 생명에서 몸을 벗어버리는 것이 죽음이니 본래 마음이 있던 곳으로 돌아가는 것입니다.

죽음을 이야기하지 않은 채 삶을 이야기할 수는 없습니다. 삶의 뜻을 알기 위해서라도 우리는 죽음이 무엇인지 정확하게 알아야 합니다. 어떤 삶이 진정으로 가치 있는 것인지는 당장이라도 죽을 것처럼 힘겨운 궁지에 몰려 하루라도 더 살려고 하늘을 붙들고 울부짖은 사람만이 알 수 있습니다. 그렇게 귀한 하루하루를 우리는 어떻게 살아야 하겠습니까? 누구나 건너야 할 죽음의 경계를 넘기 전에 반드시 이루어야 할 것들은 또 무엇입니까?

가장 중요한 것은 죄를 짓지 않고 그림자 없는 삶을 사는 것입니다. 무엇이 죄인가 하는 문제는 종교적으로 또 철학적으로 많은 논쟁거리를 만들어냅니다만 분명한 것은 양심이 주저하는 일을 하지 않아야 한다는 사실입니다. 양심에 거리끼는 일을 하면 반드시 마음에 그림자가 남기 마련입니다.

그 다음으로 중요한 것은 남들보다 훨씬 더 많은 일을 하는 것입니다. 사람에게 주어진 인생이 60년이든 70년이든 결국은 모두 제한되어 있습니다. 그 시간을 어떻게 쓰느냐에 따라 보통 사람의 두세 배가 되는 풍요로운 삶을 살 수 있습니다. 시간을 필요에 따라 잘게 쪼갠 뒤 한순간도 헛되이 쓰지 않고 열심히 일한다면 그 삶은 참으로 귀해집니다. 남들이 한 그루의 나무를 심을 때 두세 그루의 나무를 심는 부지런하고 성실한 자세로 인생을 사십시오. 자신을 위해 그렇게 살라는 것이 아닙니다. 내가 아닌 남을 위해서, 내 가정이 아니라 이웃을 위해서, 내 나라가 아니라 세계를 위해서 살아야 합니다. 무릇 세상의 모든 죄는 '개인'을 앞세울 때 생깁니다. 개인의 욕심, 개인의 욕망이 이웃을 해롭게 하고 사회를 망치는 것입니다.

세상의 모든 일은 지나가버리고 맙니다. 사랑하는 부모, 사랑하는 남편과 아내, 사랑하는 자식도 모두 지나가버리고 삶의 마지막에 남는 것은 죽음뿐입니다. 사람이 죽으면 무덤만 남습니다. 그 무덤 안에 무엇을 넣어야 가치 있는 삶을 살았다고 할 수 있을지 생각해보십시오. 평생 동안 모은 재산이나 사회적인 지위는 이미 지나가버린 뒤입니다. 죽음의 강을 건너가면 그런 것들은 아무런 의미도 없습니다. 사랑 속에 태어난 사랑의 삶을 살았으니 생을 마감한 무덤 속에 남는 것도 사랑뿐입니다. 사랑으로 얻어진 생

명이 사랑을 나누며 살다가 사랑 속으로 돌아가는 것이 우리의
인생이니 우리 모두 사랑의 무덤을 남기고 떠나는 인생을 살아야
합니다.

사랑하면 통일이 됩니다

6

인간을 선하게 만드는 종교의 힘

1990년 8월 2일 이라크의 후세인이 쿠웨이트를 무력 침공했습니다. 지구의 화약고라 불리는 페르시아 만에 전쟁이 터진 겁니다. 전 세계가 전쟁의 소용돌이 속으로 휘말려 들어갈 때, 나는 '기독교 지도자와 이슬람교 지도자를 만나 이 싸움을 말려야 한다'고 생각하고 즉각 양쪽에 연락을 취했습니다. 그 땅이 우리나라와 아무 상관이 없더라도 죄 없는 사람이 목숨을 잃는 전쟁은 있는 힘을 다해 말려야 했습니다.

이라크 침공이 일어나자마자 우리 교회 식구를 중동에 보내 각종단의 지도자들을 모아 중동회담을 제안했습니다. 중동지역과 별 관계도 없는 내가 나서서 중동회담을 제안한 이유는 종교인이라면 마땅히 세계평화를 위해 봉사해야 한다는 사명감 때문이었습니다. 기독교와 이슬람교의 싸움은 공산주의와 민주주의의 분쟁에 비할 것이 아닙니다. 종교전쟁보다 더 무서운 것은 없습니다.

나는 부시 대통령에게 절대로 아랍권과 전쟁을 벌여서는 안 된
다고 신신당부했습니다. 부시 대통령은 이라크를 상대로 싸움을
한다고 생각하겠지만 그들은 나라 위에 종교가 있습니다. 따라서
이라크가 공격을 받으면 아랍권이 모두 뭉치게 됩니다. 그래서
이라크 침공이 벌어지자마자 시리아, 예멘의 종단장들을 모아 부
시와 절대로 전쟁하지 말라는 취지의 긴급회의를 열었습니다. 미
국이 이기든 이라크가 이기든, 폭탄을 쏟아부어 집과 들과 산을
다 부수고 귀중한 생명이 피 흘리며 죽어간다면 무슨 보람과 낙
이 있겠습니까?

중동지역에 위기의 조짐이 보일 때마다 우리 식구들은 전 세계
의 유명 NGO와 함께 목숨을 걸고 이스라엘과 팔레스타인을 찾
아갑니다. 언제 어디서 어떻게 죽을지 모르는 곳으로 우리 식구
를 보내는 일이 편치는 않습니다. 브라질의 뜨거운 햇볕 아래서
밭을 갈고 아프리카의 난민촌을 방문하면서도 내 마음은 중동의
화약고로 달려간 식구를 향합니다. 그리고 하루빨리 세계에 평화
가 정착되어 우리 식구를 죽음의 땅으로 보내는 일이 없기를 기
도합니다.

2001년 뉴욕의 세계무역센터가 두 동강 나는 청천벽력 같은 일
이 벌어졌습니다. 세상에서는 이를 두고 이슬람교와 기독교 사이
에 일어날 수밖에 없는 문명의 충돌이라고들 합니다. 하지만 이
슬람교와 기독교는 충돌과 대립의 종교가 아닙니다. 둘은 하나같
이 평화를 중시하는 종교입니다. 이슬람 세력은 과격하다는 생각

이 편견인 것처럼 이슬람교와 기독교는 다를 것이라는 생각도 편견일 뿐입니다. 종교의 본질은 똑같습니다.

1994년 우리는 전 세계 종교학자 40여 명을 모아 『세계경전』을 편찬했습니다. 『세계경전』은 기독교와 이슬람교, 불교를 비롯한 세계 주요 종교의 경전에 등장하는 단어들을 비교 연구한 결과물입니다. 그런데 작업을 끝내고 보니 그 많은 종교의 가르침 중에서 73퍼센트는 모두 같은 말을 사용하고 있었습니다. 나머지 27퍼센트만이 각 종교의 특징을 나타내는 말들이었습니다. 이것은 전 세계 종교의 73퍼센트는 동일한 가르침을 전하고 있다는 것을 의미합니다. 터번을 두르고 염주를 목에 걸고 십자가를 앞세우는 겉모습은 다르지만 우주의 근본을 찾고 창조주의 뜻을 헤아리는 것은 모두 같습니다.

사람들은 서로 취미만 같아도 좋은 친구가 됩니다. 태어난 고향만 같아도 몇 십 년 같이 지낸 사이처럼 말이 통합니다. 그런데 무려 가르침의 73퍼센트나 같은 종교들끼리 말이 통하지 않는다는 것은 참으로 안타까운 일입니다. 서로 통하는 것들을 이야기하며 손을 잡으면 될 일을 서로 다른 것들만 내세우며 비판하고 있습니다. 세상의 모든 종교는 평화와 사랑을 이야기합니다. 그런데 바로 그 평화와 사랑을 놓고 다툼을 벌입니다. 이스라엘은 팔레스타인 사람들이 사는 곳에 대규모 폭격을 가하면서도 평화를 내세웁니다. 팔레스타인의 아이들이 피를 흘리며 죽어가는데도 그들은 평화를 위한 전쟁이라고 말합니다.

이스라엘이 믿는 유대교 역시 평화의 종교입니다. 이슬람도 마찬가지입니다. 『세계경전』을 만들면서 우리가 얻은 결론은 세계의 종교가 잘못된 것이 아니라 신앙을 가르치는 일이 잘못되었다는 사실이었습니다. 잘못된 신앙은 편견을 부르고 편견은 싸움을 부릅니다.

9·11테러 이후 테러리스트로 낙인찍힌 이슬람인도 우리처럼 평화를 바라는 사람들입니다. 오랫동안 팔레스타인의 지도자였던 아라파트 역시 평화를 바라는 지도자였습니다. 그는 1969년 팔레스타인민족해방기구PLO의 의장이 된 후 가자지구와 요르단강 서안을 팔레스타인 독립국으로 선포했습니다. 1996년 선거를 통해 팔레스타인의 대통령이 된 그는 하마스 등의 과격단체들의 활동을 막으면서 중동의 평화를 지키려는 노력을 아끼지 않았습니다. 중동문제가 어려움에 처할 때마다 그와 직접 접촉하여 대화를 한 것이 12차례나 됩니다.

아라파트의 집무실을 찾아가는 길은 험난합니다. 자동소총으로 무장한 삼엄한 경비병들 사이를 지나 적어도 세 차례 이상의 몸수색을 거쳐야만 겨우 들어갈 수 있습니다. 터번을 몇 겹으로 둘러쓴 아라파트는 우리 식구들을 만나면 웃으면서 "웰컴!" 하고 인사를 건넵니다. 그러한 관계는 하루이틀에 구축된 것이 아닙니다. 그동안 우리가 중동평화를 위해 쏟은 정성은 이루 말할 수 없을 정도입니다. 목숨을 걸고 분쟁지역에 들어가 종교 지도자들과 관계를 맺기까지 우리는 피나는 노력을 했습니다. 돈도 많이 들고 힘도 많이 들었지요. 그래서 마침내 우리는 아랍과 이스라엘 모두에게 신뢰를 얻어 중동분쟁이 일어날 때마다 중재역할을 할 수 있을 정도가 되었습니다.

　내가 처음 예루살렘에 발을 디딘 것은 1965년이었습니다. 당시는 '6일 전쟁'이 일어나기 전이라 예루살렘이 아직 요르단의 영토일 때였습니다. 나는 예수가 빌라도의 재판정에 끌려가기 전에 피눈물을 흘리며 기도를 올렸던 감람산을 찾았습니다. 그곳에는 이미 감람교회가 세워져 있었습니다. 나는 예수가 기도하는 모습을 지켜보았을 2천 년 된 감람나무를 어루만졌습니다. 그리고 그 나무에 유대교와 기독교, 이슬람교를 의미하는 세 개의 못을 박으며 그들이 하나 되는 날을 위한 기도를 올렸습니다. 유대교와 기독교, 이슬람교가 하나 되지 않는다면 평화세계는 결코 도모할 수 없습니다. 감람나무에 박힌 세 개의 못은 아직도 남아있고 평화세계는 여전히 요원합니다.

　세상은 유대교와 이슬람교, 기독교로 나뉘어 첨예하게 대립하고 있지만 실상 뿌리는 하나입니다. 문제는 예수를 둘러싼 해석입니다. 2003년 5월 19일 우리는 예수님을 십자가에서 내려드렸습니다. 그리고 가룟 유다가 예수님을 팔아넘기고 받은 은 30냥으로 샀다는 피밭 땅에 예수님이 달리셨던 십자가를 묻었습니다. 그리고 그해 12월 23일 종교와 교파를 초월해서 전 세계에서 모인 3천여 명의 평화대사와 이스라엘과 팔레스타인 사람들 1만 7천여 명이 예루살렘의 독립공원에 모여 예수님의 머리에서 가시관을

270
평화를 사랑하는 세계인으로

벗기고 평화의 왕관을 씌워드렸습니다. 그리고 그곳에 모인 2만 여 명이 함께 종교와 종파를 떠나 인류의 평화를 위한 행진을 벌였습니다. 그날 아라파트는 저녁 8시에 맞춰 팔레스타인의 모든 집 앞에 불을 밝히게 함으로써 우리의 평화대행진에 동참했습니다. 전 세계에 인터넷으로 생중계된 그날의 행진을 통해 예수님은 평화의 왕으로 복권되셨으며 서로 반목하던 기독교와 유대교, 이슬람교가 화해하는 계기가 마련되었습니다.

예루살렘에는 이슬람의 메카인 사우디아라비아의 메디나 다음으로 가장 큰 이슬람 사원인 알악사 모스크가 있습니다. 그곳은 마호메트가 승천했다고 하는 장소로 이슬람교도가 아니면 절대로 들어갈 수 없는 곳이지만 우리를 위해서만은 그 문을 활짝 열어주었습니다. 그들은 평화대행진을 마친 기독교인들과 유대교 지도자들을 사원 깊숙한 곳까지 안내했습니다. 이슬람 역시 평화를 사랑하는 종교입니다. 우리는 편견과 아집으로 굳게 닫혔던 금기의 문을 열고 이슬람을 소통의 세계로 이끌어내는 일을 한 셈입니다.

물론 인간은 평화를 좋아하지만, 한편으로는 싸움을 좋아하기도 합니다. 순하디순한 소에게 싸움을 붙이고, 닭들이 벼슬을 곤두세우고 날카로운 부리로 연한 살점이 떨어져 나가도록 물어뜯고 싸우는 것을 보고 즐기는 것이 인간입니다. 그러면서 아이들에게는 '싸우지 말고 사이좋게 놀거라' 라고 말합니다. 결국 전쟁을 일으키는 근본 원인은 종교나 인종이 아닌 사람의 심성입니다. 모든 것이 사람의 문제입니다. 현대인들은 모든 분쟁의 원인을 과학이나 경제 탓으로 돌리기를 좋아하지만 정작 근본적인 문제는 인간 자체에 있습니다.

인간을 선하게 만드는 것, 싸움을 좋아하는 인간의 악한 본성을 없애주는 것이 바로 종교입니다. 세계의 모든 종교를 돌아보십시오. 다들 평화로운 세계를 이상으로 합니다. 모두 하늘나라를 바라고 유토피아를 꿈꾸며 극락세계를 염원합니다. 부르는 이름은 서로 다르지만 인간이 꿈꾸고 바라는 세계는 모두 같습니다. 이 세상에 수많은 종교가 있고 그보다 몇 배나 많은 종파가 있지만 그들이 바라는 것은 하나입니다. 그들이 지향하는 목적지는 천국이며 평화의 세계입니다. 인종과 종교로 갈기갈기 찢긴 마음을 말끔히 치유하는 따뜻한 사랑의 나라입니다.

강물은 흘러드는 물줄기를 거부하지 않는다

　세상에 만연한 이기주의는 개인을 망칠 뿐 아니라 다른 사람과 민족의 발전까지도 발목을 잡습니다. 인간의 마음속에 있는 탐욕이 평화세계로 나아가는 길에 가장 큰 장애물이 되는 것입니다. 개인의 탐욕이 민족의 탐욕으로 번져나가고 탐욕으로 얼룩진 마음이 사람과 사람, 민족과 민족 사이에 분열과 분쟁을 일으킵니다. 역사상 수많은 사람들이 탐욕 때문에 일어난 분쟁으로 피를 흘리며 죽어갔습니다.

　이런 분쟁을 없애려면 세상에 널리 퍼진 잘못된 가치관과 사상을 바꾸는 일대 혁명이 일어나야 합니다. 우리 사회에 실타래처럼 엉킨 복잡한 문제들은 생각의 혁명이 일어나면 삽시에 해결됩니다. 사람과 사람이, 민족과 민족이 사랑으로 상대를 먼저 배려하고 협조한다면 현대사회의 문제들은 모조리 풀릴 것입니다.

　나는 평생 평화를 위한 일에 몸을 바쳐왔습니다. 평화라는 말만 떠올리면 지금도 목이 메어 밥이 넘어가지 않고 눈시울이 붉어집니다. 세계가 하나 되어 평화를 누리는 그날을 그려보는 것만으로도 그저 감격스러울 뿐입니다. 평화란 그런 것입니다. 생각이 다르고 인종이 다르고 말이 다른 사람들을 하나로 연결하는 것입니다. 그런 세계를 그리워하고 바라는 마음입니다. 평화는 구체적인 행동이지 막연한 꿈이 아닙니다.

그동안 평화운동에 매달리는 것이 쉽지만은 않았습니다. 고난도 많았고 돈도 많이 들었습니다. 하지만 개인의 명예를 위해 그리 하지 않았습니다. 돈을 벌려고 한 것도 아닙니다. 온 땅에 견고하고 진정한 평화가 깃든 세계가 이룩될 수 있도록 전력을 다했을 뿐입니다. 이 일을 하는 동안 나는 외롭지 않았습니다. 세상 사람들이 바라는 바가 결국은 모두 평화이기 때문입니다. 그렇지만 이상한 일이지요. 모든 사람들이 그토록 원하는데도 평화가 아직 오지 않았으니 말입니다.

평화를 입으로 말하기는 쉽습니다. 그러나 평화를 불러오기는 쉽지 않습니다. 사람들이 평화로운 세상을 이루기 위해 가장 필요한 진리를 제쳐놓고 모른 체하기 때문입니다. 사람들과의 평화, 민족들 간의 평화를 말하기 전에 우리는 하나님과의 평화를 이야기해야 합니다.

요즘 종교들은 자기 교파만 제일로 여기고 다른 종교는 무시하고 배척합니다. 다른 종교나 교파에 담을 쌓는 일은 옳지 않습니다. 종교란 평화로운 이상세계를 찾아가는 커다란 강물과 같습니다. 강물은 드넓은 평화세계에 닿기까지 길게 흐르며 수많은 샛강을 만납니다. 강줄기에 합해진 샛강들은 그때부터는 샛강이 아니라 큰 강물입니다. 그렇게 하나가 되는 겁니다.

강물은 흘러드는 샛강의 물줄기를 내치지 않고 모두 받아들입니다. 그 많은 샛강을 다 끌어안고 같은 물줄기가 되어 바다로 향합니다. 세상 사람들은 이 간단한 원리를 모릅니다. 강물을 찾아 흘러드는 샛강들이 이 세상의 수많은 종교와 종파입니다. 샘이 솟아올라 흐르기 시작한 근본은 서로 다르지만 찾아가는 곳은 같습니다. 평화가 넘치는 이상세계를 찾아가는 겁니다.

종교 사이에 가로막힌 담을 헐지 않고는 절대로 이 땅에 평화가 찾아오지 않습니다. 종교는 이미 수천 년 동안 전 세계의 수많은 민족과 연합해서 커왔기 때문에 문화적 담장이 드높아 그것을 헐어버리기란 지극히 어려운 일입니다. 각기 다른 종교가 높은 담장 안에서 자기만 옳다고 주장하면서 수천 년을 지내왔습니다. 때로는 세력을 넓히려 다른 종교와 대립하고 싸우기도 했습니다. 하나님의 뜻도 아닌 것에 하나님의 이름을 걸었습니다.

하나님의 뜻은 평화에 있습니다. 국가와 인종, 종교로 찢겨져 서로 헐뜯고 싸우며 피 흘리는 세상은 하나님이 바라시는 바가 아닙니다. 하나님의 이름을 놓고 피 흘리며 서로 싸우는 우리들은 그분을 고통스럽게 할 뿐입니다. 갈기갈기 찢긴 세상은 모두 사람들이 자신의 부귀와 영달을 위해 만들어놓은 것일 뿐 하나님의 뜻이 아닙니다. 하나님은 분명히 내게 그렇게 말씀하셨고, 나는 하나님이 말씀하신 것을 이 땅에 실천하는 심부름꾼입니다.

종교와 인종을 한데 어우르는 평화세계를 만들기 위한 길은 한 없이 고단했습니다. 때로는 사람에 치이고 때로는 능력에 치이는 일이 수없이 많았지만 나는 그 사명을 저버릴 수 없었습니다. 나와 함께하는 식구들이나 동료들이 너무 힘들어 비명을 지를 때면, 차라리 그들이 부럽기도 해서 "여러분은 가다가 싫으면 돌아설 수도 있고 하다 하다 못하면 죽을 수도 있으나 나는 그럴 수도 없는 불쌍한 사람입니다" 하고 그들을 향해 하소연한 적도 있었습니다.

우리가 사는 지구에는 200여 개의 나라가 있습니다. 이 많은 나라가 평화를 누리려면 반드시 종교의 힘이 필요합니다. 종교의 힘은 넘치는 사랑에 있습니다. 나는 사랑을 전하는 종교인이니 세계 평화를 위해 일하는 게 당연합니다. 평화의 세계를 이루는 데 이슬람교와 기독교가 다르지 않습니다. 나는 미국에서 교파에 상관없이 2만여 명의 성직자를 모아 평화운동을 벌이고 있습니다. 이를 통해 기독교와 이슬람교, 유대교, 불교가 함께 모여 평화세계를 찾아가는 방법을 의논하고 사람들의 굳어진 마음을 바꾸는 일에 온 힘을 기울이고 있습니다. 나의 목표는 어제도 오늘도 하나님을 중심으로 하나의 세계를 만드는 것입니다. 그 나라에는 하나의 주권만이 있습니다. 전 세계는 하나의 국토, 하나의 국민, 하나의 문화로 합쳐집니다. 하나가 된 세상에 분열과 다툼이 있을 리 없으니 그때 비로소 진정한 평화세계가 열릴 것입니다.

"소련 땅에 종교의 자유를 허락하십시오"

　다윈의 진화론은 검증된 진리가 아닙니다. 정신이 물질에서 비롯된다는 그들의 사상은 뿌리부터 잘못된 것입니다. 인간은 하나님이 창조하신 피조물이며 모든 존재는 정신과 물질의 양면을 지닌 통일체입니다. 한마디로 공산주의 이론과 사상은 그릇된 것입니다. 그런데도 나는 일본유학 시절에 공산주의자들과 함께 독립운동을 했습니다. 그들 역시 조국광복을 위해 목숨을 아끼지 않은 좋은 친구들이었지만 그들과 나는 근본적으로 생각이 달랐습니다. 따라서 우리는 조국이 광복된 후 각자의 길을 걸을 수밖에 없었습니다.

　나는 공산주의의 유물사관을 반대하는 사람입니다. 전 세계적으로 승공운동을 벌였고, 소련 공산주의의 세계 적화 전략에 맞서 자유세계를 수호해야 한다고 역대 미국 대통령들에게 직언을 한 적도 있습니다. 내 행적을 못마땅하게 여기는 공산국가에서 나를 제거하려고 테러를 시도하기도 했지만, 나는 그들을 미워하거나 원수로 여기지 않았습니다. 나는 공산주의의 사상과 이념을 반대하는 것이지 그 사람들을 미워한 것이 아닙니다. 하나님은 공산주의자들까지도 하나로 끌어안기를 원하시는 분입니다.

그런 의미에서 냉전시대의 끝자락인 1990년 4월 소련 모스크바에 들어가 고르바초프를 만나고 그 이듬해 11월 평양을 방문해 김일성 주석을 만난 것은 단순히 목숨을 건 모험이 아니었습니다. 그것은 하늘의 뜻을 전하기 위해 내가 가야 할 숙명이었습니다. 모스크바Moscow를 영어로 발음하면 머스트 고must go였기 때문에 가지 않으면 안 될 곳이라고 했습니다.

나는 공산주의에 대해 확고한 생각을 가지고 있었습니다. 볼셰비키 혁명 이후 60년이 지나면 서서히 멸망의 징조가 나타나다가, 70년이 되는 1987년이 되면 기진맥진해 쓰러질 것을 예감했습니다. 1985년 댄버리교도소에 면회를 온 시카고 대학의 저명한 정치학자인 몰턴 캐플런 박사를 만나자마자 8월 15일이 되기 전에 '소련 공산주의의 종언'을 선포하라고 했습니다.

캐플런 박사는 "공산주의의 종언을 선포하라니요? 어떻게 그렇게 위험한 일을…"하며 영 내켜 하지 않았습니다. 마지막 타는 불꽃이 가장 화려한 것처럼 당시는 공산주의의 몰락을 예견할 만한 징조가 보이기는커녕 오히려 더욱 세를 넓히던 시절이었으니 겁을 집어먹는 것이 당연했습니다. 만에 하나 엉뚱한 선언이 되어버리면 학자로서의 명성이 하루아침에 무너질 것은 자명한 일이었습니다.

"레버런 문, 공산주의가 몰락한다는 당신의 이야기는 믿습니다. 하지만 아직 때가 아닌 것 같습니다. 그러니 '공산주의의 종언'이라는 말보다는 '공산주의의 쇠퇴'라고 둘러 말하면 안 되겠습니까?"

그의 말에 나는 불같이 화를 냈습니다. 사람이 아무리 겁이 나도 확신이 있을 때는 용기를 내서 죽을힘을 다해 싸워야 한다고 생각했습니다.

"캐플런 박사, 그게 무슨 소리요? 공산주의의 종언을 선언하는 것은 그만큼 분명한 뜻이 있기 때문이요. 당신이 공산주의의 종언을 선언하는 날, 공산주의는 그만큼 힘을 잃게 될 텐데 어찌 망설인단 말이요?"

결국 캐플런 박사는 제네바에서 열린 세계평화교수아카데미 총회에서 '공산주의의 종언'을 선포했습니다. 감히 누구도 생각할 수 없었던 일이었습니다. 그 당시 중립국인 스위스의 제네바는 소련 국가보안위원회KGB의 주무대로 수만 명의 KGB 요원들이 세계를 돌아다니며 정보를 수집하고 테러를 벌이는 곳이었습니다. 더구나 대회가 열렸던 인터컨티넨탈 호텔은 소련 대사관과 마주보고 있었으니 캐플런 박사가 얼마나 겁이 났을지 충분히 알 만하지요. 그러나 몇 년 후 그는 최초로 공산주의의 종언을 예언한 학자로서 무척이나 유명세를 탔습니다.

나는 1990년 4월에 모스크바에서 열린 세계언론인대회에 참석

했습니다. 뜻밖에도 소련 정부는 공항에서부터 국가원수급 대우를 해주었습니다. 경찰의 에스코트를 받으며 모스크바 시내로 들어갔습니다. 내가 탄 자동차가 평소에는 아무도 사용하지 못하고 대통령과 국빈들만이 지나갈 수 있는 노란색 황금 길 위를 달렸습니다. 당시는 아직 소련이 붕괴되기 전인 냉전시대였는데도 반공주의자인 나를 극진히 대접해주었던 것입니다.

나는 세계언론인대회에서 소련의 페레스트로이카를 칭찬하면서 그 혁명은 반드시 무혈혁명이어야 하며 마음과 영혼의 혁명이어야 한다는 내용의 연설을 했습니다. 세계언론인대회에 참석하기 위해 모스크바를 방문한 것이었지만 사실 내 마음은 고르바초프 대통령과의 만남에 쏠려있었습니다.

당시 페레스트로이카 정책이 성공하면서 소련 내에서 고르바초프의 인기는 매우 높았습니다. 그만큼 미국의 대통령은 열 번이라도 만날 수 있는 나였지만 고르바초프를 만나기는 어려운 때였습니다. 그렇지만 나는 그를 만나서 할 이야기가 있었기 때문에 꼭 만나고 싶었습니다. 그가 소련을 개혁해 공산세계에 자유의 바람이 일어났지만 시간이 지날수록 개혁의 칼은 그의 등을 겨누고 있었습니다. 이대로 가면 곧 큰 위험에 빠지고 말 것이었습니다.

"그가 나를 만나지 않으면 천운을 탈 길이 없고, 천운을 타지 못하면 오래 갈 수 없어."

내가 염려하는 이야기가 고르바초프 대통령의 귀에 들렸던지 그는 바로 이튿날, 모스크바의 크레믈린 궁전으로 나를 초청했습니다. 소련 정부에서 보내준 리무진을 타고 크레믈린 궁전 깊숙이 들어갔습니다. 대통령 접견실로 들어가 우리 내외가 앉고 그 옆으로 소련의 전직 각료들이 둘러앉았습니다. 얼굴 가득 환한 웃음을 띤 고르바초프 대통령은 자신의 페레스트로이카가 어떻게 성공하고 있는지를 열심히 설명했습니다. 그리고는 밀실로 들어가 두 사람만의 특별회담을 가졌습니다. 나는 그때를 놓치지 않고 고르바초프 대통령에게 말했습니다.

"대통령께서는 페레스트로이카로 이미 훌륭한 성공을 거두고 계시지만 그것만으로는 충분한 개혁을 할 수 없습니다. 지금 당장 소련 땅에 종교의 자유를 허락하십시오. 하나님 없이 물질세계만을 개혁하려 한다면 페레스트로이카는 반드시 실패합니다. 공산주의는 이제 곧 끝납니다. 이 나라에 종교의 자유를 불어넣는 것만이 나라를 구하는 길입니다. 이제는 러시아를 개방한 용기로 전 세계평화를 위해 일하는 세계의 대통령이 되어야 할 때입니다."

종교의 자유라니, 전혀 예상치 못했던 말이 튀어나오자 고르바초프 대통령은 적잖이 당황하며 얼굴을 굳혔습니다. 그렇지만 독일 통일을 허락한 사람답게 곧 굳어진 얼굴을 풀며 내 말을 진지하게 받아들였습니다. 나는 곧바로 "한국과 소련은 이제 서로 국교를 맺어야 합니다. 그런 의미에서 대한민국의 노태우 대통령을 꼭 초청해주십시오" 하며 말을 이었습니다. 덧붙여 한국과 소련이 수교하면 어떠한 점들이 좋은지도 일일이 설명해주었습니다. 내 이야기를 모두 들은 후 고르바초프 대통령은 전에 없이 확실한 어조로 약속을 했습니다.

"한소 관계는 순조롭게 발전할 것으로 확신합니다. 나 역시 무엇보다도 한반도의 정치적인 안정과 긴장 완화가 필요하다고 생각합니다. 한국과의 수교는 시간문제일 뿐 아무런 장애도 없습니다. 문 총재가 제안하신 대로 노 대통령도 곧 만나도록 하겠습니다."

그날 나는 고르바초프와 헤어지면서 내 손목시계를 풀어 그의 손목에 채워주었습니다. 마치 옛 친구를 대하듯 스스럼없는 내 태도에 당황하는 고르바초프를 향해 "대통령께서 지금 추진하고 계시는 개혁정책이 어려움에 봉착할 때마다 이 시계를 보면서 나와의 약속을 생각하면 하늘이 분명히 길을 열어주실 것입니다"라고 힘주어 말했습니다.

나와 약속한 대로 고르바초프 대통령은 그해 6월, 샌프란시스코에서 노태우 대통령을 만나 한소정상회담을 가졌습니다. 그리고 마침내 1990년 9월 30일 한국과 소련은 86년 만에 역사적인 국교를 맺었습니다. 물론 정치는 정치가가, 외교는 외교관이 할 일이지만 때로 오랫동안 막힌 물꼬를 트는 일에는 아무런 이해관계가 없는 종교인의 역할이 더 효과적이기도 합니다.

그로부터 4년 뒤에 고르바초프 대통령은 서울을 방문해서 한남동의 우리 집을 찾았습니다. 그때는 이미 쿠데타로 권좌에서 물러나 야인이 되어있을 때였습니다. 1991년 8월 페레스트로이카에 반대하는 반개혁파의 쿠데타가 일어난 후 그는 공산당 서기장 직을 사임하면서 소련 공산당을 해체시켰습니다. 공산주의자인 그가 자기 손으로 공산당을 없애버린 것입니다.

고르바초프 전 대통령은 우리가 정성껏 준비한 불고기와 잡채를 젓가락으로 맛있게 먹었습니다. 후식으로 나온 수정과를 칭찬하면서 "한국의 전통음식이 무척 훌륭합니다"라는 말을 몇 번이나 반복했습니다. 권좌에서 물러난 고르바초프와 라이사 여사는 그새 많이 변해있었습니다. 모스크바대학교에서 마르크스-레닌주의를 강의하던 철저한 공산주의자 라이사 여사의 목에서 십자가 목걸이가 반짝였습니다.

"대통령께서는 위대한 일을 해내셨습니다. 비록 소련의 서기장 직 자리는 내놓으셨지만 이제 평화의 대통령이 되셨습니다. 당신의 지혜와 용기 덕분에 전쟁 없이 세계평화를 이룰 수 있게 되었습니다. 세계를 위해 가장 크고 영원하고 아름다운 일을 하신 겁니다. 하나님의 일을 대신하신 당신은 평화의 영웅입니다. 러시아의 역사에 길이 남을 이름은 마르크스도 아니고 레닌도 아니고 스탈린도 아니고 오직 미하일 고르바초프뿐입니다."

나는 전쟁 없이, 피 흘리는 일 없이 공산주의 종주국인 소련의 해체를 이룩한 고르바초프 전 대통령의 결단을 높이 치하했습니다. 그러자 그는 "레버런 문, 나는 오늘 대단한 위로를 받고 갑니다. 그 말씀을 들으니 힘이 납니다. 나의 남은 인생을 세계평화를 위한 사업에 헌신하겠습니다"라며 내 손을 굳게 잡았습니다.

한반도의 통일이 곧 세계의 통일

고르바초프 대통령을 만나고 크레믈린 궁을 나오면서 나는 수행 중이던 박보희에게 특별한 지시를 하나 내렸습니다. "1991년이 넘어가기 전에 김일성 주석을 만나야겠다. 시간이 급해! 소련은 이제 한두 해 안에 끝나고 만다. 문제는 우리나라야. 어떻게든 김일성 주석을 만나 한반도에서 전쟁이 일어나는 것을 막아야 해."

소련이 붕괴되면 전 세계 공산국가들도 함께 괴멸되므로 마음이 급했습니다. 그렇다면 궁지에 몰린 북한이 어떤 도발을 해올지 알 수 없는 일이었습니다. 더구나 북한은 핵무기에 대한 집착이 대단했으니 더더욱 불안했습니다. 북한과의 전쟁을 막으려면 북한과 이야기할 수 있는 채널이 있어야 했는데 그때까지 우리에게는 그런 것이 없었습니다. 어떻게든 김일성 주석을 만나 핵무기에 대한 야욕을 버리고 남한을 선제공격하지 않겠다는 약속을 받아내야 했습니다.

한반도는 세계정세의 축소판입니다. 한반도에서 피를 흘리면 세계가 피를 흘립니다. 한반도가 화해하면 세계가 화해를 하고 한반도가 통일되면 세계가 통일되는 겁니다. 그런데 1980년대 후반부터 북한은 핵보유 국가가 되려고 발버둥치고 있었습니다. 이에 대해 서방국가들은 선제공격이라도 하겠다고 을러대고 있었지요. 이렇게 극한으로만 치닫는다면 북한이 어떤 무리수를 둘지 몰랐습니다. 나는 어떻게든 북한과의 대화 채널을 구축해야 한다고 생각했습니다.

그러나 일은 쉽지 않았습니다. 북한과 접촉했던 박보희에게 북한의 김달현 부총리는 "북조선 인민들은 지금까지 문 총재를 국제적인 승공운동의 괴수로만 알고 있습니다. 그런데 어떻게 보수반공의 총수를 환영할 수 있겠습니까? 문 총재의 방북은 절대로 허용할 수 없는 일입니다"라고 단단히 못을 박았습니다. 그렇지만 박보희는 물러나지 않았습니다. "미국의 닉슨 대통령은 철저한 보수 반공주의자입니다. 그런 그가 중국을 방문해서 마오쩌둥 주석과 회담을 하고 미국과 중국의 국교가 정상화되었습니다. 여기에서 이익을 본 것은 중국이었습니다. 침략자로 낙인찍혔던 중국이 일약 세계무대의 중심으로 떠오르고 있습니다. 북한이 세계적인 공신력을 가지려면 문 총재와 같은 보수 반공주의자를 친구로 만들어야 합니다"라며 북한을 설득했습니다.

마침내 1991년 11월 30일, 김일성 주석이 우리 부부를 초청했습니다. 당시 하와이에 머물던 우리는 급하게 베이징으로 날아갔습니다. 중국 정부가 내준 베이징공항의 귀빈실에서 잠시 기다리고 있으니 북한 대표가 나타나 공식 초청문서를 내놓았습니다. 초청장에는 평양의 관인이 선명하게 찍혀있었습니다.

"조선민주주의 인민공화국은 통일교회의 문선명 선생과 영부인, 그리고 수행원 일행을 공화국에 초청합니다. 공화국은 재북 기간 중 그 신원을 보장하겠습니다. 1991년 11월 30일, 조선민주주의 인민공화국 정무원 부총리 김달현."

우리 일행은 김일성 주석이 보낸 조선민항특별기 JS215를 타고 평양으로 향했습니다. 어느 나라의 대통령에게도 김일성 주석이 특별기를 내어준 일은 없었으니 매우 이례적이고 특별한 대접이었습니다.

비행기는 황해 바다를 건너 신의주로 올라가서 고향인 정주 상공을 지나 평양으로 갔습니다. 고향을 내려다볼 수 있게 배려해준 것이었습니다. 저녁노을이 붉게 물든 고향을 내려다보는데 마음이 울렁거리고 폐부 깊숙한 곳이 저려왔습니다. 저게 정말 내 고향인가 싶어서 곧바로 뛰어내려 산으로 들로 뛰어들고 싶었습니다.

평양 순안공항에는 48년 전에 헤어진 가족들이 나와있었습니다. 꽃처럼 어여쁘던 여동생들이 초로의 할머니가 되어 내 손을 잡고 미간을 찌푸리며 울부짖었습니다. 일흔 살이 넘은 누님도 내 어깨를 붙잡고 통한의 눈물을 흘리셨지만 나는 끝내 울지 않았습니다.

"여기서 이러지들 마십시오. 가족을 만나는 것도 중요하지만 나는 하나님의 일을 하러 온 사람입니다. 이러지들 마시고 기운을 차리세요."

40년 만에 만난 형제들을 껴안고 울지 못하는 내 마음은 속으로 폭포 같은 눈물을 쏟아내고 있었습니다. 하지만 나는 마음을 추스르고 숙소로 향했습니다.

다음 날 평생의 습관대로 새벽에 일어나 기도를 했습니다. 만일 영빈관에 감시시설이 있었다면 한반도의 통일을 위해 울부짖는 내 기도가 모두 녹음이 되었을 겁니다. 그날 우리는 평양 시내를 둘러보았습니다. 평양은 주체사상의 붉은 표어로 완전히 무장되어있었습니다.

3일째 되던 날은 비행기를 타고 금강산 구경을 갔습니다. 구룡연폭포는 한겨울인데도 힘차게 물줄기를 뿜어내고 있었습니다. 금강산을 구석구석 돌아본 후 6일째 되던 날은 헬리콥터를 타고 고향으로 갔습니다. 꿈속에서도 그리워 한 걸음에 내달리던 그 집이 바로 내 눈앞에 나타났습니다. 꿈인가 생시인가 싶어 한참을 집 앞에 망부석처럼 서있다가 안으로 들어갔습니다. 본래는 안채와 사랑채, 그리고 창고와 축사가 서로 맞물린 사각형 집이었는데 다 없어지고 안채만 남아있었습니다. 내가 태어난 안방으로 들어가 책상다리를 하고 앉아보았습니다. 어릴 적 기억들이 어제 일처럼 선명하게 떠올랐습니다. 안방과 부엌으로 통하는 작은 문을 열고 뒤뜰을 내다보니 예전에 내가 타고 놀던 밤나무는 이미 베어지고 없었습니다. "우리 쪼끔눈이, 배 안 고프나?" 하고 어머니가 다정하게 나를 부르는 듯했습니다. 어머니의 무명 치맛자락이 휘익 내 눈앞을 스쳐 지나갔습니다.

고향에서 부모님의 묘소를 찾아 꽃을 바쳤습니다. 흥남감옥으로 나를 찾아오셔서 피눈물을 흘리시던 어머니의 모습이 내가 본 그분의 마지막 모습입니다. 어머니의 무덤 위에 간밤에 내린 눈이 살포시 덮여있었습니다. 나는 흰 눈을 손바닥으로 쓸어내리고 어머니의 묘에 자란 뗏장을 한참이나 쓰다듬었습니다. 어머니의 거친 손등처럼 무덤 위의 겨울 잔디가 거칠거칠했습니다.

김일성 주석과의 만남

내가 본래 북한에 가려고 한 이유는 고향에 가고 싶어서도 아니고 금강산을 구경하고 싶어서도 아닙니다. 김일성 주석을 만나 조국의 장래를 놓고 담판을 지으러 간 것입니다. 그런데 엿새가 지나도록 김일성 주석을 만나게 해준다는 아무런 언질도 없었습니다. 그런데 고향을 둘러본 뒤 헬기를 타고 순안공항으로 돌아오자 예고도 없이 김달현 부총리가 마중을 나와있었습니다.

"내일 위대한 수령 김일성 동지께서 문 총재님을 영접하시겠다고 합니다. 그 장소가 홍남에 있는 마전 주석공관이기 때문에 지금 즉시 특별기를 타시고 홍남으로 가셔야겠습니다."

'주석공관이 여러 곳 있다고 하던데 하필이면 홍남일까?'

가는 길에 내가 있던 '홍남 질소비료 공장'이라고 쓰인 커다란 간판을 보니 예전에 감옥살이 하던 기억이 떠올라 참으로 묘한 기분이 들었습니다. 나는 그곳 영빈관에서 하룻밤을 묵고 김일성 주석을 만나러 갔습니다.

마전 주석공관에 들어서자 김일성 주석이 미리 나와 기다리고 있었습니다. 우리는 누가 먼저랄 것도 없이 서로 얼싸안았습니다. 나는 철저한 반공주의자고 김 주석은 공산당의 우두머리지만 두 사람의 만남에 이념이나 신앙은 중요한 것이 아니었습니다. 우리는 오랫동안 헤어진 형제와도 같았습니다. 그것이 바로 피가 통하는 민족의 힘입니다.

나는 다짜고짜 김일성 주석에게 말했습니다.

"김 주석의 따뜻한 배려로 가족들을 만나볼 수 있었습니다. 그러나 지금도 조국에는 생사조차 모른 채 나이 들어 죽어가는 1천만 명의 이산가족이 있습니다. 김 주석께서 이산가족들이 서로 만날 수 있도록 상봉의 은혜를 베풀어주십시오."

나는 우리 고향을 둘러본 이야기를 덧붙이며 동족애에 호소했습니다. 고향 말이 술술 통하니 마음이 한결 편했습니다. 그러자 김 주석도 "동감입니다. 내년부터는 북남의 헤어진 동포들이 서로 만나는 운동을 시작하십시다"라고 봄눈 녹듯 대답했습니다.

고향 이야기로 말문을 연 나는 곧바로 핵무기에 관한 의견을 꺼냈습니다. 한반도의 비핵화선언에 합의하고 국제원자력기구 IAEA의 핵사찰협정에 조인할 것을 정중하게 건의했습니다. 그랬더니 김 주석은 "문 총재, 생각을 좀 해보시오. 내가 누구를 죽이려고 핵폭탄을 만들겠습니까? 동족을 죽이려고요? 내가 그런 사람처럼 보입니까? 핵이 평화적인 목적에만 쓰여야 한다는 데 나도 동의합니다. 문 총재의 이야기를 귀담아 들었으니 잘될 겁니다" 하고 선선하게 대답했습니다. 당시는 북한의 핵사찰 문제로 인해 남북관계가 좋지 않아 매우 조심스럽게 제안한 것이었는데, 흔쾌한 대답에 그 자리에 있던 모든 사람이 크게 놀랄 정도였습니다. 말이 잘 통한 우리는 식당으로 자리를 옮겨 이른 점심을 먹었습니다.

"문 총재는 '언 감자국수'를 아십니까? 내가 백두산에서 빨치산 활동을 하던 시절에 참 많이 먹었던 음식입니다. 드셔보시지요."

"알고 말구요. 우리 고향에서도 즐겨 먹던 음식입니다" 하며 내가 반갑게 말을 받았습니다.

"허허, 문 총재 고향에서는 별미로 만들어 드셨겠지요. 나는 살기 위해서 먹었습니다. 일본경찰이 백두산 꼭대기까지 뒤지고 다니니 밥 한 술 점잖게 먹을 수가 없었어요. 백두산 꼭대기에 감자 빼고 먹을 것이 뭐 있습니까? 감자를 끓여 먹으려다가 일본경찰이 쫓아오면 감자를 땅 속에 묻어놓고 달아났지요. 한참 지나 그곳에 돌아와보면 어찌나 추운지 감자가 땅 속에서도 꽁꽁 얼어버렸어요. 할 수 없이 언 감자를 캐내서 녹인 다음에 가루를 내어 국수를 만들어 먹었습니다."

"주석님께서는 언 감자국수 전문가십니다."

"그렇지요. 이걸 콩국에 말아서 먹어도 맛있지만 깻국에 말아도 아주 맛이 좋습니다. 소화도 잘되고 감자에 끈기가 있어 배도 부르지요. 아, 그리고 문 총재. 언 감자국수는 이렇게 함경도식

갓김치를 얹어 드시는 게 별미외다. 한번 해보시지요."

나는 김 주석이 권하는 대로 언 감자국수에 갓김치를 얹어 먹었습니다. 고소한 국수와 함께 매콤한 김치가 어우러져 속이 아주 후련했습니다.

"세상에 산해진미도 많고 많지만 저는 그런 거 다 필요 없습니다. 고향에서 먹던 감자송편이나 옥수수, 고구마보다 맛있는 게 없습니다."

"주석님과 나는 입맛까지 서로 잘 통하는군요. 역시 고향사람끼리 만나니 좋습니다."

"고향을 둘러보시니 어떻습디까?"

"감회가 무량하지요. 제가 살던 집이 남아있어서 잠시 옛 생각을 하며 안방에 앉아보았습니다. 당장이라도 돌아가신 어머니가 이름을 부르실 것만 같아 가슴이 먹먹했습니다."

"저런, 그러니 우리가 얼른 통일이 되어야 한단 말이지요. 제가 듣기로 문 총재는 상당한 개구쟁이였다 하던데 고향에 가셔서 좀 뛰어노셨습니까?"

김 주석의 말에 식탁에 앉았던 사람들이 와르르 웃었습니다.

"나무도 타고 고기도 잡으러 가야 하는데 김 주석께서 기다리신다고 해서 서둘러 왔으니 다음에 다시 불러주셔야겠습니다."

"그러지요, 그리고 말고요. 그런데 문 총재는 사냥을 하십니까? 나는 사냥을 아주 좋아합니다. 백두산에서 곰 사냥을 해보면 분명히 반할 겁니다. 곰이 덩치가 커서 미련해 보이지만 사실은 아주 꾀쟁이에요. 한번은 곰하고 딱 일대일로 맞닥뜨렸는데 말이지요, 곰이 글쎄 나를 보고는 꿈쩍도 않는 겁니다. 곰을 피해 달아나면 어찌 되는 줄 아시지요? 그러니 제가 어떻게 했겠습니까? 나도 곰을 노려보면서 버텼지요. 한 시간, 두 시간, 시간이 자꾸 가는데 곰은 여전히 나를 노려보고 있지요. 백두산의 추위가 오죽 유명합니까? 곰에게 먹혀 죽기 전에 얼어 죽을 지경이었지요."

"아니, 그래서 어찌 되셨습니까?"

"하하, 문 총재 앞에 앉아있는 내가 곰입니까, 사람입니까? 그게 답입니다그려."

내가 큰 소리로 웃자 김 주석이 느닷없이 말했습니다.

"문 총재, 다음에 오시거든 백두산에 사냥 한번 같이 가십시다."

그래서 나도 얼른 맞받아쳤습니다.

"주석께서는 낚시도 좋아하시지요? 알래스카 코디악 섬에 할리벳이라는 곰만큼 큰 넙치가 삽니다. 우리 그거 한번 낚으러 가십시다."

"곰처럼 큰 넙치라고요? 그러면 당연히 가야지요."

사냥이며 낚시며 우리는 취미가 서로 통했습니다. 그러자 갑자기 할 말이 너무 많아져서 오랜만에 만난 옛 친구가 서로 지난 이야기하는 것처럼 앞서거니 뒤서거니 하며 이야기를 주고받았습니다. 우리들의 웃음소리가 식당 안을 쩌렁쩌렁 울렸습니다.

나는 금강산에 대한 이야기도 꺼냈습니다.

"금강산을 가보니 정말 명산이더군요. 우리 민족의 자랑스러운 관광단지로 크게 개발을 해야겠습니다."

"금강산은 통일조국의 자산입니다. 그래서 아무나 손을 대지 못하도록 했습니다. 잘못 개발해서 명산을 버릴 수도 있으니까요. 문 총재처럼 국제적인 안목을 지닌 분이 맡아서 개발을 해주신다면 믿을 수 있지요."

김 주석은 즉석에서 금강산 개발 요청까지 했습니다. "주석께서 나보다 연세가 많으시니 형님뻘 되시는군요" 하자 김 주석은 "문 총재, 우리 이제부터 형님 동생하며 잘해 보십시다!" 하며 내 손을 꼭 잡았습니다.

김 주석과 나는 손을 잡고 복도를 걸어 나가 기념사진을 찍고 헤어졌습니다. 나를 보내고 난 뒤 김 주석은 "문 총재라는 사람 참 훌륭하다. 일생 동안 내가 많은 사람을 만나보았지만 그런 사람은 없었다. 배포도 크고 정이 넘치는 사람이다. 친밀함이 느껴지고 기분이 좋아 오래오래 같이 있고 싶었다. 나중에 다시 만나보고 싶다. 내가 죽은 후에 남북 사이에 의논할 일이 생기면 반드시 문 총재를 찾아라" 하고 김정일에게 신신당부했다니 서로 어지간히 잘 통한 모양입니다.

내가 일주일의 일정을 마치고 평양을 떠나자마자 연형묵 총리를 수반으로 한 북한 대표단이 서울에 왔습니다. 연 총리는 '한반도 비핵화 공동선언'에 조인했습니다. 그리고 이듬해 1월 30일,

북한은 IAEA의 핵사찰협정에 조인함으로써 나와의 약속을 모두
지켰습니다. 목숨을 걸고 평양에 들어가 그만한 성과를 냈으니
참으로 보람된 일이었습니다.

땅은 나뉘어도 민족은 나뉠 수 없다

한반도는 지구에 하나 남은 분단국가입니다. 우리에게는 한반도를 통일해야 할 책임이 있습니다. 두 동강이 난 조국을 이대로 후손들에게 물려줄 수는 없는 노릇입니다. 한 민족이 둘로 나뉘어 서로의 부모형제를 만나지 못하고 산다는 것은 있을 수 없는 슬픔입니다. 남북을 나누는 38선이나 휴전선은 사람이 그은 것입니다. 땅은 그렇게 나눌 수 있지만 민족은 나눌 수 없습니다. 반백년이 넘게 나뉘어 있으면서도 우리가 서로를 못 잊고 그리워하는 것은 하나의 민족이기 때문입니다.

우리 민족을 '백의민족'이라고 합니다. 백의, 흰옷은 평화의 색입니다. 따라서 우리 민족은 평화의 민족입니다. 일제강점기 시절 우리나라 사람, 중국사람, 일본사람이 만주나 시베리아 땅에서 서로를 죽이고 살리고 하던 중에도 한국사람은 몸에 칼을 지니고 다니지 않았습니다. 일본사람과 중국사람은 모두 칼을 가지고 다녔지만 우리나라 사람들은 부싯돌을 품고 다녔습니다. 얼어붙은 만주와 시베리아 땅에서 불을 붙이는 것은 생명을 지키는 일입니다. 우리 민족이 그런 사람들입니다. 하늘을 공경하고 도의를 소중히 여기며 평화를 사랑하는 사람들이지요.

일제강점기와 6·25사변을 겪으면서 우리 민족은 참 많은 피를 흘렸습니다. 하지만 나라가 통일되지도 않았고 평화의 국권이 이루어지지도 않았습니다. 국토의 허리가 두 동강 나고 그나마 반쪽은 공산주의의 어두운 세계가 되었습니다.

우리가 민족의 주권을 되찾으려면 반드시 통일을 이루어야 합니다. 지금처럼 남북이 갈라져서는 평화를 얻을 수 없습니다. 우리가 먼저 평화통일을 이루어 온전한 주권을 되찾아야만 세계평화를 이룰 수 있습니다. 한민족을 배달민족이라고 일컫듯 우리 민족은 세계에 평화를 전달하는 배달부로 태어난 것입니다. 모든 사물에는 이름이 있고 이름에는 저마다 타고난 뜻이 있습니다. 백의민족의 흰옷은 낮이나 밤이나 눈에 잘 뜨입니다. 어두운 밤중에 표식으로 삼을 수 있는 색깔은 흰색뿐입니다. 우리 민족은 밤이나 낮이나 세계평화를 전달하고 다니는 운명을 타고났습니다.

남과 북 사이에는 휴전선이 가로놓여있지만 그것은 큰 문제가 아닙니다. 우리가 휴전선을 제거하면 그 앞에는 러시아와 중국이라는 더 큰 휴전선이 놓여있습니다. 우리 민족이 온전한 평화를 얻으려면 러시아와 중국이 가로막고 있는 휴전선까지 뛰어넘어야 합니다. 힘들지만 불가능한 일은 아닙니다. 중요한 것은 마음

가짐입니다.

나는 땀을 흘리고 피를 흘릴 때에 남김없이 몽땅 흘리는 것이 좋다고 생각하는 사람입니다. 마음속의 찌꺼기까지 몽땅 흘려 내보내야 미련이 남지 않고 깨끗이 정리됩니다. 고난도 마찬가집니다. 고난의 마지막까지 이겨내고 말끔히 청산해야만 고난이 끝납니다. 무엇이든지 완전히 청산하고 나면 다시 되돌아오는 법입니다. 그렇게 처절한 고통 없이는 민족의 온전한 주권을 되찾을 수 없습니다.

지금이야 다들 평화통일을 이야기하지만 내가 평화통일을 주장하던 때는 반공법과 국가보안법이 무서워 감히 평화통일이란 말을 사용하기조차 겁나던 시절이었습니다. 나는 그때부터 줄곧 평화통일을 주장해왔습니다. 지금도 누가 "어떻게 해야 한반도가 통일됩니까?" 하고 물으면 내 대답은 한결같습니다.

"남한 사람이 남한보다 더 북한을 사랑하고, 북한 사람이 북한보다 더 남한을 사랑하면 오늘이라도 한반도는 통일됩니다."

1991년에 목숨을 걸고 북한 땅에 들어가 김일성 주석을 만난 것도 모두 그런 사랑의 밑바탕이 있었기에 가능한 일이었습니다. 그때 나는 김일성 주석과 남북 이산가족 상봉, 남북 경제협력, 금강산 개발, 한반도 비핵화, 남북 정상회담 추진 등에 대해 합의했습니다. 반공주의자가 공산국가에 들어가 남북통일의 물꼬를 트리라고 아무도 생각하지 않았지만 나는 세계를 깜짝 놀라게 했습니다.

나는 김일성 주석을 만나기 전 평양의 만수대 국회의사당에서 '피는 물보다 진하다'는 주제로 두 시간에 걸쳐 강연을 펼쳤습니다. 그날 내가 북한 지도층을 상대로 힘주어 말한 것은 '사랑에 의한 남북통일 방안'입니다. 김일성주의로 무장된 북한의 지도층을 앉혀놓고 내식대로 말해버린 겁니다.

"남북은 반드시 통일돼야 하는데 총칼로는 하나가 될 수 없습니다. 남북통일은 무력으로 이루지지 않습니다. 6·25동란도 실패했는데 또 무력으로 어떻게 해보겠다는 생각은 어리석은 일입니다. 여러분이 주장하는 주체사상으로도 남북을 통일할 수 없습니다. 그럼 무엇으로 통일이 될까요? 이 세상은 사람의 힘만으로 움직이는 것이 아닙니다. 하나님이 계시기 때문에 절대로 인간의 힘만으로 어찌지 못합니다. 전쟁과 같이 악한 경우에도 하나님은 섭리하십니다. 그러니 인간이 주체가 된 주체사상으로는 남북을 통일할 수 없습니다. 통일된 조국을 만드는 것은 하나님주의로만 가능합니다. 하나님께서 지켜주시는 우리에게 통일의 때가 다가오고 있습니다. 통일은 우리 민족의 숙명이자 우리 시대에 반드시 풀어야 할 과제입니다. 우리 때에 조국통일의 성업을 이루지 못한다면 영원히 조상과 후손들 앞에 머리를 들지 못할 것입니다. 하나님주의가 무엇입니까? 하나님의 완전한 사랑을 실천하는 것입니다. 남북을 통일하는 데는 좌익도 안 되고 우익도 안 됩니다. 그 두 가지 사상을 조화시킬 수 있는 두익사상頭翼思想이 있어야만 가능합니다. 사랑의 길을 가려면 전 세계 앞에서 남침한

6. 사랑하면 통일이 됩니다

사실을 사과해야 합니다! 북한이 남한에 심어놓은 고정간첩이 2만 명이나 되는 것으로 알고 있습니다. 그들에게 지금 당장 자수하라는 지령을 내리십시오. 그러면 내가 그들의 사상을 바로잡는 교육을 하여 남북의 평화통일에 기여하는 애국자들로 만들겠습니다."

나는 의사당 테이블을 주먹으로 내리치며 강력하게 이야기했습니다. 그러자 내 연설을 듣고 있던 북한 측의 윤기복 위원장과 김달현 부총리의 얼굴이 무섭게 굳어졌습니다. 그런 발언이 내게 어떤 위험을 불러올지 모르지 않았지만 할 말은 해야 했습니다. 단순히 그들을 자극하기 위해서가 아니라 그날 내 연설이 김일성 주석과 김정일 위원장에게 곧바로 보고된다는 사실을 너무나 잘 알고 있었기에 우리의 뜻을 전달하려 일부러 그렇게 말했습니다.

연설이 끝나자마자 수행원들의 얼굴이 파랗게 질렸습니다. 북한 사람들 중 몇몇은 어떻게 그런 소리를 함부로 할 수 있느냐고 정색을 하며 항의하기도 했습니다. "연설 내용이 너무 강해서 저들 분위기가 별로 좋지 않습니다" 하며 식구들이 걱정을 했습니다. 하지만 나는 단호히 말했습니다.

"내가 여기를 왜 왔는가? 북한 땅을 구경하러 온 것이 아니다. 여기까지 와서 할 말을 안 하고 가면 천벌을 받는다. 설령 오늘 연설이 빌미가 되어 김 주석을 만나지 못하고 쫓겨난다 해도 할 말은 해야 한다."

그 후 1994년 7월 8일 갑자기 김일성 주석이 사망했습니다. 당시 남북관계는 최악의 국면이었습니다. 한국 땅에 패트리어트 미사일이 배치되고 미국에서는 영변의 핵시설을 파괴시키라는 강경파가 득세하면서 금세라도 전쟁이 일어날 듯 상황이 급박했습니다. 북한은 일체의 외국 조문객을 받지 않겠다고 했지만 나는 형제의 의를 맺었던 김 주석의 죽음을 애도하는 것이 마땅하다 생각했습니다.

나는 박보희를 불렀습니다.

"지금 바로 조문사절로 북한으로 가라."

"지금 북한은 아무도 들어갈 수 없는 상황입니다."

"힘든 것은 안다. 하지만 무조건 들어가야 해. 압록강을 헤엄쳐 건너서라도 반드시 들어가서 조문하고 와."

박보희는 베이징으로 건너가서 목숨을 걸고 북한과 연락을 취했습니다. 그런데 김정일 위원장이 "문 총재의 조문사절은 예외로 하여 평양에 모시도록 하라"고 지시를 내렸습니다. 평양에 들어가 조문을 마친 박보희를 만난 김정일은 "부친께서 문 총재님이 조국통일을 위해 애쓰고 계신다고 늘 말씀하셨습니다. 잘 오셨습니다" 하고 정중하게 인사했습니다. 1994년 한반도는 언제 어디서 펑 하고 터질지 모르는 위기상황이었습니다. 바로 그때 김 주석과 맺은 인연 덕분에 한반도의 핵 위기를 무사히 넘겼다는 것을 생각하면 그때 조문은 단순한 예절에 그친 것이 아니었습니다.

내가 김 주석과의 만남을 소상하게 소개하는 것은 사람과 사람 사이의 신의에 대해 이야기하기 위해서입니다. 나는 조국의 평화통일을 위해 그를 만났습니다. 그리고 민족의 운명을 생각하는 내 신의가 통한 덕에 그의 사후에 아들인 김정일 위원장도 우리가 보낸 조문사절을 받아들인 것입니다. 진실한 마음으로 사랑을 나누면 넘지 못할 벽이 없고 이루지 못할 꿈이 없습니다.

나는 북한을 내 고향, 내 형제의 집으로 여기고 찾아갔습니다. 무엇을 얻기 위해서가 아니라 사랑의 마음을 주려고 간 것입니다. 그리고 그 사랑의 힘이 김일성 주석을 넘어 김정일 위원장에게도 통했습니다. 그날 이후 지금까지 북한과 우리 사이에는 특별한 관계가 지속되어 남북관계가 어려워질 때마다 힘을 다해 물꼬를 트는 역할을 맡아 하고 있습니다. 모든 것은 김일성 주석과 만나 진실한 마음을 통하며 신뢰를 쌓은 것이 그 뿌리입니다. 신뢰는 그렇게나 중요합니다.

김일성 주석을 만나고 온 후 우리는 북한에서 평화자동차공장을 비롯해 보통강호텔, 세계평화센터 등을 운영하고 있습니다. 평양 시내에는 평화자동차 광고탑이 8개나 세워져 있습니다. 우리나라 대통령이 방북했을 때 북한 사람들은 평화자동차공장을 보여주었습니다. 대통령과 함께 방북했던 재계 인사들은 보통강호텔에 묵었지요. 북한 땅에서 일하는 우리 식구들은 일요일마다 세계평화센터에 모여 예배를 드립니다. 이런 일들은 남북의 평화적인 교류와 통일을 위한 평화활동들이지 경제적인 이득을 얻기 위한 사업이 아닙니다. 민족적인 사랑으로 남북통일에 이바지하고자 하는 노력의 일환인 것입니다.

총칼은 거두고 참된 사랑으로

우리 민족을 나눠놓은 것은 휴전선만이 아닙니다. 영남과 호남도 보이지 않는 선으로 나뉘어있습니다. 또 일본에 사는 한국인들은 거류민단과 조총련으로 나뉘어있습니다. 민단과 조총련을 대립하게 하는 이유는 부모의 고향이 달라서입니다. 그런데 부모의 고향이 어디인지 가본 적도 없는 2세, 3세들까지 부모가 그어놓은 선 안에 웅크리고 삽니다. 민단과 조총련으로 나뉘어서 서로 말도 섞지 않고 학교도 다른 곳으로 다니며 결혼도 하지 않습니다.

2005년 나는 영호남과 재일 한국인들을 하나로 만들기 위한 그동안의 계획을 실천으로 옮겼습니다. 민단에서 1천 명, 조총련에서 1천 명의 동포를 서울로 초청해서 영남인 1천 명, 호남인 1천명과 자매결연을 맺었습니다. 일본에서 조총련과 민단이 한 자리에 모여 남북의 평화통일을 논의하는 것은 불가능에 가깝습니다.

어려운 일을 해낸 만큼 영호남, 민단과 조총련이 한자리에 앉아 서로를 포옹하는 광경은 그야말로 감격스러웠습니다. 그때 서울을 처음 찾았던 조총련 간부는 돌아가신 아버지의 고향이 어딘지도 확실히 모른 채 냉전 구도의 대리전을 치르며 살아온 세월이 참으로 안타깝다고 말하며 주저앉아 통곡했습니다. 그동안 부질없는 마음의 분단선을 긋고 살아온 것이 못내 부끄럽다고도 했습니다.

한반도의 분단과 대립을 제대로 이해하려면 과거와 현재와 미래를 통틀어 바라볼 줄 알아야 합니다. 모든 사건에는 뿌리가 있는 법입니다. 한반도의 분단은 선과 악이 맞서 싸우는 선악투쟁의 역사가 만들어낸 것입니다. 6·25동란이 일어나자 북한을 돕기 위해 소련과 중공을 비롯한 공산권 국가들이 총동원되었습니다. 남한도 마찬가지지요. 미국을 비롯한 16개 나라에서 군대를 파견했고 의료반을 파견한 나라가 5개국, 전쟁 물자를 지원해준 나라가 20개국이나 됩니다. 세계 역사상 이렇게 많은 나라가 참전한 전쟁은 없습니다. 한국이라는 조그만 나라에서 벌어진 전쟁에 전 세계 인류가 동참한 것은 한국전쟁이 공산주의 세력과 자유주의 세력의 대리전이었기 때문입니다. 어찌 보면 우리나라가 세계의 대표가 되어 선과 악의 싸움을 치열하게 치러낸 것입니다.

「워싱턴타임스」를 창간한 지 10년째 되던 1992년, 알렉산더 헤이그 미국 국무장관이 기념식에 참석해서 축사를 하던 중 뜻밖의 이야기를 했습니다.

"저는 한국전쟁 참전용사입니다. 지휘관이었던 저는 흥남 공격을 맡아 목숨을 걸고 맹공격을 펼쳤습니다. 문 총재께서 공산당에게 잡혀 흥남감옥에 계시다가 그날의 공격으로 해방되셨단 말씀을 듣고 감회가 남달랐습니다. 아마도 문 총재님을 구하려고 제가 그곳에 갔던 모양입니다. 이제는 반대로 문 총재님께서 미국을 구하려고 이곳에 와계십니다. 「워싱턴타임스」는 좌파 언론이 여론을 주도하는 워싱턴에서 균형 잡힌 역사관을 갖고 앞으로 나아갈 방향을 일러주어 미국인의 생명을 구하는 신문입니다. 이번에도 확인했듯 역사에는 우연이란 존재하지 않는 것입니다."

한때 우리 사회에서는 6·25동란 당시 유엔군을 총지휘했던 맥아더 장군의 동상을 철거하자는 주장이 있었습니다. 만일 유엔군이 참전하지 않았다면 남북이 지금처럼 분단되지 않았을 것이라는 것이 요지였지요. 나는 그 이야기를 듣고 참으로 놀랐습니다. 그런 주장은 북한 공산당의 입장에서만 할 수 있는 겁니다.

이렇게 세계적인 희생을 치렀는데도 아직 한반도의 통일은 오지 않았습니다. 그날이 언제 올지는 모르지만, 우리가 이미 통일을 향해 힘찬 발걸음을 내딛고 있다는 사실만은 분명합니다. 통일로 향해 가는 길목엔 장벽이 너무 많습니다. 첩첩이 막힌 장벽을 하나하나 허물며 나아가야 합니다. 시간이 오래 걸리고 힘이 들어도 압록강을 헤엄쳐서 건너가는 정신으로 참고 견디면 통일은 반드시 옵니다.

동유럽 국가들 가운데 가장 마지막까지 버티던 루마니아의 공산정권이 1989년 말 유혈 민중봉기에 의해 무너졌습니다. 정권이 붕괴되자마자 24년 동안 루마니아를 통치했던 니콜라이 차우세스쿠는 그의 아내와 함께 처형되었지요. 그는 자신의 정책에 반대하는 사람들을 무참하게 학살하던 잔인한 독재자였습니다. 어느 나라든지 독재가 점점 더 강화되는 이유 중의 하나는 정권을 잃을 경우 생명까지 위태로울 수 있다는 공포심 때문입니다. 어떠한 경우에도 자신의 목숨을 보전할 수 있다는 확신만 있다면 그렇게까지 막다른 길로 치닫지 않을 것입니다.

우리나라도 머지않은 미래에 어떠한 방식으로든지 통일을 이룰 것입니다. 따라서 정치인들은 정치인들대로, 경제인들은 경제인들대로 통일한국을 대비한 여러 가지 준비를 해야 합니다. 나 역시 종교인으로서 북한 사람들을 사랑으로 끌어안고 함께 평화를 나눌 수 있는 통일한국을 맞이하기 위한 준비를 게을리하지 않습니다.

나는 독일의 통일에 대해 오랫동안 연구해왔습니다. 총 한 방 쏘지 않고 피 한 방울 흘리지 않으면서 통일할 수 있었던 이유에 대해 당시 통일을 주도했던 사람들의 경험을 들으며 우리에게 적합한 방법을 찾습니다. 그 결과 독일이 평화통일을 할 수 있었던 데에는 동독의 권력자들에게 '통일이 되더라도 생명이 위험하지 않다'라는 믿음을 심어준 것이 주효했다는 사실을 알았습니다. 목숨이 보장되지 않았다면 동독의 통치자들이 그렇게 쉽게 통일의 문을 열어주지는 않았을 겁니다.

마찬가지로 나는 북한의 통치자들에게 그러한 믿음을 주어야 한다고 생각했습니다. 얼마 전 일본에서 출판된 북한을 소재로 한 소설에는 차우세스쿠가 처형당하는 비디오를 수십 번씩 돌려 보며 '우리가 정권을 잃으면 저렇게 된다. 절대로 정권을 잃어서는 안 된다'고 절규하는 북한 통치자들의 모습이 등장합니다. 물론 일본 소설가의 상상이지만 그들의 현실적인 고민에 귀를 기울이고 그것을 해결해주어야 통일이 빨리 옵니다.

한반도에 평화세계를 구축하는 것은 의외로 간단합니다. 남한이 북한을 완전히 위할 때 북한은 싸움을 걸지 않고 한반도에는 저절로 평화가 찾아옵니다. 불효자식을 감동시킬 수 있는 힘은 주먹도 아니고 권력도 아닌 가슴에서 우러나는 사랑의 힘입니다. 북한에 쌀을 주고 비료를 주는 것보다 사랑을 주는 것이 중요합니다. 사랑하는 마음으로, 진정을 다해 북한을 생각하고 위할 때만 북한도 마음을 연다는 사실을 잊지 말아야 합니다.

한국의 미래, 세계의 미래

7

인류의 역사를 새로 쓰는 한반도

　나는 고향이 그리워 꿈속에서도 고향을 찾아가는 사람입니다. 내 고향은 서울을 지나 저 멀리 산과 바다가 있는 북한 땅 정주입니다. 내 마음은 언제 어디서나 사랑과 생명이 있는 그곳에 닿아 있습니다. 우리는 모두 부모의 혈통을 받고 태어나 부모의 사랑을 받아먹고 자랐기에 그 사랑이 그대로 녹아있는 고향을 잊지 못합니다. 그래서 나이가 들수록 더 고향이 그리워집니다. 그곳에서 출발했으니까 그곳으로 돌아가야 하는 겁니다. 사람은 근본을 떠날 수 없습니다. 2004년 나는 34년간의 미국 활동을 마치고 천운이 함께하는 한반도로 돌아왔습니다.

　우리는 아침이 낮으로 바뀌는 시간을 알지 못합니다. 또 저녁이 언제 밤으로 넘어가는지도 알지 못합니다. 어느 순간에 지나가버리는지 하늘의 일을 사람은 모릅니다. 우리 인생도 그러합니다. 성공과 실패의 순간들은 모두 우리 모르게 지나가버립니다. 나라도 마찬가지입니다. 한 나라에 길흉이 언제 찾아올지 알 수 없습니다. 이렇듯 인간은 천운을 알지 못합니다. 천운이란 세계를 움직이는 힘이며 우주가 돌아가는 원리입니다. 우리는 알지 못해도 세상을 창조하신 분이 섭리하는 천운이란 게 분명 있습니다.

우주는 그 나름의 질서에 딱 맞게 움직입니다. 이 세상의 모든 존재물들은 존재하기 이전부터 어떤 원칙을 갖고 있습니다. 아기는 세상에 태어나면 누가 가르쳐주지 않아도 눈을 뜨고 숨을 쉽니다. 억지로 그렇게 하게 만드는 것이 아니라 저절로 그렇게 되는 것입니다. '저절로 되는 것'이 우주의 비밀을 푸는 중요한 열쇠입니다.

자연에는 저절로 되는 것들이 아주 많습니다. 그러나 실제로 '저절로'라는 말은 맞지 않습니다. 저절로 되는 것처럼 보이는 자연현상들 속에도 우리가 알지 못하는 우주의 방향성이 있습니다. 우주의 운, 천운이란 그런 것입니다. 우리가 미처 알지 못할 뿐 우주가 순환하는 과정에 큰 운이 닥치는 시기가 분명 있습니다. 추운 겨울이 지나면 봄이 오고, 봄이 가면 여름이 오는 우주의 원리를 알면 우리나라에 닥칠 미래도 미리 내다볼 수 있습니다.

지혜로운 사람은 우주의 법도와 박자를 맞춥니다. 역사에 길이 남는 사람들은 모두 우주의 법도와 박자를 맞춘 사람들입니다. 미국에 있을 때 집 앞의 허드슨 강에서 낚시를 많이 했습니다. 내가 어릴 적부터 고기 잡는 선수인데도 어느 날은 피라미 한 마리도 못 잡고 머쓱하게 돌아올 때가 있습니다. 우리는 잘 모르지만

311

고기들도 지나는 때와 길이 있습니다. 물이 있다고 항상 고기들이 지나가는 게 아니지요. 그걸 모르고 밤낮 낚싯대를 드리우고 기다려 봐야 헛수고입니다. 천운도 마찬가지입니다. 미래를 보는 눈이 없으면 천운이 내 눈앞에 와있어도 보지 못합니다. 그래서 천운을 볼 줄 아는 혜안이 필요한 겁니다.

세계문명의 방향은 줄곧 서진西進하면서 발달해왔습니다. 즉 이집트의 대륙문명과 그리스·로마의 반도문명을 거쳐 영국의 도서문명이 발달했고, 다시 미국의 대륙문명으로 옮겨갔습니다. 문명은 계속 서진하여 태평양을 건너 일본으로 갔습니다. 그렇지만 인류문명의 이동은 여기서 멈추지 않습니다. 일본을 크게 키워준 힘이 이제는 한반도로 옮겨오고 있습니다. 인류의 문명이 한반도에서 결실을 맺을 채비를 하고 있습니다.

일본의 도서문명이 대륙과 연결되려면 반드시 반도를 거쳐야 합니다. 물론 아시아에는 인도차이나 반도도 있고 말레이 반도도 있지만 그들 나라는 현대문명을 이어받을 만한 배경을 갖고 있지 못합니다. 오직 한반도, 우리나라만이 그 역할을 해낼 수 있습니다. 한반도는 지정학적으로 참 절묘한 위치에 있습니다. 태평양 바다를 사이에 두고 미국과 일본을 대하고 있는가 하면, 아시아와 유럽대륙을 연하여 중국, 러시아와 국경을 마주하고 있습니다. 그래서 예로부터 강대국들의 세력 다툼의 요지가 되어 많은 희생을 치렀습니다.

냉전시대에는 공산주의와 목숨을 건 전쟁을 치렀고 지금도 한반도는 여전히 세계 강국들의 관심과 이해관계가 얽혀 분단국이 된 채 완전한 평화를 이루지 못하고 있습니다. 세계 4대 강국들의 이해관계가 충돌하는 접점에 있는 한반도는 이제 강대국들의 충돌을 막아가면서 세계의 번영과 평화를 위한 협력을 이끌어내는 중대한 역할을 담당할 시기가 되었습니다.

천운에는 반드시 막중한 책임이 따릅니다. 이제 천운을 맞이한 한반도는 이들 나라가 서로 충돌하지 않고 세계의 번영과 평화를 위해 긴밀하게 협력하도록 베어링과 같은 역할을 해야 합니다. 베어링은 회전하는 기계의 축을 일정한 위치에 고정하면서 동시에 축을 자유롭게 회전시키는 역할을 합니다. 이제 우리 한반도가 바로 강대국들과의 관계를 매끄럽게 유지하면서 세계평화를 발전시키는 베어링이 되어야 할 때입니다.

그 역할을 위해 나는 오래전부터 철저한 준비를 해왔습니다. 고르바초프 대통령의 개혁정책을 지지하면서 소련과의 관계개선을 서둘렀고, 덩샤오핑의 중국 개혁개방 정책을 1980년대 후반부터 적극적으로 도왔습니다. 옌볜대학에 공과대학 설립을 후원하는 것을 시작으로 중국 땅에 발을 디딘 후, 톈안먼 사태로 중국에 투자하려던 외국자본들이 속속 중국을 떠나갈 때에도 우리는 중국에 남아 광둥성 후이저우에 수억 달러를 투자하여 중국의 개혁개방을 위해 많은 노력을 했습니다.

단순히 경제적인 이유에서 한 일이 아닙니다. 나는 사업가가 아니라 종교인입니다. 종교인은 앞날을 내다보고 미래를 준비하는 사람입니다. 러시아와 중국, 일본, 그리고 미국까지 한반도를 통해 서로 협력하고 발전해나가야 합니다. 한반도가 세계평화의 축이 되어야 합니다.

그런데 막상 우리나라와 소련 및 중국과의 관계개선을 위해 일 하다가 보니 가장 기본적인 러시아어 사전, 중국어 사전조차 없다 는 사실을 알았습니다. 서로의 말도 모르면서 무슨 일을 함께 하 겠습니까? 그때 앞날을 내다보는 뜻있는 교수들이 중한사전과 러 한사전 출간을 위해 애쓰고 있다는 소식을 들었습니다. 고려대학 교 민족문화연구소의 홍일식 교수가 추진하던 중한대사전 프로 젝트와 러시아어어학과 교수들이 준비하던 러한사전 출간사업이었 습니다. 나는 이 두 사전 편찬을 지원해주었습니다. 이 사전들이 지금까지 한중교류와 한러관계에 긴요한 역할을 하고 있습니다.

제아무리 높은 산꼭대기에 놓인 돌일지라도 떨어질 때는 골짜 기로 떨어집니다. 서양문명의 끝이 바로 그러합니다. 과학의 힘 을 빌려 눈부시게 발전했다고는 하나 정신적인 몰락으로 이미 골 짜기를 향해 떨어지고 있습니다. 그 골짜기가 바로 수천 년 동안 정신문화를 쌓아온 동양입니다.

그중에서도 한반도는 동양과 서양의 문명이 만나는 장소요, 대 륙문명과 해양문명이 만나는 곳입니다. 역사학자 슈펭글러는 일 년에 춘하추동이 있듯이 문명 또한 흥망성쇠를 되풀이해왔다고 했습니다. 그렇습니다. 지금은 그동안 흥했던 대서양 문명시대가 지나가고 새롭게 환태평양 문명의 시대가 열리는 시점입니다. 환태평양 문화권의 중심은 아시아입니다. 한국을 중심으로 한 아시아가 새로운 역사의 주인공이 됩니다. 전 세계 인류의 3분의 2가 아시아에 살고 있습니다. 세계 모든 종교가 발원한 곳도 아시아입니다. 아시아는 오랫동안 인류의 정신적인 근원이었습니다.

서양문명과 동양문명은 가까운 미래에 한반도에서 합쳐질 것입니다. 세상은 지금도 빠르게 변하고 있습니다. 천운도 점점 더 빠르게 우리를 향해 다가오고 있습니다. 세상이 완전히 뒤집히는 변화의 시기에 한반도가 세계를 이끌 막중한 역할을 제대로 하기 위해서는 만반의 준비를 해야 합니다. 편견과 이기심으로 얼룩진 과거를 버리고 맑은 눈과 새로운 마음으로 다가오는 시대를 맞이해야 합니다.

7. 한국의 미래, 세계의 미래

고난과 눈물의 땅에서
평화와 사랑의 땅으로

우리 민족이 그동안 겪었던 비참한 역사에는 깊은 뜻이 있습니다. 우리나라가 세계평화의 전진기지가 될 운명이기 때문에 그렇게 많은 고난을 겪었던 것입니다. 한반도가 세계의 중심이 될 수 있는 것은 오랫동안 고난과 역경을 참아왔기 때문입니다. 우리는 숱한 고난을 겪었지만 그 누구도 원수로 만들어 미워하지 않은 민족입니다. 우리를 괴롭힌 이웃들이 여럿 있었지만 철천지원수가 되지는 않았습니다.

우리 민족의 마음속에는 원수까지도 사랑하는 마음이 있습니다. 원수를 사랑하고 받아들이려면 끊임없이 자기를 다스려야 합니다. 제 속이 다 곪아터진 다음에야 비로소 원수를 사랑할 수 있는 마음의 여유가 생기는 법인데 우리 민족이 바로 그런 마음을 가졌습니다.

핍박받는 사람은 하나님과 가장 가깝습니다. 눈물을 흘리는 마음을 갖는 것이 중요합니다. 평소에는 눈물을 흘려본 적이 없던 사람도 나라를 잃게 되면 눈물을 흘리며 웁니다. 하나님한테 매달려 통곡합니다. 고통스럽고 힘들지만 눈물을 흘리며 울 수 있는 마음은 복됩니다. 눈물로 젖은 마음에 하나님이 오시기 때문입니다. 한민족의 마음속에 눈물이 많았기 때문에 한반도가 천운을 받을 땅이 될 수 있었습니다.

우리 민족은 조상을 숭배합니다. 아무리 밥을 굶고 힘들어도 조상의 묘 자리를 팔아 밥을 구하지 않은 우리 민족입니다. 우리는 예로부터 하늘을 우러르는 경천사상敬天思想을 지키며 살아왔고, 세 끼 밥보다 정신세계를 더 중요하게 생각한 문화민족입니다. 불교와 유교를 받아들여 찬란한 종교문화를 꽃피웠으며 기독교를 받아들인 지 얼마 되지 않아 전 세계를 대표하는 기독교의 전통을 세웠습니다. 그런데 그보다 더 대단한 것은 그러한 종교들이 서로 충돌하지 않고 서로 융합하며 평화롭게 공존한다는 사실입니다. 무엇이 우리를 이렇게 독특한 민족으로 만들었을까요?

우리는 본래부터 종교적인 마음을 가진 종자宗子들로서 언제라도 하나님의 말씀을 받아들일 마음의 준비가 되어있습니다. 또한 우리 민족은 하나님의 뜻을 제대로 실행할 수 있는 영특함을 지녔습니다. 그 우수함을 잘 보여주는 것이 우리말과 한글입니다. 이는 하늘이 내려준 보물입니다.

우리말에는 사람의 심정을 표현할 수 있는 갖가지 형용사와 부사가 대단히 풍부합니다. 이 세상 어떤 나라의 말도 사람의 복잡한 마음을 우리말만큼 섬세하게 표현하지 못합니다. 말은 곧 그 사람입니다. 말이 섬세하다는 것은 그 사람의 마음이 섬세하다는 것입니다.

우리가 쓰는 한글은 또 얼마나 훌륭합니까? 나는 '훈민정음訓民正音'이란 말을 참 좋아합니다. 백성을 가르치는 바른 소리라니, 이렇게 아름다운 의미를 지닌 글을 쓰는 나라는 우리나라뿐입니다. 디지털 시대가 되니 한글의 우수성이 더욱 크게 드러납니다. 자음과 모음의 단순한 조합만으로 인간이 세상에서 내는 모든 소리를 다 적을 수 있으니 정말 놀라운 일입니다.

나는 이미 30년 전부터 외국의 우리 식구들에게 앞으로 다가올 미래를 대비해 한국어를 배우라고 했습니다. 그런데 요즘 들어 소위 한류라는 바람을 타고 한국말을 배우려는 사람들이 크게 늘었습니다. 일본이나 몽골, 베트남, 아프리카까지 세계 어디서나 한국말을 할 줄 아는 사람들이 아주 많아졌습니다. 이는 결코 우연이 아닙니다.

말에는 혼이 있습니다. 일제강점기 때 일본이 그토록 우리말을 없애려고 한 것은 우리 민족의 혼을 없애기 위함이었습니다. 지금 세계적으로 우리말을 쓰는 사람이 늘어나는 것은 우리의 혼이 널리 퍼져나간다는 의미입니다. 우리의 문화적 영향력이 그만큼 높아진 것입니다.

우리 민족은 절대로 남한테 신세를 지지 않는 독특한 성격을 갖고 있습니다. 나는 미국에서 한국사람들의 고집스러운 성격을 새

삼 느낄 수 있었습니다. 미국은 여러 가지 사회보장제도가 잘 되어 있는 나라입니다만 우리 한국사람들은 도통 그런 것에 의지하려 들지 않았습니다. 나라에서 주는 지원금에 기대지 않고 어떻게든 내 손으로 벌어 자식을 키우고 부모를 모시려고 했습니다. 그만큼 우리 민족은 자주성이 강합니다. 전 세계에 선교사를 보내보면 그런 기질이 그대로 드러납니다. 낯선 나라에 파견되어도 별다른 두려움이 없습니다. 선교사들뿐 아니라 상사직원들도 그렇습니다. 세계 어느 곳이든지 사명을 받으면 모든 것을 떨치고 갑니다. 망설이고 주저하는 법이 없습니다.

우리 민족은 누구보다 부지런합니다. 한 자리에 머물러있지 않고 사방으로 돌아다닙니다. 세계 어느 곳도 한국사람이 없는 데가 없을 정도로 진취적입니다. 또한 어느 한 가지에 매이지 않고 다방면에 걸쳐 능력을 발휘합니다. 한 가지 일이 막히면 좌절하기보다 용기 있게 다른 일을 찾아 뛰어갈 만큼 적응력도 뛰어납니다.

마을에 큰 잔치가 열리면 사람들이 우르르 몰려가서 서로 좋은 자리를 차지하려고 난리가 나지요. 그럴 때 아무 말 없이 말석에 가서 앉는 사람이 있다면, 그가 바로 시대의 주인입니다. 내 입에 들어가는 것을 먼저 챙기는 사람은 다 낙제입니다. 밥 한 술 먹을 때도 남을 먼저 생각해야 합니다. 우리가 한반도에 찾아오는 천운을 맞이하려면 나보다 더 소중한 남이 있다는 것을 마음 깊이 새겨야 합니다.

우리는 그동안 우리가 사랑하는 것들을 모두 빼앗겼습니다. 일제강점기에는 소중한 나라를 빼앗겼고, 뒤이어 국토가 두 동강이나 사랑하는 부모형제들과 헤어져야 했습니다. 그래서 한반도는 눈물의 땅이 되었습니다. 그러나 이제는 우리가 세계를 향해 울어주어야 할 때입니다. 이제부터는 우리를 위해 울던 것보다 더 진실하고 절박하게 세계를 위해 눈물을 흘려야 합니다. 그것이 천운을 맞이한 한반도에서 우리가 해야 할 일입니다. 우리가 그렇게 할 때, 한반도의 천운이 세계로 뻗어나가 한민족 중심의 세계평화시대가 열릴 것입니다.

평화를 사랑하는 세계인으로

21세기 종교의 궁극적인 목표점

20세기는 격동의 세기였습니다. 지난 2천 년 동안 일어났던 일들보다 더 많은 일들이 1백 년 사이에 일어났습니다. 20세기는 두 차례의 세계전쟁을 치르며 공산주의가 거세게 일어났다가 사라진 세기입니다. 또 하나님을 저버리고 물질에 매몰된 세기였습니다. 그렇다면 21세기는 어떨까요? 과학이 발달하면서 더 이상 종교가 필요 없어졌다는 사람들도 있지만, 인간의 정신세계가 없어지지 않는 한 종교의 역할은 결코 끝나지 않을 것입니다.

종교의 목적은 무엇입니까? 그것은 하나님의 이상세계를 이룩하는 것입니다. 더 많은 사람을 종교의 세계로 전도하려고 노력하는 까닭은 더 많은 사람을 하나님의 백성이 되도록 하기 위함입니다. 모두가 하나님의 백성이 된다면 세상은 더 이상 전쟁과 분란이 없는 평화세계가 됩니다. 궁극적으로 종교가 갈 길은 평화입니다.

하나님은 사랑과 평화의 세상을 원하여 이 세상을 지으셨습니다. 자기의 종교만이 유일한 구원이라고 우기며 분란을 일으키는 것은 하나님이 바라시는 바가 아닙니다. 하나님은 이 세상 모든 사람이 평화와 화해, 상생을 위해 열심히 일하길 바라십니다. 교회에 나가는 것 때문에 집안에 분란이 일어난다면, 나는 주저 없이 가정을 먼저 지키라고 말합니다. 왜냐하면 종교는 하나님의 완전한 세계에 들어서기 위한 수단이지 그 자체가 목표는 아니기 때문입니다.

인류는 갈라진 의견을 하나로 모으고 충돌하는 문명의 합치점을 찾아낼 것입니다. 앞으로 인류를 이끌어갈 사상은 그동안의 모든 종교와 모든 사상을 다함께 아우르는 것이어야 합니다. 지난날처럼 한 나라가 앞장서서 인류를 끌고나가던 시대는 이미 끝났습니다. 민족주의의 시대도 끝이 났습니다.

지금처럼 종교와 인종을 앞세워 같은 무리들끼리 뭉치는 시대가 계속된다면 인류는 전쟁을 되풀이할 수밖에 없습니다. 관습과 전통을 넘어서지 않으면 평화의 시대가 결코 올 수 없습니다. 지금까지 인간을 조종해온 그 어떤 주의나 사상, 종교도 다가올 미래의 평화와 통일을 이룩할 수 없습니다. 그러니 미래에는 불교도 넘어서고 기독교도 넘어서고 이슬람교도 넘어서는 새로운 이념과 사상이 나와야 합니다. 내가 수십 년 동안 종파도 넘어서고 종교도 넘어서야 한다고 목이 터지도록 주장해온 것도 바로 이러한 이유 때문입니다.

지구상에는 200개가 넘는 나라들이 있고 그 나라들마다 모두 국경을 갖고 있습니다. 나라와 나라 사이에는 서로를 구분하는 국경이 있습니다. 국경으로 나뉜 나라들은 영속할 수 없습니다. 국경을 극복할 수 있는 것은 종교뿐입니다. 그런데도 사람들에게 희망이 되어야 할 종교가 수많은 종파로 나뉘어 저희들끼리 싸우기에 바쁩니다. 자기 종교, 자기 교파 제일주의에 빠져 세상이 변하고 새로운 시대가 열리는 것을 알지 못합니다.

수천 년 동안 쌓아온 종교의 담을 허물기란 쉽지 않습니다. 그렇지만 평화세계로 가기 위해서는 반드시 종교의 담을 헐어야 합니다. 종단과 종파들은 부질없는 싸움을 그치고 서로의 의견을 조율해가면서 하나의 세계를 향해 나아가는 방법을 고민해야 합니다. 세계평화의 실현을 위한 종교의 역할을 다하기 위해 구체적인 실천의 길로 나서야 합니다. 행복한 미래는 물질적인 번영만으로는 이뤄질 수 없습니다. 종교 간의 이해, 정신적인 화합을 통해 사상과 문화, 인종 간의 갈등을 극복하는 게 시급합니다.

나는 전 세계의 다양한 종교인들을 향해 세 가지 부탁을 합니다. 첫째는 다른 종교의 전통을 존중하고 종교 간의 분쟁이나 충돌을 힘써 막을 것, 둘째는 모든 종교 공동체는 서로 협력하며 세계에 봉사할 것, 셋째는 세계평화를 위한 사명을 완수하기 위해 모든 종교 지도자가 참석하는 조직으로 발전시킬 것입니다.

오른쪽 눈은 왼쪽 눈을 위해 있고, 왼쪽 눈은 오른쪽 눈을 위해 있습니다. 또한 두 눈은 인간 전체를 위해 존재합니다. 우리 몸의 사지가 다 그렇습니다. 자기를 위해 존재하는 것은 하나도 없습니다. 종교도 자기 종교를 위해 존재하는 것이 아니라 사랑과 평화를 위해 존재합니다. 세계평화가 이루어지면 더 이상 종교가 필요 없습니다. 종교의 궁극적인 목표점은 사랑과 평화가 가득한 세상을 현실세계에서 완성하는 것입니다. 그것이 하나님의 뜻입니다.

사람의 마음을 평화에 대한 갈망으로 가득 차게 만드는 일은 쉽지 않습니다. 그러기 위해서는 끊임없이 가르치고 또 가르쳐야 합니다. 그래서 나는 교육 사업에 정성을 들입니다. 우리 교회가 채 자립도 하기 전에 선화예술학교를 설립했고, 청심국제중고등학교, 선문대학교 등 여러 학교를 세웠습니다. 또한 우리나라를 넘어 전 세계에 미국의 브리지포트대학을 비롯한 많은 학교를 세웠습니다. 나의 교육이념은 선화예술학교를 세울 때처럼 하늘을 사랑하고 사람을 사랑하며 나라를 위해 일하는 인재를 키우는 것입니다.

학교는 진리를 가르치는 성소와 같은 곳입니다. 학교에서 가르쳐야 할 가장 중요한 진리가 무엇일까요? 첫째는 하나님을 알아 그 존재를 현실에 실현하는 것입니다. 둘째는 인간 존재의 근원을 알아 자신의 책임을 다하고 세계의 운명에 책임을 지는 것입니다. 그리고 셋째는 인류의 존재 목적을 깨달아 이상적인 세계를 건설하는 것입니다. 이런 것들은 오랫동안 정성을 들여 가르쳐야만 비로소 알게 됩니다.

오늘날의 교육은 경쟁에서 이긴 자가 행복을 독차지하는 승자독식사회를 만들어가는 데 초점이 맞춰져있습니다. 그것은 올바른 교육이 아닙니다. 교육은 인류가 함께 잘 사는 평화의 세계를 만들기 위한 수단이어야 합니다. 지금까지 우리를 지배해 온 교육의 이념과 방법을 인류 공동의 목표를 위한 것으로 바꾸어야 합니다. 미국이 미국만을 위한 교육을 하고 영국이 영국의 이익만을 위한 교육을 한다면 인류의 미래는 어두울 뿐입니다.

　교육자들은 저 혼자 잘 사는 방법이 아니라 우리 시대의 온갖 사회적 문제들을 해결할 수 있는 지혜를 가르쳐야 합니다. 종교학자들의 역할은 더 중요합니다. 종교학자들이 가르쳐야 할 것은 자기 종교의 복잡한 이론이나 우월성이 아니라 인류를 사랑하고 평화세계를 이루는 지혜입니다. 그들이 앞장서서 인류가 한 형제이며 세계는 한 가정이라고 하는 평화의 원리를 후손들에게 가르치지 않으면 결코 인류의 행복한 미래를 기대할 수 없습니다.

　지혜 중의 지혜는 하나님의 심정과 이상을 아는 것입니다. 그렇기 때문에 과학기술이 하늘을 찌를 듯한 21세기에도 종교의 역할은 여전히 중요합니다. 따라서 전 세계의 종교는 인류의 나아갈 바를 정확히 알고, 지금 당장 크고 작은 이익 싸움을 그만두어야 합니다. 체면을 앞세운 명분 싸움도 하지 말아야 합니다. 서로 지혜를 모으고 힘을 합쳐 이상세계를 건설하는 일에 부지런히 나서야 합니다. 갈등과 증오로 얼룩졌던 지난날은 이제 그만 잊고 평화로 풀어야 합니다. 세계평화를 위한 노력은 아무리 해도 끝이

325
7. 한국의 미래, 세계의 미래

없습니다. 인류를 이상세계로 이끌어 가는 종교인들은 스스로가 평화의 사도인 것을 잠시도 잊지 말아야 합니다.

문화 사업으로 실천하는 창조의 역사

　나는 1988년 서울올림픽이 세계적인 냉전구도를 결정적으로 바꾸는 평화의 제전이 될 것을 예감하고 세계 각국에 퍼져있는 우리 식구들을 서울로 들어오게 했습니다. 그리고 자기 나라 선수단을 안내하고 응원하는 일을 맡기고, 한국의 기념품을 선물하고 음식도 대접하도록 했습니다. 예측대로 서울올림픽은 중국과 소련이 모두 참가하여 공산진영, 자유진영 모두가 화합하는 평화의 축제가 되었습니다. 개막식 당일, 나는 잠실 주경기장 일반 관람석에 앉아 평화와 화합의 잔치를 기쁜 마음으로 지켜보았습니다.

　나는 올림픽이 끝난 직후 그 열기를 이어받아 일화천마 프로 축구단을 창설했습니다. 일화천마팀은 우승도 여러 차례 하면서 축구팀으로서 명성을 쌓아오고 있습니다. 그 후 몇 년 뒤에는 또 삼바축구의 본고장인 브라질에서 세네와 소로까바라는 프로 축구단을 창단하여 지금껏 운영하고 있습니다. 여러 가지 스포츠 중에서 득별히 축구팀을 만든 것은 내가 축구를 좋아하기 때문입니다. 나는 어려서부터 운동하는 것을 좋아해서 복싱도 하고 한국 전통 무술도 했지만, 나이를 먹어서까지 좋아서 찾게 되는 스포츠는 단연 축구입니다. 학창시절에는 학교 운동장을 부지런히 뛰어다니며 공을 찼지만 지금은 보는 것을 즐깁니다. 서울에서 월드컵이 열렸을 때는 텔레비전 석 대를 나란히 놓고 중계하는 모든 경기를 지켜보았습니다. 특히 한국이 나오는 경기는 한 게임도 거르지 않았습니다.

축구는 인생의 축소판입니다. 내가 아무리 공을 잘 몰아가도 나보다 재빠르고 솜씨 좋은 상대팀 선수가 순간적으로 내 공을 채가면 결국 아무것도 아닙니다. 또 공을 잘 몰아가서 슛을 날리게 되더라도 골대에 맞고 튀어나오면 그것으로 끝입니다. 공을 몰아가는 것은 내가 할 일이지만 공을 넣는 것은 나 혼자의 힘으로는 안 됩니다. 박지성 선수와 같이 절묘한 순간에 도움을 주는 동료도 있어야 하고 악착같이 상대팀을 따돌리는 이영표와 같은 선수도 있어야 합니다.

그러나 가장 중요한 사람은 경기장 밖에서 팀 전체를 살펴보는 감독입니다. 직접 뛰며 공을 넣지는 않지만 감독의 힘은 선수들 전체를 합한 것보다 더 중요합니다. 감독은 마치 하나님이 우리가 알지 못하는 세계를 보시며 우리에게 사인을 보내는 것처럼 선수들이 보지 못하는 것을 봅니다. 감독의 사인에 잘 따르기만 하면 경기는 백발백중 이깁니다. 그러나 감독이 아무리 사인을 보내줘도 어리석은 선수가 알아듣지 못해 제멋대로 공을 몰고 다니면 경기에 패할 수밖에 없습니다.

축구는 승부를 겨루는 경기이지만 국가 간의 평화와 협력증진에도 큰 힘을 미칩니다. 전 세계 스포츠인들의 잔치인 올림픽보다 월드컵 중계방송을 보는 사람들이 두 배나 많다고 하니 인류가 축구를 얼마나 좋아하는지 알 수 있습니다. 굴러가는 공 하나를 놓고 나라와 인종, 종교, 문화를 넘어선 화합의 장을 만드는 힘이 축구에 있습니다. 축구와 인류의 평화는 잘 어울리는 한 쌍의 파트너입니다.

브라질의 체육부 장관까지 지냈던 축구황제 펠레가 한남동 우리 집을 찾은 적이 있습니다. 사람들은 펠레를 세계 최고의 축구선수로 기억하지만, 내가 만난 그는 훌륭한 평화운동가였습니다. 그가 축구를 통해 이루고자 하는 것이 바로 세계평화였기 때문입니다. 나를 만난 펠레는 활짝 웃으며 말했습니다.

"예전에 아프리카 가봉에서 축구경기를 치른 적이 있는데, 당시 그곳은 전쟁 중이었습니다. 폭탄이 쏟아지는 속에서 어떻게 경기를 했을까요? 고맙게도 경기를 하는 동안은 휴전을 했습니다. 저는 그때 축구가 단순히 공을 가지고 뛰는 스포츠만은 아니라는 사실을 절실하게 깨달았습니다. 축구는 세계평화를 만들어가는 인류 공통의 훌륭한 수단입니다. 그 이후 저는 축구를 통해 세계평화운동을 해야겠다고 다짐했습니다."

펠레 선수가 얼마나 멋있어 보이던지 나는 그의 손을 덥석 잡았습니다. 경쟁이 심한 세상을 살다보면 스트레스가 많습니다. 스트레스는 삶을 긴장시키고 마음의 평안을 앗아가며, 스트레스가 쌓이면 저마다 신경이 곤두서서 공연한 싸움을 벌이기 십상입니다. 그러한 긴장상태를 건전하게 풀어주는 것이 바로 스포츠와 예술 활동 같은 취미 생활입니다. 스포츠와 예술은 인간의 억눌린 욕구를 풀어주는 방법일 뿐 아니라 인류를 하나로 묶는 도구입니다. 내가 축구팀을 운영하고 발레단을 이끄는 이유는 그러한 활동이 바로 평화를 가져오는 수단이기 때문입니다. 펠레는 이미 그런 내 마음을 알고 있었습니다.

뜻을 함께한 우리는 그 자리에서 국제적인 규모의 새로운 축구 경기인 '피스컵Peace Cup'을 만들었습니다. 그리고 2003년부터 2년마다 피스컵 대회를 열어 세계의 유명한 축구팀을 우리나라로 불러 경기를 치렀습니다. 그러나 2009년에 열리는 제4회 대회부터는 개최지를 세계 여러 나라로 바꿀 계획입니다. 우선 2009년에는 축구의 본고장이라 불리는 스페인의 안달루시아 지방에서 열 예정입니다. 스페인 최고의 클럽 팀인 레알 마드리드 팀과 세비야 클럽 팀, 프랑스의 리옹 팀을 비롯해서 영국의 명문 클럽 팀이 출전해서 세계 제일의 축구경기를 펼칠 것입니다. 피스컵을 운영하면서 발생하는 수익금은 사정이 어려운 여러 나라의 유소년 축구 프로그램을 돕는 경비로 씁니다. 특히 신체장애를 가진 어린이들이 축구를 통해 꿈을 잃지 않고 살아갈 수 있도록 돕는 데 많은 공을 들이고 있습니다.

UN난민기구와 함께 아프리카의 라이베리아에서 유소년 축구 대회를 열기도 했습니다. 라이베리아는 15년 넘게 계속된 부족 간의 전쟁으로 사람들의 삶이 무척 고달픈 곳입니다. 잦은 전쟁 으로 인구가 급격히 줄어드는 바람에 UN의 특별보호를 받는 그 곳의 어린이와 청소년들이 함께 모여 축구를 하며 평화를 노래했 습니다. 공을 차면서 즐기는 동안 부족 간에 서로 화합하는 정신 을 저절로 몸에 익히는 겁니다.

우리가 정성들여 준비하는 일이 또 있습니다. 다름 아니라 이스 라엘과 팔레스타인 거주지역의 한가운데 멋진 축구장을 짓는 일 입니다. 두 나라의 어린이들을 상대로 유럽의 유명한 코치를 불 러다 축구 아카데미도 열 계획입니다. 이러한 활동을 통해 어른 들은 서로 총부리를 겨누더라도 어린이들은 축구장에 모여 공을 차게 하려고 합니다. 모두들 비현실적이라며 머리를 내젓지만 우 리는 반드시 해낼 겁니다. 지금도 이스라엘 장관은 축구장을 이 스라엘 쪽에 지어야 한다고 하고 팔레스타인 장관은 또 자기네 지역에 지어야 한다고 고집하지만 나는 반드시 두 땅을 잇는 곳 에 지을 겁니다. 나는 주위의 압박에 밀려 꿈을 접는 사람이 아니 라 고집불통 같은 의지로 꿈을 이루는 사람입니다.

다들 불가능하다고 했던 일 중의 하나가 발레단을 만드는 것이 었습니다. 요즘은 우리나라도 발레를 좋아하는 사람들이 많아져 서 발레 스타까지 생겨났습니다만 내가 발레단을 만들던 당시는 정말 발레의 불모지나 다름없었습니다.

331

발레를 볼 때마다 나는 하늘나라의 예술이 바로 저러할 거라는 생각을 합니다. 발레리나가 발끝으로 꼿꼿이 서서 머리를 하늘로 치켜들면 그 자세만으로도 완벽하게 하나님을 경외하는 모습이 됩니다. 그렇게 간절해 보일 수가 없습니다. 발레는 하나님이 인간에게 주신 아름다운 몸을 이용해서 그분께 사랑을 표현하는 최고의 예술입니다.

　1984년에 창설된 유니버설 발레단은 〈백조의 호수〉와 〈호두까기 인형〉을 시작으로 〈돈키호테〉와 〈지젤〉 그리고 순수 창작발레인 〈심청〉 〈춘향전〉을 공연하면서 이제는 국제적인 수준으로 성장했습니다. 세계 유명 무대에서 초청을 받고 있는 유니버설 발레단의 무용수들은 역동적인 서양 발레에 한국인 특유의 정적인 아름다움을 더해 동서양이 조화롭게 어우러진 공연을 보여주는 것으로 평가를 받습니다. 유니버설 발레단은 미국 워싱턴에 발레학교도 갖고 있습니다. 나는 또 '뉴욕시티 심포니오케스트라'와 국제합창단인 '뉴 호프 싱어즈'도 만들었습니다.

　예술은 하나님의 창조사업과 닮아있습니다. 예술가들이 자신의 작품을 위해 혼신의 힘을 다하듯이 하나님도 자신이 지으신 인간과 세상을 위해 온 마음을 쏟으셨을 것입니다. '물이 있으라 하니 물이 있었다'란 성경 말씀은 말 한마디에 물이 저절로 생긴 것 같은 느낌을 주지만 절대로 그렇지 않습니다. 하나님이 물을 만들고 땅을 만드는 일에 가지신 모든 힘을 쏟아부으셨던 것처럼 무대 위에 선 발레리나의 몸짓도 죽을힘을 다한 후에 탄생한 창조의 열매입니다.

　축구도 마찬가지입니다. 90분 동안 축구선수는 죽을힘을 다합니다. 어디서 날아올지 모르는 공을 향해 달려가며 골대를 향해 내지르는 발길질 한번에 생애의 모든 것을 걸고 하나님이 이 세상을 지을 때와 같은 에너지를 쏟아붓습니다. 내가 가진 것을 100퍼센트 완전히 쏟는 일, 한순간을 위해 나를 송두리째 바치는 일은 무엇보다 위대합니다.

바다의 주인이 세계를 장악한다

바다를 장악하는 나라가 세계의 주역이 된다는 것은 역사가 증명하는 일입니다. 16세기의 영국을 생각해보십시오. 영국의 여왕 엘리자베스 1세는 왕위에 오르자마자 해양 정책을 강화했습니다. 자본과 기술을 모두 동원해 튼튼한 배를 만들고 용맹스러운 사람들을 배에 태워 바다로 내보냈습니다. 그들은 바다의 끝에 무엇이 있는지도 모르는 채 목숨을 걸고 바다로 나갔습니다.

영국은 원래 바다에 강했던 민족이 아니었습니다. 오히려 노르웨이나 스웨덴의 바이킹에게 침략을 당하던 민족이었습니다. 그렇지만 바다를 잃으면 모든 것을 다 잃는다는 사실을 깨닫고 해양권을 강화한 엘리자베스 1세의 피나는 노력으로 영국은 바이킹과 스페인을 능가하는 해양제국이 되었습니다. 그런 노력 끝에 대서양의 작은 섬나라 영국은 5대양 6대주에 무수한 식민지를 거느린 해가 지지 않는 나라가 될 수 있었습니다.

평화를 사랑하는 세계인으로

영국을 중심으로 한 서양문명은 과학기술을 발달시켰습니다. 나침반을 들고 세계의 여러 곳을 찾아다니며 깃발을 꽂아 식민지로 만들었습니다. 지식과 기술이 발달하면 할수록 세상 모두를 자신의 것으로 만들어갔습니다.

그렇지만 우리나라를 비롯한 동양은 그렇지 않습니다. 정신을 중요시한 동양세계는 물질을 위해 정신을 버리지 않습니다. 물질과 정신이 충돌하면 차라리 물질을 버리는 곳이 동양입니다. 그래서 그동안 동양은 서양에 비해 사는 게 힘들었습니다. 그렇지만 언제까지나 정신이 물질에 의해 지배당하지는 않을 것입니다.

서양의 물질문명이 타락의 길을 걸으면서 동양에 기회가 오고 있습니다. 이집트를 거쳐 그리스·로마에서 발달했던 문명이 영국과 미국을 거쳐 한반도를 둘러싼 태평양 지역으로 옮겨오고 있습니다. 바야흐로 태평양 문명권의 시대가 열리고 있습니다. 새로운 문명시대의 주역은 우리나라를 비롯한 아시아입니다. 우리나라와 일본이 그렇게 짧은 시간에 세계적인 강국으로 급성장한 것은 아시아의 시대가 오고 있다는 것을 반증하는 것이며, 결코 우연이 아닌 역사적 필연입니다.

하지만 우리나라가 세계의 주역으로 떠오르는 것을 미국이나 러시아가 가만히 두고 볼 리 없습니다. 우리나라를 둘러싸고 미국과 일본, 러시아, 중국 사이에 큰 싸움이 벌어질 수도 있습니다. 우리는 그에 대비해 두 가지를 준비해야 합니다.

우선 일본과 미국을 엮고 러시아와 중국을 잇는 거대한 띠를 만들어 우리를 지켜야 합니다. 무엇으로 그 나라들을 엮을 수 있을까요? 하나 되는 사상이고 하나 되는 마음입니다. 지구촌의 인류가 인종과 국가와 종교를 넘어 하나라는 사상만이 국가 간의 전쟁을 막고 평화세계를 이루는 길을 열 수 있습니다. 우리는 전쟁의 위험에서 스스로를 지키기 위해서라도 하나 되는 평화사상을 세상에 심어야 합니다.

또 한 가지 우리가 대비해야 할 것은 해양시대에 살아갈 힘을 갖추는 일입니다. 태평양은 바다입니다. 바다를 다스릴 힘이 없다면 태평양 문명권의 주역이 될 수 없습니다. 아무리 천운이 도래한다 해도 내가 미처 준비가 되어있지 않으면 기회를 잡을 수 없습니다. 우리나라가 중심이 된 해양시대가 열린다는 사실을 알았다면 마땅히 해양시대의 주역이 될 준비를 해야 합니다.

바다에는 물고기만 있는 게 아닙니다. 바다의 더 큰 보물은 바로 에너지원입니다. 석유의 매장량이 감소하면서 에너지원을 둘러싼 위기감이 나날이 높아지고 있습니다. 석유가 바닥이 난다면 인간의 문명세계는 그대로 암흑이 되고 맙니다. 옥수수를 이용한 대체 에너지를 개발한다지만 인류가 먹고살 식량도 부족한 형편에 그것이 가능할 리 만무합니다. 진정한 대체 에너지는 바다에 있습니다. 바다 속에 묻힌 수소 에너지에 인류의 미래가 있습니다.

지구의 3분의 2가 바다입니다. 바꾸어 말하면 인류를 먹여 살릴 원자재의 3분의 2가 바다에 묻혀있다는 의미입니다. 그러니 바다를 제대로 경영하지 못하고는 미래를 열어갈 수가 없습니다. 이미 선진국들은 바다에서 석유와 천연가스를 캐내고 심층수를 끌어올려 비싼 가격에 팔고 있습니다. 바다 속에서 자원을 찾아내는 일은 이제 시작에 불과합니다. 그렇지만 바다에 매달려 온 인류가 먹고살 날이 머지않아 곧 닥치게 됩니다.

해양시대는 저절로 열리지 않습니다. 무엇보다 내가 먼저 바다로 나가야 합니다. 바다로 달려가 배를 타고 파도와 싸워야 합니다. 그런 용기가 없어서는 결코 해양시대를 준비할 수 없습니다. 바다를 점령하는 나라가 이 세상의 패권을 쥘 수 있습니다. 바다를 점령한 나라의 문화와 언어가 세계의 언어와 문화가 되는 세상이 곧 옵니다. 따라서 바다를 창조주의 뜻에 맞게 관리하고 바다의 자원을 잘 운용해야 합니다.

바다는 세계를 결속시키는 구심점이 될 것입니다. 바다의 주인이 되려면 그곳에서 자유롭게 살아갈 수 있는 훈련을 해야 합니다. 나는 고기를 잡는 일을 훈련시킬 때 커다란 배 한 척에 작은 배 열 척을 함께 내보냅니다. 항구를 출발할 때는 큰 배에 딸려 나가지만 넓은 바다에 닿는 순간 작은 배를 탄 사람들은 스스로 자신들을 책임져야 합니다. 바람이 어디서 어디로 부는지, 바다 밑의 상황은 어떠한지, 고기들은 어느 길로 가는지를 스스로 학습해 해결해야 합니다.

해양시대가 우리에게 주는 엄청난 기회

나는 알래스카 정신이란 말을 즐겨 씁니다. 알래스카 정신이란 새벽 다섯 시에 일어나 바다에 나갔다가 밤 열두 시를 꼬박 넘기고 이튿날 새벽에 돌아오는 겁니다. 그날 잡아야 할 책임량을 다 못하면 채울 때까지 고기를 잡아야만 돌아옵니다. 그렇게 지독하게 견디는 법을 배워야만 뱃사람이 될 수 있습니다.

고기를 잡는 것은 유람이 아닙니다. 바다 속에 고기가 아무리 지천이라 해도 저절로 잡히지 않습니다. 전문적인 지식과 많은 경험이 필요합니다. 그물을 꿰맬 줄도 알고 닻줄을 맬 줄도 알아야 합니다. 그렇게 지독한 훈련을 받은 사람은 고기잡이만 잘하는 것이 아니라 세계 어디를 가든지 새로운 환경을 극복하고 다른 사람을 이끄는 리더로 성장합니다. 고기잡이 훈련은 그런 리더를 키우는 일입니다.

바다에서 패권을 쥐려면 세계를 누비고 다닐 만한 배와 잠수함도 있어야 합니다. 우리나라는 이미 세계 최고의 조선국입니다. 해양대국이 될 수 있는 실력을 충분히 갖추고 있으므로 이제는 바다에 직접 나가는 사람이 늘어나야 합니다. 우리는 해상왕 장보고의 후예입니다. 배를 타고 바다에 나가 파도와 싸워 이기던 전통이 우리에게 있으니 못할 것이 없습니다.

사람들은 파도를 무서워합니다. 파도는 바람을 타고 물결을 만듭니다. 바람이 불어 바다에 물결이 일어야 바다 속에 산소가 생깁니다. 바람이 불지 않고 물결이 없는 잔잔한 바다가 계속되면 바다는 죽고 맙니다. 파도가 귀한 것을 알고 나면 더 이상 파도가 무섭지 않습니다. 거센 바람이 불고 파도가 사나워도 그것이 바다 속의 고기들을 살리는 길인 것을 알면 오히려 그것을 바다의 매력으로 받아들이게 됩니다.

바다 밑으로 30미터만 내려가도 파도는 존재하지 않습니다. 잠수함을 타고 바다 밑으로 내려가면 에어컨이 필요 없을 정도로 선선합니다. 적당한 온도의 잔잔한 물 속에서는 온갖 고기들이 떼를 지어 몰려다니며 춤을 춥니다. 마치 리틀엔젤스처럼 색색이 예쁜 옷을 입고 살랑살랑 지느러미를 흔듭니다. 그렇게 고요하고 평화로운 세상이 곧 올 것입니다.

해양시대가 다가온다는 것은 우리나라에 세상을 바꿀 기회가 온다는 말입니다. 모든 생명체를 양육하고 품어주는 바다는 여성을 상징합니다. 반대로 육지는 남성을 상징하지요. 바다에 떠 있는 섬나라는 여성을 나타내지만 대륙의 끝자락에 붙은 반도 국가는 남성을 나타냅니다. 반도 국가의 국민들은 바다와 대륙의 온갖 적들의 침입에 대비해서 살아온 터라 남달리 용맹하고 민족성이 강인합니다. 그리스와 이탈리아와 같은 반도 국가에서 인류의 문명이 발생한 것은 우연이 아닙니다. 대륙으로 뻗어나가고 거친 해양을 헤쳐나가는 진취성과 강인한 탐험정신이 있었기에 찬란한 문화를 꽃 피울 수 있었습니다.

흑조黑潮에 대해 들어보았습니까? 흑조는 달의 인력에 의해 태평양을 중심으로 일 년에 4천 마일을 도는 물줄기를 말합니다. 태평양을 휘돌리는 물줄기니 그 힘은 거대하다는 표현으로는 부족합니다. 흑조가 돌아가는 힘에 의해 5대양이 움직이니 만일 흑조가 없다면 바닷물이 돌지 않아 모두 죽고 맙니다. 아무리 크고 유장한 강물일지라도 결국은 바다로 가듯이 아무리 크고 웅장한 바다라도 흑조의 힘찬 물줄기를 따라 움직입니다. 우리 민족은 세계를 이끌 흑조가 되어야 합니다. 세계의 생명력을 한 곳으로 응집시키는 힘의 원천이 되어야 합니다.

나는 태평양 문명권의 중심이 될 곳을 찾으려 여러 차례 남해안 일대를 돌아본 후에 마침내 여수와 순천을 선택했습니다. 거울처럼 잔잔하고 맑은 여수 앞바다에서 이순신 장군이 일본을 크게 물리쳤고 또 돌아가셨습니다. 그런 역사적인 바다를 끼고 있는 여수는 영호남이 만나는 곳이며 지리산의 끝자락과 맞닿아 6·25 사변 후에는 좌익과 우익이 맞서 싸웠던 민족의 아픔이 서린 땅이기도 합니다. 갈대밭으로 유명한 순천만은 세계적으로 이름난

리아스식 해안을 가진 아름다운 바닷가입니다. 맑은 물이 출렁이는 바다에 나가면 온갖 물고기가 잡히고, 잔잔한 만에서는 전복과 미역이 자랍니다. 또 드넓은 갯벌엔 꼬막을 비롯한 각종 조개와 세발낙지가 지천인 곳입니다. 배를 타고 바다에 나가보고 산에 올라가 살펴보아도 다가올 해양시대를 준비하기 위한 거점으로 어디 하나 모자란 구석이 없는 아름다운 땅입니다.

나는 지금 여수를 중심으로 남해안을 개발 중입니다. 그 준비를 위해 거문도를 비롯해서 여러 섬들을 돌며 여러 달을 그곳에서 살았습니다. 그 마을에서 수십 년 동안 농사를 짓고 고기를 잡으며 살아온 사람들을 스승으로 삼고 허름한 여인숙에서 먹고 자면서 세밀하게 조사했습니다. 입으로만 조사하지 않고 눈과 발로 일일이 보고 다니며 알아보았습니다. 그래서 '어느 바다에 어떤 물고기가 살고 있는지, 어떤 바다에 무슨 그물을 던져야 하는지, 어디에 무슨 나무가 자라며 어느 집에 중풍 걸린 노인이 혼자 사는지'를 모두 알게 되었습니다.

남해안에 대한 조사가 모두 끝나던 날, 그때까지 나를 도와주었던 마을 이장을 비행기에 태우고 알래스카로 갔습니다. 자신이 알고 있는 모든 것을 내게 가르쳐주었으니 나도 내가 아는 것을 그에게 가르쳐주고 싶었습니다. 나는 그와 함께 낚시를 하며 알래스카에 무슨 물고기가 살고 어떻게 잡아야 한다는 것을 알려주었습니다. 아무리 작은 지식이라도 그렇게 서로 나누어야 내 마음이 편합니다.

내가 여수 개발을 시작하자마자 여수시는 2012년 해양엑스포 개최지가 되었습니다. 세계박람회EXPO는 올림픽, 월드컵과 함께 세계 3대 축제입니다. 엑스포가 열리는 6개월 동안 전 세계 154개 회원국들이 각종 전시회를 벌입니다. 그렇게 되면 세계의 이목이 여수에 집중되는 것은 물론이며 선진 기술과 문화가 한꺼번에 여수로 모여듭니다. 여름날 구름이 사나운 속도로 몰려오는 장면을 본 적이 있습니까? 한번 바람을 타기 시작한 구름은 삽시간에 산을 넘고 바다를 넘습니다. 우물쭈물하는 법이 없습니다. 그렇게 구름 떼가 몰려오듯 세계가 여수를 향해, 우리 한반도를 향해 모여들게 됩니다.

나는 남해안에 있는 섬과 섬을 모두 연육교로 연결하고 세계 각국의 배를 타는 사람들을 먹이고 재울 콘도미니엄을 지을 계획입니다. 먹고 놀자는 콘도미니엄이 아닙니다. 미국인, 독일인, 일본인, 브라질인, 아프리카인들이 비록 서로 다른 배를 타고 나가 고기를 잡더라도 밥을 먹고 잠을 자는 일은 한집에서 하도록 만들어 인류가 한식구라는 것을 알게 하고 싶습니다.

해양시대는 우주시대이기도 합니다. 머지않아 항공과학기술이 절대적으로 필요한 시대가 다가옵니다. 그때 가서 우주산업을 준비하는 것은 늦습니다. 나는 지금 김포에 항공산업단지를 조성하여 세계적으로 유명한 시콜스키 헬리콥터를 우리 손으로 만들 채비를 하고 있습니다. 앞으로 태극 마크를 단 헬리콥터가 전 세계의 바다와 하늘을 누비는 날이 곧 올 것입니다.

민들레 한 포기가 황금보다 귀하다

현대사회의 3대 난제는 공해와 환경보전, 그리고 식량입니다. 세 가지 중에서 어느 한 가지만 소홀해도 인류는 멸망하고 맙니다. 지구는 이미 망가질 대로 망가졌습니다. 물질에 대한 끝없는 탐욕이 자연을 해치는 심각한 공해를 불러일으켜 물과 공기를 오염시키고 인류를 보호해주는 오존층까지 파괴했습니다. 이대로 가면 인류는 자신이 만든 물질문명의 덫에 걸려 자멸하고 말 것입니다.

나는 브라질의 판타날 지역을 지속·보전하기 위한 활동을 20년 가까이 해오고 있습니다. 판타날은 브라질과 볼리비아, 파라과이에 걸쳐있는 세계 최대의 습지로 유네스코의 세계자연유산으로도 등록돼있습니다. 나는 판타날의 생물체를 하나님이 지으신 원형대로 보전하면서 보호하는 일을 세계적인 환경운동으로 키워나가고 있습니다.

바다와 육지, 동물과 식물이 하나로 얽혀 살고 있는 판타날은 참으로 묘한 곳입니다. '아름답다, 대단하다' 는 단순한 말로는 결코 그 가치를 표현할 수 없습니다. 하늘에서 판타날을 내려다보며 찍은 사진집은 그 아름다움 때문에 세계에서 가장 많이 팔린 사진책 중 하나입니다. 판타날은 흰목 꼬리감기 원숭이와 짖는 원숭이, 마코 앵무새, 재규어, 아나콘다, 카이만과 같은 진귀한 동물들이 살고 있는 인류의 보물창고입니다.

판타날을 중심으로 아마존 강 유역의 생물들은 창조 당시의 원형을 고스란히 간직하며 살고 있습니다. 판타날은 만물 창조의 원초점입니다. 인간은 하나님이 지으신 것들을 수없이 파괴했습니다. 인간의 탐욕에 의해 멸종된 동물이며 식물이 너무 많습니다. 그렇지만 판타날에는 아직도 하나님이 지으신 창조물의 원형들이 그대로 남아있습니다. 나는 판타날에 새 박물관, 곤충 박물관을 만들어 멸종된 종자와 창조의 원형을 복원하는 일을 하고 있습니다.

판타날은 수많은 동식물의 서식지일 뿐 아니라 지구에 산소를 공급하는 역할도 합니다. 판타날은 세계에서 가장 많은 양의 산소를 만들어내는 '지구의 허파' 이자 '자연의 스펀지', 그리고 '온실가스 저장고' 입니다. 그러나 이런 판타날이 브라질의 급격한 산업화로 인해 한 해가 다르게 망가져가고 있습니다. 지구의 주요 산소 공급원인 아마존 지대가 망가지면 인류의 미래는 암흑과 같습니다.

또한 일본 면적의 두 배만한 크기의 판타날 호수에는 3천6백 가지의 물고기가 삽니다. 그 중에는 무게가 20킬로그램도 넘는 황금빛의 '도라도'라는 고기도 있습니다. 낚싯줄에 도라도가 걸리면 내 몸이 강물로 빨려 들어가는 것 같습니다. 온 힘을 다해 낚싯줄을 걷어 올리면 황금빛 비늘을 빛내면서 공중으로 힘껏 솟아오릅니다. 그렇게 몇 차례를 솟구쳐도 힘이 남아 버둥거립니다. 물고기가 아니라 곰이나 호랑이처럼 힘이 장사입니다.

판타날의 호수는 언제나 깨끗합니다. 물 속에 무얼 던져넣어도 벼락같이 깨끗해집니다. 아무리 더러운 것이라도 어느새 깨끗하게 만들어버리는 이유는 여러 가지 물고기가 살고 있기 때문입니다. 고기들은 저마다 먹는 게 다릅니다. 그런 고기들이 뒤얽혀 살면서 물을 더럽히는 것들까지 다 먹어치웁니다. 먹이를 먹는 자체가 물을 깨끗이 하는 청소작업이기도 합니다. 그게 바로 우리 인간들과 다른 점입니다. 물고기들이 사는 목적은 자기를 위해 사는 게 아닙니다. 주변을 깨끗이 하면서 보다 살기 좋은 환경을 만들며 서로를 위해 살아갑니다.

판타날 호수의 부레옥잠 잎 뒷면을 보면 벌레들이 새까맣게 들러붙어 있습니다. 벌레만 있다면 부레옥잠이 살 수 없겠지만 그것을 잡아먹는 물고기가 있어서 벌레도 살고 부레옥잠도 살고 물고기도 삽니다. 그것이 바로 자연입니다. 모두 자기를 위해 사는 것이 아니라 서로를 위해 살아갑니다. 자연이 이렇게 위대한 걸 가르쳐줍니다.

판타날에 아무리 고기가 많아도 자꾸 잡아늘이면 어족이 줄어 듭니다. 고기를 보호하려면 양식을 해야 합니다. 판타날의 고기가 귀할수록 더 많은 양식장을 만들어 고기를 길러야 합니다. 고기만이 아니라 곤충도 기르고 새도 기르고 동물도 길러야 합니다. 곤충을 기르는 일은 세상에 더 많은 새가 살아갈 수 있도록 하는 일입니다. 판타날은 이 모든 것을 키울 수 있는 곳이기 때문에 더욱 귀중합니다.

판타날에는 물고기만 많은 것이 아닙니다. 강가에는 파인애플과 바나나 나무, 망고 나무가 즐비하게 자랍니다. 물이 없는 밭에 벼를 심어도 3모작이 넘칠 정도로 벼가 잘 자랍니다. 그렇게 땅이 좋으니 콩이나 옥수수 같은 것은 씨만 뿌리면 사람 손을 빌려 가꿀 것도 없이 지천으로 열립니다. 드넓은 초원에는 타조가 성큼성큼 걸어 다닙니다. 타조는 사람이 등에 타도 될 만큼 힘이 좋습니다.

한번은 배를 타고 파라과이 강을 따라 내려가다가 강가의 민가에 들른 적이 있었습니다. 우리가 배가 고프다는 걸 눈치 챈 그곳에 사는 농부가 금방 밭에서 고구마를 캐주었는데 그 크기가 수박만 했습니다. 더구나 한번 캐내고 그대로 넝쿨을 놔두면 몇 년이고 다시 고구마가 열린다고 했습니다. 심지 않아도 해마다 고구마가 열린다니 먹을거리가 부족한 나라에 널리 퍼뜨리고 싶다는 생각이 간절했습니다.

습지를 개발하려는 사람들은 여러 가지 경제적인 이익을 내세웁니다만 실제로 판타날은 습지 그 자체만으로도 충분히 경제적인 가치가 높습니다. 판타날에는 검은 소나무가 원시림을 이루고 있는데 얼마나 단단하고 조직이 치밀한지 나무에 말뚝을 박아도 백 년을 넘게 산다고 합니다. 이 나무는 '흑단'이라고 불리는 고급 목재인데 잘 썩지 않아 쇠보다 수명이 길다고 합니다. 그렇게 귀한 소나무가 아름드리로 자라 숲을 이룬 경관을 상상해보십시오. 나는 판타날 4백 헥타르의 땅에 나무를 심었습니다. 우리 식구들이 심은 나무들로 판타날이 더욱 아름다워지고, 거기서 만들어진 풍부한 산소가 우리 삶을 윤택하게 할 것입니다.

자연을 망가뜨리는 것은 인간의 이기심입니다. 지금 숨을 쉬기 어려울 정도로 지구 환경이 훼손된 것은 남보다 조금이라도 더 크게 더 빨리 성공하고자 하는 인간의 탐욕 때문입니다. 그러나 이제 더 이상 지구가 훼손되도록 내버려둘 수는 없습니다. 자연을 구하는 일에 종교인이 먼저 나서야 합니다. 자연은 하나님의 창조물이고 인류를 위해 주신 선물입니다. 자연의 귀중함을 일깨우고 창조 당시의 풍요롭고 자유로운 상태로 되돌리는 일을 미룰 수는 없습니다.

판타날이 자연의 보물창고라는 사실이 알려지면서 판타날을 둘러싼 싸움이 시작되고 있습니다. 보호하고 가꾸어야 할 곳이 탐욕스런 인간들의 전쟁터로 변할 조짐을 보이고 있습니다. 나는 10년 전부터 세계 각국의 지도자들을 판타날로 불러 '자연을 보호하고 지구를 지키는 법'에 대해 토론을 벌이고 있습니다. 세계

7. 한국의 미래, 세계의 미래

의 환경전문가와 학자들도 모두 모아 판타날에 대한 관심과 사랑을 부탁합니다. 판타날이 더 이상 인간의 무자비한 욕심 때문에 파괴되지 않도록 파수꾼이 되어 지키고 있습니다.

환경문제가 심각해지자 환경운동을 하는 단체가 많아졌습니다. 그렇지만 가장 좋은 환경운동은 사랑을 전파하는 정신운동입니다. 인간은 자기가 사랑하는 사람의 것이면 무엇이든지 좋아하고 아낍니다. 그런데 정작 하나님이 지으신 자연은 아끼고 사랑할 줄 모릅니다. 하나님은 인간을 위해 자연을 주셨습니다. 자연을 이용해서 먹을 것을 얻고 생활을 윤택하게 하는 것은 그분의 뜻입니다. 자연은 나만 쓰고 버리는 일회용이 아닙니다. 자연은 대대손손 우리 자손들이 계속해서 먹을 것을 얻고 몸을 기대 살아가야 할 터전입니다.

자연을 아끼고 보호하는 지름길은 자연을 사랑하는 마음을 갖는 것입니다. 길을 가다가 풀 한 포기를 보고도 눈물지을 수 있어야 합니다. 나무 한 그루를 붙들고 울 수 있어야 합니다. 바윗돌하나, 바람 한 점에도 하나님의 숨결이 숨어있음을 알아야 합니다. 자연을 아끼고 사랑하는 것은 하나님을 사랑하는 것과 같습니다. 하나님이 지으신 모든 존재를 사랑의 대상으로 느껴야 합니다. 박물관에 있는 작품 하나가 아무리 훌륭하다고 해도 살아있는 하나님의 작품을 당할 수 없습니다. 길가에 밟히는 민들레한 포기가 신라의 금관보다 귀합니다.

가난과 기아를 현명하게 해결하는 법

배고프지 않으면 하나님을 모릅니다. 배고픈 시간이 하나님 앞에 제일 가깝게 갈 수 있는 기회입니다. 배고플 때 내 앞을 지나가는 사람이 있으면 행여나 저 사람이 내 어머니가 아닌가, 내 누님은 아닌가 하는 생각이 들게 마련입니다. 그 누구든지 나를 도와줄 사람을 기다리는 거지요. 그럴 때 선한 동정의 마음을 가져야 합니다.

배고픔은 아프리카와 같은 저개발 국가들만의 문제가 아닙니다. 미국에 갔을 때 내가 가장 처음 한 일은 가난한 사람들에게 식량을 나눠줄 트럭을 마련하는 것이었습니다. 세계에서 가장 잘사는 나라인 미국에도 굶주림으로 죽어가는 사람들이 있을 정도이니 빈곤한 나라의 사정은 이루 말할 수 없이 참혹합니다. 전 세계를 돌아보며 느끼는 가장 다급한 위험은 식량문제입니다. 식량문제야말로 한시도 미룰 수 없습니다. 지금도 우리가 사는 세상에는 하루에만 2만 명이 굶어 죽어가고 있습니다. 내가 아니라고, 내 아이가 아니라고 모른 척 해서는 안 됩니다.

단순히 먹을 것을 나눠주는 것만으로는 굶주림을 해결할 수 없습니다. 더욱 근본적인 시각에서 접근해야 합니다. 나는 두 가지 근본적이고 구체적인 방안을 생각하고 있습니다. 하나는 값싼 비용으로 먹을거리를 충분히 공급하는 것이고, 다른 하나는 가난을 이기고 나올 기술력을 나눠주는 것입니다.

식량문제는 앞으로 인류에게 매우 심각한 위기를 안겨줄 것입니다. 왜냐하면 제한된 육지에서 생산되는 것만으로는 지구상의 인류를 모두 먹여살릴 수 없기 때문입니다. 그래서 바다에서 해결책을 찾아야 합니다. 바다는 미래의 식량문제를 해결할 수 있는 열쇠입니다. 내가 수십 년 전부터 끊임없이 바다를 개척한 이유도 여기에 있습니다. 식량문제를 해결하지 않고는 이상적인 평화세계를 건설할 수 없습니다.

알래스카에서는 15인치 이하의 명태를 모두 비료로 만들어버립니다. 훌륭한 음식이지만 그걸 먹을 줄 모르기 때문에 그냥 비료로 만드는 겁니다. 불과 20~30년 전만 해도 서양 사람들은 우리가 쇠꼬리를 달라고 하면 거저 주었습니다. 그들은 우리 민족이 즐겨먹는 고기의 뼈며 내장을 먹을 줄 몰랐던 것입니다. 생선도 마찬가지입니다. 세계적으로 잡은 물고기의 20퍼센트 이상이 그냥 버려집니다. 나는 그런 것을 볼 때마다 아프리카에서 굶어죽는 사람들이 떠올라 가슴이 아픕니다. 생선은 쇠고기에 비할 수 없을 정도의 고급 단백질입니다. 그런 걸 어묵이나 소시지로 만들어 아프리카에 나눠주면 얼마나 좋겠습니까?

생각이 거기까지 미치자 나는 본격적으로 생선을 저장하고 가공하는 일을 시작했습니다. 고기를 아무리 많이 잡아도 뒤처리를 잘못하면 다 소용없습니다. 아무리 좋은 생선이라도 신선한 상태로 8개월 이상을 넘기지 못합니다. 냉동 창고에 잘 얼려두더라도 얼음 사이에 바람이 들어 고기에서 물기가 빠져나갑니다. 그러면 생선에 물을 끼얹어 다시 얼리지만 이미 제 맛을 내기는 어려우니 사실상 버린 물건입니다. 우리는 이렇게 아깝게 버려지는 고기들을 모아 가루로 만드는 일을 성공했습니다. 독일이나 프랑스 같은 선진국들도 하지 못한 일을 우리가 해낸 것입니다.

우리는 그것을 생선가루, 즉 '피시 파우더fish powder'라고 부릅니다. 생선을 가루로 만들면 무더운 아프리카에서도 손쉽게 보관하고 운반할 수 있습니다. 피시 파우더는 98퍼센트가 단백질 덩어리인 고단백 중의 고단백으로 굶어죽는 인류를 살릴 수 있습니다. 피시 파우더로 빵도 만들 수 있습니다. 살아서 펄펄 뛰는 고기가 10분도 채 되지 않아 가루가 되어 나옵니다. 이렇게 신선한 피시 파우더는 르완다와 크로아티아, 알바니아, 아프가니스탄, 수단, 소말리아 등에 공급되어 배고픈 사람들의 허기를 채워주고 있습니다. 피시 파우더를 찾는 사람들이 많아져서 앞으로는 더 많은 곳에 생선 가공공장을 세울 참입니다.

바다 속에는 무궁무진한 식량이 들어있지만 인류를 식량문제에서 구원할 가장 훌륭한 열쇠는 '양식'입니다. 도시의 고층 건물들처럼 앞으로는 물고기를 양식하는 빌딩이 생길 겁니다. 파이프를 이용하면 높은 빌딩이나 산 위에서도 양식을 할 수 있습니다. 양식으로 전 세계 사람을 모두 먹이고도 남을 식량을 생산할 수 있습니다.

바다는 하나님이 내려주신 복덩어리입니다. 나는 바다에 나가면 얼굴이 새카맣게 타도록 고기잡이에 열중하며 철갑상어도 잡고 청새치도 잡습니다. 내가 직접 고기를 잡는 이유는 고기 잡을 줄 모르는 사람들에게 그 방법을 가르쳐주기 위해서입니다. 고기를 잡을 줄 몰랐던 남미 사람들을 데리고 강을 따라 배를 타고 몇 달을 떠돌며 낚시하는 방법을 일러주었습니다. 내가 직접 엉킨 그물을 걷고 서너 시간씩 걸려 푸는 방법을 보여주면서 가르쳤습니다.

값싼 비용으로 먹을거리를 충분히 공급받기 위해서는 인류의 마지막 보물창고인 바다와 아직 원시림인 채 버려져 있는 대초원을 개발해야 합니다. 그런데 그것이 말처럼 쉽지 않습니다. 몸을 움직이기 어려울 정도로 무덥고 습한 그곳에 직접 들어가 나를 던져 헌신하는 수고가 있어야만 가능합니다. 열대지방의 대초원을 개발하는 것은 인류를 사랑하는 열정과 헌신 없이는 해낼 수 없습니다.

브라질의 자르딘은 생활하기에 무척이나 불편한 곳입니다. 날씨는 덥고 이름 모를 벌레들이 사정없이 물어뜯습니다. 나는 그런 곳에서 새들과 친구가 되고, 뱀을 친구 삼으며 살았습니다. 신발을 신지도 못했습니다. 맨발로 자르딘의 붉은 흙을 밟고 다니는 내 행색은 영락없는 농부입니다. 강에서 물고기를 잡아 올리는 나는 또 영락없는 어부입니다. "어, 저 사람 진짜 농부다! 진짜 어부다!" 이런 소리를 들어야만 원시림을 개발할 수 있습니다. 깨끗하고 안락한 잠자리에서 여덟 시간씩 잠자고 세 끼 밥을 찾아 먹고 시원한 나무그늘에 누워 쉬면서 할 수 있는 일이 아닌 것입니다.

파라과이를 개발할 때의 일입니다. 올림포에 게딱지만 한 집을 얻어서 우리 식구들 여럿이 같이 살았습니다. 화장실이 하나뿐이라 아침이면 식구들끼리 차례를 정해야 했지요. 거기서도 나는 새벽 3시만 되면 어김없이 일어나 운동을 하고 낚시를 나갔습니다. 그 바람에 같이 지내던 식구들이 고생을 많이 했습니다. 새벽에 눈도 제대로 못 뜬 채로 낚싯밥을 만드는 것은 예사였습니다. 그런데다 배를 타러 나가려면 남의 목장을 여러 개 지나쳐야 했습니다. 어두컴컴한 곳에서 목장의 잠긴 문을 따려니 금방 열지 못하는데 그것을 보고 내가 벼락같이 소릴 질렀습니다.

"지금 뭐하는 거야?"

내가 들어도 깜짝 놀랄 정도로 무섭게 소리를 질러대니 식구들이 참으로 힘들었을 겁니다. 하지만 나는 일분 일초가 급한 사람입니다. 허투루 흘려보낼 시간이 잠시도 없습니다. 평화세계가 이뤄질 때까지 해야 할 일들이 계산기에서 영수증 찍혀나오듯 눈에 선하니 내 마음이 무척 급했습니다. 어둠이 가시지 않은 새벽 강에서 낚시를 하려면 모기가 새카맣게 몰려듭니다. 모기 침이 얼마나 센지 청바지도 뚫고 들어와 사정없이 물어뜯습니다. 동이 트기 전이라 낚시의 찌가 보이지 않을 때면 낚싯대에 흰 비닐봉지를 묶어 던져야 할 정도였지만 나는 마음이 급해 해가 뜰 때까지 기다리지 못했습니다.

나는 지금도 자르딘이 그립습니다. 눈을 감으면 자르딘의 후끈거리는 열기가 내 얼굴로 달라붙는 것처럼 자르딘의 모든 것이 그립습니다. 몸이 조금 힘든 것은 아무것도 아닙니다. 몸이 겪는 고통은 금세 다 사라집니다. 중요한 것은 마음의 행복입니다. 자르딘은 나를 행복하게 해주었습니다.

빵보다는 빵을 만드는 기술을 제공하라

인류의 기아문제를 해결하려면 씨를 뿌리는 마음이 있어야 합니다. 씨는 흙 속에 뿌립니다. 눈에 보이지 않는 흙 속에서 발아하고 싹을 틔우는 동안 인내하며 기다려야 합니다. 기아문제도 마찬가지입니다. 먹을 것이 없어 죽어가는 사람한테 당장 빵 한 덩어리를 주는 것보다는 지금 당장 힘들고 빛나지 않아도 밀을 심고 거두어 빵을 만드는 기술을 알려줘야 합니다. 그래야만 보다 근본적이고 지속적으로 굶주림을 해결할 수 있습니다. 우리는 지금부터라도 굶주림으로 고통 받는 지역의 풍토와 흙, 사람들의 기질을 함께 연구해야 합니다.

아프리카에는 '만추카' 라는 나무가 있습니다. 콩고 사람들은 소를 팔기 전에 영양이 풍부한 만추카 나뭇잎을 먹여 소의 살을 찌웁니다. 사람들도 만추카 잎을 절구에 찧고 기름을 넣어 반죽한 뒤에 지져 먹습니다. 그러니 만추카 나무를 많이 심어서 독성이 있는 뿌리만 잘라낸 뒤 나무 전체를 가루로 만들어 빵이나 떡을 만들 때 넣으면 어떨까 하고 생각합니다. 또 고구마와 모양이 비슷한 '뚝감자'는 땅에 심으면 얼마나 빨리 자라는지 다른 구황작물보다 수확량이 3배나 많습니다. 뚝감자를 많이 심는 것도 기아문제를 해결하는 데 도움을 줄 것입니다.

자르딘에서는 큰 지렁이를 이용해 농사를 짓기 때문에 땅이 비옥합니다. 그 지렁이는 상파울루의 캄피나에서만 서식하는데 생태 습성을 연구해서 다른 곳에서도 기른다면 농사에 유용할 것입니다. 마토 그로소 지역에는 우리나라 사람들이 진출해서 누에를 연구합니다. 누에를 치면 값비싼 실크도 얻고 영양제를 만들어 팔아 식량을 살 수도 있을 겁니다.

인류의 기아문제를 단번에 해결할 수 있는 획기적인 방법은 없습니다. 나라마다 사람들의 식성과 습관이 다르고 또 자라는 동식물이 다르기 때문입니다. 중요한 것은 이웃에 대한 관심입니다. 내가 배부르게 밥을 먹을 때 누가 굶주리는지 돌아볼 줄 아는 마음을 갖는 것이 우선입니다. 인류가 기아문제를 해결하지 않는다면 이 세상에 진정한 평화는 없습니다. 바로 옆에 있는 사람이 배가 고파 죽어가는데 평화놀음은 사치일 뿐입니다.

식량을 직접 나눠주는 것만큼 중요한 것이 식량을 자급할 수 있는 기술을 보급하는 것입니다. 기술력을 보급하기 위해서는 낙후된 지역에 학교를 세워 문맹을 퇴치하는 일과 함께 기술학교를 세워 당장 먹고살 수 있는 실력을 키워줘야 합니다. 아프리카와 남미대륙을 정복한 서양 사람들은 그들에게 기술을 알려주지 않았습니다. 그들의 땅에서 자원을 캐가고 그들을 일꾼으로만 부렸습니다. 그들에게 농사짓는 법도, 공장 돌리는 법도 가르치지 않았습니다. 그건 옳지 못한 일입니다. 우리는 일찍부터 자이르와 콩고, 가이아나, 파라과이, 브라질 등지에 학교를 세우고 농업과 공업기술을 가르치고 있습니다.

배고픈 사람들의 또 하나의 문제점은 몸이 아파도 가난 때문에 치료를 받을 수 없다는 겁니다. 지구 반대편에 있는 선진국에서는 사람들이 약물과잉으로 병들어가지만 배고픈 이들은 간단한 설사약이나 감기약이 없어 죽어갑니다. 그래서 기아추방운동을 벌이면서 한편으로는 의료지원도 함께 해야 합니다. 무료 진료소를 만들어 만성질환으로 고통받는 그들을 돌보아야 합니다.

나는 인류가 함께 평화롭게 살아가는 모델로서 브라질의 자르딘 지역에 새소망농장을 만들었습니다. 드넓은 땅을 갈아 농토를 만들고 고원지대에는 소를 키우는 목장입니다. 새소망농장은 브라질에 있지만 브라질 사람들만의 것이 아닙니다. 배고픈 사람들은 누구라도 새소망농장에 와서 일하고 먹을 수 있습니다. 전 세계에서 온 오색인종 2천여 명이 항상 먹고 잘 수 있는 곳입니다. 초등학교부터 대학교까지 교육기관도 함께 설립해 농사도 가르치고 소를 키우는 방법도 알려줍니다. 나무를 심고 가꾸는 법, 고기를 잡고 가공해서 판매하는 것까지도 가르칩니다. 농장만 하는 것이 아니라 강 주변의 수많은 호수를 이용해서 양어장도 만들고 낚시터도 만들었습니다.

파라과이 국토의 60퍼센트를 차지하는 차코는 오랫동안 버려진 땅이었습니다. 바다가 솟아올라 육지가 된 차코는 지금도 땅을 파면 짠물이 솟아나옵니다. 나는 칠순이 넘어 파라과이에 들어갔습니다. 오랫동안 버려진 땅에서 살아온 그들의 삶은 말할 수 없이 피폐했습니다. 그들을 보는 내 마음이 얼마나 아픈지 이루 말할 수 없었습니다. 나는 진심으로 그들을 돕고 싶었지만 그들은 얼굴색이 다르고 말이 다른 나를 받아들이려 하지 않았습니다. 하지만 나는 그 정도에서 포기하지 않았습니다.

석 달 동안 파라과이 강을 따라다니며 그곳 사람들과 같이 먹고 같이 잠을 잤습니다. 모두 불가능하다고 했던 일에 일흔이 넘은 내가 뛰어든 것입니다. 그들은 아무도 낚시할 줄을 몰랐습니다. 내가 낚시로 물고기를 잡아올리는 것을 본 그들이 신기해하며 곁으로 몰려들었습니다. 나는 그들에게 낚시법을 가르쳐주었고 그들은 자신들의 말을 가르쳐주었습니다. 그렇게 석 달 동안 함께 배를 타면서 우리는 서로 친해졌습니다.

그들이 마음을 열자 나는 세계가 하나가 되어야 하는 이유를 말하고 또 말했습니다. 처음 그들의 반응은 시큰둥했습니다. 그렇지만 차코의 사람들은 해마다 조금씩 변해갔습니다. 그렇게 10년이 지나자 뜨거운 마음으로 세계평화축제를 열 만큼 달라졌습니다.

파라과이 강은 바다처럼 깊고 넓습니다. 나는 파라과이 강에 큰 배를 띄우고 고기를 잡았습니다. 할 일이 없어 굶주리던 차코 사람들은 이제 고기를 잡아 생계를 유지할 수 있게 됐습니다. 고기를 많이 잡으면 그냥 썩혀서 버리는 일이 생길 정도여서 강가에 냉동 창고도 지었습니다. 피시 파우더를 만들 수 있는 공장도 세웠습니다. 배를 타는 것을 겁내는 사람들은 냉동 공장에서 고기를 저장하고 판매하는 일을 하고 있습니다. 그들은 더 이상 굶주림으로 인해 절망하거나 괴로워하지 않습니다.

그러나 먹고사는 문제만 해결된다고 당장 평화가 찾아오지는 않습니다. 굶주림이 해결된 뒤에는 평화와 사랑에 대한 교육이 반드시 필요합니다. 나는 자르딘과 차코 같은 지역에 학교를 많이 지었습니다. 처음에는 주민들이 아이들을 학교에 보내지 않고 소를 치게 했습니다. 소와 친구가 되어 노는 것도 좋지만 학교 교육을 받지 않으면 발전할 수 없다는 말로 꾸준히 설득한 결과 지금은 학생이 많이 늘었습니다. 목장이 잘되면 간단한 기술을 이용해 물건을 만드는 경공업 공장을 만들어주었고, 학생들은 공장에서 일하려고 학교에 열심히 다니게 되었습니다.

전 세계의 굶어죽는 사람은 우리 모두의 책임입니다. 그러니 굶어죽는 사람을 우리가 나서서 구해야 합니다. 분명한 책임감을 갖고 그들을 먹여 살려야 합니다. 잘사는 사람은 좀 더 낮은 자리로 내려오고, 못사는 사람은 조금 더 높이 올려주어 모든 사람이 다 같이 잘 사는 세상을 만들어야 합니다.

청소년들이여,
뜻을 세우면 인생이 달라진다

우리가 낯선 사람을 만나면 "너는 누구냐?" 하고 묻듯이 하나님도 우리에게 그렇게 물으십니다. 그리고 하나님은 "저는 청년입니다" 라는 대답을 가장 기뻐하십니다. 왜 그럴까요? 인생에서 가장 중요하고 가장 아름다울 때가 청년시절이기 때문입니다. 청년시절은 미래를 위한 안식의 터가 되어야 하며 새 시대를 여는 초석이 되어야 합니다.

그런데 요즘 청년들에게서는 열정을 찾아보기가 점점 더 어려워집니다. 삶의 목적을 찾지 못한 채 여기저기 쓸데없이 두리번거리는 불쌍한 젊은이들이 늘고 있습니다. 역사상 위대한 지도자는 모두 어렸을 때부터 삶의 목적이 분명했습니다. 그들은 어린 시절 가슴에 품은 목적을 평생 간직하고 그것을 이루려 치열한 삶을 살았습니다. 잠을 자고 눈을 뜨고 친구를 만나는 모든 삶의 행위가 미래 무대를 준비하기 위한 것들이었습니다. 여러분은 과

평화를 사랑하는 세계인으로

연 그런 삶을 살고 있습니까?

우리는 모두 위대한 사람으로 창조되었습니다. 아무런 뜻도 없이 여러분이 세상에 나온 게 아닙니다. 하나님은 자신의 모든 사랑을 쏟아부어 우리를 만들어내셨습니다. 그러니 우리가 얼마나 위대한 존재입니까? 하나님이 계시니 우리는 무엇이든지 할 수 있습니다.

하나님을 사랑하면서 나는 완전히 다른 사람이 되었습니다. 나보다도 인류를 더 사랑하고, 나와 내 가족의 문제보다 인류의 고통을 먼저 생각하는 사람이 되었습니다. 또 하나님이 지으신 모든 것을 사랑하려 애썼습니다. 산에 있는 나무도 사랑하고 물에 있는 고기도 사랑하는 마음으로 보았습니다. 세상의 모든 사물에서 하나님의 손길을 느끼려고 촉각을 곤두세웠습니다.

그렇게 마음을 하나님의 사랑에 맞춰 바꾸는 한편, 사명을 다하고자 내가 갖추어야 할 강건한 몸을 만들려고 노력했습니다. 언제 어느 때 하나님이 부르시더라도 단숨에 달려나갈 채비를 한 것입니다. 축구, 복싱, 한국 전통무예와 내가 직접 만든 원화도로 체력을 길렀습니다. 원화도는 마치 무용을 하듯이 몸을 부드럽게 움직이는 원형운동으로 직선일 때보다 회전할 때 더 큰 파워를 낼 수 있다는 원리를 활용한 것입니다

지금도 나는 근육과 뼈 마디마디를 펴주는 스트레칭을 하고 내가 직접 개발한 호흡법으로 하루를 시작합니다. 세계를 돌아다니며 강연을 하느라 그마저 할 시간이 없으면 화장실에 있는 틈을

이용해서라도 반드시 운동을 합니다. 젊을 때는 하루 30분이면 족했는데 나이가 들면서 하루 1시간으로 운동량을 늘렸습니다.

지난해 타고 가던 헬기가 추락하는 사고를 겪었습니다. 헬기가 검은 비구름에 휩싸이더니 순식간에 산꼭대기에 처박히고 말았지요. 헬기가 뒤집히면서 내 몸이 안전벨트에 묶인 채 거꾸로 매달렸습니다. 나는 반사적으로 양쪽 팔걸이를 단단히 붙잡았습니다. 만일 내가 평소에 운동을 게을리했다면 거꾸로 매달린 순간 허리가 부러지고 말았을 겁니다. 몸은 건강한 정신이 담길 그릇입니다. 몸을 단련하는 일을 게을리하지 말아야 합니다.

공부가 좋아서 학교에 가는 학생들은 많지 않을 겁니다. 부모가 다니라 하니 학교에 가는 것이지 공부하고 싶어 학교에 가는 것이 아닙니다. 처음에는 다 그렇습니다. 하지만 멋도 모르고 학교에 다니다보면 공부의 맛을 알게 됩니다. 그때부터는 공부도 스스로 하고 자기 길도 알아서 찾아갑니다. 철이 드는 것이지요.

그런데 부모님들은 자식이 철들기를 기다리지 못하고 "공부해라, 제발 마음잡고 공부 좀 해라" 하고 닦달을 해댑니다. 공부를 해서 미래를 준비해야 한다는 걸 부모님들은 잘 알기 때문입니다. 행여 공부하는 시기를 놓쳐 아무런 대비 없이 미래와 맞닥뜨리게 될까봐 걱정하는 겁니다.

그렇지만 공부해서 미래에 대비하는 것보다 더 중요한 일은 뜻을 세우는 일입니다. 무조건 공부에 내몰리기 전에 장차 내가 무엇을 하고 싶은지를 정하고 내가 얼마나 쓸모있는 인간이 되어야 하는지를 스스로 깨달아야 합니다. 요즘 청소년들은 대부분 뜻은 세우지 않은 채 공부에만 매달립니다.

하루는 영어공부를 열심히 하는 학생이 있기에 내가 물었습니다.

"무엇하려고 그렇게 영어를 열심히 하느냐?"

그러자 그 아이가 대답했습니다.

"대학 가려고요."

이렇게 어리석은 일이 어디 있습니까? 대학은 목적이 아닙니다. 대학은 무슨 목적으로 어떤 공부를 해야겠다고 할 때 가는 곳이지 그 자체가 목적이 될 수는 없습니다.

또 돈을 얼마나 벌 것인지에 인생의 목표를 걸지 마십시오. 나는 지금껏 월급 한 푼을 받지 않았습니다. 그런데도 내가 이렇게 밥을 먹고삽니다. 돈은 무슨 일을 하기 위한 수단이지 목표가 아닙니다. 돈을 벌면 쓸 데가 있어야 합니다. 목표 없이 돈만 손에 쥐게 되면 그 돈은 곧 쓸모없이 사라져버립니다.

직업은 전적으로 자신의 소질과 취미에 따라 결정해야 합니다. 소방수가 되건 농부가 되건, 축구선수가 되건 정치가가 되건 그것은 여러분의 마음입니다. 내가 당부하고 싶은 것은 직업을 넘어선 이야기입니다. 축구선수가 되어 어떤 삶을 살 건지, 농부가 되어 어떻게 살 건지를 묻는 것입니다.

뜻을 세운다는 것은 자기가 살아갈 삶의 의미를 정하는 겁니다. 농부가 되려 한다면 새로운 농법을 실험하면서 보다 좋은 품종을 만들어 인류의 기아문제를 해결하겠다고 뜻을 세워야 합니다. 축구선수가 되더라도 우리나라의 이름을 세계 만방에 떨치고 축구를 하고 싶지만 형편이 되지 않는 어린이들을 위한 축구교실을 열어 꿈을 키워주고 싶다는 의미있는 뜻을 세워야 합니다.

세계적인 축구선수가 되려면 피눈물 나는 훈련을 거쳐야 합니다. 그런데 만일 여러분이 마음에 품은 뜻이 분명치 않다면 세계 정상에 설 때까지의 고된 훈련을 견뎌내지 못합니다. 뜻이 있어야만 자신을 지켜나갈 힘이 생기고, 남다른 인생을 살 수 있습니다.

글로벌 리더는
세계를 한품에 껴안는 사람

뜻을 세우는 일은 나무를 심는 것과 같습니다. 집 뜰에 대추나무를 심으면 집 안에 대추가 열리고, 뒷동산에 사과나무를 심으면 뒷동산에 사과가 열립니다. 무슨 뜻을 어떤 곳에 심을 건지 생각해보십시오. 여러분이 어떤 뜻을 세우고 어디에 심느냐에 따라 서울의 대추나무도 아프리카의 사과나무도 될 수 있습니다. 물론 남태평양의 야자나무도 될 수 있습니다. 여러분이 심은 과일나무처럼 미래에 여러분의 뜻이 열매를 맺을 겁니다. 부디 그 열매가 어디에 맺히면 좋을지를 생각하면서 뜻을 세우십시오.

뜻을 세울 때는 마음을 넓게 갖고 반드시 전 세계를 다 돌아보십시오. 가난과 질병이 떠나지 않는 고통의 아프리카도 보고, 종교 문제로 총부리를 겨누고 살아가는 이스라엘과 팔레스타인도 보고, 마약의 원료인 양귀비를 재배하며 근근이 먹고사는 아프가니스탄도 보십시오. 극도의 탐욕과 이기심으로 세계 경제를 구렁텅

365

이로 빠뜨린 미국도 보고, 지진과 해일이 끊이지 않는 인도네시아도 보십시오. 그리고 그 나라들 사이에 자기 자신을 세워보십시오. 내가 어떤 나라, 어떤 사정에 적합할 것인지 생각해보십시오. 어쩌면 새로운 종교분쟁이 일어나는 인도가 적합할지도 모릅니다. 어쩌면 가뭄과 기아로 허덕이는 르완다일 수도 있습니다.

뜻을 세우는 데 있어서 우리나라의 좁은 국토를 탓하는 어리석은 일을 범하지 않기를 바랍니다. 여러분이 하는 일에 따라서 우리나라는 얼마든지 넓어질 수 있고 어쩌면 국경이 아예 사라질 수도 있습니다. 우리가 아프리카에서 활약하면 아프리카는 우리나라가 됩니다. 그러니 세계를 무대로 놓고 할 일을 찾아보십시오. 아마도 지금까지 여러분이 꿈꿔온 것보다 훨씬 더 많은 일을 발견할 수 있을 것입니다. 한번뿐인 인생을 세계가 필요로 하는 일에 던지십시오. 모험을 하지 않고는 보물섬에 갈 수 없습니다. 부디 우리나라를 넘어서 세계를 무대로 뜻을 세우기 바랍니다.

1980년대에 나는 우리나라 대학생들을 일본과 미국으로 내보냈습니다. 하루가 멀다 하고 최루탄이 터지는 조국을 떠나 더 넓은 세상, 다양한 세계를 보여주기 위함이었습니다. 우물 안 개구리는 우물 밖에 더 넓은 세상이 있는 줄을 모릅니다.

나는 글로벌이라는 말도 모를 때 글로벌을 꿈꾼 사람입니다. 일본유학을 떠난 것도 더 넓은 세상을 보기 위해서였습니다. 광복후 하이라얼에 있는 만주전업에 취직해서 몽골어와 중국어, 러시아어를 배우려 한 것도 세계인으로 살기 위해서였습니다. 나는 지금도 비행기를 타고 세계 곳곳을 돌아다닙니다. 하루에 한 나라씩 바쁘게 다녀도 전 세계를 다 돌아보려면 반년이 넘게 걸립니다.

세계 어느 곳에나 사람들이 살고 있지만, 상황은 천차만별입니다. 밥을 지을 물이 없는 곳도 있고 물이 너무 많은 곳도 있습니다. 전기가 들어오지 않는 곳도 있고 만들어낸 전기를 미처 쓰지 못하는 나라도 있습니다. 무엇이든 한쪽은 넘치고 한쪽은 모자라는 일이 세상에는 흔합니다. 문제는 넘치고 모자라는 것들을 공평하게 나눠주는 역할을 할 사람이 적다는 겁니다.

원자재도 마찬가지입니다. 어느 나라에는 석탄이며 철광석이 산더미같이 쌓였습니다. 석탄을 캐러 땅 속에 들어갈 필요도 없습니다. 그저 산더미같이 쌓인 석탄 더미에서 삽으로 떠내기만 하면 됩니다. 그렇지만 우리나라는 석탄과 철광석의 매장량이 턱없이 부족합니다. 무연탄이라도 좀 얻으려면 목숨을 내걸고 수십 미터씩 갱을 파고 땅 속으로 들어가야 합니다.

기술도 그렇습니다. 아프리카에는 바나나가 저절로 잘 자라는 곳이 많으니 바나나만 마음껏 먹어도 굶지는 않습니다. 그런데도 바나나 농장을 만들어 대량으로 바나나를 키우는 기술이 없어 굶습니다. 우리나라는 바나나에 적합한 기후가 아닌데도 훌륭하게 바나나를 재배합니다. 우리의 이런 기술은 아프리카의 빈곤을 해결하는 데 큰 힘이 될 수 있습니다. 우리의 옥수수 재배기술이 북한의 기아를 해결해준 것도 같은 이야기입니다.

요즘 유행하는 말 중에 글로벌 리더란 것이 있습니다. 영어를 능숙하게 배워서 글로벌 리더가 되고 싶다고 하지만 사실 글로벌 리더가 되는 길은 영어실력에 달린 것이 아닙니다. 영어는 의사소통의 도구일 뿐, 진정한 글로벌 리더는 세계를 자기 품에 껴안는 사람이어야 합니다. 세계 문제에는 전혀 관심이 없으면서 영어로 소통할 수 있다고 해서 글로벌 리더가 되는 것은 아닙니다.

글로벌 리더는 지구상의 모든 문제를 자신의 문제로 생각하고 그것을 해결하려는 개척자 정신을 지녀야 합니다. 안정적이고 고정적인 소득에 연연하거나 퇴직 후의 연금과 편안한 가정생활을 꿈꾸는 사람은 글로벌 리더가 될 수 없습니다. 앞날에 무엇이 기다릴지는 잘 모르지만 세계가 다 나의 나라이고 전 세계 인류가 모두 내 형제라는 의식이 있어야만 글로벌 리더가 될 수 있습니다.

형제란 무엇인가요? 하나님은 왜 우리에게 형제를 주었을까요? 형제는 전 세계의 인류를 상징합니다. 우리는 가정 안에서 형제를 사랑하는 경험을 통해 인류를 사랑하는 인류애, 동포애를 배웁니다. 형과 누나를 사랑하는 마음이 그렇게 넓어지는 것입니다. 서로 사랑을 나누는 가정의 모습은 인류가 서로 화합하는 형상과 같습니다. 비록 내가 배고프더라도 형제를 위해 밥을 남길 줄 아는 사랑이 형제애입니다. 글로벌 리더는 바로 인류를 상대로 형제애를 베푸는 사람입니다.

지금은 지구촌이란 말조차 옛말이 되었습니다. 지구는 이미 하나의 생활권입니다. 삶의 목표가 대학을 나와 월급을 많이 주는 회사에 취직해서 안정되게 살아가는 것이라면 강아지만한 성공을 거두게 됩니다. 하지만 아프리카의 난민구호에 목숨을 걸고 나선다면 호랑이만한 성공을 거둘 것입니다. 어떤 선택을 할 것인지는 각자의 마음에 달려있습니다.

나는 지금도 세계를 돌아다닙니다. 하루도 쉴 새가 없습니다. 세계는 마치 살아있는 생물처럼 끊임없이 변화하며 문제를 일으킵니다. 나는 그런 문제들이 있는 어둡고 구석진 곳들을 찾아다닙니다. 내가 찾아가는 곳은 경치 좋고 편안한 곳이 아니지만 나는 어둡고 힘들고 외로운 곳에서 행복을 느낍니다.

나는 우리나라에서 진정한 의미의 글로벌 리더가 나오기를 소망합니다. 유엔을 이끌어가는 정치 리더가 나오기를 바라며 분쟁지역의 소요사태를 막아주는 외교 리더가 나오기를 바랍니다. 길거리를 배회하다 죽어가는 가난한 자들을 돌보는 마더 테레사와 같은 구원의 리더가 나오길 바랍니다. 또한 나처럼 사람들이 돌보지 않는 땅과 바다를 개척하여 새로운 세계를 넓혀가는 평화의 리더가 나오길 바랍니다. 꿈을 꾸고 뜻을 세우는 게 그 시작입니다. 부디 모험심과 개척정신을 갖고 남들이 꾸지 못한 꿈을 꾸고 의미있는 뜻을 세워 인류를 위한 글로벌 리더가 될 것을 간절히 바랍니다.

세상 모든 물건은 하늘에서 빌린 것입니다

　나를 두고 세상에서는 세계적인 부자니 백만장자니 하는 말들을 합니다만 그건 잘 모르고 하는 소리입니다. 나는 평생을 열심히 일해왔지만 내 이름으로 된 집 한 채 없는 사람입니다. 내 아내의 이름이니 자식들의 이름으로 돌려놓은 재산도 없습니다. 성인이라면 누구나 가지고 있는 인감도장 하나 없습니다.

　남들 잘 때 자지 않고, 남들 먹을 때 먹지 않고, 남들 쉴 때 쉬지 않으며 일한 대가가 무엇이냐고 묻고 싶을 겁니다. 하지만 나는 부자가 되기를 바라고 일을 하지 않았습니다. 돈은 내게 아무런 의미도 없습니다. 인류를 위해 가난으로 죽어가는 이웃을 위해 사용되지 않는 돈은 한낱 종잇조각에 불과합니다. 열심히 일해서 번 돈은 세계를 사랑하고 세계를 위해 일하는 데 쓰여야 마땅합니다.

　나는 선교사를 외국으로 내보내면서도 많은 것을 주지 않습니다. 그래도 우리의 선교사들은 세계 어느 곳에 가든지 잘 살아갑니다. 먹고사는 데는 아주 기본적인 살림살이만이 필요합니다. 슬리핑 백 하나만 있어도 너끈히 살아갈 수 있습니다. 중요한 것은 무엇을 가지고 사느냐가 아니라 어떻게 사느냐입니다. 물질의 풍요가 행복한 삶의 조건은 아닙니다. 잘 산다는 말이 어쩌다 물질적인 풍요를 이르는 말이 되어버렸는지 슬픈 일입니다. 잘 산다는 것은 의미있는 삶을 산다는 이야기입니다.

나는 예배나 특별한 행사가 있는 날이 아니면 넥타이를 매지 않습니다. 격식을 갖춘 정장차림도 잘 하지 않습니다. 집에 있을 때는 보통 스웨터 차림입니다. 이따금 이런 생각을 합니다. 서양사회에서 넥타이에 들어가는 돈이 얼마나 될까요? 넥타이에 다는 핀이며 와이셔츠, 커프스 버튼은 또 얼마나 비싼가요? 세상 사람들이 모두 넥타이를 풀고 그 돈을 굶주리는 이웃을 위해 쓴다면 세상은 좀 더 살 만한 곳이 될 것입니다. 비싼 것만 문제가 아닙니다. 지금 바깥에 불이 났다고 생각해보십시오. 스웨터 차림의 나와 넥타이를 맨 사람들 중에 누가 먼저 뛰어나갈 수 있겠습니까? 나는 언제든지 뛰어나갈 채비가 된 사람입니다.

나는 매일같이 목욕하는 것도 찬성하지 않습니다. 목욕은 사흘에 한번이면 족합니다. 양말도 매일 빨아 신지 않습니다. 저녁이 되면 양말을 벗어 바지 뒷주머니에 넣어둡니다. 다음 날 신기 위해서입니다. 호텔에 가면 욕실에 널린 수건 중에서 가장 작은 것 한 장만 쓰고 나옵니다. 소변은 세 번 본 후에야 화장실의 물을 내리고 화장지는 한 장을 세 번으로 접어서 씁니다. 이런 나를 보고 원시인이니 야만인이니 해도 상관없습니다. 밥 먹는 것도 그렇습니다. 나는 평생 반찬 세 가지 이상을 놓고 먹지 않습니다. 내 앞에 진수성찬이 차려지고 오만 가지 디저트가 놓여있어도 손이 가지 않습니다. 밥도 수북이 담아 먹지 않습니다. 밥그릇의 5분의 3 정도만 담기면 알맞습니다.

내가 한국에서 제일 즐겨 신는 구두는 대형할인점에서 4만9천 원에 산 것입니다. 매일 입는 바지는 산 지 5년도 훨씬 넘은 것들입니다. 미국에서 내가 가장 즐겨 먹는 음식은 맥도널드입니다. 부자들은 정크 푸드라고 해서 잘 안 먹지요. 하지만 나는 두 가지 이유에서 맥도널드를 좋아합니다. 값이 싸고 시간이 절약되니까요. 아이들을 데리고 외식을 할 때도 맥도널드를 찾아갑니다. 내가 맥도널드를 자주 긴다는 게 이렇게 알려졌는지 맥도널드 회장이 해마다 연말이면 연하장을 보내올 정도입니다.

"돈을 아껴 쓰고 무엇이든 절약하라."

해마다 우리 식구들에게 강조하는 말입니다. 아이스크림이니 음료수 같은 것도 사먹지 말고 물을 마시라고 합니다. 그렇게 아끼고 모아서 저 혼자 부자 되라는 의미가 아닙니다. 나라를 살리기 위해, 인류를 살리기 위해 아끼라는 겁니다. 어차피 세상을 떠날 때는 아무 것도 가져가지 못합니다. 우리는 모두 그 사실을 잘 알고 있습니다. 그런데도 무얼 그렇게 움켜쥐려 하는지 모를 일입니다. 나는 평생 벌어들인 것들을 다 내놓고 홀가분하게 이 세상을 떠날 것입니다. 하늘나라에 가면 금은보화가 지천으로 널렸는데 지상에서 무얼 더 가져가겠습니까? 우리가 사는 세상보다 더 좋은 세상으로 간다고 생각하면 지상의 것들에 연연할 이유가 없습니다.

내가 평생을 즐겨 부르는 노래가 있습니다. 그저 남들도 다 아는 흘러간 유행가입니다만 그 노래를 부를 때마다 고향집 들판에 누워있는 것 같이 마음이 편안해지면서 눈물이 자꾸 납니다.

백금에 보석 놓은 왕관을 준다 해도
흙냄새 땀에 젖은 베적삼만 못하더라
순정의 샘이 솟는 내 젊은 가슴 속엔
내 맘대로 버들피리 꺾어도 불고
내 노래 곡조 따라 참새도 운다

세상을 살 수 있는 황금을 준다 해도
보리밭 갈아주는 얼룩소만 못하더라
희망의 싹이 트는 내 젊은 가슴 속엔
내 맘대로 토끼들과 얘기도 하고
내 노래 곡조 따라 세월도 간다

행복은 항상 우리를 기다립니다. 그런데도 우리가 행복을 찾아가지 못하는 이유는 욕심이 앞길을 방해하기 때문입니다. 욕심에 어두운 눈은 앞을 보지 못합니다. 지금 당장 땅바닥에 떨어진 황금 부스러기를 줍느라 그 앞의 커다란 황금 더미가 있는 것을 보지 못하고, 주머니에 집어넣기에만 급급해 주머니가 터진 것도 알지 못합니다. 나는 지금도 흥남감옥에서 생활하던 것을 잊지 않습니다. 아무리 비천한 곳도 흥남감옥보다 편하고 풍요롭습니다. 모든 물건은 공적인 것이며 하늘의 것입니다. 우리는 다만 관리인일 뿐입니다.

행복은 위하는 삶에 있습니다

자식은 부모의 피와 살을 받아 태어납니다. 부모가 없으면 자식이 없습니다. 그런데도 이 세상에 저 혼자 태어난 것처럼 개인주의를 부르짖습니다. 어느 누구에게서도 아무런 도움을 받지 않은 사람만이 개인을 주장하고 개인주의를 말할 수 있습니다. 세상에 자기 하나만을 위해 탄생한 것은 아무것도 없습니다. 모든 피조물은 서로를 위해 탄생했습니다. 나는 너를 위해 있고 너는 나를 위해 있는 것입니다.

자기만을 위해 사는 이기적인 삶처럼 어리석은 삶은 없습니다. 이기적인 삶은 자기를 위하는 것처럼 보이지만 궁극적으로는 자기를 파괴하는 삶입니다. 개인은 가정을 위하여, 가정은 민족을 위하여, 민족은 세계를 위하여, 세계는 하나님을 위하여 살아야 합니다.

내가 세운 학교에는 어디나 세 가지 표어가 걸려있습니다. 첫 번째가 "낮 12시처럼 그림자 없는 삶을 살아라"입니다. 그림자가 없는 삶이란 곧 양심에 거리낄 것이 없는 삶입니다. 이 땅의 삶을 마치고 영계에 들어가면 평생 자신이 살아온 삶이 녹화테이프가 돌아가듯 좌르륵 펼쳐집니다. 천국으로 갈지 지옥으로 갈지는 자신의 삶에 의해 결정됩니다. 그러니 그림자 한 점 없이 말끔한 삶을 살아야 하는 겁니다.

두 번째는 "땀은 땅을 위하여, 눈물은 인류를 위하여, 피는 하늘을 위하여 살아라"입니다. 인간이 흘리는 피와 땀과 눈물은 거짓이 없습니다. 모두 진실입니다. 그렇지만 나를 위해 흘리는 피와 땀과 눈물은 무의미합니다. 피와 땀과 눈물은 남을 위해 흘려야 합니다.

마지막 세 번째는 "One Family Under God!"입니다. 하나님은 한 분이시고, 인류는 한 형제들입니다. 언어와 인종과 문화의 차이는 0.1퍼센트에 지나지 않습니다. 나머지 99.9퍼센트는 모두가 똑같은 인간입니다.

남태평양에는 모두 14개의 섬나라들이 있습니다. 그중 마셜 아일랜드에 가서 대통령을 만났을 때 내가 물었습니다.

"참으로 아름다운 땅이지만 나라를 이끌어가기는 어려움이 많으시겠습니다."

그러자 대통령은 한숨을 푹 내쉬었습니다.

"인구라야 고작 6만 명뿐이고 섬에서 가장 높은 곳이 해발 2미터에 불과해 파도가 1미터만 들이쳐도 온 나라가 물바다가 되어버립니다. 그렇지만 가장 심각한 문제는 교육입니다. 잘사는 집 아이들은 모두 미국이나 유럽에 나가 교육을 받고는 고향으로 돌아오지 않습니다. 가난한 집 아이들은 제대로 된 교육을 받을 학교가 없으니 아무리 똑똑해도 지도자가 될 소양을 쌓을 수 없지요. 결국 우리 같은 섬나라의 고민은 미래를 이끌어갈 인재를 기르지 못한다는 겁니다."

마셜 아일랜드 대통령의 탄식을 들은 나는 곧바로 하와이 코냐에 섬나라 아이들을 위한 '하이스쿨 오브 퍼시픽'이란 학교를 지었습니다. 각 나라에서 뽑혀온 아이들에게 고등교육을 시키고 필요하면 대학 진학도 도와줍니다. 하와이를 오가는 비행기 값이며 학비, 기숙사비를 제공하는 것은 물론 컴퓨터도 사주면서 최고의 교육을 시킵니다. 섬나라의 학생들을 공부시키는 데 조건은 단 하나, 학업을 마치면 반드시 자기 나라에 돌아가 나라와 민족을 위해 봉사해야 한다는 것이 유일한 조건입니다.

위하는 삶을 산다는 것은 때때로 개인의 희생을 전제로 합니다. 몇 년 전에 우리 교회의 선교사가 남미를 순회하는 중에 큰 지진이 난 적이 있습니다. 선교사의 부인이 낯빛이 하얗게 변해서 나를 찾아왔습니다. "어쩌면 좋아요, 선생님. 너무 걱정이 되어 어쩔 줄을 모르겠어요" 하며 눈물을 글썽였습니다. 그래서 내가 어떻게 했을 것 같습니까? 어깨를 다독이며 위로해주기는커녕 호통을 쳤습니다.

"지금 너는 네 남편을 걱정하는 거냐? 아니면 네 남편이 아수라

7. 한국의 미래, 세계의 미래

장에서 몇 사람의 생명을 구해낼 것인지를 걱정하는 거냐?"

남편의 안위가 걱정되는 것은 당연합니다. 하지만 선교사의 부인이라면 그 이상을 걱정할 줄 알아야 합니다. 남편을 안전하게 지켜달라고 기도할 게 아니라 남편이 더욱 많은 목숨을 구할 수 있게 해달라고 기도해야 합니다.

이 세상에 자기만을 위해 존재하는 것은 아무것도 없습니다. 하나님은 이 세상을 그렇게 창조하지 않으셨습니다. 남자는 여자를 위해 존재하고, 여자는 남자를 위해 존재합니다. 자연은 사람을 위해 있고 사람은 또 자연을 위해 있습니다. 이 세상의 모든 피조물은 상대를 위해 존재하고 작용합니다. 그러니 상대를 위해 살아야 하는 것이 하늘의 이치입니다.

행복은 반드시 상대적인 관계에서만 성립됩니다. 평생을 성악가로 살아온 사람이 무인도에 가서 목이 터져라 노래를 한들 들어줄 사람이 없으면 행복하지 못합니다. 내가 어떤 상대를 위해 존재한다는 사실을 깨닫는 것은 삶의 기준을 바꾸는 대단한 일입니다. 내 삶이 나만의 것이 아니라 누군가를 위한 것이라면 지금까지 살아왔던 것과는 사뭇 다른 길을 가야 합니다.

행복은 남을 위해 사는 삶에 있습니다. 나를 위해 노래를 불러봐야 전혀 행복하지 않은 것처럼 나를 위한 일에는 기쁨이 없습니다. 아무리 작고 하찮은 일이라도 상대를 위해, 남을 위해 일할 때 행복을 느낍니다. 행복은 위하는 삶을 살 때만 발견할 수 있습니다.

분쟁 없는 세계를 꿈꾸며

　나는 이미 오래전부터 종교가 하나 되고, 인종이 하나 되고, 나라가 하나 되는 세계를 주장해왔습니다. 수천 년 인류의 역사는 세계를 쪼개고 또 쪼개는 일의 연속이었습니다. 종교가 변하고 권력이 변할 때마다 국경이 나뉘고 전쟁이 일어났습니다만 지금은 세계주의 시대입니다. 앞으로 세계는 국제평화고속도로를 통해 완전히 한몸이 되어야 합니다.

　국제평화고속도로는 한국과 일본을 해저터널로 연결하고 러시아와 북미대륙을 가르는 베링해협에 바닷길을 잇는 다리를 놓아 온 지구를 하나로 만드는 대역사입니다. 그러면 아프리카의 희망봉에서부터 칠레의 산티아고까지, 또 영국의 런던에서 미국의 뉴욕까지 자동차로 달려갈 수 있습니다. 전 세계 어느 곳이든지 막히는 곳이 없이 실핏줄처럼 연결되는 것입니다.

　세계가 일일생활권으로 바뀌면 누구든지 쉽게 국경을 넘어 오갈 수 있습니다. 너나없이 넘어다니는 국경은 더 이상 경계로서의 의미가 없습니다. 종교도 마찬가지입니다. 서로 다른 종교 사이에 왕래가 빈번해지면 서로 간에 이해심이 생겨 충돌이 없어지고 종교 간의 벽이 허물어집니다. 또 온 세계 다양한 인류가 하루 생활권에 들어 살다보면 인종의 벽도 무너집니다. 생김새가 다르고 말이 다른 인종 사이에도 소통이 이루어져 그야말로 세계의 문화가 한데 어우러지는 문화혁명이 완성되는 것입니다.

실크로드는 단순히 비단을 팔고 향료를 사는 무역길이 아니었습니다. 동양과 서양의 인종이 만나고 불교와 이슬람교, 유대교, 기독교가 만나는 자리였으며 그들의 서로 다른 문화가 뒤섞여 새로운 문화가 탄생하는 자리였습니다. 이제 21세기는 국제평화고속도로가 그 일을 해낼 것입니다.

로마가 부흥할 수 있었던 것은 세계의 모든 길이 로마로 통했기 때문입니다. 그만큼 길이 중요합니다. 길이 열리면 사람들이 지나갑니다. 문화가 지나갑니다. 사상이 지나갑니다. 그래서 길이 생기면 역사가 바뀝니다. 국제평화고속도로가 완성되면 세상은 물리적으로 하나가 될 수 있습니다. 길이 그렇게 만들어줄 것입니다. 세계를 하나로 엮는 일의 중요성은 아무리 강조해도 지나치지 않습니다. 내가 너무 앞서 나간다고 생각하는 사람들도 있을 겁니다. 하지만 종교인은 미래를 내다보고 준비시키는 사람이니 앞서가는 게 당연합니다. 그 때문에 세상의 이해를 받지 못하고 고난을 당할지언정 종교인이라면 당연히 미래를 준비하는 일에 앞장서야 합니다.

그러나 국제평화고속도로가 완성되기 위해서는 많은 나라의 협조가 필요합니다. 일본의 침략을 받은 경험이 있는 중국은 일본과 고속도로로 연결되는 게 그리 달갑지 않을 겁니다. 그러나 중국을 거치지 않고 세계와 통할 수는 없으니 중국의 마음을 돌이키는 노력을 해야 합니다. 누가 합니까? 21세기 국제평화고속도로의 주인이 될 우리가 나서서 해야 합니다.

베링해협에 다리 놓는 일은 또 어떻습니까? 엄청난 돈이 들겠지만 그것도 염려할 게 없습니다. 미국이 이라크 전쟁에 쏟아부은 돈만 있어도 충분히 다리를 놓을 수 있습니다. 이제 전쟁을 일으켜 인류에게 고통을 안겨주는 일이 없어야 합니다. 전쟁을 일으켜 수백조 원의 돈을 날려버리는 일은 패악입니다. 이제 우리는 '총칼을 녹여 쟁기와 보습을 만들 때'입니다.

국제평화고속도로는 세계를 하나로 묶는 글로벌 통합 프로젝트입니다. 하나가 된다는 것은 단순히 서로 떨어진 대륙을 해저터널과 다리로 이어 붙이는 것을 넘어 세계가 평준화된다는 이야기입니다. 기술을 독점하고 그 이익을 독차지할 때 세상의 균형은 깨어집니다. 국제평화고속도로는 세계의 지하자원과 인적자원의 불균형을 조절해 골고루 잘사는 부의 평준화를 이루어줍니다. 평준화란 높은 것은 조금 낮은 데로 끌어내리고 낮은 것은 조금 높게 끌어올려 서로의 높낮이를 맞추는 것입니다. 이를 위해서는 조금 더 많이 가진 사람, 좀 더 많이 아는 사람의 희생이 필요합니다. 평화세계를 건설하는 일은 일회성 선심이나 기부로 되지 않습니다. 끊임없이 자기를 희생하며 자기가 가진 것을 다 내어주는 진실한 사랑만이 평화세계를 만들어갈 수 있습니다.

그러나 국제평화고속도로를 놓는 것은 세계를 물리적으로 소통시키는 일에 지나지 않습니다. 사람은 몸과 마음이 하나 된 피조물입니다. 우리가 사는 세계도 물리적인 소통과 더불어 정서적인 소통이 함께 이루어져야만 완전한 통일이 됩니다.

제2차 세계대전이 끝난 후 창설된 유엔은 그동안 세계평화를 위해 많은 일을 해왔습니다. 그러나 창설 60주년을 넘긴 지금 유엔은 그 본래의 목적을 잃어버리고 힘이 센 나라들의 이익을 위해 일하는 곳이 되어가고 있습니다. 세계에서 일어나는 분쟁을 해결하기 위해 만들어진 유엔은 한쪽의 이익이 아닌 세계의 이익을 우선시하는 조직이어야 합니다. 강대국이 자국의 이익을 내세우고 힘으로 억누를 때 분쟁은 또 다른 분쟁을 불러올 뿐인데도 지금의 유엔으로서는 어찌할 도리가 없습니다.

이러한 단점을 보완하려면 앞으로 유엔은 상원과 하원의 양원 체제로 바뀌어야 합니다. 지금처럼 각국의 정치외교적인 대표들이 세계 문제를 논의하는 하원과 초종교적인 대표들이 모여 평화 문제를 논의하는 상원이 있어야 합니다. 초종교적인 대표는 반드시 여러 종교에 대해 충분히 공부를 하고 열린 마음을 가진 종교 지도자라야 합니다. 그들은 정치인들처럼 좁은 시각으로 특정 국가의 이익만을 생각하지 않습니다. 전 인류를 껴안는 사랑의 마

평화를 사랑하는 세계인으로

음으로 인류의 행복과 세계평화를 위해 노력하는 초종교 지도자들이 세계 각국에 파견된 외교대사들과 힘을 합쳐 더 이상 분쟁이 없는 세계, 사랑으로 하나 된 세계를 만들어나가야 합니다.

'종교인들이 왜 세계 문제에 뛰어드느냐'며 반대도 있을 겁니다. 그렇지만 지금의 세계는 종교를 통해 깊은 자기 성찰을 이룬 종교인들의 참여가 절실히 필요한 시기입니다. 세상에 만연한 불의와 죄악에 맞서 참사랑을 실천할 사람들이 바로 종교인입니다. 세계 정세에 대한 분석력을 지닌 정치 지도자들의 지식과 경륜이 영적인 안목을 지닌 초종교 지도자들의 지혜와 합해질 때, 세계는 비로소 참다운 평화의 길을 찾아갈 수 있습니다. 오늘도 나는 이 땅의 모든 사람이 종교와 이념, 인종의 벽을 넘어 '평화를 사랑하는 세계인'으로 거듭날 것을 기도하며 신발끈을 단단히 묶고 길을 나섭니다.

평화를 사랑하는
세계인으로